百年校庆典藏版

中大往事

黄天骥 著

南方日报出版社
NANFANG DAILY PRESS
中国·广州

图书在版编目（CIP）数据

中大往事：百年校庆典藏版 / 黄天骥著. -- 广州：
南方日报出版社, 2024. 11. -- ISBN 978-7-5491-2881-5
Ⅰ. I267

中国版本图书馆CIP数据核字第2024D1C739号

中大往事
ZHONGDA WANGSHI

著　　者： 黄天骥
出 版 人： 周山丹
出版统筹： 谭庭浩
责任编辑： 周山丹　陈　焱
装帧设计： 二间设计
责任校对： 阮昌汉　熊丽思
责任技编： 王　兰
出版发行： 南方日报出版社
地　　址： 广州市广州大道中289号
经　　销： 全国新华书店
印　　刷： 广州市岭美文化科技有限公司
开　　本： 787mm × 1092mm　1/16
印　　张： 26.5
字　　数： 340千字
版　　次： 2024年11月第1版
印　　次： 2024年11月第1次印刷
定　　价： 100.00元

投稿热线：（020）87360640　读者热线：（020）87363865
发现印装质量问题，影响阅读，请与承印厂联系调换。

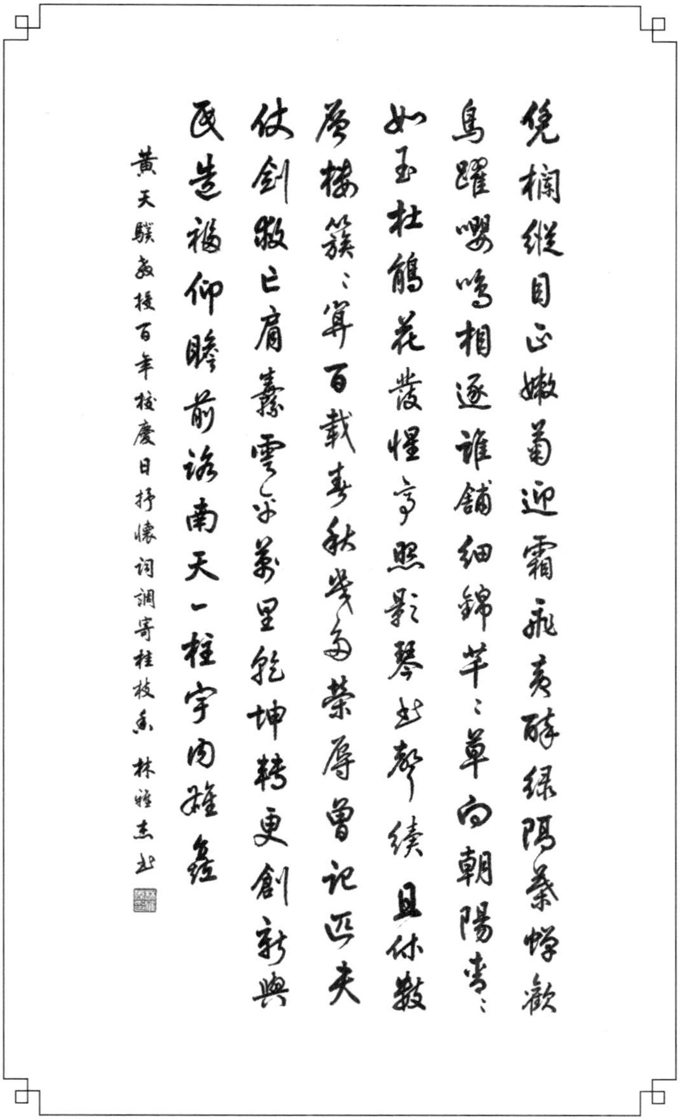

凭栏纵目，正嫩菊迎霜，飞黄醉绿。隔叶蝉欢鸟跃，嘤鸣相逐。谁铺细锦芊芊草，向朝阳，青青如玉。杜鹃花发，惺亭照影，琴书声续。　　且休数，层楼簇簇，算百载春秋，几多荣辱。曾记匹夫仗剑，救亡肩纛。云平万里乾坤转，更创新，与民造福。仰瞻前路，南天一柱，宇内雄矗。

——《桂枝香·百年校庆日抒怀》　（作于二〇二四年）

黄天骥　词　林雅杰　书

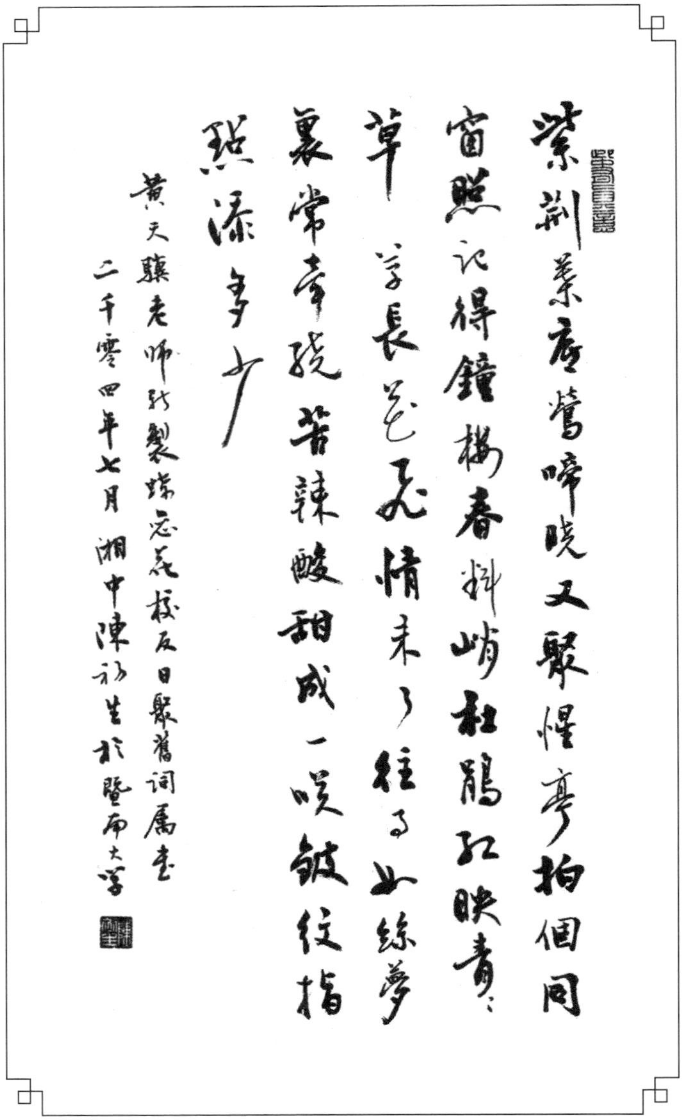

紫荆叶底莺啼晓，又聚惺亭，拍个同窗照。记得钟楼春料峭，杜鹃红映青青草。　　草长花飞情未了。往事如丝，梦里常牵绕。苦辣酸甜成一笑，皱纹指点添多少？

——《蝶恋花·校友日聚旧》（作于二〇〇四年）

黄天骥　词　陈初生　书

序

金钦俊

孟浩然夫子吟唱“人事有代谢，往来成古今”，说的是世事变化、时光流逝乃属常律；西方的歌德则说“生活是没有旁观者的”，说的是人生角色的定位有不以主观意志为转移者。我常想，岁月不居，彩云易散，时光不由分说自顾自从你身边匆匆走过，你愿意也好，不愿意也好，都毫无例外被卷入其中而成为某一生活形态的当事人。若干年过去，它又变成一页页的历史，供人回味，或者缅怀，或者沉思。这是我捧读《中大往事》后油然升起的一点感想。

天骥学长早我三年入读中大，我们的人生轨迹相似，即二十世纪五十年代进入中大，后又都留校执教直至于今。二十世纪五六十年代的中大绿树成荫，芳草遍地，好一派春光似海。而比校园更美的则是这里聚集着一大批蜚声国内外的学术大师，如历史系以陈寅恪领衔的八大教授，理科有姜立夫、胡金昌、龙康侯、蒲蛰龙、高兆兰等大家，中文系有以容庚、商承祚、王起、董每戡、詹安泰等为代表的名师，其时中大教师阵营之鼎盛，在国内高校并未多见。我们得以就近仰望，亲承音旨，实是人生最大的幸事。然此时又属多事之秋，大学体制向苏联“一边倒”，政治运动不断且越来越加剧，从“反右”到“大跃进”、三年困难时期、所谓的“文化大革命”，知识分子往往是重点冲击对象，人们戏称的“运动健将”，中大一众教师难以幸免，导致康乐园一度黑云乱翻，木铎失声。幸而往事并未如烟，在一些聪敏的心灵中，这两种扞格的情景往往复又浮现，似是一道岁月无法磨灭的深痕。天骥学长二〇〇四年所作的《蝶恋花》中“草长花飞情未了，往事如丝，梦里常牵绕”的诗句，当是回首往事心海浪翻情状的真切表述，也牵动起我有点发黄的连串校园记忆。正因为共同见证过这段大风大雨、大喜大悲的历史，我才不避谫陋来为学长大著作序。

天骥学长是治中国戏曲史的大家，长年治学造就了他视界开阔、眼光独到、臧否公允的史家眼光。这种眼光与他的个人叙写相结合时，便使他记叙的人物与事件在历史的返照中获得高度的真实和真切，仿若早年物事的回放与重现，极富现场感与历史感。如写“反右”时斗“牛”人的汹汹气势与被斗者无端受罪冤不得诉的苦状，令我这个亲历者又重回了一次现场，心灵痛楚之余又跟作者一起沉入反思。写恩师王起、董每戡，从相知、共事到分野、重合的过程，当中有太多不易厘清的历史因由，但他逐一进行评析，客观而公允，从一个侧面真实反映了政治风云对学人学术与人生的播弄。此种对往事的精心爬梳，非常对史实深稽博考之士即不能为。《“鸳鸯楼”纪事》所记楼中小人物的种种悲欢离合，真切再现了当年高校青年教师社会地位的低下与生活环境的严苛，家事中有史。作者谦称此书只是一己的“随忆”，但我却分明感到历史在这里存真，往事即是史实，随忆亦是信史，可与已有的中大校史并读，互为参照。如此，则此书价值大矣。

写出名师风范与人格魅力，是此书另一亮点。教师的为人处世是学校里最直观的师表，名师之所以是名师，因他们不仅潜心学术、勤于著述，为人类文明发展做出贡献，也因他们以自身的高洁人格影响了受业者，为他们树立高远人生理想和培养美好情操培下沃土。中大的名师宿儒多才高行洁，既是“经师”亦是“人师”。书中写到的吴宏聪先生育人育德的理念与爱生若子的高风，已成为中大中文人共同的集体记忆并汇入广博精深的“中大精神”之中。写容庚先生虽多次蒙受冤屈仍刚正不阿，绝不随风俯仰，其高风瑰行已成为中大佳话。写董每戡先生蒙难离校，家徒四壁，朝无夕粮，仍以惊人毅力用捡拾纸片、蘸水钢笔写出几部学术大著。写王起先生政治运动过后恳挚自责并以实际行动补过的片段（课前对学生的劝诫与课中多次替授课者擦黑板等）尤其让我感动不已。试想想，一位享有盛誉的高龄学者能如此对待年龄比他小、职称比他低、造诣没他高的教师，该是多么难能可贵。毫无疑问，这些名师的高尚人格，尤其是再大的困厄也不能堕其心志的人格力量将是我们后辈学子永远的师表。

天骥学长用“甜酸苦辣”四字概括自己大半生的遭际与感受。“苦”指的是曾有的严苛环境与学人苦难，他不回避、不讳言，令后人真切感知历史如何一度出轨，学人如何屡次蒙难，以为前车之鉴。但他更看重也更为珍惜的是“甜”，是改革的春风，是学人的勤勉，是校园的新貌，是中大人迈向世界一流大学坚定的步伐。我明白，他回首往事是为了让我们民族告别蒙昧，创建文明的新世纪。我也知道，他是历史唯物主义的乐天派，即便在描述沉重的劫难时也难掩内心的旷达，是故“赤脚大仙”们也能苦中作乐，踏歌而归；面对愁人秋雨时总坚信康乐园定能“芳草年年绿”，无可违拗。刘禹锡曾发出“人世几回伤往事”的感慨，天骥兄却以超脱的眼光审视曾有的悲苦，发出“苦辣酸甜成一笑”的昂扬调子，实属难得。天骥兄一家三代都入中大门，而中大在建校之初艰苦备尝，战乱中又一再迁校，历经磨难，许多中大人也逐渐炼成了坚韧乐观之气质，即便身处乱世，困于陋室，仍俯仰天地，笑对人生，也许他身上正有这种基因吧。

作为一种学者散文，此书充盈着茉莉花香似的淡淡的、幽幽的书卷香气。作者常年穿行于古代诗文的阆苑中，随手即可采摘串串意态万千的意象和丽辞佳句，用作抒情叙事之辅助，令文笔多有雅趣。即便通常铺叙也清新雅致，自有格调，写泳池清水和游泳趣事即是适例。我尤其欣赏他写名师的几则标题：《人淡如菊》（写黄海章）、《杏花零落香》（写董每戡）、《老圃秋容淡》（写容庚），既切合文主之性情、遭际、其时物事，又透出淡雅可闻的东方神韵。你看黄海章老人清癯的身影，淡泊的襟怀，一年四季朴素的唐装，生活简朴，不忮不求，正所谓真味是淡，至人如常，譬之于花，不就是清雅绝俗有隐者之风的菊花吗？再如董每戡先生不是一度“零落”委地无人顾惜吗？但他却无暇抚伤，在难以想象的绝地中继续撰写学术著作，这不又是“香”如故吗？杏花盛放时之“香”不足为奇，奇在“零落香”三字，它“零落”后仍香氛四溢，胜于初时。我觉得这不是通常的花香，而是士不夺志的人格清香。天骥学长善用名句到如此地步，其学养与才情令我折服。至于行文中令人会心粲笑的庄谐并出，别具心思的雅中带俗，更是作者活泼、诙谐、生猛、灵动性情的折光，语趣意远，耐人深味。

歌里唱道“没有岁月可回头”，所以谢谢作者精彩的回放！

人们期望，莫让往事空自流，所以谢谢书中深沉的反思！

二〇一四年四月二十二日

（作者是中山大学中文系教授，此文是本书二〇一四年增订本序言）

目 录

附　录

附录一

后　记

百年中大
往事依依

春风·秋雨·芳草

康乐园纪事

有一次，一位香港学界的朋友问我："记得刚上大学的情景吗？"这一问，把我的记忆牵回到二十世纪五十年代初。老实说，往事如烟。唯独中山大学老校长许崇清在开学典礼上，对着我们叫了一声："大学生们！"这一句带着桂林官话腔的普通话，使我顿时醒悟自己已进入了人生的新阶段。至今，它仍在我的耳畔回响。

我记得，许校长是在康乐园的怀士堂给我们训话的。

怀士堂立于康乐园的中轴线上，坐南朝北，在造型上比其他红楼更添几分庄重与华丽。此堂为纪念捐赠者，命名为"怀士堂"，一九一七年落成。一九九六年，岭南基金会资助重修此堂。

怀士堂位于校园的中轴线上。红灰色的墙、翠蓝色的瓦，两侧高耸的塔楼，在绿树环抱中显得挺拔典雅。这一幢融合了中西风格的建筑，是原岭南大学的小礼堂。门口嵌刻着孙中山先生的一句名言："学生要立志做大事，不要（立志）做大官。"走上台阶，它映入眼帘，使人心神一振。它也成为中山大学师生的座右铭。

从怀士堂北望，珠江河畔，有宽阔的广场，中央矗立一座雄伟沉稳的花岗石牌坊，上刻"国立中山大学"六个大字，整体按八十年前原中大校门仿制。校墙上又镌刻中山先生手书校训：博学、审问、慎思、明辨、笃行。字体遒劲浑厚，恰切地体现出他博大的胸襟。

我考进中山大学的那一年，是一九五二年，恰逢内地高等院校调整，原广州岭南大学和原中山大学合并，组成了新的学府。于是康乐园中，人才荟萃，更成为南天巨柱。五十年来，两校师友，曾共舞于朝阳，亦相扶于风雨。两校的优良学风，也水乳交融，汇成一体。庄重秀丽的怀士堂和雄浑质朴的石牌坊，聚于一园，相互辉映，成了历史名校校风厚重包容的印证。

陈寅恪故居

怀士堂东侧，有一幢精巧的小楼，那是世界级学术大师陈寅恪教授的故居。

陈教授住在小楼上层，晚年的他，近于失明，学校特意在陈府后门，建造一条白色小路，使陈教授能够依稀辨认，便于散步休憩。现在，小路虽已长满苍苔，人们到这里参观缅怀，依然可以想象到他卓尔不群的身影。

我在求学时，就知道校园里住着这一位"国宝"。传说当年中苏交恶，有关部门为了证实珍宝岛是我国领土，而史书上有关记载，却遍寻未获，便派人向陈教授请教。他当即凭着超卓的记忆，向国家提供了宝贵的史料佐证。可惜，这位具有独立人格而又学富五车的权威，"文革"期间也饱

陈寅恪故居。

受摧残，还不慎摔断腿骨，郁郁而终。据老校工们说，陈教授去世的那天，校园里一棵大树，无缘无故地倒了。这些事，也许是巧合，也许纯属讹传。但从中可以窥见师生们以特殊的方式，表达对大学者的景仰。

大树即或倒下，但陈寅恪教授当年在康乐园里播下的学术种子，已逐渐萌茁成长。他博大严谨的学风和精通多国文字的才华，对中山大学特别是历史系的师生，影响尤深。现在，有研究“敦煌学”的姜伯勤教授，兼通英、日、俄语，年过六旬，还在学习法语。有研究唐史的蔡鸿生教授，既精现代俄语，又通古代俄语，让来访的俄罗斯学者大吃一惊。前些年，有七八位历史系的本科生，法语纯熟，竟能充当法国专家的翻译，备受“老外”的称赞。

师生情谊

陈寅恪住所的楼下，还住着另一位著名学者，他是王季思教授。王教授是戏曲史、文学史研究专家，早在二十世纪三十年代，便以《西厢记》研究著称于世。当年，我去拜访他，他常提醒我说话声音要轻一点，以免影响楼上的陈老先生。我知道，他对陈寅恪教授由衷地敬佩。

不过，这两位邻居，思想发展的轨迹大不相同。

几十年前，王老师高兴地看到社会风气的改变，在“中国人民站起来了”的呼吼声中，他感受到作为中国人的自豪。从此，他全心全意地拥护、执行领导的指示，在“左”的思想影响下，王老师做过一些蠢事、错事。到了“文革”时期，他才幡然醒觉。

“文革”开始，王老师即被视为“资产阶级学术权威”。在“批判会”上，他被“红卫兵”打断了两根肋骨。稍经治疗，以为没事了，谁知断骨尖锐，刺穿了横膈膜。当时不觉，而呼吸之间，膜孔扩大，肠子便从腹部拱上胸腔。幸而医生们给他在胸口开刀，把肠子拉回原位，王老师才捡回了一条性命。

楼上的陈寅恪教授敢于独立思考，楼下的王季思教授怀着一片忠诚。

陈寅恪先生铜像。

然而，最后均遭受凌辱。“闻道有先后”，王老师在肉体上和精神上的创痛，使他“觉今是而昨非”。“文革”过后，我多次亲眼见到他向曾受损害的同事，诚恳地道歉。

我常怀着崇敬的心情，瞻视这幢小楼，既深深感到那一代中国学人的悲哀，也觉得这小楼绽发出一股无形的力量。陈教授道德文章，对后人影响之大自不待言。王老师严谨治学，特别是对学生关怀爱护的事迹，也一直在康乐园中传为美谈。许多年前，他敢于挺身救护将要被枪毙的学生；当知道一些学生受到不公正的对待时，他敢于向上申诉，泪痕沾满稿纸。王老师对学生怀着赤诚的心，也当然受到学生的爱戴。到现在，尊师爱生，在康乐园中蔚成风气。记得有一次，中文系一位教授受到学校的表彰，还颁发给她一笔可观的奖金。她并不富裕，但当即把奖金全部捐献给有关部门，购买图书，供学生使用。她说：“我爱学生，是因为学生爱我。春节期间，有位同学在火车上挤站了廿多小时，硬是扛给我十多斤重的自制的糙米糕点。千里鹅毛，我深深感到作为教师的荣耀。”这番话，发自肺腑，闻者无不动容。

前辈学者言传身教，后辈学者努力继承。师生情谊，年复一年，像春风吹绿了康乐园的芳草地。

五十个春秋

在我求学的年代，原岭大校长陈序经教授对教育事业的贡献，至为巨大，有口皆碑。当初，许多著名教授，都是他抓住机遇，礼聘到康乐园中，像陈寅恪、王力、容庚等大学者，多在清华、燕京等名校工作，崇尚严谨学风。而原中山大学，由中山先生手创，意在让它和黄埔军校，一文一武，成为革命摇篮。鲁迅、顾颉刚、钟敬文等先驱，都曾到校任职，作风崇尚进取。原两校的理科、医科，更有姜立夫、陈焕镛、柯麟、胡金昌、蒲蛰龙等大师级教授。本来，岭南文化所孕育的包容精神，就为原两校所共有。合并以后，优良传统得到发扬光大。要办好大学，主要靠学术上的大师。大师不常有，但遗泽余芳，他们一代一代积聚起来的风范，和康乐园景观相结合，凝聚成厚重的人文精神。到这里求学的人，都会受到包容、务实、严谨、进取校风的熏冶。

康乐园早期建筑群。

包容，还包括学科相互渗透交叉的内涵。这一点，中山大学的教师有颇深的体会。著名的生物学教授江静波，竟还是广东的著名作家，他的中篇小说《师姐》，出版后大受欢迎，被拍成了电影；而中年的哲学教授鞠实儿，兼通数学，他在研究数理逻辑学方面的成就，走在全国的前列；岭南学院的王则柯教授，文理俱精，既能指导经济系的博士生，又能指导数学系的博士生。几年前，校方决定，文科一年级学生，都要把数学作为必修课。逻辑思维和形象思维的融合，有利于青年学生提高文化素质。我在康乐园生活了五十多个春秋。春风暖人，秋雨愁人，几多甘苦，都在心头。和世上许多地方一样，校园里也有污垢，道路中不尽平坦。但是，怀士堂前那片宽广的草坪，正是康乐园的象征，它开阔舒展，总是生机蓬勃，让生活在这里的学人，生命中充满了鲜活的绿意。

小荷才露尖尖角

进入中大第一天的回忆

九月份，是每年大、中、小学开学的季节。凡是有校园所在的附近道路，车如流水马如龙，许多家长（特别是子女需要进校寄宿者）都会“打的”装载行李，送子女入学报到。那一派喜气洋洋的气象，让进入初秋的人间九月天，也显得特别的舒畅。

我是广州人，在一九五二年考进了中山大学。当年，我报考的第一志愿是中山大学，第二志愿是北京大学。记得高考统考时，语文科的作文题目是《一件小事》。结果，我被中大中文系录取了，按学校规定，当年是九月五号开学，所有新生必须在这一周之前，入学注册。于是，在八月底的前两天，我第一次进入了中山大学。

我家在广州西关。当年，康乐园属广州的远郊，我从市区海珠南路乘二路公交车，过了海珠桥，再经过市二宫，马路就变成黄土公路了。路的两旁，全是农田或竹林，过了晓港桥，路桥下面，有一条小河，流经怡乐村，直通到珠江。那天，我只带了很少行李，装在一个可以手提的小藤箱里。因为家在广州市，每周的星期天，都可以回家，用不着一下子携带许多东西。

我在校门口下了车，只见学校四周没有围墙，只有一排排的小树或竹丛绕着周围，便成为一道低矮的屏障。其实，附近居民完全是可以攀爬进校的。我在学校门口下了车，进入南校门，校门不大，呈正方形。抬头一看，上方横柱，竟然写着“岭南大学”四个字。不过，我也明白，就在一九五二年，

岭南大学康乐园校址门前的石牌坊。

教育部实行高等学校院系调整。在石牌的原中山大学，文科和理科两个学院，以及医学院，都迁到康乐园的岭南大学，和它的文科理科医科院系合并，组成新的中山大学。而原中大的工科农科，则仍留在五山，和原来岭大的工科农科合并，分别组成华南工学院和华南农学院。由于时间紧迫，任务繁杂，这就是新中大的南校门，依然写着“岭南大学”的原因。直到一九五三年，校门改建，才用仿毛体写上“中山大学”四个字。此是后话。

上午九点钟左右，我第一次进入校园，只见从南往北，是一条长长的校道。校道两边，各排着一行绿树，这些树，多是紫荆树，浓浓密密，形成一条长长的绿色走廊。校道东西两侧，亦即在紫荆树的前面，又种着两排大红花，花朵正灿烂开放，风过处，花枝招展，像是欢迎我这高兴地东张西望入学的新生。那时候，两校刚刚合并，一切还未安定，原岭大和原中大教工和学生，也正在忙着调整宿舍和整理图书、课室等复杂的事项，所以没法抽出人力安排接待新生的工作。但是，在校门口附近，已贴出了详细的新生入学指引。何况，当时全校学生，连新生在内，也只有三千多人，整个校园，安静得很，新生们完全可以按图索骥，根据指引注册入学。

说来有趣，我在进入中大的第一天，作为新生，没人接待，这是学校有史以来唯一的一次。此后几十年，康乐园的师生，都把迎接新生作为新学年中的首要任务，这也是让同学们锻炼工作能力的大好机会。所以，年年的“迎新”工作，我们都搞得既热烈又亲切，让新同学进入康乐园，就感到进入了自己的家。到了一九五三年，我便作为师兄，还担任班里“迎新”工作的小组长，被派遣到白云路的火车站迎接新同学。

记得我在第一次迈入校园的时候，从校道上望过去，便看到约在三百余米远处的路中央，有一座耸着两个小塔楼房的背影，这就是“怀士堂”，形态庄重而优雅。我向着前面，边走边看，有点累了，又看到怀士堂的左后侧（其位置即现在中山堂前面，已变为光秃秃水泥地的停车场），有着几亩浓浓密密的蒲桃树。树身低矮，树枝上却结了黄黄的果子，这树丛，若从今天看去，应有一百多年的树龄了。原岭大的师生，称这里为蒲桃园。

作者刚入学时的照片。

我走到树荫下面，稍稍歇息。看到了树上挂着蒲桃，我在中学时代一向淘气顽皮的性格，便不由自主地冒了出来。那时，我忍不住爬上身边低矮的小树，摘下了一个蒲桃，然后跳回地面，也不管它成熟与否，张口便咬。谁知刚吃了一口，后面就有人把我叫住，那是一位中年的职工，他对我说："在康乐园，攀树摘果，是触犯校规的，你是新来的学生吧？不能这样干！"那一刻，我手足无措，手里拿着的半个蒲桃，吃又不是，扔又不是。那位职工看到我这狼狈的样子，就带笑地说："能吃吗？别浪费，以后不要这样。"我唯唯，这是我在进校第一天所犯的错误，尽管嘴巴上还带有一丝蒲桃味，但心里十分尴尬，这错误也让我终生难忘。从此，几十年来，我再不敢毁坏校园里的一草一木。

离开了蒲桃园，稍往右转，便走到了怀士堂，向前望去，我眼睛一亮，原来堂前有一片很大很大的草坪，一直伸展到望不见的珠江边。那时，草坪上还未树立起孙中山先生的塑像，更没有后来建起的岭南堂。只有远在前方的惺亭，矗立在草坪远处的中央。后来据师兄们介绍，怀士堂前面的草坪，叫“翻身广场”，隔着校道右侧黑石屋旁边的草坪，叫“学习广场”。两个草坪，实际上连成一片，显得无比的宽广。那一天，天气很好，眼前的草坪，似是微微泛起绿色的草光，让我的眼睛像刚被清水抹过那样舒爽，心里却感到一阵温暖。“谁言寸草心，报得三春晖”的诗句，连同“母校”一词，立即在我的脑海中涌现。

当时，新生注册的地点设在中区右侧，亦即教学大楼后面一座两层的小房子里。我很快便办妥注册手续，领了饭票，便按指引，前往东区，到翘燊堂对面临时安排新生的宿舍安顿。也很快，我和几位同是中文系的新生，交上朋友了。

午睡过后，我们几位新生，就约在一起，在校园里到处走走。那时，从东区走到大钟楼的那一条主要通道，路边两行小树，还未成长，疏疏落落。在广州，初秋的阳光还是灼热的。我们走到当时用作图书馆还只有两层的马丁堂，已经身上出汗了。那时，图书馆尚未开放，我们就在旁边的树荫下歇息。大家又合计了一下，如果无目的地到处乱跑，不是办法。有同学便提出，不如去拜访老师吧！大家都认为，这意见很好，但拜访谁呢？有人提出，拜访容庚教授吧！容老师是著名的古文字学家，对他的大名，我们在中学时代早就听说，大家自然一致赞成。但是，容老师的住宅在哪里？大家都不知道。我便自告奋勇，担任开路先锋。按照广州人“路在口边”的做法，见人就问，竟然打听到容府就在西区幼儿园附近。有了幼儿园这个大目标，就好办了，到了那边再一打听，原来容府就在幼儿园对面的小路旁，那时叫西南区一号。

西南区一号是一幢有两层的别墅式小楼房，外墙是由红色的砖砌成，屋顶是灰色的瓦。红和灰，这是原岭南大学建筑物的校色。屋前是一片草地，屋旁有几丛绿竹，优雅得很。我记得，当时参加拜访者有缪锦安、梁中民、王乐天、我，还有一位同学（名字忘记了），一共五人。我是唯一的广州人，年纪又最少，便毫不客气地走在前面，按了按门边的门铃。不久，就有一位瘦小温文的老太太走出来打开了门。我看到她的仪态，心知她一定是容师母，便告诉她，我们是中文系的新生，想来拜访容庚老师。她赶忙让我们进屋。我记得，一进门是客厅，厅的中央有一张圆圆的大桌子，容师母招呼我们围着圆桌坐下，然后走进客厅旁边的房子。一会儿，容老师就从里面走了出来，我们都赶紧站起。只见他全身上下穿着白色的唐装，足登黑色的布鞋（广州人称这种鞋为“旱鞋”）。其实，从这一天开始，几十年来，我在校园里和在课室里，见到的容老师都是这样的打扮，在冷天就加披一件大衣。那时，他也在圆桌边坐下，恰巧就坐在我的身旁。大家寒暄几句后，就向老师自报家门。轮到了我，便称是来自广州西关。记得当时容老师望了我一眼，笑着说：“原来你是西关仔！”不一会，容师母捧出一大盘荔枝，放在桌上，容老师招呼大家赶快趁着新鲜吃（当年，广州还有迟至八月下旬九月初成熟的荔枝，现在或许已经没有了）。

那时，我不懂礼貌，伸手拿来，剥开荔枝便吃，麻利得很。可是，座中有两位来自中原地区的同学，从来未见过荔枝，却不知如何入手，正在发愣。容老师笑了，拍拍我的肩膊，用粤语对我说：“西关仔！你是本地人，别自己先吃，要先照顾北方同学！”这时，我有点尴尬了，赶紧告诉那两位同学，如何剥开荔枝的壳，撕去果肉上的膜，吐出果肉包着的核等等。容老师很随和，大家边吃边聊，很快就把一盘荔枝吃得精光。

我们边吃边聊，有同学问容老师怎样做学问，他说话有点口吃，边笑边说：“我靠自学，靠猜。”我们不明白了，有人就问：“怎能猜对？”他指指身后一排排放满了书的书架，又笑着回答：“靠查。”当时，我实在还懵懵然，后来慢慢才领悟，做学问，所谓“猜”，是要敢于思考，大胆怀疑；所谓“查”，是查阅资料，小心求证。容老师简单的回答，其实是告诉我们如何学习和敢于创新的过程，这和中大校训“博学、审问、慎思、明辨、笃行”的思路，是一致的。

我顺着容老师的手指望过去，围着客厅四面的墙壁，全是书架，全放满书，连走上二楼的扶梯边墙，也一排排砌满了书。我刚从中学毕业，哪见过这样的场面？便问容老师："二楼放书吗？"他回答："你可以上去看看。"当时，我真不知高低，竟然一个人大胆地走上了二楼。只见二楼四周，除厕所外，全排满了书。我吓了一跳，也知道要做好学问，要多读书，要认真读书。看了一会，我就下楼了。同学们一看时间不早，起身告辞，容老师和师母把我们送出门口。

一路上，我们十分感慨，原来大学里赫赫有名的大学者，如此平易近人，对一窍不通的新生如此和蔼亲切。我从看了容老师丰富的藏书，听了他简单扼要的一段话，领悟到进入大学后，必须勤奋学习。我又从下午吃荔枝，想到上午吃蒲桃的情景，也知道自己毕竟是大学生了，应该改正淘气和任性的脾性。

我们在返回东区宿舍时，路经"广寒宫"前边的荷花池。那时的荷花池，面积没有像现在那样广阔，却也种满了荷花。初秋时节，莲叶田田，荷花仍在开放，有些小荷，从叶底冒出枝头，含苞待放。我立刻想起宋代杨万里的一句诗："小荷才露尖尖角。"我们初进校园，不也就像这些小荷么？清风徐来，荷花池泛起一阵幽香，让我感受到，从这新的一天起，我便有了大学母校，进入了幸福的"新家"。

几十年过去了，我也进入"奔九"的年龄，在康乐园学习、工作和生活了近一辈子，经历过许多酸甜苦辣，但作为新生入学时，第一天进入康乐园的细节，至今记忆犹新。祝愿即将进入百年的母校，越办越好，成为真正的"南天一柱"。

话说『迎新』

二〇〇二年下学期，我在香港某大学当客座教授，接受了香港电台的一次访问。想不到访问者问我的第一个问题是：您记得考进大学时的情景吗？

我早就过了“耳顺”之年，向我了解当年黄毛未褪时的情景，不是颇为突兀么！当然，我是知道这提问的含义的。就在我到达香港的前几天，当地某大学发生了一桩丑闻，一批老生在迎接新同学的集会上，故意向女同学大讲脏话。消息一传出，自然全港震动，慨叹世风日下，人心不古。

访问者向我提问，其实想听听我对这丑闻的看法。我下车伊始，不了解内情，不便置喙。至于侮辱新生的做法，我在青年时代，也并非全无了解。

据说，在一九四九年前，许多大学，特别是沿海地区的大学，多接受了欧美大学的“传统”，新生入学时，一定得乖乖地接受老生的作践乃至凌辱。在“迎新会”上，老生可以把新生弄得狼狈不堪，而新生只能够逆来顺受。这种陋习，名为“拖尸”。考进大学时，老一辈的人也曾提醒过我，准备挨过“拖尸”一关。时至今日，香港某大学老生们的污行，实际是承袭着欧风美雨。对此，回归后的港人看不下去，也未尝不是社会风气改变的表现吧。

不过，电台访问者的提问，倒真的勾起了我对五十年前往事的回忆。往事如烟，可是我所经历的大学“迎新会”上的情景，依然历历在目。

我是一九五二年考进中山大学中文系的。

我的家，在广州西关（现在称为荔湾区）。报到的那一天，我携带简单行李，乘公共汽车径往康乐园。

车子过了海珠桥，便进入了当时的市郊。黄土公路的两旁，尽是水稻田，阡陌纵横，灌木丛丛。晓港桥头，停泊着几叶扁舟，好一派远郊情味。拐了几个弯，车子才进入学校的大门。

当年，南校门依然写着“岭南大学”几个字。浅黄色的方形石柱，托着横梁，就像下边缺了一横的“口”字，简朴到无以复加。我有点纳闷：这校门和我读过的中学校门差不多，它寂寞地站在路边，形单影只，哪有什么高等学府的气度？

正踌躇时，车子驶往校道，我下了车，才知道自己进入了一个新的梦幻世界。

从校门内侧望过去，夹道是两行茂密的紫荆树，树上开满红中间白的花。有些花瓣，落在地上，校道便像铺着碎锦。紫荆树下，是经过修剪的

中大南门。

低矮灌木，开放着灯笼形状的大红花，深红粉白，浅黛浓绿，交相辉映。空地上有榕树、木棉树、荔枝树、蒲桃树，夹杂着一丛丛翠竹，微风过处，花树婆娑，沙沙作响。绿树间，有几座红灰色的小楼，传出了钢琴叮叮当当的乐音。我心旷神怡，暑意全消，觉得迎面走来的所有人，眉头眼角，都流溢着盈盈的笑意。

转过小礼堂，眼前一亮，好一幅青翠欲流的绿草地！我平生未曾见过这么大这么美的草地。人的眼界，怕会是随着年龄增长而变化的。在小学，觉得校园很大；到中学，才知校园更大。现在，面对着康乐园宽广的草地，又才知道山外有山，天外有天，才知道什么是真正的大。我想，大学大学，偌大的校园，不就说明大学之所以为大么！说实在的，那时候，我实在还没有弄清楚大学的真正含义，只是觉得，光是这片大草坪，已经足够让我欣喜和迷恋，让我领略了我们学校的气度。

我赶紧办妥入学手续，放下了行李，便回到当时名为“学习广场”“翻身广场”的大草坪上，拣一个阴凉去处，静静地躺下。草地软茸茸，暖烘烘；

大草坪。

草尖儿轻拂着肌肤，草蜢儿乍然跃起；草地下像有一股潮热的蒸气冒出，我的身躯，也和氤氲的泥气息、草滋味融为一体。天上云飘，耳畔蝉鸣，康乐园，不就像“世外桃源”么！当然，后来我才知道，这旦的每一根神经，其实都和外边的世界紧密连接，静谧的下面会涌起风波。大学，应该是社会的良心，但也会是社会矛盾的缩影。

午后，有人通知我，晚上系里举行迎新大会，新同学都要参加。一听有“迎新会”，外地来的新生都很高兴，我心里却像打鼓。“迎新”不会要“拖尸”吧？等着被“拖”得了。我想，这一关，反正“新丁”们是要挨过去的，也顾不了许多。于是把心一横，索性先拖了几位舍友，逛逛校园再说。

时近黄昏，我和四位同学走到了党委会（那时叫“政治辅导处”）前面的斜坡上。坡后古木参天，树荫浓密，宛如一片森林。我长年居住在城市，只见树木，不见森林，一时兴起，便使劲地往前边跑。谁知走到树丛边，却发现森林被有倒钩的铁丝围着，还贴着写有“内有恶犬，请勿进内”的告示。我张望了一下，没发现林子里有狗，倒瞥见树枝上垂挂荔枝。于是撩起裤管，带头跨过围栏，心想荔枝正向我招手，哪里管得了校警摆下的“空城计”。

走到了树下，正要伸手摘那枝头的荔枝，忽然斜刺里冲出一条又黑又大的狗。那家伙一声不响，向我扑来，俗语说：“无声狗，咬死人。”说时迟，那时快，我一见，扭头便跑。那狗在后面紧追。我赶忙逃到铁丝栏边，举脚便跳，谁知铁丝上的倒钩挂住了我的裤管。这一来，整个身体哗啦一声扑倒在地上。逃命要紧，我也管不了许多，奋力爬起。谁知“嘶”的一声，新缝的裤子撕开一个大口。那狗正要咬我，可是见我扑倒在地，以为要捡石块扔它。它略一迟疑，我便乘机逃出了生天。

回到宿舍，惊魂甫定，舍友都来安慰我。大家匆匆吃了饭，又得前往“迎新”的会场了。

那天晚上，系学生会主席说了些什么话，大家表演了什么节目，我一概听而不闻，视而不见。我一边心疼自己的新裤子，一边想着“拖尸”。整个晚上，只坐在角落里发呆。我还觉得，不少老生的视线集中到我的身

爪哇堂（原岭大第一男生宿舍）。

上，大概我那忐忑不安的模样，让师兄师姐们瞧个正着。似乎还有些舍友，他们望着我窃窃私语。

我坐的位置，靠近会场门口，晚会一结束，赶紧溜之大吉。那时年纪小，跑得顶快。回到宿舍，洗过澡，稍稍整理衣物，正准备休息，忽然有人敲门。我心想无非是舍友们晚会后回来了，本来，房门就没有闩，我也就懒得起身，只喊了一声："进来！"

咯当一声，房门被推开了。我扭头一看，走进来的竟是四五位高年级的女同学。我一愣，一边喊着"请慢点"，一边手忙脚乱地把摺在床上的外裤赶紧穿起来，才敢回身迎"客"。女同学看到我的狼狈相，都哈哈大笑，而且目光都落在我的裤子上。我有点纳闷，低头一瞧，惨了，原来我在忙乱间，穿上的竟是那一条从膝部裂到脚跟的破裤。

"是这条吗？"一位最年长的女同学指着我的破裤问。我不知道她说的是什么意思，正作声不得，谁知道她在哄笑声中清楚地下达命令："脱下来！”

我手足无措，心想我年纪再小，也总不能当面脱裤吧！那女同学见我迟迟疑疑，又说了一句：“不要不好意思嘛！”然后，她们都笑着走出房门口。

我无计可施，赶紧脱了破裤，换上另一条裤子。才扣好皮带，师姐们又一拥而入，不由分说，把破裤子拿走了。

我默默地坐在床沿上，不敢声张，只好自认晦气。心想，原来这就是“拖尸”，既然新同学都要挨过这一关，也只好服服帖帖。只是想不到师姐们也会干这损人的“活”。

我盘算着，她们会把我的破裤子拿出去示众，或者要我拿出多少礼物作“赎金”。我还想到，肯定有人把我逃命跨栏的“劣迹”出卖了，否则她们为什么会突然袭击，而且目标又是这样明确。那一夜，我的心像有十五个吊桶打水，七上八下。既然命运掌握在别人的手上，也顾不了许多，听天由命吧！

第二天起来，到校园溜了一圈，又到了系办公室，看了看将要上课的课室，既想熟悉环境，更想打听虚实。不过，一切似乎都很平静，我关心的破裤子未见公示。午餐时到了膳堂，也碰见一两位曾到我房间“拖尸”的师姐，她们只是似笑非笑地和我点点头，便头也不回地走开了。那天，我很少跟同学们说话。“待决之囚”的无奈，被人出卖的懊恼，一直笼罩在我心头。

到了第三天，早餐过后，我回到宿舍。忽然看见，“破裤子”端端正正地被折放在床上。我赶紧拿起来一看，裤子不破了，原先的缺口，已经被细细密密地缝补。

小时候，祖母也曾给我缝过衣服，我知道缝补是当时女孩子们“必修”的手艺。细看针线，均匀紧密，巧手缝补者一定花费了许多功夫。我又赶紧掏掏裤袋，看看有没有人留下开出“赎买条件”之类的纸条，但发现几个口袋都空空如也。

这一回，我又愣了，这是怎么回事呢？难道这也叫“拖尸”？

到现在，我一直不知道是哪一位师姐给我缝补了裤子。只记得当时自己呆呆地站在床边，心情复杂，既是感激，又是懊悔。那细密的针线，带着同学间的友爱，也缝在我的心上，使我永远不能忘记。其实，从一九五二年院系调整开始，我从来没见过什么“拖尸”。见到的只是每一届新学年开始，老同学总会组织起来，高高兴兴地迎接新同学。我在大学二年级时，变成了“师兄”，便请缨参加迎新活动，在火车站举着牌子，等候南下求学的学弟。有时，等候列车直到深夜。当然，我也“拖”，但只是替新同学拖行李，也会拖着他们到校园走走。根据自己的经验教训，也会告诉他们什么地方是不应跨越的。

从“迎新会”后误解冰释开始，我深深感受到同学间友情的温暖。我们的校园，自然是美的，但更美的是那一份浓浓的而又无言的友情。新中国成立初期，知识分子纯洁的心、优良的素质，以及淳厚的社会风气，正是缔造大学校园内在美的基础。

至于那一条经过缝补的裤子，我长期保留着。直至“文化大革命”，我要奔赴“五七干校”，妻知道我要上山挑东西，才把它裁开，制成厚厚的“垫肩”。此是后话。

名师掠影

考进大学，学生最关注的是学校里有什么老师。名校之所以为名校，是因为校中有众多的名师。名校在人们心目中的名气、名次，与它有多少名师关系密切。老实说，许多学生选择报考什么样的学校，是冲着该校有什么样的名师来的。

我们从进入康乐园的第一天起，就盼着和老师见面了。新生们三三两两聚在一起，总会打听将有什么样的老师给自己上课。接待新生的师兄们，也会把一些道听途说的有关名师们的故事，绘声绘色地给后生小子们介绍。那时候，人们谈论最多的名字是陈寅恪、姜立夫，还有容庚、岑仲勉、杨荣国、胡金昌、周誉侃、曹廷藩、徐俊鸣、罗克汀、王力、陈心陶、陈焕镛、梁伯强等教授。大家既景仰，又觉得有点神秘。我们知道教授们多住在马岗顶附近一幢幢的小楼里，却不便探头探脑去查问；在路上，我们常常碰见一些挟着洋装书或线装书的老年人，就其风度仪态，估计多是教授，又苦于对不上号。

慢慢地，大家对名师们有些认识了。知道陈寅恪教授就住在东南区一号的楼上。又知道，陈教授双目失明，听说他通晓多种语言文字，而且记忆力惊人。他不能看书，在研究和备课时，需要核对资料，便告诉助手，所需材料在某书、某页、某行。助手“按图索骥”，百无一失。同学们越传越神，都希望有机会一瞻风采。不过又听说陈老师早就不给学生上课了，

陈寅恪（1890—1969），江西修水人，中国二十世纪杰出的史学家。通晓英、法、俄、日、德等十一国十四种文字，史学界称其为“一代文史大师”“教授的教授”。陈寅恪先生生命的最后十多年在中山大学度过，任中大历史系、中文系合聘教授，居住在东南区一号并在此授课，《柳如是别传》等著作在这里完成。晚年的陈先生双目失明，腿脚不便，但大师风范不减，道德文章，人格思想，阖校敬仰。

有资格听讲课的，最低限度是副教授，而且讲课地点就在他府上宽宽的走廊上。于是，同学们又望“楼”兴叹。其实，后来听历史系胡守为教授说，陈老师是给本科讲授“两晋南北朝史”“唐代乐府”等课程的。有时，讲课的对象只有一个学生，他也认真备课。每次上课，也都衣着齐整。胡教授曾当过陈老师的助手，他的回忆当然是准确的。可是，当时同学们一味地以讹传讹，还传说中苏会谈时，斯大林会见毛泽东，第一句话就是问及陈寅恪。种种传闻，容或与事实有所出入，但不必深究，因为，它是同学们尊敬老师和向往知识的表现。不过，有一点，却千真万确，那就是同学们对陈教授的道德文章和敬业求知的精神，十分仰慕。在一九五〇年，学生们送给陈老师一面锦旗，上书“万世师表”四个大字，给予他至高无上的评价。

又过了一些时间，我们认识了更多名师。

在二十世纪五十年代中期，老师们的穿戴，各适其适，“百花齐放”。在校园里，我常常看到两位最喜欢穿一套纯白色唐装的老人，其中一位是数学家姜立夫教授。他的家，在大钟楼附近。我们常常见到他在夫人的陪同下，拄着拐杖，慢慢地走。颔下银须，随风轻拂，那气定神闲的风度，使人肃然起敬。同学们在小径上遇上了他，都会侧身站在一旁，让他先走；他也会微笑垂颔，接受同学们的好意。我知道，姜教授是几何学权威，曾任国民政府中央研究院数学所所长。那时候，全校只有他和陈寅恪教授领取一级教授的工资。据说人民政府每月发给他们三百八十一元，人们戏称为“三八一高地”，它是学术地位最高的标尺。在“知识就是力量”的号召声中，许多人把它作为追求的目标。

姜教授通常还穿白衬衣、灰色的西裤。另一位老人容庚教授，则是一年四季，总穿一套白色唐装，白袜子，黑布鞋。他的年纪，虽也和姜教授差不多，可是从不拄杖，反而一天到晚骑着自行车在校园里飞跑。容老是中外著名的古文字专家，他那身打扮，颇能显出国粹的特色。

与容老齐名的古文字学家商承祚教授，则喜欢穿着笔挺的西服。他穿藏青色的西装，雪白的衬衣配黑色的领带，皮鞋锃亮，走起路来，腰杆挺直，

姜立夫（1890—1978），著名数学家、数学教育家。南开大学数学系创始人。对中国现代数学教学与研究的发展有重要贡献。一九四九年经原岭南大学校长陈序经礼聘到岭南大学。几年后岭大并入中大，姜立夫担任了院系调整后的中山大学筹备委员会委员。姜先生当年与陈寅恪先生均是一级教授，是中大的丰碑式人物。

陈序经、陈寅恪、姜立夫（左起）合影。

精神矍铄。那时候，老师们以穿西装者居多，但像商老那样穿得合身得体者，却不多。个别老师，披上西装，就像穿着马褂，晃晃荡荡，松松垮垮。不过，到了“文化大革命”以后，商老却再不穿西装了，他也和容老一样，只穿一套纯白色的唐装，手中还往往拿着一面扇子。他喜欢一边走，一边摇，悠悠然在校园里逛来逛去。

冬天，有些老师还会穿长袍，脖子上围着围巾，一派二十世纪三十年代的文士打扮。有一位姓陈的教授，穿着更随便，他在干部服外面，披件旧西服上衣，下边穿的是唐装裤子，脚上穿的是无筒雨靴，手上拿着的是装满书籍的旧布袋，这不伦不类的穿戴，大家也见怪不怪。显然，在新中国成立之初，政治环境比较宽松。从老师们随心所欲的穿戴上，可以看出，校园风气自由自在，人们心情舒畅。各式各样的学者，虽然步履不同，但都一起走在社会主义的大道上。

在校园的小路上，我们也常会见到数学系的胡金昌教授。在中学时代，我们都晓得胡老师曾获得美国的“金钥匙”奖，以为“喝过洋水”的他，一定是西装革履、风度翩翩的学者。谁知道，我们见到的胡教授，却是位矮瘦的小老头。他通常穿一身土黄色的布质中山装，佝偻着身躯，慢慢地走。而研究中国语言学的学术泰斗王力教授，则又是另一番气象。王力老师个子很高，光亮的脑门下，架着黑边眼镜，嘴角紧紧地向下弯着，显得分外威严。不过，王老师说话时声音细小，语气轻柔，和他高大的身段适成反比。听说他曾留学法国，生活方式颇似西欧，每到星期天，必会和家人外出郊游，绝对地放松、休息。在平时，他工作、学习的时间，抓得很紧。同学们如果到他家里求教，他会很高兴地从楼上的书房，走下客厅接待。

王力（1900—1986），字了一，中国语言学家。广西博白人。曾就读于清华国学研究院，师从梁启超、王国维、赵元任，后留学法国，获巴黎大学文学博士学位。历任清华大学、西南联合大学、中山大学、岭南大学、北京大学等校教授，中国文字改革委员会副主任。毕生从事汉语教学与研究工作，兼擅诗文、翻译。著有《中国文法学初探》《中国现代语法》《汉语诗律学》《龙虫并雕斋琐语》等。主编《古代汉语》。

胡金昌（1961—1966），著名数学家。任教于中山大学数学系。1950 年，任中山大学临时校务委员会委员，后曾担任中山大学理工学院院长。胡金昌先生与许淞庆先生一起培养了中山大学最早一批在常微分方程稳定性理论方向上的研究生。

等到谈了五分钟，他便一看手表，递给学生一叠画报，说：“您很忙吧！”便上楼工作去了。所以，同学们都懂得他的脾气，有问题请教，必先准备好，简明扼要地提出，以免妨碍老师的工作。

同学们和老师接触，当然主要是在课堂上。

那时候，不少刚到广州求学的同学，在课堂上却碰上了意想不到的难题。

新中国成立初期，同学们多是来自全国各地，老师们却多是广州或广东潮籍、客籍人士。而在新中国成立前，广东人还没有讲普通话的习惯，新中国成立后才开始推广普通话。人们常说：“天不怕，地不怕，最怕广东人讲普通话。”当同学们听到一些粤籍老师，操着半咸不淡的“普通话”上课时，便如堕入云里雾里，糊里糊涂，不知所云。当时，教务处又强调学生上课要记笔记，有些班级，课后还会抽样检查课堂笔记。这一来，来自广东以北省份的同学们，便叫苦连天了。据说，胡金昌教授上课时，滔滔不绝地讲授，许多同学听不懂，便要求胡教授采用普通话教学。谁知胡老师眼睛一瞪，一本正经地回答：“我依家（现在）讲的就系（正是）煲冬瓜（普通话）。”

同学们愕然，原来，胡老师以为把粤语稍稍变些声调，就是普通话了。这真没有办法，乡音难改，胡老师这位年近半百的老人，响应学校规定，用带着极浓重的粤腔普通话上课，已经是很不容易了。当然，过了一段时间，同学们倒习惯了胡老师的“煲冬瓜”，领悟到他授课内容的精妙。

给我们上“外国文学”的叶启芳教授，是卓有建树的翻译家，外语和中文的水平都很高。可是，他说普通话的水平却令人不敢恭维。有一次，他给我们讲述欧洲的文艺复兴，突然冒出了一句：“欧洲的中世纪，是黑猛猛的乌里单刀的。”多数同学完全听不明白，只好瞪着眼睛。下课时，我告诉外省籍的舍友，“黑猛猛”者，黑蒙蒙、黑暗之极之谓也；“乌里单刀”者，乌七八糟之谓也。当舍友们明白过来，不禁捧腹大笑。

又过了一段时间，我们习惯了大学的校园生活，对老师的神秘感慢慢变为亲切感。晚上，大家从图书馆自习后回到宿舍，当行经教师的住宅时，往往看到教授们在灯下备课的身影。于是，我们都会自觉地放轻脚步，敛住喧哗，心里默默地祝祷老师们晚安。

叶启芳（1898—1975），广东三水人，著名翻译家和新闻学教授。毕业于燕京大学，一九四九年后曾任国民大学教务长、华南联合大学文学院院长等职。一九五二年院系调整后，华南联大并入中山大学，任中山大学图书馆馆长兼中文系教授。一九七五年五月在广州逝世。译著有《政府论》《国际关系论》《社会主义通史》等。

『一边倒』种种

二十世纪五十年代，强调“一边倒”，倒向苏联。大学教育，自然也是唯“老大哥”的马首是瞻。

大学教育“一边倒”的结果，首先是“倒”出个院系调整。在旧中国，高等教育的模式，本来已和国际接轨。大学是综合性的，多科性的。专科性的院校，才称为“学院”。我们的中大，从二十世纪二十年代开始，包含了文、理、工、农、医、教育等学院。而等到我进入中大时，这所被称为“综合性大学”的名校，实质只剩文、理两院了。

院系调整，弊多利少，从近年来各大学纷纷合并，让原来被分出去的院、系回归，就可看到当年举措的失误。失误的缘由，无非是“一边倒”。“老大哥”的院校既是如此这般地设置，萧规曹随，我们便削足适履，硬是把“宽轨”改为“窄轨”，让火车头驶向莫斯科。

平心而论，苏联的高等教育，也有其成功之处。或者说，它是符合苏联的国情的。否则，苏联的科技怎么会在几十年间，跃居世界前列。即使到现在，穷得叮当响，老美对它以科技为基础的军事工业，还不敢轻觑。可见，它培育人才的机制，也并非一无是处。

苏联的高等教育，过于强调功利。在计划经济的主宰下，学生在学校里学什么，将来在社会上就干什么。一个萝卜一个坑，学生所学的只是这个小坑所能容纳的学问，眼光自然会窄，这无疑是缺点。但是，与“窄”

文明路时期的中大校门。

相联系的要求专业知识系统化，这对大学生来说，又未尝没有好处。即以文科而论，苏联把它视为一门科学，要求人们研究其规律，要求锻炼文科学生的逻辑思维能力，这显然有其可取的地方。今天，“计划经济”没有市场，苏联已土崩瓦解，不过，其教育思想和机制的某些方面，仍然可资借鉴，不宜一棍子打死。要知道，我国高等教育在近代才开始起步，建立有中国特色的高等教育事业，既要东张，也可西望。要根据自己的国情，吸纳世界各国的教育思想和经验，在否定之否定中前进。“一边倒”，固不可行；把污水连同孩子一起倒掉，也属不智。

今天，我们可以比较冷静地对待所谓“一边倒”的问题，可以放一放马后炮；而在当时，绝大多数青年学生，都认为学苏联是天经地义的事。

在大学里，什么教育思想、专业设置，那是校长和教授们思考的问题。至于我们这批刚进大学的小伙子，黄毛未褪，乳臭未干，什么也不懂，学校安排读什么，便读什么；至于高年级的师兄师姐，对教学机制“一边倒”

的后果，也不甚了了，实在无从表态。加上当时媒体声讨美帝国主义和赞颂中苏友谊的文章，连篇累牍，铺天盖地。所以，除了当时一些有独立见解的老师私下里表示怀疑外，大家对“老大哥”那一套的一招一式，都抱着虔诚的学习态度。既然上头说苏联的教育机制好得不得了，我们这些“驯服工具”，没有什么异议，也认为好得不得了。

老实说，苏联那一套到底好还是不好，当时同学们是“蒙查查”的。多数人是通过唱苏联歌曲，看苏联电影，才获得一些感性的印象。

歌曲，真是奇妙的东西，它既是时代的表征，又可以掳人心性。

记得在新中国成立初期，即在一九四九至一九五二年那一段时间，广州青年唱的歌曲，无非是《解放区的天》《没有共产党就没有新中国》《咱们工人有力量》《太阳出来满天红》之类，许多腔调，带着陕北的土气息、泥滋味，让南方人唱来感到一股粗犷高亢的气韵直贯心胸，兴奋不已。再就是唱些抗战时期的进步歌曲，如冼星海的《在太行山上》《歌唱新中国》，贺绿汀的《青年进行曲》之类；抗美援朝战争打响，便流行唱《志愿军战歌》。至于苏联、东欧歌曲，唱得也还不多。

到一九五二年左右，大学里唱的，就多半是苏欧歌曲了。在校园的广播站，除了晚上十点半播出一些节奏缓慢的欧洲古典音乐，让优美舒缓的琴声催人就寝外，其他时间播放的多是苏联歌曲。自然，同学们在文娱活动时间唱的，在文工团演的，绝大多数是《小路》《喀秋莎》《列宁山》《莫斯科的傍晚》《幸福的农庄》《红莓花儿开》等等，再就是俄罗斯的《三套马车》《伏尔加船夫曲》。随着苏联音乐在校园里荡漾，俄罗斯文化也沁入肌肤。

苏联歌曲，实在是优美的。略带忧郁情调的短调式，使习惯于黄钟大吕或是唱过《何日君再来》一类靡靡之音的中国青年，感到耳目一新。加上政治气候的烘托，苏联歌曲便风行一时。而且，苏联歌曲的歌词，许多是优雅的抒情诗，即使和卫国战争有关的题材，也往往掺入爱情，像歌颂“喀秋莎”火箭炮的歌，竟出现“喀秋莎走在峭峻的岸上，姑娘的爱情佑护着

文明路时期的中大钟楼。

它”；像写前方战士的《小路》，歌词竟是“一条弯弯曲曲的小路细又长，一直通向迷蒙的远方，我要沿着这条细长的小路，一直通到爱人的身旁”等等，这些，很能打动年轻人的心。想当初，我们在唱着这些歌词的时候，谁也没有想到炮火连天的背景，倒是情呀爱呀的字词，恰好微妙地轻叩着年轻人萌动的心扉。这一来，唱的是苏联歌曲，曲折吐露的却是自己怀春或者伤春的意绪。唱着唱着，苏联的一切自然连同美妙的音乐，在人们的脑海里变成理想的图景，这就是音乐的力量。当然，到今天，苏联灰飞烟灭，除了我们的这一代人，不太有谁曾相信它是共产主义的“极乐世界”了吧！但老头子、老太太们，往往爱哼这些怀旧的歌，唱到忘情处，眼角还会闪出泪花。那是因为它会勾起老年人对年轻时代生活的回忆，说不定使他们想起那条“小路”——那条马岗顶上的姻缘路。

每到周末，电影广场放映的苏联电影故事片，更是使我们倒向一边的巨大动力。

新中国成立之初，国产片很少，西方电影不可能放映，苏联片自然垄断了市场。现在看来，诸如《幸福的生活》之类歌颂苏联集体农庄的影片，完全是粉饰现实的谎言。而在当时，通过观看许多为苏联涂脂抹粉的故事，同学们真以为“一边倒”是不容置疑的真理。不过，除了一些浅薄的“无冲突论”之作外，不少苏联影片确也是很耐看的，像《乡村女教师》《列宁在一九一八》《斯大林格勒保卫战》等等，堪称是电影艺术的经典。有些影片，则是由俄罗斯古典名著改编，像《白夜》《安娜·卡列尼娜》，其拍摄水平之高，实在使人惊叹。俄罗斯族本来是世界上具有深厚文化传统的民族，看了这些优秀影片，同学们的思想修养和鉴赏能力的确也大大提高了。为什么现在六七十来岁的观众，看不起时下在舞台上扭着屁股胡蹦乱跳的劲歌，看不惯什么“格格”、什么“戏说”之类的“无厘头”电影，这和当年受到良好的艺术熏陶有关。

看多了苏联电影，思想感情便产生“亲苏”倾向。至于后来和“苏修”闹翻，珍宝岛之战一开，人们把“美帝”“苏修”视为一丘之貉，连苏联歌曲、苏联电影也被视为毒草，那是我们这一代人当初连做梦也没有想到的事。

二十世纪五十年代唱苏联歌，看苏联片，苏联青年的生活方式，随即在我们当中产生影响。从农村来的女同学，开始攒下助学金，买件“布拉吉”

黑石屋是康乐园历史最悠久的建筑之一。

穿穿。“布拉吉”者，连衣裙之谓也。裙腰之间，往往有一条腰带，死命一勒，便显得“腰儿窄窄”。爱美是年轻人的天性，所以姑娘们多会制购一两袭，以备不时之需。凡有喜庆节日，周末舞会，五颜六色的“布拉吉”把大草坪和小礼堂点缀得美不胜收，让人眼花缭乱。

苏联的男青年穿西服打领带的似不多，多半是披上外套。较有特色者，是穿乌克兰装。那是长袖圆领的花布衬衫，开着像中国女性旗袍般的领口，没有纽扣，穿的时候要从头部套入。这些时尚的东西，也传进了康乐园，个别男士穿起来，也有点“阿辽莎”“卡西亚诺维奇”的味道。可惜它不太适宜于南方暑溽的天气，而且男孩子穿花衣，不伦不类，也不太符合当时的国情。所以，一些同学穿了一阵，便束之高阁了。看来，在一段时期，女生的衣着出现“一边倒”的倾向，男生的衣服却“倒”不起来。这似乎和当时我国的男性领导人爱穿中山装的风气有关，假如当时有人在天安门城楼上穿件乌克兰装振臂一呼，或者亮一亮相，情况当会大不一样。上有好者，下必有甚焉；上头若不爱，下面不紧跟，这也是我国的国情。至于上课时间的安排，学校接过上头指令，也曾搞过“一边倒”。

我在一年级的时候，上午一般安排四节课。从八点钟开始，到十二点便下课吃饭，饭后午睡。好端端地过了一年，大家都养成了习惯。等到一九五四年，学校里忽然要搞“五节一贯制”。上午上课从九点开始，每节课上一个钟头，课间休息二十分钟，五节课结束，大概要上到下午一点多钟，这才下课吃饭。下午倒不必上课。这一来，我们就惨了，广州的夏天，中午天气特别炎热，那时大家还不知道“空调”为何物，一到中午时分，何止饥肠辘辘，兼且睡眼昏昏。这一刻，讲者听者，真是各有各的难处。据知，苏联“老大哥”上课的安排，就是这样的。既要“一边倒”，我们便照此办理。

“老大哥”的上课安排是否合理，我们不得而知。起码那边天气冷，大概也没有午睡习惯；上课时间虽一以贯之，如果课间肚子饿了，啃块黑面包便可解决问题。南方的广州，不是北极熊待的地方。在动物园里，人们还要用冰块去伺候它。生活条件不一样，要我们一边倒向北极熊惯于栖息的地方，不是要命之至吗！幸好，“马克思主义与中国实践相结合”的理论毕竟深入人心。教育部门大概忽然有所省悟，没有来个“狠抓‘五节一贯制’不动摇”。上头不狠抓，下面便松垮，这也是我国的国情。又过了一段时期，校里便不实行“五节一贯制”，一切又归于正常了。

“一边倒”，有时却“倒”不下去。就像孩子们的不倒翁玩具，你硬要把它推向左，一放手，它又颤颤巍巍地归于正了。生活，往往就是这样。或许，这也是辩证法的真谛。

馒头风波

在一九五三年夏天，校园里发生了一场馒头风波。

有一天，我到“翘燊堂”左侧的食堂用膳，看到食堂附近围着一堆同学，都在仰头观看一张大字报。我爱凑热闹，也钻进人堆里，只见大字报写着“反对浪费粮食”几个大字。再看内容，原来是说某系的同学，在课室里发现了半块吃剩的馒头。好端端的馒头扔在课堂的角落，这可是大事。因为这说明有人不爱惜粮食；而粮食是由劳动人民种的，不爱惜它也就是不爱劳动人民的问题，是应该口诛笔伐的。大字报严肃地批评了浪费粮食的现象，同学们都表示支持。何况，在大字报下方，还用凳子放着那半块被捡起的馒头。它可怜巴巴地被晾着，这更让人增添了对暴殄天物的错误行为的愤慨。

是谁扔掉了半块馒头？在饭桌上，人们窃窃私议了。有人说，肯定是南方人干的，因为南方人不爱吃馒头；有人说，估计是女同学吃剩的，因为女同学饭量不大。这风言风语，被南方的女同学听到了，自然老大不高兴。她们说，我们从来只端饭，不端馒头。那吃剩的半块馒头，肯定是爱吃馒头而又贪多吃不下的北方男生所为。这一来，食堂就真像是开了锅，小小的馒头引发了一场风波。

在今天看来，半块馒头算不了什么。而在那时候，浪费粮食，确会引起公愤。因为，我们从小就背过“谁知盘中餐，粒粒皆辛苦”的诗句，读过“一粥一饭，当知来之不易”的格言，都觉得浪费粮食，等同犯罪。更何况，

翘燊堂旧貌。

当时我们吃饭是不要钱的，扔掉了半块馒头，其性质属糟蹋国家财物。如果被人指证为糟蹋国家财物的元凶，那真会被十目所视，十手所指，这绝不是可以开玩笑的事。

那时候，考进大学的学生，是不用缴交学费的，而且每月都可以享受十二块钱的助学金。助学金以饭票的形式发下来。等于吃饭不要钱。饭票三十张一叠，每张分早餐、午餐、晚餐三段，上面印明日期。每次用膳，撕下其中一段，交给膳堂职工，便可排队领到一份菜。菜式一般两种，有荤有素；米饭稀饭，则任由同学们自己盛取。早餐则有炒粉、肉粥或馒头。那半块被扔在课室里的馒头，一定是早餐的剩余物资。

那时候，同学们如果有事不在膳堂吃饭，都会预先办理停膳手续。办法很简单，只需预先把准备不开膳的那段饭票，撕下来塞进膳堂门口的小木箱里，就可以了。一般家住市区的同学，周六的晚餐和周日的早、午餐，多会预先停掉。厨房把同学停膳省下的费用，用作每周星期四晚餐的加菜。

那顿饭，同学们可以凭票领取三款菜式。这办法真好，同学们也很自觉。假如有吃不完的饭菜，大家也会自动倒进潲桶里，让农户拿去喂猪。至于有人把半块馒头扔到课室里去喂蟑螂，确是做了一件见不得人的事。

不过，如果追究那半块馒头是谁扔的，是南方同学还是北方同学扔的，是男同学还是女同学扔的，那就麻烦了。搞不好，同学们之间会产生裂痕。事实上，在宿舍里，在饭桌上相互推诿、嘲弄的苗头出现了。假如发展下去，会影响校里的学习环境。

幸而，过两三天，事情有了转机。转机的根由也很简单：不知道哪位同学在批评浪费的大字报上，批了“小题大做”四个字，字不大，原不引人注意；又不知道是哪位同学，用红笔在四个字下面加上一杠，这就吸引了同学们的目光。大家的话题，便转向扔掉半块馒头是否浪费，批评这一现象是否“小题大做”的争论。自然，认为应该批评扔馒头行为的意见，很快占了上风。这一来，大家倒不再追究到底是谁扔了馒头了。

说实在的，在新中国成立初期，有机会进入中山大学读书，是十分自豪的事。当时，抗美援朝战争以美军被赶回“三八线”告一段落，被外国欺负了百多年的中国人，有吐气扬眉之感觉；人民政府枪毙了贪官刘青山、张子善，出现清正昌盛的气象。社会治安良好，物质供应充足。“中国人民站起来了”的呼号，一直在青年的心头上回响。因此，在学校里，同学们的思想状态，是积极向上的。政治上追求进步，创造条件入团入党，以便更好地报效祖国，也确是同学们的思想主流。当然，由于个人或家庭问题，对某些政策不满、怀疑，也是有的，但在集体主义和追求自我完美的精神充斥心房的状态下，在社会矛盾还未激化的情况下，人们确会把“不通”的情绪自觉地挤压在一旁，而且会真诚“放下包袱”，追随主流思想前进。因此，一旦有人扔掉了半块馒头，让几两碳水化合物不能在人的胃里发挥它应有的作用，这毕竟是浪费。浪费终归是不好的。为了防微杜渐，批评扔掉馒头的行为，自然是应该的，这是当时多数同学的共识。何况，那一辈的人，都以节俭为传统美德。容庚教授的收入当然不菲，但他告诫他的

翘燊堂匾额。

孙子容国濂，不要浪费剩饭，“剩饭吃第一口是馊的，吃第二口便不馊了”。至今，容国濂先生还谨记祖父的教诲。所以，那些认为“小题大做”的意见，很快没有市场。

真正平息馒头风波，使同学们认识趋于统一的，是学生会发起的“帮厨”活动。

听说，在一九四九年前，老中大的学生组织了“膳团”，它监督膳堂的收支，反映同学们对伙食质量的意见。实际上，它又是地下党发动群众团结群众反对国民政府的组织。“膳团”维护学生的利益，活动如火如荼，往往令校方焦头烂额。一九四九年后，“膳团”没有了，但从“馒头风波”的事件中，一些同学认为应该加强学生与膳堂的沟通。膳堂工友的工作，十分辛苦，如果同学们深入厨房，参加劳动，领略其中甘苦，庶几不会轻易扔弃膳堂工友的劳动成果。学生会因势利导，让各系组织同学自愿“帮厨”。我们一般由四个人组成“帮厨”小组，到厨房里帮助洗菜端盘。每月轮流干三个钟头左右。夏天，炉火通红，我们烘得汗流浃背；冬天，水冷如冰，我们冻得指头发麻。“帮厨”在课余进行，时间虽不长，却使同学对膳堂工友的劳动深有体会，彼此也增进了感情。到现在，我在校园里碰见老厨工阿音、阿庆嫂、老彭、阿松，还记得他们挥汗如雨煮饭分菜的情景。

“帮厨”是自愿的，谁也没有受到约束。即使有些同学不感兴趣，也都随大流，不想被视为落后。反正“帮厨”时有说有笑，蛮有意思，所以到了“帮厨”时间，同学们一般不会缺席。这是那个年代青年的可爱之处。

“帮厨”活动开展了一段相当长时间，后来不知为什么无疾而终。不过，大伙儿的确意识到不该浪费粮食。即使饭后洗涤碗筷，也不会哗啦哗啦大开水喉。假如有谁忘记关掉水龙头，便会遭到同学的白眼。

谁知道，又过了十几年，“文革”开始了，也是一批住在康乐园的学生，却把许多国家财产打得稀巴烂。然而，这举动何止不叫浪费，反被称为“革命行动”了。

『李见贤尺』和『向科学进军』

大概是在一九八五年的暑假吧，当时，学校组织全校的系主任到附近县镇开会，一部大巴，把主任们全捎带了。我和数学系主任吴滋潜教授坐在一起，后座坐的是地理系主任黄进教授。

车子到了一条河边，等候摆渡，枯坐无聊，大家便随意扯谈。我忽然想起，三十年前，地理系有一位李见贤老师，“文革”后没有声息，不知是存是殁？心里一嘀咕，回头就问黄进教授：“李见贤老师死去多久了？”

这一问，全车的主任们哗然大笑，我愣了，吴滋潜老兄在旁推我一把：“黄天，你发什么神经！”我更莫名其妙。憨厚的黄进老师看到我一脸困窘，他倒没有笑，告诉我，他就是李见贤。

我想起李见贤，是因为记得在一九五五年左右，他发明了把平面地形地质图绘成块状立体地形地质图的仪器。这项发明，引起了地理学界的注意，得到了国家科技部门的奖励，还被命名为“李见贤尺”。我从报刊里看到表扬李见贤老师的报道，人们都知道他是当时响应号召“向科学进军”

黄进（1927—2016），曾用名“李见贤”，地理学家、地貌学家，曾任中山大学地理系主任、中山大学地理科学与规划学院教授。他是全面研究丹霞地貌的第一人，有“当代徐霞客”之誉，为中国丹霞地貌研究做出了杰出贡献。

的一面旗帜。

李见贤，又名黄进，中山大学地理学系教授，曾任该系系主任，丹霞地质、地貌权威专家。李先生早年曾发明一种测绘尺，被国际公认，以其名字命名为“李见贤尺”，先生以此闻名，真名反不为外人道矣。

黄进教授对我说，他本来姓黄，幼年家贫，在一次旱灾中，从丰顺县逃荒到赣南。途中，饥寒交迫，父亲便把他卖给了龙川县的一户李姓人家，让他改姓李，取名“见贤”。苦难的经历，使他发奋向上，取得优异的成绩。后来，他对坡面发育、地貌分类和河床沙波等方面，进行了系统的研究。据我所知，近来已年过七旬的他，还到国内各处特别是广东丹霞山一带，辛勤考察。这位著名的地理学家的老黄牛精神，我们同一辈人十分佩服。我们也知道，黄进老师今天取得的成绩，与五十多年前“李见贤尺”的发明有密切的关系。“向科学进军”的号令，激发了青年人的求知热情，迈上了科学殿堂的初阶。

在二十世纪五十年代中期，康乐园的学子，很喜欢阅读一本科普杂志，它以培根的名言命名：《知识就是力量》。当时，党和政府鼓励年轻人探求科学知识，这本杂志应运而生，在知识界中取得良好的影响。就在我们如饥似渴阅读《知识就是力量》的时候，冷不防校园里就蹦出了代表知识、代表力量的“李见贤尺”，因此，大家兴奋不已，引以为荣。后来，“李见贤”三字虽然没人再提，而我也还记得，原因是“李见贤尺”本身，就是当时我们“向科学进军”的标尺。

在“向科学进军”“知识就是力量”等响亮口号的带动下，二十世纪五十年代中期，校园里出现了如火如荼的学习风气。到深夜，实验室依然灯火辉煌；在清晨，图书馆门口便排着长长的队，同学们都希望早一点找到宁静的角落，以便潜心学习。那时提倡学苏联，似乎科学家就只有巴甫洛夫、米丘林，其他国家的科学家都被搁在一边。至于苏联教育体制的是非得失，这里且不谈它，就其提倡学习的系统性、计划性而言，也还有可取的地方。例如系里要求学生每周周末，为下周的学习做出安排，各人自行填写一个表格。表格上分早、午、晚三段。同学们要根据上课时间表，排出自己每天的学习计划。假如周一上午只三、四节有课，那么空出来的一、二节，你准备干些什么，读些什么，必须预做规划，依照执行。这做法颇有好处，我们不至于浪费零星时间，而且能给自己营造学习的急迫的气氛。

黄进教授青年时代发明“李见贤尺”的事迹，是颇具典型性的。新中国成立之初，许多学生来自农村，贫寒者多，能够考上大学，实属不易，多数人都珍惜机会，发奋攻读，从而做出了成绩，黄进同志正是其中的佼佼者。说实在话，良好的社会风气、紧张活泼的学习环境，以及高涨的爱国热情，使当时的年轻人感到大有奔头。为什么上头一提出“向科学进军”，

图书馆

大伙儿便会万众一心，夙夜匪懈，要把科学知识学到手？主要的动力，确是来自集体主义的精神。当然，也不能说，当时的年轻人就是一个劲只想国家、民族，大公无私。其实，在“向科学进军”的口号喊得震天价响的同时，我们私下里还有一句口号：“向三八一高地进军。”在康乐园里，“三八一高地”是大家向往的地方。

“三八一高地”者，当时教授最高一级工资每月三百八十一元之谓也。在我们的校园，能拿到这级工资者，文科只有历史系的陈寅恪教授，理科只有数学系的姜立夫教授。两位都是国家级的大师。同学们向往这片“高地”，在当时被视为“名利思想”在作怪。所以，大家只是偷偷地议论，决不敢振臂一呼。在我看来，这两个“进军”口号，颇似乐曲的“和弦”，它们是应和着的共生体。

其实，“向三八一高地进军”，并没有什么不妥。要知道，“大公无私”云云，在唯物辩证法看来，颇有片面之嫌。因为“公”和“私”，是彼此依存的对立面，若只有“公”而无“私”，那就无所谓“公”；没有“私”，“公”也不复存在。合理的追求，应该是先公后私，公私兼顾。在“向科学进军”的同时，也“向三八一高地进军”，本来并不矛盾，实际的结果也必然是齐头并进。只是当时在“左”的思想影响下，谁也不敢把“三八一”摆到桌面上来。

听黄进教授说，如今有了电子计算机，“李见贤尺”便派不上用场了。科学知识总是日新月异地发展，“李见贤尺”作为一个阶段的发明创造，已经完成了历史的使命。今天，它存放在学校的档案馆中，见证那一代学人的激情和才智。

『课堂讨论』和『拔白旗』

在我们求学的年代，同学们最感兴趣和最紧张的学习环节，要算是“课堂讨论”了。

“课堂讨论”，是由苏联传入的课堂教学方式。听师兄们说，一九四九年前，大学里上课，采用的是老师在上面讲，学生在下面听的老办法。一九四九年后，此法也沿用，但增加了“课堂讨论”的环节。

所谓“课堂讨论”，是教师在讲授到某些章节以后，根据教学内容，定出一两个题目，交由同学们讨论。在讨论之前，所有参加者都要认真准备，撰写发言提纲。讨论后，提纲要集体缴交，即使在讨论中没有机会发言，老师检查提纲时，也可以知道学生的学习心得。

当讨论题目公布后，同学们便要看讲义，查资料。低年级的本科生，对如何检索资料的办法还未掌握，只好到图书馆的书架上乱翻；聪明点的，会查阅“图书资料索引”，然后按图索骥。不过，即使找到了资料，若复印本不多，而参加讨论的同学不少，那么，轮番借阅，困难不少。解决的办法，便是早早到图书馆门前排队，早早在借书处借阅。所以，凡是举行“课

一九五七年中文系共青团教工团支部在北校门合影。右起第一人为作者。

堂讨论”，图书馆总会人满为患。

“课堂讨论”由教师主持，由于大家事前有所准备，发言多是踊跃的。不过，同学们水平参差不齐，有人发言精彩纷呈，也有人言不及义。我最怕的是有人一讲就大半天，别人插不上嘴，大家昏昏欲睡；而最高兴的，是听到有人提出和老师不同的看法。彼此互相攻难，大家在辩论中就大有收获。

有些同学，在“课堂讨论”中显出才华，开始懂得搜集有关资料，提出新鲜见解。有些人词锋犀利，思路清晰。当然，年轻人更多的是谁也不服谁，往往你抓住我用词不当，我抓住你某个论点的缺失，于是唇枪舌剑，争得面红耳热。下课后，返回宿舍，还有人继续辩论。

应该说，“课堂讨论”是很不错的课堂教学方式，它对启发学生的思辨能力，培养独立钻研的精神，都很有作用。在讨论中，教师起主导作用。由于讨论题目由教师定，在讨论中可以点名提问，讨论后还收取发言提纲打分，因此，尽管同学们可以在学术问题上和老师持不同意见，而整个讨论进程，都表明师生关系是正常的、融洽的。

从“课堂讨论”，我想到了“拔白旗”。“拔白旗”也是在课堂中以讨论的方式进行，但它是一种变了味的“课堂讨论”。

一九五七年“反右”，一些老师被划为“右派”，在政治上、业务上要被批得“永世不得翻身”，这且不说它。而很多并未划成“右派”的老师，尽管不属于“阶级敌人”，而思想上、业务上却被认为必须彻底改造。业务水平愈高的教师，思想就被视为愈“白”。“白”者，不是“红”之谓也，非“无产阶级”之谓也。这类教师，被称为“白旗”。为了帮助他们，也为了打破他们在业务上的“垄断”，便要批判其资产阶级的业务思想，这叫作“拔白旗”。

我们入学不久，学术界发起批判胡适资产阶级学术思想运动。人们把胡适的“资产阶级思想方法”，归结为两句话：“大胆假设，小心求证。”大家认为这完全是主观主义的“破烂货”，指出唯物主义者重视的是客观实际，岂能首先主观地“假设”一番！不过，等到我们在“拔白旗”的时候，却是首先大胆假设“白旗”们都有问题，于是带着问题去“查笔记”，看看他们在课堂上或者在论文里，说过什么或发表过什么错误的言论。

“拔白旗”运动，也是颇为热闹的。当时，强调要让被批判的老师口服心服，执行批判任务的学生，也必须有理有据。例如，你要批评老师某一资产阶级学术观点，先要对有关材料做些研究。这一来，学生也得翻资料，找论据，写批判提纲。实质上，等于搞一场“课堂讨论”，不过这回由领导出题目，主导权由学生掌握。当展开“拔白旗”讨论之际，老师与同学团团坐下。同学们一个接一个，拿着准备好的提纲发言，当然，同学们都自命他们的观点才是“无产阶级”的。“无产阶级”自然理直气壮，自然要对资产阶级思想做无情批判。于是，长期以来经过“课堂讨论”养成的犀利泼辣的词锋，便大派用场了。为了在气势上压倒“白旗”，参加“拔旗”者，也会断章取义，引经据典。由于教师在一开始就被置于“挨批”的位置上，因此，尽管师生围坐于一室，但实际上是不平等的。一般来说，“白旗”们都乖乖地一边听学生的批评，一边做着笔记，一般也都表示诚恳接受。至于心底下怎样想，那是另一回事。

领导们强调“拔白旗”的战斗性、学术性，学生的发言虽然激烈，也还属“讨论”。既然是“讨论”，有些老师也会坚持己见，据理力争，会抽象肯定同学们的精神，具体否定同学们的论点。学生们不满意了，把老师的言论拿到报刊上批评，有些老师也会发表文章反驳。看来，当时在批判“白旗”和清除资产阶级学术思想的前提下，也适当酿造点“民主”“学术争鸣”的气氛。其目的，最终还是要让“白旗”们口服心服。

要说服老师，同学们不得不经过认真准备，这也训练了发现问题、分析问题以及把歪理说得头头是道的能力。所以，向“白旗”发起攻击的“炮手”们，往往是比较敏锐的、学习成绩较好的同学。有些人，平时“课堂讨论”发言的机会较少，在“拔白旗”的战役中，被安排充当“炮手”，这反而有了表现才能的机会。而被批判的老师，听到振振有词的发言，也自然会留下深刻的印象。

到如今，“拔白旗”运动已成为五十多年前的历史了，但是，在康乐园老教师的队伍中，还流传着一桩动人的故事。

在文科院系，有一位著名的学者某某。他一贯崇尚“孔孟之道”，系里有另一位老师，比他才大几岁，又曾给他指点过一些学术问题，他便一辈子执弟子礼，见面时恭恭如也，愰愰如也。人们都知道他是校园中最讲究“师道尊严”的教授。

康乐园要“拔白旗”，这教授是被“拔”的对象。在变了味的“课堂讨论”中，他气定神闲，任由学生“拔”去。有些同学看到他那种顽抗态度，不以为然，说话口气转趋激烈。某教授则水来土掩，兵来将挡，并不当一回事。不过，当某位平时经常向他请教、学习成绩优异的同学对他发起猛攻时，他语塞了。那位同学条分缕析，有“理”有据。年轻人特有的敏锐和咄咄逼人的词锋，使某教授措手不及，作声不得。当时即使没有举手投降，但“师道”也“尊严”不起来了。

过了两年，某同学面临毕业，等候分配。由于他专心学习，被视为“白专”学生。“白专”者，是只追求业务，政治上不上进之谓也。这类人，是不堪培养的，是不适宜培育成“无产阶级教育事业”的接班人的。某同学也有自知之明，也做好了离校的准备。

一天，某教授专门去拜访学校的领导，向学校建议，要让某同学留校任教。他对领导说，那位在“拔白旗”中狠批过他的某同学，可成大器，应让他在学术上继续发展。某教授的力荐，受到学校领导的重视，某同学便得以留校任教，后来果然学有所成，取得优异的成绩。原来，某教授正是从某同学批判他的发言中，更清楚地觉察到这个青年的学术潜力。他可能不同意某同学的观点，但对他的思辨能力十分欣赏。人们不是常常赞美伯乐吗？某教授曾被初生马驹踢伤，却从其蹄腿的劲力中，认识到它终成骏马。这样的“伯乐”，岂止凭眼力，更重要的是他有着宽广的胸怀，有着为国育才的高尚精神。

又过了二十多年，某同学也成了老教师，也终于知道了某教授推荐自己的经过。每当谈起这件事，严于律己、正直善良的他，总是泪流满面，后悔孟浪。我们也劝他不必过于自责，时代的失误，造成了许多人一时间灵魂扭曲，随波逐流地做了错事，也是在所难免的。我们倒应更多地缅怀某教授，想一想他是怎样善待后辈和善待学生的。我们固然可以用宅心宽厚去理解人的行为，而我觉得某教授之所以可敬，更在于他在身受自己学生狠批之际，也没有忘记作为教师的责任，没有忘记注意观察学生运用专业知识的水平。正是忠于教师的本职，才能够在挨批时不忘选材，才能无私地举荐伤害过自己的后辈。

“为人师表”，这不是一句空话。某教授爱护学生的行为，堪称是教师的表率。后来者应该记取他的为师之道，尽管未必能人人学到。

扫舞盲

我们在中学的时候，曾经参加过一回“扫盲”运动。“扫盲”，指的是扫除文盲。暑假期间，中学高年级的学生，都会到附近工厂、街道，教不识字的人学写自己的名字，学写“共产党万岁”；或者用自己不咸不淡的普通话，教比自己年龄大一倍以上的学生，学讲普通话。

二十世纪五十年代进入康乐园读书，轮到自己成“盲”了。不过，这“盲”不是“文盲”，而是“舞盲”。我们班里许多同学，都是“舞盲”。

其实，我们从中学里来，是跳过舞的，例如“扭秧歌”“打腰鼓”，不少同学还跳得颇熟练。那时候，每天下午的5点钟到6点钟，称为文娱活动时间。文娱也包括体育，如果借不到球场，或者不愿跑步转圈，大伙儿便被拉在一起唱歌，或者跳舞。北方来的同学，“扭秧歌”是拿手好戏。这玩意，无非是腰间系条汗巾，嘴巴喊着“当——当——当当切”，两腿跨步扭扭斜斜地拐动，进两步退一步摇摇摆摆地挪动。如果借到了红色的小腰鼓，横绑在腰上，双手一上一下打出“咚、咚、咚格咚格咚”的节奏，腿上迈着秧歌步，那就更神气了。我们有时会把破毛巾系在额上，显得颇有点陕北老农的味道。

若不跳秧歌之类的“土八路舞”，就跳“洋八路舞”，那叫“集体舞”。大家围成一圈，嘴上唱着“找呀找呀找呀找，找到一个好朋友”的歌，半蹦半跳手舞足蹈地转悠。这种舞，当时是顶新鲜的，而且屁股颠颠地跳到

中文堂。

女同学跟前，躬身垂手作绅士风度状，也是颇有味道的。当然，到现在，这种歌这种舞，只有我那两三岁的孙儿才有兴趣了。

总之，“土八路舞”与“洋八路舞”，我是谙熟的。不过，当系学生会发出“扫舞盲”的号召时，我和一大帮同学，都沦为“盲”的一员。因为，我们都不懂跳交谊舞。

不懂跳交谊舞，那可是大事。因为，苏联的大学生，都是会跳交谊舞的。大鼻子们会跳，我们不会跳，属不能和“国际接轨”，属不执行“一边倒”的指示。这一来，“舞盲”如不扫，便是立场问题、态度问题。

为了激发同学们跳交谊舞的政治热情，校里在电影广场（现在“梁銶琚堂”的位置）还放映了中央领导人跳交谊舞的纪录片。在银幕上，周恩来总理舞姿优美，容光焕发，带着优雅的微笑，似乎在边舞边说话，照顾着整个场面；朱老总表情严肃，目不斜视，像军人操正步的模样；毛泽东主席背向观众，魁梧的身躯挡住了舞伴的整个身影，只见他的大手上上下下地不断摇动，似乎是结合了陕北秧歌舞的特色……同学们看到领袖出现的镜头，都很高兴，大家一面笑，一面鼓掌。这掌声、笑声，自然转化为“扫舞盲”的热情。

在政治的鼓动下，“扫舞盲”运动如火如荼地展开了。“扫舞盲”的训练场地，一般都是草坪。教练者亦即指战员，在前头一边走，一边喊“一、二、三、四”，我们便跟着他踱着方步。这玩意，也不难，练上个把钟头，什么慢四、快三，也都不在话下。

到了“实战”阶段，许多“思想问题”都来了。

在二十世纪五十年代，“交谊舞”实战地点在怀士堂（小礼堂），每周周六的晚上，电影晚会后，小礼堂便亮起七彩缤纷的小灯泡，乐声悠扬。“舞盲”们要脱“盲”字，便要到那里参加实战。

学跳交谊舞，有些同学是十分积极的，我们班里有一位大块头，嘴中不断埋怨，说系里规定学跳交谊舞是干预了他的自由，实际上巴不得在“战场”上大显身手。每到周六黄昏，此君必会浑身洗擦，肥皂也用去半块，再穿上干干净净的衬衣。电影一结束，舞池上乐声一起，他便搂着女同学跳个不停。他跳交谊舞的样子，活像举重运动员平伸哑铃，一边跳，一边吐着粗气；女伴们被他搂着，既要合着拍子，又要躲开他那扑哧扑哧地发出的狗熊般的气息，实在十分难堪。而且，女同学们也多半是“盲”。既要脱“盲”，唯一途径，也只好被搂被舞。当在舞池上被拉着转几圈，脚没踩着别人，别人的脚没有踩着自己的时候，或许可以向“文娱委员”报告，表示脱“盲”了。在当时，女同学人数不多，我们年级共有三十多人，女生才占五六名，真个是僧多粥少。当“僧”们轮番邀请“粥”去伴舞时，那些“粥”，只好一次又一次地被搅拌得天旋地转。不过，女同学既有自身脱“盲”的任务，也有助“僧”脱“盲”的义务，所以，一些女同学尽管既劳累，又无奈，但都注意站稳立场，勉力参加“文娱活动”这一政治任务。说实在的，“扫舞盲”，毕竟是好处多多。特别是一些老于此道的

许崇清故居。

师兄们，在舞场上顾盼自如，舞姿潇洒，显得风度翩翩。高手们每于周末，施展一番拳脚，可以和师弟师妹们联络感情。而且，交谊舞毕竟举止优雅，不像现在某些“舞”那样摇头摆尾蹬跳蹦扭那样粗狂傻蠢，这可以增添校园里文明的气氛。当然，“副产品”也是有的，在经历了“扫舞盲”运动的几周以后，马岗顶上那条被称为“姻缘路”的小径，便多了几对从“文娱活动”发展为“谈心活动”的情侣。

大学生，据说有“古、灵、精、怪”几个阶段。一年级学生比较古板、腼腆，颇守规矩；到四年级，多半成了“怪”了。我们这批“舞盲”，正处于“古”的历史时期，所以，到了舞场，参加“实战”，往往会手足无措。当乐声一起，便暗地睃视附近有没有稍为熟识的并且高矮肥瘦和自己可以搭配的女同学；一旦看到她还坐冷板凳，便硬着头皮站到她面前，摆出优雅的风度以示邀请。如果她也是“舞盲”，那还好，可以一块儿停停打打，打打停停，你踩我的脚尖，我踢你的后跟，如切如磋，如琢如磨，“反正水兵对海军”，彼此彼此，也不至于失态到哪里；如果她是行家里手，那就糟了。作为男士，应掌握着跳舞的主动权，不得不装出一点大丈夫气概。但初上战场，东南西北还未弄得清楚，要装模作样，却装不起来。既想充好汉而又充不出，那拙态，必然反映到脸上；对手如若是个高傲的白雪公主，发现了我的土气，鄙夷也会写在脸上。这一来，我一定牙关紧闭，两臂发硬，鼻尖冒汗，脊背发冷；左心房暗暗数着一、二、三、四，右心室默默叨念阿弥陀佛。好容易一曲过去，便趁着灯火未亮松开了手算是逃出“魔”掌，希望对方认不出我傻乎乎的脸。

对手如若是位友善的姑娘，她会体恤下情，暗示你精神放松，指点你滑行的方向。你便会放下心来，慢慢觉得有点像在乐曲的声浪中乍浮乍沉的样子。而左心房一旦稍稍松弛，右心室又立刻紧张。因为，我们这批“古”汉，自小接受“男女授受不亲”的古训，在中学阶段从未接触过异性肌肤。而现在，执着对方柔荑纤纤手，搂着杨柳小蛮腰，心头就会像被小鹿儿乱撞。心一乱，步法也会乱；步法一乱，心就更乱，还生怕对方看破自己心情的“异动”，那才叫丢人现眼。好容易一曲告终，连忙松手。那半是羞涩半是紧张的过程，其实也是一种煎熬。当然，有些同学，后来成了舞迷。从“舞盲”到“舞迷”，要经历一段时间的锻炼。无论如何，在当“舞盲”而又必须脱“盲”的时候，就像在曾祖母时代那些小脚女人要解开裹脚布一样，最初并非好受的。所以，不少同学才到小礼堂参加一次实战，便做逃兵，再不涉足舞池了。

当逃兵也可以，但免不了要在团支部的例会上做些自我批评，说一番自己思想不够开放，不能紧跟形势，或者说自己自由散漫，组织性、纪律性不够强之类。幸而我们的团支书也是个逃兵，于是大家诚恳检查，坚决不改，煞有介事地彼此说了一通，也就算了，再也没有追究。

大学生学习交谊舞，本来是好事，但若事无大小，都和政治挂钩，搞成了“运动”，好事也会变味。现在看来，这种做法不可思议，而在当时，却很符合国情。

我是在“扫舞盲”的运动中，学会跳交谊舞的。我成不了舞迷，当不了高手，但还能中规中矩。所以，二十世纪七十年代末改革开放以后，有时少不了要到舞池上转两三个圈，还可以和“国际接轨”。

考试了

大学阶段，我经历过几种不同方式的考试。

对学生来说，考试是一个重要的关口。平常注意学习的同学，临近学期之末，稍作复习，胸有成竹自可应付自如。少数同学，对学习兴趣不大，上课时胡思乱想，下课时游手好闲，马马虎虎，浑浑噩噩；一到考试阶段，便紧张了。或是赶紧补抄逃课时缺了的笔记，或是向学得好的同学求救。急时抱佛脚，难免迷迷茫茫，惴惴栗栗。大多数同学，则忙着上图书馆找参考书。那时图书馆设在马丁堂，座位不多，凡到期末的前几周，一大清

马丁堂是康乐园内第一座永久性建筑物，也是中国较早的混凝土建筑物。以马丁堂为开端，康乐园内的岭南大学建筑便多以红砖绿瓦、中式屋顶和西式墙身的组合为其风格基调。

格兰堂又名"大钟楼",一九一六年落成,因楼顶设有报时大钟而得名,
是康乐园的标志性建筑之一。

早，就有许多同学到马丁堂前站队。长长的队伍，一直排到格兰堂（俗称大钟楼）边。

对教师来说，期末考试，其实也是对他教学状况的一次检查。不过，不同的老师，对待期末考的态度、做法，则有不同。多数老师在学期之末，会安排一两次辅导课，把一个学期的授课内容，提纲挈领地作一回顾，让学生更清晰地掌握学科的要领。同学们对一些未弄清楚的难点，也可以及时请教。有些爱耍小聪明的同学，则从老师辅导时的神态中，揣测试题。老师的一言片语，往往成了人们猜题的玄机。当然，也有个别极端的教师，把考试作棍子，准备对一些平时印象不佳的学生敲打敲打。

容庚老师对考试的看法则很有趣。我曾问他：“古文字学一科，怎样复习？”他却说：“复习什么？猜嘛！”我摸不清头脑，他便进一步解释：“我研究甲骨文，就是靠猜。”原来，他不是叫我猜题，而是教我像猜谜那样动脑筋，教我不要死记硬背。即使是考试，也不是靠背结论过关，而应发扬创新的精神。当然，老人家以“猜”字表述，未必能准确地传出其心意，但仔细揣摩，还是可以体会到他对考试的主张的。大学教育，重在培养学生独立钻研的精神。为什么有些同学会“上课记笔记，下课抄笔记，考试背笔记，过后都忘记”？原因有多方面，就教师而言，则与平时不注意启发学生学习的主动性、创造性有关。

“文革”前，学校把考试看得很神圣。领导们向同学提出的口号是：“向祖国汇报成绩。”而三军未动，粮草先行。膳堂工友在考试期间，还会加点菜，让同学们吃得好一点，饱一点。于是，考试期间，校园里平添了紧张的气氛。

我在大学一年级的时候，系里安排了十三门课程。一个学期过去，要考的科目，约有六七门之多。到二年级时，不知是模仿苏联哪一条哪一项，学校又把考试阶段的时间拉得很长，在学期结束前的一个多月里，平均两个星期左右才考一科。因此，上课到了第十四、十五周，我们便要进入临战状态。这马拉松式的考法，把我们弄得疲乏不堪。试想，有些学科还未结束，还在讲授；有些学科则要开考。学生们两头对付，实在搞得精疲力竭。等到最后一科考完了，我们都瘦了一圈。

马拉松式的考试，搞了一个学期，又改为考试时期相对集中的做法。一般是一天考两科，隔了几天，又考两科。这样，同学们的日子好过了一些。

到了三年级，考试忽改为口试。考试前老师把讲授过的内容，概括为几十个题目，要求大家根据这些题目复习。那时候，每年级的学生，一般有三四十人。学生接受面试的时间，每人三十分钟左右。这样，一门课，

马丁堂前石狮。

要考上三天左右。

我从未参加过口试。不知道它是什么样的“劳什子”。谁知道，我被安排为全班应考第一人，首先被叫进试室。和我一起进入“禁区”的，还有被安排为第二个应试的同学。

我走到试室门口，如临深渊，如履薄冰。助教黄老师迎面走了过来，手里拿着一个饭盒，叫我伸手往匣子里瞎掏。我从中掏出了一张纸，这便是题签。纸上写着我要回答的题目。那情状颇似节日联欢会上的“摸彩”。然后，黄老师着我在试室外的走廊准备。准备时间约十五分钟。等我进入试室时，第二位同学便去“摸彩”。如此第三位、第四位递叠地轮下去，那情状又似乎来到校医室轮流照 X 光或心电图。在轮候的那段时间里，人们虽不至于如“待决之囚”，但心上总像有十五个吊桶打水——七上八下。

我被黄老师引进试室。主考老师是任课教师林楚君教授。那一年，他给我们讲授“政治经济学”。林教授上课时思路清晰，口若悬河，同学们都很佩服他。

林教授坐在书桌的正面，黄老师坐在桌子的右侧。林教授示意我坐到桌子的左边。他不是正对面坐着“审”我，倒像请我坐在桌旁聊天做客，让我的心情放松一点。我略一定神，发现书桌上还放着一个小花瓶，疏落地插着不知名的花。看来，老师们是要营造出一种祥和的气氛。

林教授对我笑了笑，让我开始回答“彩票”上的试题。那回，我的运气不佳，抽到的是难题。我在求学时代，逻辑思维能力不佳，而“政治经济学”一科，条条框框颇多。对这科，我本来就心中没底，摸上了难题，越想讲清楚，越讲不清楚。题中要点，算是回答了，但条理并不清晰，啰啰唆唆，结结巴巴。我说完了，林教授倒没开口，黄老师却发难了。他针对我的回答，又再问一些问题，我愣了。当时怎样回答的，现在全忘了。大概即使不是牛头不对马嘴，也是语无伦次，言不及义。黄老师把我“搞掂”，颇有点得意，而林教授则低下头来，他那秃秃的脑门，显得特别的油亮。

我心里发毛，眼前一片空白，好容易口试结束，走出了试室。站在外面探头探脑的同学，便围拢过来，那模样颇像产妇被推出产房时，另一些候产的孕妇便都腆着肚子前来安慰、打听，而其实她们都是来摸底，做好自己临盆的准备。自然，这一回，我只生了个“孬种”，得了三分，刚刚合格。

这是我平生最严重的也是最紧张的一次考试。这一科，我开了个坏头，把其他“产妇”的心都揪紧了，也考得多不算理想。不过，我感受到老师严肃认真的教学态度，也觉得作为大学生，对基础知识必须牢牢掌握，只有如此，才能灵活运用，游刃有余。我还体会到，除了注意笔头表达的能力之外，也要注重口头表达能力的锻炼。对我来说，这“三分”是宝贵的，它给我敲响了警钟，使我从失败中吸取了经验和教训。等我在四年级参加毕业论文的答辩时，情况就大有改善了。

回过头来看，新中国成立初期，在教学体制上学习苏联，弊端是有的。

"院系调整"，让综合性大学仅剩文、理科，即是一例。但是，苏联的某些教学方式，例如"课堂讨论""口试"等项，实亦可资借鉴。当年我们学校变换过几种考试方式，也许是萧规曹随，也许是"摸着石头过河"。而对我那一届的学生而言，经历过不同的考试方式，倒得到了较为全面的锻炼。采用口试的办法，教师的工作量大增，但学生的得益也不浅。近年，考试作弊之风猖獗，我想，若采用口试，作弊者必无所施其技。

那些年，考试采用苏式的五级记分法。对学生成绩，以优、良、中、及格、不及格五类区分。我认为这也比较符合大学的教育实际。因为大学中多数学科的考试成绩，分数越是计得细，就越是不科学。试问一些论述性题目，八十三分与八十四分，有何质的区别。当然，这只是我个人的想法，说了也是白说。

岭南木瓜

在广东，有一种水果，叫木瓜。木瓜品种很多，最好的品种，叫“岭南木瓜”。木瓜营养价值极高，剖开它，肉质金黄，甜而不腻，沁出特有的香气。不过，它的气味，初尝的人未必喜欢，而广东人则甘之如饴。

所谓“岭南木瓜”，并非因为木瓜产于岭南，而是它最好的品种，来自岭南大学。据老人们说，当年岭南大学农学院，从国外引进了木瓜良种，在康乐园里培育，长出的果实，鲜嫩甘甜无比，人们便称之为“岭南佳果”。

在二十世纪五十年代初，校园里有许多木瓜树。据说在马岗顶附近，土质最佳，当初岭南大学的员工就是把良种栽在那里。后来，附近村民也把种子拿了过去，种了起来，以“岭南木瓜”相标榜。其实，正宗的产地，就在马岗顶。

在那时，珠江岸边，北校门外，摆了好几个卖木瓜的摊档。近水楼台先得月，村民们售卖的木瓜，虽不是来自马岗顶，但肯定是由马岗顶繁殖出来的子子孙孙。因此，其甘其甜，自然胜过在广州市区内售卖的冒牌货。

那时的北校门，清静幽雅。校道上的桄榔树，躯干清清如玉；树顶长出疏疏朗朗的叶片，微风过处，沙沙作响。珠江岸边，种着低矮的荔枝树，荔枝熟的时候，枝杈垂到水边。我们坐在树荫下面，脱了鞋子，双脚泡在水里，眺望着归帆点点，真有说不尽的乐趣。荔枝树的后面，小贩们支了几个帐篷，桌面上摆着一个个“岭南木瓜”，每个两三毛钱。买了瓜，剖

硕果累累的木瓜树。

开两半，果农会递给你一只匙羹。你剔去黑子，便可以施施焉坐在凳子上，或者坐在堤岸边细细品尝。黄昏时分，两三学友，边吃边聊，逸兴遄飞。当然，少不了也有情侣们手托木瓜，喁喁细语。虽然没有像时下一些青年在饭堂里你喂我一口我喂你一匙那样肉麻，却添增了夕照的绯红颜色。因此，当同学们口袋里有多余的零钱时，多半喜欢到北门的木瓜摊档上走走。

不过，到了“大跃进”时期，北门外的木瓜档没有了，连马岗顶上那一片木瓜林，也没有了。

木瓜档没有了，可以理解，因为“人民公社”快成立了，大家都要割“资本主义尾巴”，村民们谁敢去干“资本主义”的营生？至于马岗顶那片木瓜林为什么会消失，是由于当年强调“以粮为纲”，木瓜不是粮食，有人刨去木瓜以种红薯，还是由于那片木瓜林由外国引进，有里通外国之嫌疑，所以要连根拔起？这些，我们不得而知。反正“岭南木瓜”绝了种，则是事实。何况，当时经济日趋困难，我们连粮食也要凭票分配，哪里还顾得上吃木瓜！久而久之，那片木瓜地也渐渐被人遗忘了。

从“岭南木瓜”，我想起一桩趣事。

大概在二十世纪五十年代末六十年代初，贺龙元帅和陈毅元帅联袂访问我校。那年代，国家领导人随和得很，除了几位校方领导人迎候以外，没有兴师动众搞些列队欢迎仪式，更没有警车开道、警笛长鸣那种大阵仗。两位开国元勋，在校停车场（现在“梁銶琚堂”前面的广场）翩然下车。而下车的位置，离在场迎候的校长书记们稍远一点。

正在这时，斜刺里走出一位年轻人，大步流星地直奔到陈毅元帅的面前。这突然的动作，让校领导们一怔，却又一时反应不过来；警卫员们以为是校方人员，也没有上前拦阻。那年轻人大大咧咧，伸出右手，陈毅元帅当然以礼相待，彼此热烈握手。谁知那年轻人一边大力摇晃，一边说：“老朋友，很久不见啦！”这回轮到陈毅元帅愕然了，他大概想不起在哪里见过这位年轻的“老朋友”，只好也附和着说：“是呀，是呀！”自然，校领导们赶紧迎了上来，把那位自称是“老朋友”的人支开了。

这年轻人是谁？原来，他是一位教工的家属，从小就有“智障”的毛病。他整天在校园里游游晃晃，看见了谁，都会咧嘴傻笑。许多教师和同学，都知道校园里有这么一个傻孩子。那天，他逛到停车场，恰巧碰见陈毅、贺龙两位下车，大概他在报章上见过陈毅元帅的图像，便以“老朋友”相称。

陈毅元帅当然不知就里，看来，他也被这位“老朋友”的热情所感染，显得情绪很好。那天，他在客厅刚坐下，就说：“这里的‘岭南木瓜’，很有名的哟！怎么样，拿点来尝尝。”大概校方也有所准备，很快捧出木瓜待客。至于这木瓜是正宗的岭南佳果，还是赝品，那又不得而知了。我想，当时陈毅元帅在康乐园碰上了热情的第一幕，心上愉悦之情如果还未消退，那么，嘴里吃着的木瓜，必然也是香甜的。

这桩趣事，康乐园的老人多半知道，谈起来也会忍俊不禁。当然，传闻未必百分之百的准确，但是，歪打正着，“老朋友”虽可笑，而元帅们的平易近人可敬可亲，干群关系的随和融洽，于此也可见一斑。

现在谈起来，嘴巴里似乎也泛起了一阵木瓜那种怪怪的香甜味。

赤脚大仙

一九五八年，“大跃进”开始，大多数师生都要响应号召，下乡劳动，接受锻炼。我们去的地方，是东莞虎门。

林则徐在虎门焚销鸦片。这块土地，青史留名，我们自然十分向往。在二十世纪中叶，虎门镇只有两三条短窄的马路，商铺零零落落，而附近乡村，到处是鱼塘桑林，稻田蕉垄，算得上是珠江口富庶之区。

那时，虎门刚刚搞了“公社化”，虎门镇成了“虎门公社”。它下属的乡，便称“大队”。我们到了大队，被安排到废旧的祠堂里集中住宿；又被安排到大队“食堂”集体用膳。“社员”们（就是农民们）对我们很热情，分给我们每人一大钵米饭。每次开膳，饭任盛，菜任添。虎门盛产螃蟹，有时，我们还可以捧钵东篱下，持蟹对南山，舐唇吮指，大快朵颐。“人民公社是天堂”，我们似乎也走到“天堂”的边缘上了。

接受劳动的第一关，便是赤脚。

在南方，农夫农妇，在水田劳动，都是光脚的。我们以农民为榜样，哪有穿鞋着袜的道理？所以，行装甫卸，大家便解去鞋帮，光着脚丫子走路。

在城市住惯了的人，没有光脚的习惯。特别是生活在北方的女同学，双脚绝不能裸露。若把“金莲”示人，则被视为不知羞耻。在二十世纪初，京津地区，就算是小朋友，尽管身上一丝不挂，脚上却仍穿着袜子。可是，在虎门，女同学们敢不敢以脚示人，牵涉到立场问题。所以，不管有多么

一九五八年下放到虎门劳动时，师生在墙上绘的大幅宣传画。

地尴尬，女生们都与男生们一道，都成了“赤脚大仙”。

开始时，光着脚丫行走，十趾完全解脱，脚板与地面“零距离”地“全接触”，地面上的凉气，直沁脚心，感觉颇为舒畅。但一走上沙石路，滋味便不同了。

乡村的路，坑坑洼洼。最要命的是路上布满破瓦碎石。一不留神，踩了上去，疼得你直跺脚。如果还加上一副担子，那就更难对付。试想，我们这批“初登仙籍”的师生，白嫩软滑的脚板，哪里经得起上压下啃。而赤脚挑担，则是少不了的一项劳动。因此，凡是要挑担子，我们便精神紧张，小心翼翼。眼睛盯着路面，双手紧握扁担。一旦踩上“地雷”，必会猛然跳脚，又必须保持平衡，否则“一边倒”；挑水挑泥还可，若挑的是大粪，那就不堪设想。因此，学习赤脚挑担子开头的十天八天，师生们简直如“上刀山”，又似是走到地狱的边缘上了。

细看农民的脚，与未经锻炼的师生一比，确有不同。南方农民在水田耕种，都把脚掌练得阔大肥厚。那脚板，结满老茧。茧的厚皮，连接成块，就是用刀子划去，也不见得划出血痕来。其脚趾，则左右岔分，状如蒲扇，硕大的趾丫像吸盘那样牢抓地面。脚踏实地，则似老树盘根，怕什么沙砾瓦石。而师生们的脚，后天失调。要改变它那削笋般的形状，实不可能。没法，那就咬着牙根踩吧。

世上无难事。踩上一个月，师生们的脚板，从打血泡，到结成茧，毕竟熬出了头。尽管不能与老农比拟，但挑担走路，不至于龇牙咧嘴了。有些女同学，天生具有掌握平衡的本领。她们挑着担子，款摆腰肢，扁担颤颤悠悠，看来颇不费力。连老农们看见了，都啧啧赞赏。我也想起了《陌上桑》“行者见罗敷，下担捋髭须，少年见罗敷，脱帽著帩头，耕者忘其犁，锄者忘其锄”的那段诗句。

又过了一段时间，师生们好歹都过了“脚板关”。大家也都有点引以为荣的意思。

要升仙，脱胎换骨，自然是艰辛的。但年轻人，吃一点苦，到农村里

一九五八年下放到虎门劳动的师生。右起第五人是商承祚教授，作者站在他的后面，蹲坐在地上的是苏寰中教授。

经点风雨，不见得就不好。在二十世纪五六十年代，动辄下乡下厂，走出去的时间过长，严重地影响了书面知识的学习，这实由“极左”思潮主导所致。假如把大学四年的光阴，大部分用于搞体力劳动，那又何必上大学！不过，我认为，让年轻一代领略劳动的艰苦，知道一粥一饭来之不易，知道农民百姓生活的酸甜苦辣，这也是必要的。倒是近些年来，好些青年人完全脱离社会实际，完全脱离劳动锻炼，这样的教育方法，应引起人们警惕。如果“小太阳”们长大了，不知稼穑艰难，一个个变成了饭来张口衣来伸手的“惨绿少年”，这既不利于对人的思想品德的培养，也不利于国家民族的发展。每一念及，我们当过“赤脚大仙”的那一辈人，又会想到当一回“赤脚大仙”的好处。世间事，就怕绝对化。求学期间，过分强调学生参与劳动锻炼，和完全不鼓励学生吃苦耐劳，两者均属绝对化。这道理本来很简单，但不同时期的当道者，往往视而不见，不知何故！

我们在熬过“脚板关”的过程中，其艰难滋味，真不足为外人道。每天晚上，洗脚上床（其实是铺在地板上的一堆干禾秆，再垫上一块草席）。脚掌便有发热的感觉。热中有点痒，痒中有点麻，麻中又有点胀。用手搓了半天，搓出有点硫磺的味儿，才慢慢恢复正常。第二天起来，若光着脚站在冰凉的地面，便浑身不舒服，不自在，出现像感冒将要发作的症状。据说古代妇女缠足，都经过苦不堪言的阶段；等到民国初年，女人们扔掉裹脚带，也要经历一段煎熬的过程，好些人甚至愿意把脚缠下去。可见，让筋骨自然舒展，纠正其不自然状态，也是会怪不舒畅的。我在变为“赤脚大仙”的日日夜夜，多少领会到老祖宗们不愿意“放脚”的感受。元代大戏剧家关汉卿说：“人是贱虫。”信焉！

不过，就因为当上“赤脚大仙”，却使我免遭一“劫”。有一天黄昏，我和陈寂老师收工回村。一路上，晚风吹拂，远山凝紫。我俩横挑着空担，光着脚，走在松软的田垄上。陈老师诗兴大发，摇摇晃晃念诵着陶渊明的诗：“暧暧远人村，依依墟里烟。狗吠深巷中，鸡鸣桑树颠。”难得陈老师有这样的雅兴，我在后头紧跟，一路上嘻嘻哈哈，颇为写意。走到鱼塘边，陈老先生放下扁担，三步两脚，走进了厕所。

水乡里的厕所，多半建在鱼塘之上。农民在水面上高高地架起一个小棚屋，用板作桥，使它与岸相连。厕所四边，以稻草之类作墙，棚内平放着几块木头。木头之间，留着间隙，以作粪“坑”。如厕者在“坑”上方便，粪便就像深水炸弹，从“坑”中垂直落到鱼塘，水花四溅。而等候在水底的大鱼、小鱼，立刻摇动尾巴，抢夺那从天而降的“馅饼”。陈老师从未见过这般奇景，一边大解，一边大笑。

我站在塘边等候陈老师“办公”。听到他的笑声，一下子就明白了他笑的原因。触景生情，不禁灵机一动，便隔着水告诉陈老：“我想起张志和的《渔歌子》，比您念的陶诗好得多！”他在厕中回应：“念出来听听。”我便大声朗诵“落花流水鳜鱼肥”。陈老师略一迟疑，便明白我所说“落花”与“流水”的双关含义，不禁笑不可抑。他一手提着裤子走出厕所一边指着我骂：“你这捣蛋鬼！”谁知他只顾着笑骂，一不留神，脚下一滑，半条腿就滑进鱼塘里。我一急，赶紧搀扶。

但重心一移，后脚在岸边，前脚不由自主地也滑进鱼塘。眼看我俩都要成“鳜鱼”了，我便拼命拉住塘边的一株小树，小树软而脆，差不多要断。幸而我们都光着脚，脚趾插入泥中，可以用力抓住淤泥，才不让身体再滑下去。这下子，我们顾不了笑，死力用光脚支撑，然后，连爬带滚，好容易才走出生天。师徒二人，惊得冷汗直流，又赶紧洗净泥腿。这一回，亏得是光了脚，脚趾可以着力，救回两条老命。否则，品尝到“落花”和“流水”，也还在其次；如果被人看成是思想上抵触“大跃进”，企图投塘自杀，那就水洗不清了。

我们回到食堂，对旁人说起吟诗落水和脚趾之功，“赤脚大仙”们不禁喷饭。

苦中作乐，苦中寻乐，也是我们那一辈人常有的事。

一九五九年在虎门公社劳动，于公社托儿所摄。作者站在后排中间。

『放卫星』

“大跃进”期间，师生们到农村劳动，都放过“卫星”。

“放卫星”，是二十世纪五十年代末的政治术语。当年，美苏争霸，苏联施放了一颗人造地球卫星，大长了“社会主义阵营”的志气。于是，我们一些具有诗人气质的领导者，便把争取达到高指标的行动，形象地称为“放卫星”。例如大炼钢铁有放“钢铁卫星”，放开肚皮吃饭有“吃饭卫星”，秋收有“割稻卫星”，林林总总，不一而足。当时“卫星”满天飞，而后来证明这都是泄气的皮球。

我们到东莞，“脚板关”还未过，便拉起队伍，参加“放卫星”。放的是“拼块卫星”。我们初到农村，也不知道什么叫“拼块”，但多少知道“放卫星”必须拼命。反正要拼，拼命就是。

我们奉命每人挑着两只畚箕，奔赴“卫星”的“发射场”。那是一亩水田，长满快要成熟的再过十天半月即可收割的水稻。灌满了浆的稻粒，一串串地垂下了头。稻田里，人如蚁队。本来，一簇簇的水稻，彼此行距较宽。只见“社员”把稻子连根挖起，把它们搬到田里的另一端，重新栽种。这一来，稻与稻密密麻麻地连成一片。至于田里被挖去了稻子的那片空隙，便搬来另一亩将要成熟的稻子去填补。换言之，一亩地的面积，用好几亩地所种的稻子，合并过去。地的面积不变，而将来计算、汇报这块地的亩产量，就大变了。这就叫“拼块”。

一九五八年下乡劳动，师生和农民在树下休息时摄。

师生们不会挖稻，便负责运输。例如A亩是“卫星发射场”，我们便分别从B亩、C亩，把“社员”们挖起的稻子，挑到A亩去，让“社员”把它们排拼在一起。运输“卫星”的原件，可不是简单的事。试想想，拔起的稻子连水带泥，分量该有多重！畚箕上放了几把，便沉甸甸的。我们花尽吃奶的力气挑起，才走了几步，便要换肩转膊。可是，田垄小路，狭窄得很，泥水一沾，滑滑腻腻，就像抹上了油，稍一不平衡，势必弄成滚地葫芦。如果停放下来转换肩膊，也不行。因为挑禾的队伍一长串，人们一个接着一个，前面偶一停留，后面就要"塞车"。没有办法，只好死命往前走。肩膀受压，两脚防滑，每走一步，小心翼翼。这一段路，虽然不长，但"难于上青天"。今天回想起来，心头还有点发怵。

把好几亩的稻子拼合在一亩之地，稻秆挨着稻秆，过于稠密，不能通风，便会生热。一发热，稻子立即枯死。幸亏"社员"的领导们想得周到，他们在田边架上电线，又不知从哪里搬来了几部大风扇。接上电源，风扇从四面八方一吹，稻子就舒服了。当时，我不懂个中奥妙，心想，好端端的稻子，为什么要来个蚂蚁搬家，拼在一起？莫非让它们亲密接触，就会长出更多的谷粒？而且，让风扇扇稻谷，每天要花费多少电力？不过，尽管心里嘀咕，一转念，反觉得自己思想不解放，属井底之蛙，不懂得"人定胜天"的伟大教导。

"拼块"拼成了。这一块"发射场"，望过去，就像是一方半绿的厚地毯。风扇在田垄上吹，谷粒挨挨挤挤，叠叠重重，挨靠在田边的稻秆稍稍晃动腰肢，而在稻田中央的稻秆则岿然不动。至于处于中心地带的稻子有没有"发烧感冒"，会不会枯死，谁也顾不了许多。

又过了一段日子，上头来检查，发现这一片"试验田"果真不凡。一亩田，亩产近万斤，说是"卫星上天了"！"发射"成功了！于是，"公社"大肆宣传，还给了"大队"一面锦旗。当然，谁也不会不知趣，告诉上头，那近万斤的亩产是怎样"拼"出来的。因为，你若告发，你便是右倾保守。其实，上头也未必愚蠢到不知道其中底蕴。不过，上头还要骗上头的上头。反正谁也不心疼，谁也不查核，这叫作"人有多大胆，地有多高产"。如果龙颜大悦，赐下一面锦旗，那"政治账"比一切都重要，只有傻瓜才去算"经济账"。

我再没有机会回到那片“发射场”参观，不知道人们在那里又变什么花样。在“大跃进”号角吹得震天价响的情况下，我们的头脑都发胀发昏，而且大多数师生都没有种田的知识和经验，只知道领导挥手我前进。所以“卫星”放了便放了，再没有细问。事实上，也容不得我们细问。

如果说，放“拼块卫星”是由“公社”指挥的，放得对与否，与下乡师生无关；那么，放“诗歌卫星”，则是我们的新创造，是在“大跃进”的鼓舞下知识分子创造的奇迹。

一九五八年在高明县下乡劳动时摄。前排左三为商承祚教授，左四为作者。后排右一是傅雨贤教授，右二是苏寰中教授，右五是邱世友教授。

放了“拼块卫星”，我们下乡队伍的头头们一拍脑袋，想出了一个绝妙的主意，下令所有师生集中在一起，一个晚上，每人要创作一百几十首诗歌，这也叫“放卫星”。

那天晚上，我们集体住在“虎门公社”的一个礼堂里，横七竖八地摊开铺盖，有人坐在地上，有人半躺着身，在灯下冥思苦想。想来想去，无非是“东风万里红旗飘，六亿神州尽舜尧”“头可断，血可流，不夺高产不罢休”之类。就是这些不汤不水的东西，一个晚上要凑够一百几十首，也真不容易。不过，当时谁也不敢说不行，“人有多大胆，屁可放多少”，放就放吧！放着放着，大家累得七颠八倒，迷迷糊糊间，“不知东方之既白”。

放“诗歌卫星”的效果如何，不必细说了。我们不懂农业生产，难道不知道创作的规律吗？不过，“左”风一吹，连常识都可以不顾，只要领导者受到上头的赏识，管他什么常识！这就是知识分子若要“左”，比谁都要“左”的真谛。你若以为他做“蠢事”，其实他精得很，你才是真蠢呢！

我们白忙了一晚，每人所交的一叠一叠“诗歌作品”，后来都用来揩了屁股。到今天，曾经参与过放“诗歌卫星”战役的人，提起来都会粲然一笑，而当时内心的迷惘，渐渐也忘得一干二净了。

“此情可待成追忆，只是当时已惘然。”当时“放卫星”，凡是有点良知有点知识的人，都曾惘然、茫然，但我们都善忘、健忘。看来，若不时常提醒，说不定什么时候又放起什么“卫星”来！

《虎门颂》

那年夏天，一九六三届的校友返校欢聚，庆祝毕业四十周年。兴犹未尽，黄观华同学又带着当年丁班的十多位校友，一起到番禺玩了一天。晚上，大家到招待所的舞厅唱卡拉 OK，曾任广东电台台长的余碧君同学说，她完全记得《虎门颂》。说着说着，便走上舞台，拿过麦克风引吭高歌。她一唱，同学们便齐声地和，大家使劲地鼓掌。四十多年前的青春岁月、书生意气，都被歌声勾起来了。

《虎门颂》是我们师生集体创作并演出的大合唱。

二十世纪六十年代初“大跃进”期间，我们到东莞虎门公社参加劳动。劳动十分艰苦，但对从未到过农村、不懂中国社会情况、不知稼穑艰难的师生来说，却是一次很好的锻炼机会。当年，某些领导发“虚火”，而这要在短期“超英”“赶美”的良好愿望，确也激发了群众特别是青年学生的热情。晚上，我们在公路边一望，只见路旁“土法上马”的小高炉（亦即以泥砖垒成状如水缸，把门窗铁框拆卸下来用作炼钢材料的火炉），排成一字长蛇阵。炭火一烧，火光冲天，把青山翠竹照得通红。这热火朝天的景象，真使人意气风发。（现在冷静下来一想，我们当时实际上是被“虚火”煽动得意气发疯。）何况，农民群众对师生十分关心。他们知道大学生多是第一次下乡，不熟悉劳动和乡村生活，便不惮其烦地手把着手教导，许多“三同户”（即与师生同吃、同住、同劳动的住户）真把师生看成家

一九六〇年在虎门排练大合唱《虎门颂》，前排男女领唱：韩世华、潘丽珍；指挥：作者。

庭中的一员，彼此感情融洽。因此，多数师生感受到社会锻炼的教益。不怕脏、不怕苦、不怕累，和群众打成一片，成了当时年轻人自律的原则，集体主义的精神，也成了自觉的追求。

下乡劳动三个月，学校要求师生拿出成果返校汇报。我们拿什么回去呢？大家献计献策，想了不少项目，其中包括演出《虎门颂》大合唱。

当时，我们创作《虎门颂》是具备一些有利的条件的。写歌词，我们有的是诗人，像金钦俊、黄渭扬、尚久骖，都是有经验的发表过诗章的作者。至于作曲，像徐欧光来自空政文工团，还有好几位音乐素质不低的业余爱好者，基本的作曲知识是懂得的，和弦、对位也不见得拿不下来。于是，在“没有条件则创造条件上”的精神鼓舞下，作词、作曲者的热情很高，也不管天高地厚，便咿咿呀呀地创作起来。

《虎门颂》包括《序曲》《虎门怒火》《虎门渔歌》《破草姑娘》《哨兵的歌》《深耕苦战》《歌唱珠江》等七首歌曲。在每首歌之间，我们模仿《黄河大合唱》，以朗诵词贯串起来，由林受之同学担任朗诵者。受之是潮汕人，一张口，潮州音便从口中跑出。但当时大家对他能否以标准的普通话朗诵，并不计较，只觉得他能激情满怀地把师生的心声表达出来，这就行了。后来，受之担任广东省教育厅副厅长，我们谈起往事，大家相对大笑。都说他把“呵！虎门！”念成“噢！虎萌！”。可惜，林受之同学在任内积劳成疾，英年早逝，“噢！虎萌！”已成绝响。

《虎门颂》的七首歌曲，有对唱，有四部或二部的合唱。由于作者和演唱者有生活体验，有激情，有些歌唱起来激昂慷慨，有些歌则婉转优美，颇为动听。所以，当合唱队员在“虎门公社”的饭堂排练之际，许多师生听熟了曲中旋律，都能跟着哼唱。一时间，田头宿舍到处是“晴空万里，波涛滚滚，大虎山像巨人屹立海边”“炮声隆隆，巨浪汹涌，虎门人民在怒吼”的歌声。作曲者和作词者知道反应良好，兴奋得很，有人通宵构思，有人反复推敲，讨论加工。大概折腾了八九天，一首大型的作品便完成了。我们还组织了伴奏的乐队，小提琴、二胡、三弦、手风琴、扬琴，十来件中西乐器，杂七杂八地凑在一起，颇为热闹。

我们以《虎门颂》为主，加上其他节目，组成一台晚会，就回到学校演出。那时习惯说“献礼”。我们这些献礼者，也虔诚认真，好像果真有什么大人物来接受我们的奉献，大家卖力得很。校里的观众，热情地支持下乡师生汇报演出，一个节目下来，掌声雷动，“风雨操场”（即在今“中山楼”位置）热闹得像开了锅的粥。

那天的晚会，演出很成功。不过，当中发生了两桩“搞笑”的事。

第一桩出现在演《破草舞》的时候。这是一个由同学们自编自演的舞蹈节目。虎门的妇女，有一种以小刀破剖水草编织席子的劳动。同学们据此编排成舞蹈动作。演出时，一批姑娘穿着红裙，轻歌曼舞，颇为美妙。那时候，讲究节约闹革命，演出时演员穿的红裙子，实际上是临时用红旗折叠起来，绑在腰间。舞台大幕打开，姑娘们鱼贯而出。舞着舞着，其中一位演员，太起劲了，腰上系着红旗的绳索，又没有缚好，七弄八弄，绳子松了，旗子拖下了一半。那女同学急了，连忙背对观众收拾。谁知心越急，手越笨，不知怎么搞的，那红“裙”子竟整幅脱落，露出了雪白的臂部肌肉。

台下的观众哄然大笑。那女演员赶紧躲进侧幕，脸蛋儿羞得比红旗还红。

第二桩，便和《虎门颂》有关了。由于当晚这个节目演出非常成功，有关领导认为意义重大，通知合唱队员全体留下，准备录音。

当年，录音是被视为郑重得不得了的事，录了音，就像被历史记录下来，同学们都很认真地对待。那时的录音机，又笨又重，搬动两个大箱子，十分费劲。当演出散场后，我们在舞台上重新整理队伍，调好琴音，又把《虎门颂》从头到尾一首一首地演唱起来。唱完了，演员们要求技术人员播放录音，希望欣赏一下自己的成果。录音员自然首肯。岂料一按按钮，磁盘传出的是一片吱吱喳喳的噪音，原来录音完全失败。领队急了，只好下令重整旗鼓，朗诵演员林受之又只好重新喊："噢！虎萌！"第二遍唱罢，录音员第二次检查，又不行。怎么办呢？要知道，第二天中午，演员们就得拉队回虎门继续劳动锻炼了。因此，当晚一定要把《虎门颂》录制成功。可是，录音机是当时的新科技产品，录音员是刚上手的技工，到底是机不济还是人不济，我们都弄不清楚。据说，那机器还是新出炉的产品。面板上有两块大圆盘，拖着磁带慢条斯理地转动。有时转了一半，就不转了；有时转动了，却录不上音。而我们的"大合唱"，却不能停下来。要整部作品录完了，经过回放，才知道有没有出岔。这样，我们只好一遍又一遍地唱，屡唱屡录，屡录屡败，屡败屡唱。如此一直唱了七遍，每遍七首歌，七七四十九，我的天啊，仍不行！合唱队员唱得喉干舌燥，可是领队还要坚持录下去。

《虎门颂》由我担任指挥，那一晚，直唱到深夜两点。当唱到第八回，唱到《虎门怒火》一曲时，就出大问题了。这首歌由我作曲，一开始就要表现虎门人民焚销鸦片时满腔怒火的场面，旋律、节奏要求表现出激烈昂扬的情绪。我高举双手，用力挥舞，唱到"休止符"的记号时便猛力一甩。谁知上身一用力，双腿便发软，不小心一个倒栽葱便滚下指挥台。确实，那夜我的体力、脑力都透支了，且不说精神要高度集中，就算光是上肢运动，也连续运动了四个钟头以上，这实在是吃不消。我那阵，右手向上一挥，

一九六一年元旦，大合唱《虎门颂》回校演出。

眼前一黑，膝头一软，立即宣告“倒台”。前排的合唱队员赶紧上前“救命”，我还要逞能，说“轻伤不下火线”，何况我没有受伤。可是，我的眼镜不知摔到哪里去了，好容易找了回来，其中的一块镜片却摔破了。我把它歪歪斜斜地架上鼻梁，变得“一目”虽了然，另“一目”则茫然。这就麻烦了，视而不见，指挥与合唱队员不能做情感交流，挥动的手势浑如“瞎子摸象”，实在不得要领。领队一看没有办法，只好下令散伙。

此一役，从晚上十点半一直弄到深夜两点，白弄了四个多钟头，终于

虎门运河。

一无所得，《虎门颂》没有录制下来。当时的科技条件制约着机器，机器制约着人。可见，“人定胜天”的豪言壮语，有时只能是美好的愿望。在《虎门颂》的歌词里，有“头可断，血可流，不夺高产不罢休”之句，这是当时农业战线的时髦话。实际上，如果客观条件不容许，即使我们有再大的决心，头已断，血已流，也是白搭。当晚录音的失败，便是一例。

尽管录音没有成功，但观众对《虎门颂》是赞许的。后来，我们还代表学校，到广州文化公园、青年文化宫，东莞虎门大礼堂等地做公开演出，都受到欢迎。

回想当年《虎门颂》的作者和演员们的干劲、勇气，确实值得称道。那时，我们还年轻，在集体主义的精神鼓舞下，大家不知疲倦，也不知高低，一个劲地干了再说。老实说，《虎门颂》出自业余作者之手，粗疏之处在所难免，但是，当年下乡的校友，都还记得它，诵念它。隔了四十多年，余碧君等同学还能随口唱出，可见对它印象之深。至于有关它许多“搞笑”的事，大家也津津乐道。因为，它毕竟记录了我们青春时代的脚印，记录了我们奋发图强的愿望。

《虎门颂》的练习和演出，也不是没有实际成果的。举例来说，当年领唱、对唱《虎门渔歌》的两位演员韩世华和潘丽珍同学，一以男低音演爷爷，一以女高音唱孙女。舞台上的眉目传情，导致这对“祖孙”，后来结为夫妇。现在，韩世华真正成了公公，潘丽珍则是婆婆。我想，如果他俩领着孙儿重到虎门，重寻旧梦，回忆当年如何把“祖孙”的感情质变为爱情，一定十分有趣。

“四清”漫记

一九六四年初，我到离广州百多里的农村，参加“四清运动”。所谓“四清”，是指“清政治、清思想、清组织、清经济”。那时提倡以阶级斗争为纲，认为城乡基层组织已是资本主义复辟，非清理不可。

上头规定下乡的工作队员，要和贫下中农“三同”，即“同吃、同住、同劳动”。进了村，我被分配住到姓马的农民家里。老马是个精干老实的中年汉子，他们夫妻和两个男孩，带着一条摇着尾巴的狗，在柴门外迎接我，我瞥见“邻人满墙头”，似乎都带着艳羡的目光。这也难怪，因为我的进驻，意味着马家肯定是没有问题的依靠对象。

在广东，参加“四清”的工作队有一条铁的纪律，规定在乡期间，只能吃素，不能吃肉，违反者要受到严厉的处分。就在我们大队人马进村之前，先派一小组前往摸底。村干部循例杀鸡招待，“先行官”们却之不恭，只好吃了。这就犯了天条，省委某领导勃然大怒，宣布把组长开除出党。这杀鸡儆猴的一着，让工作队员们骇然怵然，都不敢不“禁肉”了。

我在老马家搭伙，把粮票、肉票也都交上。第二天一早，便跟着农民下田施肥，大家用畚箕盛着陈年垃圾，挑到田里，均匀地散洒。这活儿劳动强度颇大，还未到中午，我已饥肠辘辘。收工后回到马家吃饭，饭桌上除蔬菜外，还盛着一钵塘虱。老马告诉我，鱼是大儿子在泥沟里抓到的，他盛情地劝我尝尝。我一想，按工作队的纪律，鱼是不能吃的，可又不宜

旧粮票。

对老马挑明，只好支支吾吾，不敢下箸。老马以为城里人吃不惯这劳什子，也不勉强。

那时候，猪肉供应虽然紧张，但马家也偶然有肉上桌，而我总敬而远之。一次两次，老马尚不在意，如此过了一段，他就看出名堂了。再一打听，凡有被搭伙之家，工作队员都只吃素。老马很善良，他觉得收了我的肉票，我对肉却不沾唇，岂非白占我的便宜？而且长此下去，对我的身体也不好。于是想方设法让我开点荤。岭南多泥塘，他叫儿子们常摸些田螺，炒熟下饭。而田螺的肉虽只有一丁点，毕竟还是肉，我依然不敢问津。

如此过了几个月。一天，村外有人宰狗。他便买了几斤狗肉，以麦豆炆煮。吃饭时特意告诉我，狗肉是不用肉票买的，尽吃无妨。岭南人常言“狗肉滚一滚（煮开），神仙坐唔稳”，我虽被狗肉的香味勾引得嘴角流涎，却岂敢擅开杀戒。要命的是，桌上再没有其他的菜，实在无法，只好避开狗肉，专拣豆子来吃。谁知豆子一经狗汁浸泡，便渗透了异样蛋白质。我久已不知肉味，幼年又曾患风疹，碰上这与众不同的蛋白质，消化和内分泌系统立马发生化学反应。不到几个钟头，风疹死灰复燃，脸上身上，红一块，白一块，简直像染上了麻风，十分吓人。老马一见，赶紧给我求医煎药，但总不见效。那几天，我发着低烧，精神萎靡，实在十分狼狈。老马急了，他不知从哪里打听到邻镇有位赤脚医生，擅治风疹，便跨上自行车，驮上了我，长驱三十里求医。那赤脚医生用针筒从我的静脉里抽血，再注射到我屁股的肌肉上。说来也怪，此术竟有奇效，从此以后，风疹不复发矣。

工作队员“禁肉”，显然不近情理，而我却感受到农民兄弟的爱心。几十年过去，我还清楚地记得老马为我求医焦急的面容，记得他风尘仆仆驮着我在公路上飞驰的情景。基层百姓的艰辛、心地的善良，让我深受教育。当时，我还年轻，经经风雨，见见世面，虽然要付出代价，但对思想意志的锻炼，实在也有好处。

搞“四清”，前提是认为基层干部都烂了。因此，工作队进村，都要怀疑一切，谨防“四不清”干部和阶级敌人的破坏。

有一天，天色已晚，我们几个工作队员，经过整天劳动，“戴月荷锄归”，相率到村边的水井洗澡。这井很浅，我们用桶舀水，兜头浇泼，就如醍醐灌顶。这样的“冲凉”，把一天的疲劳都撇到九霄云外。几个村童看见我们如此天真，也都咧嘴窃笑。

正在洗得高兴的时候，工作队员老陈，忽然发现井沿上有什么东西爬出，仔细一看，原来是一条灰黑色的小蛇。老陈吓了一跳，赶紧招呼我们围拢过来观察。那蛇也蜿蜿蜒蜒地钻进了草丛。这一来，我们顿时没有洗澡的兴致了，大家打个眼色，急忙穿好衣服，离开水井。当时，我们警惕性极高，敌情观点极强。试想想，水井怎会钻出蛇来？这分明是阶级敌人把蛇放到井里，要给工作队来个下马威。我们越想越觉得问题严重，立刻向工作队长汇报。

工作队长也认为这事非同小可，马上通知所有队员到队部开会。我们的队部，设在祠堂里，人马到齐，便关上大门，大家汇报“扎根串联”的情况，觉得这村子问题严重，认为蛇出井里，大有文章。就在我们你一言我一语，神经兮兮分析敌情之际，忽然听到祠堂门外，窸窣有声。大家面面相觑，这不就是“阶级敌人”在门外窃听吗？当时，我灵机一动，踮起脚尖，悄悄走到门后，轻轻挑起门闩，屏住气息，猛然把门拉开。只听哗啦一声，低头一看，几个靠着祠堂大门的小家伙，仰身跌倒在地。其中还包括老马的小儿子。原来，是孩子们坐在祠堂的门槛上，正打打闹闹地玩着哩！

我神经过敏，自讨没趣，讪然回身，同事们也释然一笑。不过，工作队长还是表扬了我的机警，说怀疑有人窃听，虽属误会，而井下有人放蛇，则是值得注意的事件。

不过，在村子里住久了，便晓得常有水蛇在井边出没，水蛇无毒，也不会啮人。只是我们这些在城市长大的工作队员，不知就里，才会大惊小怪，应验了“踩着芋荚当蛇”的粤谚，印证了“杯弓蛇影”的成语，也表明了我们在“怀疑一切”的极“左”思潮影响下，难免都染上了“左派幼稚病”。

我们以“怀疑一切”的目光对待基层干部，干部自然产生与工作队对立的情绪。因此，在“四清”开展不久，农村基层干部情绪低落，普遍“躺倒不干”。当时农村已“公社化”，农民天天等候干部派工，一旦没人指挥，生产秩序大乱。而工作队员多是白面书生，哪懂农业生产？干部“躺倒”，就只好恳求“三同户”和一些“勇敢分子”帮忙，一齐“顶硬上”。但他们对生产队的计划也非完全掌握，只好做一天和尚撞一天钟，生产效率如何，可想而知。后来，基层干部陆续被“解放”，情况才有所改善。

搞“四清”，首先怀疑一切，搞秘密串联，背靠背揭发，这大大伤害了基层干部的感情。特别是工作队奉命来搞“阶级斗争”，你怀疑别人，别人也怀疑你，于是村里笼罩着神秘诡异的气氛，基层干部和他们的家属如待决之囚，生活在恐惧之中。

在我工作的村子里，农村干部“四清运动”开展了两三个月，跟着，上头通知，连农村里的小学也要搞“四清”。这时候，村里发生了一起极为严重的事件。

我的任务，只负责整顿“生产队”的干部，至于小学，则另派工作队员进驻。在小学还未宣告要搞“四清”之前，我们闲暇时，常到校门口和教师聊天。校长麦老师，也和大家一起说笑。此人虽沉默寡言，但谦逊和蔼，给工作队以良好印象。

有一天凌晨，天还未亮，有人拍着马家大门，大声喊我。我赶紧开门，来人低声告诉我，麦校长自杀了，工作队领导通知队员立刻到小学集合。我大吃一惊，披衣奔了过去。只见校里灯火通明，全体教师已被集中起来在课堂里学《毛选》，工作队员则纷纷讨论对策。

麦校长是在小学的厨房里，用菜刀自刎而亡的。我在厨房门口张望，只见他仰面躺着，双目微闭，满地鲜血，旁边有几只苍蝇嗡嗡乱飞。我平生最怕血，看到这可怕情状，不禁双腿发软。正想回身，谁知工作队长把我叫住，令我看仔细一些，然后代表工作队，正式通知麦校长家属。我大惊失色，可是军令如山，再怕也得看。只好大着胆子，进入厨房，咬着牙关，捏着鼻子，细看尸体脖子上那条又长又深的刀痕。工作队长还告诉我，有关方面已调查过了，认为同住的老师没有听到任何声响，案发现场没有搏斗痕迹，这说明，麦校长的死，乃属于自杀。

我出了校门，找着“三同户”老马，请他领路，一起骑车前往麦家。我从来没干过“单刀赴会”的工作，捏着一把汗，跟着老马默默驱驰。

其实，麦家已知道麦校长身亡的消息。我进了门，发现满屋子都是人，气氛却静默得可怕。麦校长的妻子斜靠榻上，额头贴着镇痛的膏药。他们让我坐在厅心，这阵仗，让我竟成了被审问的对象。我原想先安慰麦妻几句，谁知她首先问我：“有什么证据说明麦校长不是被杀？”我把工作队长的判断转达了。她继续追问：“会不会受到突然袭击，他根本来不及反应？”这一问，我蒙了，心一慌，一下子回答不上。幸而老马给我递上一杯水，我定一定神，便说：“麦校长不是被钝物击伤，而是颈部刀伤致命，所以并非突然失去反抗。”麦妻一时语塞。我赶紧呷一口水，跟着说：“我看见麦校长的掌心没有血，这说明他自己紧握着刀刎颈，所以血没流进手掌。”麦妻怔住了，厅里鸦雀无声，我也紧张得心如撞鹿。过一会，麦妻忽然捶床大哭，一边哭，一边喊：“该死的！你为什么去找死啊？”我一听，知道她接受了我的解释，顿然松一口气，抹去了额上的冷汗。

我记不起当时是怎样离开麦家的了。在回程的路上，耳畔萦回着麦妻凄厉的哭声，我也知道，当时自杀者属“自绝于人民”，不该同情，但看到一条生命突然消失，内心总不免凄然。后来调查，麦校长根本没有什么问题，小学的工作队也没有给过他任何压力。很可能他本身就患有忧郁症，而在“四清”的“左”气氛笼罩中，心生恐惧，也听到一些基层干部自杀的传闻，想到自己是一校之长，有可能无端受辱，思想一时转不过弯，便自行了断。

在没有法制，无所谓“人的尊严”的年代，难免出现麦校长那样的悲剧。到十年“文革”，“左”风发展到极致，连参与过“四清”的国家主席，竟也在劫难逃，实在言之痛心。

此一役，我受到的锻炼够大了。回到队部，已过中午，同事们赶紧给我煮了一碗面条充饥，我哪里吃得下去？勉强扒了几口，便坐到队部门口发呆。猛抬头，看见门边贴上了管伙食的刘老师写在红纸上的对联：“双手调和五味，一心搞好四清。”这红纸，让我像看到了麦校长的鲜血，不禁胸口发闷，喉头作痒，“哇”的一声，把刚进胃里的面条呕满一地。

斗『牛』

西班牙有斗牛的习俗。勇士盛装，手持红布，把牛逗弄、激怒。牛横冲直撞，斗牛士挪身闪避，做出种种优雅的姿态。等到把牛弄得精疲力竭了，然后一剑把它捅死。观众则坐在围栏之外，欣赏着惊险、残酷、野蛮的流血场面。从场外的欢呼声里，你倒可以感受人类的兽性。

“文革”初期，我们宁静而美丽的校园，忽然也变成了“斗牛场”。不过，这里斗的“牛”，不是四蹄的兽，而是活生生的长着两条腿的人，是学校里的各级领导、各学科教授。当时，上头说“打倒一切牛鬼蛇神”，即打倒“地、富、反、坏、右”等分子，加上“走资本主义道路的当权派”和“反动学术权威”。人们把诸如此类的要被打倒的对象，简称为“牛”。越是高层的领导，越是权威的教授，就越是大的“牛”。

一九六六年四五月间，校园的气氛越来越紧张了。《人民日报》一篇篇署名文章，就像一阵阵使人惊心动魄的闷雷。跟着，批判某某教授“恶毒攻击”言行的大字报，在校园出现了。人们以为这是重演一九五七年“反右”的一幕。谁知，大字报的矛头渐渐指向校党委，曾经主持“反右”的各级领导者，一下子和教授们都成了“牛”。那一阵，教学大楼、大钟楼、党委会、各系室，粉白的墙，都贴满大字报。最妙的是，小礼堂前偌大的草坪，四周都用大字报棚架围着，真像是西班牙的斗牛场。

被大字报点名批判的人，名字被打上红色的叉叉，或者字体被颠倒过来。

这种很低级的泄愤做法，倒迎合了江青之类狠毒妇人的心性。当然，谁的名字，凡被“革命群众”在大字报上打了红叉叉，顷刻间便化成为“牛”。

人一旦成了“牛”，便被看管起来。他们被安排在一起集中“学习”，亦即变相软禁。这地方便叫“牛栏”。进入“牛栏”者，天天都要读毛主席著作，或者写材料，自我交代，互相揭发。“罪行”严重者，则单独囚禁，不能离开“牛栏”，随时随地被揪出去接受“斗争”，亦即接受批判、谩骂，乃至殴打。那些独处一“栏”的“牛”，交集着悲愤、惊恐、屈辱、无奈之情，处境最为难堪。历史系的金应熙教授，被单独幽囚于“广寒宫”楼上的小房子里。他在“牛栏”里写了一首诗，有句云“树影渐移看日过，钥声才动怕人来”，悲苦地记录了当时“牛”的心境。

过了六月份，北京一些“红卫兵”串联南下，也带来了“喷气式”等“斗牛”经验。于是，“要文斗不要武斗”的最高指示变味了。学校里处处构成“斗牛场”。在课室，在膳堂，在风雨操场，在惺亭，“红卫兵”围成一圈，被斗的“牛”站在圈中，“好戏”便开场了。

问题最严重的“牛”，往往被拉到惺亭示众。惺亭也被革命群众称之为“斗

惺亭。

牛亭”。有时候，十多只“牛”被拉上惺亭，沿着石栏杆排成一圈，“牛”颈上各挂着写了姓名画了红叉的纸牌，“牛”头则或戴着高帽或被剃成阴阳头。“红卫兵”悍将便跳上前去，逐个点名喝骂，历数他们的“罪行”。惺亭下面，也围了不少看客，悍将在上面高呼打倒谁，看客也齐喊“坦白从宽”“抗拒从严”“誓死保卫毛主席”之类的口号。当然，看客多是看热闹，他们内心的想法，则因人而异。斗到激动处，悍将们就动手动脚，“牛”们一般也逆来顺受。有些“牛”，若傲形于色，悍将则给他来个“喷气式”。一些“红卫兵”便配合着大声诵读语录，例如“你不打，他就不倒，灰尘照例不会自己跑掉”之类。

有一天，“红卫兵”们在惺亭上揪斗刘老师。刘老师那时还不到四十岁，性格耿直，脾气火爆。“红卫兵”某悍将把他拉到石栏边，历数他利用小说宣扬修正主义思想等“罪行”。下面的“红卫兵”便起哄，要他低头认罪。刘老师一言不发，嘴角翘起，做冷笑状。悍将大怒，动手按刘的头。刘“牛”毫不让步，硬是挺着脖子；越按他，他的头仰得越高。悍将按不下去，有几个“红卫兵”便跑上亭内帮把手。其中两人分别在后边拉着刘的左右手，硬让刘的腰弯下去，把整个身体扭成米格式喷气机的模样。刘老师在学生时代，曾是有名的运动员，身子硬朗，颇有气力。他拼命挣扎，那三四条大汉拗他不过，眼看演变成“武斗”。亭下一些“革命群众”害怕出事，有人便高声诵念最高指示：“要文斗，不要武斗！”正扰攘间，有个“红卫兵”忽然在悍将耳边说了几句话。悍将发话：“把刘 ×× 押回去！”就有几个人把刘老师从惺亭上拉走。

原来，这边的“红卫兵”在斗“牛”时，另一伙“红卫兵”却出了事。

那队“红卫兵”的任务，是要揪斗某位总支书记。他们浩浩荡荡，到了某书记的住处。只见房门紧闭。有人上前大力敲门，有人大喊：“××× 滚出来！”又敲又喊，过了一阵，却不见动静。某“红卫兵”觉得蹊跷，便扳爬着门，从气窗往里探看，发现该“牛”直挺挺地躺在地上。这“兵”一想不对，赶紧跳下，叫声不好。“兵”们一下子都明白了，大家使劲撞门。

门撞开了，只见该书记脸色灰青，嘴角流出白沫，早已死去多时了。有人发现，书桌上有一碗尚未喝完的药液，还泡着一只死蟑螂。“红卫兵”急了，有人跑到校医室报急，有人跑到“斗牛亭”报讯。这一来，惺亭上的刘老师，才免挨了一顿拳头。

该书记“自绝于人民”，悍将是不会怜悯的，但他们大概害怕“红卫兵”泄气，便把队伍拉到中区，沿途高呼口号，又杀向某系主任的住宅。

某系主任一听门外有动静，走出来开门，“红卫兵”一把揪住了他，拿出剪刀，在他头上乱绞，首先给他剪成“阴阳头”。跟着进入屋里，搜出几双皮鞋，把鞋带连接起来，弄成鞋串，挂在某主任的脖子上。悍将们便来批判，“兵”们便喊“打倒”。原来，这位主任一向注重仪表，经常把头发梳得光溜，衣冠楚楚，这本来是正常的为师之道。而“红卫兵”则故意把他弄得人不像人，鬼不像鬼，对他百般羞辱。正斗间，“红卫兵”瞥见围观的看客中有陈老教授。陈教授本已退休，那天外出理发，碰上“斗牛”场面，他不知就里，也上前看看热闹。“红卫兵”看见这“反动学术权威”自动送上门来，立即上前逮住。有人拿着剪子就要剃陈老的头。但陈老平素理的是小平头，又刚理过发，光光溜溜，剪无可剪。有人心生一计，上前把陈老嘴角的八字胡剪去一边。陈老的胡子很有特色，长长的，像鲶鱼的须一样，向左右分开。“红卫兵”剃其一半，嘴边只剩下一撇，样子滑稽得很。“兵”们乐了，又哄又笑。当然，受凌辱者，包括有良知的看客，对此情景，真是欲哭无泪。

这就是“斗牛”，是闹剧，更是悲剧。

今天，青年学生（包括博士研究生）很难想象在我们美丽的校园里，曾出现过如此丑恶的一幕吧！但是，这是事实。我在上面写到的一些片段，仅仅是当时情况的一鳞半爪。事隔多年，我们许多看客，回首前尘，内心仍会痛楚。

“文革”把人蔑称为“牛”，视人为禽兽，这就说明对人的尊严何等糟蹋，何等侮辱；始作俑者，实无“文化”可言。什么“文化大革命”，实在是大革文化命！然而，从“斗牛”的场面可以看出，到底谁是真正的“禽兽”？是挨斗者，还是悍将？我常想，真不知“左”的思潮有什么样的魔力，能使某些人变得兽性十足？当然，悍将、“红卫兵”，在“文革”中也是受害者，人性的泯灭，使他们疯狂了好一阵。等到把“当权派”“走资派”斗得差不多了，他们便大打“派”仗，互相斗成一团。其手段的残酷，一样令人发指。

更有意思的是，有些被斗过的“牛”，被“解放”以后，或是好了疮疤忘了痛，或是本身就有兽性，为了某些需要，也回过来整人。其手法一如“斗牛者”。“左”的法力，真使人“叹为观止”，更使人心寒。

“极左”和“极右”，实际上是一对孪生兄弟，或者是相互表里。你别以为他很“左”，其实他很“右”。他们的内心，私欲极端膨胀，不过他们又用革命辞令和过头的行动，掩盖其追求个人功利的真面目。以当年“斗牛”为例，在“斗”的过程中，“牛”的家被抄，好些财物都丢失了。家属的金饰，被少数“斗士”放进腰包；“牛”被扫地出门，空置了的床褥、卧室，成了“斗士”做爱的乐土。这样的行为，在康乐园是发生过的。今天，某些“斗士”对他们当年的荒唐举动，不知道会不会有一丝内省的心绪？我希望会，但未必。把一切推诿于时代的错误、上头的路线，而个人的责任，则推得一干二净。“大势可趋”成了一些人自慰的托词，这也是我们把“集体”强调得过了头的国情。

什么时候，“左”风才能杜绝？它会不会借尸还魂呢？

『鸳鸯楼』纪事

在中山大学康乐园的西区，有一幢教工集体宿舍，它是一幢普通的楼房，却曾拥有“鸳鸯楼”的雅号，很多人则直呼之为“夫妇宿舍”。多年前，人们一提起“夫妇宿舍”，便知道它所在的方位，至于其门牌号码，反而没人晓得。

“夫妇宿舍”是在一九六〇年建成的，住进去的多是年轻的教职工夫妇；到一九七〇年，夫妇们又纷纷迁出。十年间，这里发生过的许多事情，恰好是青年知识分子二十世纪六十年代命运的缩影。

中大为什么要建这幢宿舍？说来话长。原来在新中国成立后，教育事业发展很快，学校每年都会增聘一批青年教工。单身男教工住在荣光堂，女教工则住在爪哇堂三楼，每个房间住着两三人不等。到了二十世纪六十年代，历年积压的“王老五”越来越多，而学校从未为他们提供过可以双宿双栖的地方，这就出现了一些尴尬事。

那时，一位理科男教师爱上了一位女教师，人人都知道他们的关系，但苦于没有房子，他俩暂不能正式成婚，只能分居两“堂”，咫尺天涯，望梅而不止渴。幸而那时每个周末的晚上，学校的“电影广场”必放电影，在爪哇堂三楼和那女老师同住一室的另一位女同胞，必然热心和知趣地去充当电影观众。趁着这空隙，男教师便偷渡银河，入室幽会。

某个周末，晚上治保人员在爪哇堂附近巡逻，发现这一带四下黑暗，夜凉如水，唯有三楼的一个房间却亮着灯，大奇，便上楼拍门查问。可是“十拍朱门久不开”，心下狐疑。后来门开了，只有女教师一人在屋，便释然。正想离开，忽听床底下发出了“阿嚏”一声，有人打了个喷嚏。治保人员大惊，赶紧弯腰掀起床单一看，只见一男教师，赤身露体，打着哆嗦，蜷缩着躲在下面。这时，被揭穿者自然满面羞惭，他们名虽正却言不顺，实在难以启齿。这趣事，人们传为笑谈，也惊动了学校领导，而校领导也从中得到了启发。

当时，“大跃进”的虚火刚刚消退，上面又开始“落实政策”。平心而论，在社会经济十分困难的情况下，省里对高级知识分子还是比较照顾的，如讲师以上级别的每月可有多得一斤生油供应的“特权”。不过，新中国已经成立十年，学校尚没有关心“王老五”们的婚姻大事，实在说不过去。六十年代初出现的小阳春式的政治气候，让校方萌发了人道主义精神（当时叫“阶级感情”），觉得不能让“王老五”们再拖下去了，便赶快为已婚或将婚的青年教工兴建了一幢原被谑称为“鸳鸯楼”的集体宿舍，以免再出现“钻床底”的笑话。不过，“鸳鸯”二字，当时又被认为带有“小资气”，人们便索性直白地称之为“夫妇宿舍”。

二十世纪九十年代以前，许多单位的集体宿舍被称为“筒子楼”，每个楼层中间有一条甬道，就像一根竹筒子，“筒”的两边面对面地分布着多个房间。房门一关，空气便不能对流，秋夏时室内的闷热可想而知。不过，那时一般的职工，若能在“筒子楼”分到一个房间，有了栖身之所，人们便喜上眉梢，哪里还管得了是“蜗居”还是“蚁穴”。

中大的“夫妇宿舍”可不是筒子楼，楼高三层，每层各排列着十间房，全楼可供三十户人家居住。房子单向，前面有宽约一米的走廊，这便是连接各家的通道，它像阳台一样向南敞开。房子虽小，但中间用纤维板隔着，前面可作厅，后面作卧室。当时，青年夫妇搬了进去，恍如置身豪宅，真有“海燕双栖玳瑁梁”之感。

“夫妇宿舍”最奇妙的地方是，每间房子进门后，左边是厕所兼浴室，面积约一平方米，右边是小小的贮藏室，却全都没有厨房。当时，校方的设计思想是："大跃进"了，家家户户都到公共食堂吃大锅饭了，连打开水也可以在食堂解决了，夫妇们还要厨房干什么？

但想不到搬进"夫妇宿舍"不久，有人怀孕了，又隔不久，孩子出生了。那时"只生一个好"的政策还未出台，有些夫妇连续"增产"。结果麻烦了，孩子出生后若奶水不够，总得煮点稀粥米糊之类，广州人还要熬些姜醋，而这些东西，公共食堂无法供应。夫妇们实在没有办法，只好在那狭小的厕所里，放上煤炉和砂煲瓦甑、油盐酱醋，让那厕所兼具厨房的功能，总算解了燃眉之急。

但人有"三急"，若在煎煎煮煮之际，大人小孩忍不住要"办公事"，香风臭气便混在一起，长此以往，实在让人难堪。幸而当时大家没有怨言——

作者住过的"鸳鸯楼"。

房子的设计者们，没有把“夫妇宿舍”建成筒子楼，能考虑到广州天气潮热需要通风，让夫妇居住得稍为舒适，已是有了“以人为本”的思想了。至于智者千虑，必有一失，没有考虑到夫妇们还会在宿舍里“造人”，这也不必苛责。“大跃进”期间，人们只顾眼前，不顾后果，不像如今提出要有科学发展观，因此在“夫妇宿舍”只建厕所，不建厨房，虽属笑话，也属常态。

过了不久，不知道哪一家是始作俑者，竟把煤炉放在房门前的走廊上。接着家家户户有样学样，都把厨具挪出了厕所，那长长的走廊，就成了“夫妇宿舍”的公共厨房。

又不久，到公共食堂吃饭的号召渐渐被淡化，“夫妇宿舍”里的大人小孩，一日三餐索性都自己“搞掂”。于是每到做饭时，人们便在走廊上切菜的切菜，做饭的做饭，砍柴的砍柴，生火的生火。当时生火多用蜂窝煤，煤球熄灭后若要重新点燃，很不容易。人们一般在炉口上放些木柴，点着后拿葵扇拼命扇动，让火星四射，火苗蹿起，过一会儿煤块便会烧着，不过其间浓烟滚滚，煤气呛人。若从楼外望过来，只见“夫妇宿舍”的走廊层层冒烟，烟云冉冉上升，整座楼房恍如周幽王的烽火台；若从楼里从东往西望过去，只见小煤炉火光烘烘，一座接着一座，竟似“火烧连营七百里”，让人叹为观止。

不过，大家在走廊上做饭，也充满乐趣。当菜已下锅，在等待它煮熟之际，我便可以施施然一手拿着锅铲，一手抚着栏杆，眺望楼外的绿树，数着天上的归鸦。朝下望，左邻右舍的孩子们在荒坟断碑间蹦跳玩耍。我感慨系之，顺口哼几句辛弃疾的词：“把吴钩看了，栏杆拍遍，无人会，登临意。”有时闲得无聊，便踱上几步，看看邻室的炉子煮的是什么货色，大家交流几句做菜的经验，不着边际地聊些小道消息——边做饭，边休息，边沟通感情，边互相学习。大家兴致勃勃，其乐融融。于是，每天黄昏炊烟四起的时刻，这条通道兼作公共厨房的走廊，也成了“夫妇宿舍”的俱乐部。

在搬进“夫妇宿舍”前，我从来没做过饭，更不会炒菜，只懂得煲汤。

青年女教师住过的爪哇堂。

煲汤的步骤当然很简单，在锅里放进材料，注上水，端在煤炉上便可。那时广州物资匮乏，买米买肉均凭票供应，每月每人可买猪肉两斤、鱼肉两斤。煲汤时放上点肉，便算是“老火靓汤”了。

有一回，“为夫”奉“为妇”之命，接受了煲“老火靓汤”的任务。我把盛了煲汤材料的锅放在走廊边的火炉上，便回身到屋子里备课。谁知只顾看书，忘了门外那锅汤。汤水始而沸，继而干，终而锅里的肉变成了焦炭。隔壁的王老师闻到走廊上一阵焦煳味，三步两脚替我把冒着黑烟的锅搬离了火位，才没酿成大祸。不过，我太太（那时叫“爱人”）下班回来时，看见我毁掉了半个月的肉，满脸娇嗔，把我数落一番。我始而解释，继而不服，终而反唇相讥，吵了起来，彼此声音越来越高，脖子越来越粗。这又惊动了王老师，他赶紧跑过来好说歹说，替我打圆场。我虽然嘴硬，其实也很心虚，也痛惜那焦煳了的半斤肉，便乘机找个台阶，溜之大吉。

护养院，马应彪先生捐建以纪念其夫人，一九一九年落成。康乐园早期建筑多为外国人捐建，自马应彪夫人护养院建成始，华人华侨逐渐成为捐建的主体。

又过了个把月，我们的“夫妇宿舍”出大事了。

有一天，深夜四时，同楼的胡老师忽来敲门，说是他的太太钱老师患了急病，昏迷不醒，让我和其他几位邻居，把她抬到校医室救治。我们急忙找来一张帆布床，放上病人，踉踉跄跄，在黑夜里深一脚浅一脚地小跑。那时谁也顾不上问钱老师患的是什么病，只一心一意想着救人要紧。后来才知道，钱老师原是华侨的女儿，新中国成立之初，不少侨居外地的青年，感到中国人民站起来了，纷纷返回内地，以期为人民服务，报效祖国。钱老师就是其中的一员，她满怀爱国热情，追求进步，不远千里，回到广州求学。毕业后，她和胡老师结了婚，一起留校任教。

一九五四年之前，粤港两地来往极为方便，过境手续也很简单。有一年的寒假，钱老师赴港探亲，住了一段时期才返校。这本是正常不过的事，谁也没有在意。过了不久，罗湖口岸开始关闭，人们再不能来往自如了。又不久，形势改变，“肃反”连着“反右”，“运动”一个接着一个，到她搬进“夫妇宿舍”一年后，不知为什么，钱老师就因赴港这一段经历，被有关人员怀疑起来。于是背靠背揭发，面对面审查，要她交代检查，劝她坦白从宽。钱老师思想单纯，从没有见过这样的大阵仗，越问她便越紧张，越紧张便越被怀疑。一来二往，审查者问不出所以然，而生性胆小的钱老师，经不起折腾，患上严重的忧郁症，天天要吃镇定药品。那天晚上，不知是一不小心，还是有心“自绝于人民”，药品服食过量，便昏迷不醒了。幸亏我们七手八脚把她抬进校医室，医生又给她洗胃，又给她打针，好不容易才把她救活过来。而抬她入院的邻居中，也有曾经审查过她的同志。

钱老师虽然得救，却从此精神极不正常，天天咄咄书空，不知所云。曾被称为“校花”的她，变得行为怪诞，面目臃肿。她回到“夫妇宿舍”，经常无事生非，怀疑一切，还说胡老师像《聊斋志异》的崂山道士那样，能够穿墙过壁，寻花问柳。胡老师实在没有办法，一天到晚，被她弄得鸡犬不宁。

不过，也许是因为我在“夫妇宿舍”里年纪最轻，平素也常和她说说笑笑，她倒很相信我。这反惹出麻烦了，每隔三四晚，九点钟左右，她必来敲门。一进屋，便指手画脚，语无伦次，一闹就是两三个钟头，实在害得我无法工作，太太、女儿也无法休息。开始的两三回，我还不知道她是精神病发作，以为她有什么思想问题，也煞有介事地加以劝导，学着做“思想工作”。岂知我越接茬，她就越兴奋，叽叽呱呱地说个不休。等到说倦了，才拔脚离开。胡老师知道她对我的骚扰，十分歉疚。我也知道他的难处，但彼此无计可施，无可奈何。

过了一段时间，我忽然醒悟，她既是病人，我何不也来装病？一天晚上，她又跑来我家胡扯，我就不接茬了。她说东，我不等她说完，插上嘴，便说西；她说胡老师钻墙洞，我便说昨天看见白切鸡会飞，看见咸鱼会游水。她愣了，我又故意流口水，擤鼻涕，装神弄鬼，又“哭”又笑。总之，她发神经，我比她更神经。她发觉我既疯且傻，觉得没趣，也有点怕，扭头便走。从此以后，钱老师再不上我家来了，不过，她依然对我比较友好，看来是同“病”相怜的缘故。可怜钱老师就此一辈子患上精神病，郁郁而终。胡老师是好老师，他一辈子陪着精神病人，有苦说不出。钱老师病故后，他更只能借酒浇愁。好端端的一个小家庭，从此进一步破碎。

我在演“闹剧”。但不少人心里都明白，钱老师的遭遇，是在“怀疑一切”的“左”风荼毒下，发生的一出悲剧！

话又说回来，那一段日子虽然困难，但住在“夫妇宿舍”里的同志们，团结友爱，一家有事，大家帮忙。在一九六五年以前，我们经常要轮流带学生下厂下乡，或参加“整风整社”，或参加“四清”运动，一去就是几个月。家里留下的妻小，邻居便互助照应。而彼此的孩子，出生时间也差不多，他们一起上幼儿园，一起上小学。上学时年纪大的带着小的，下课时一起做功课。孟子曰：“守望相助，疾病相扶持。”当年住在“夫妇宿舍”的居民，对此都有很深的体会。这和当下一些人，虽然同住一楼，左邻右舍，却老死不相往来，情况是大不一样的。

到了一九六六年五月，“文化大革命”开始，学校“停课闹革命”，天天不是开会学习，便是游行示威。“夫妇宿舍”里的教师再不用备课了，但都得参加群众运动。不久，学校里出现了红卫兵组织，出现了“大鸣大放大字报”的“大民主”浪潮，校系领导被视为“走资派”，老教师则被打为“资产阶级学术权威”，他们被统称为“牛鬼蛇神”。又不久，各院各系的“牛鬼蛇神”，一个个被揪斗，陆续有人被剃光头，被殴打。

红卫兵让他们头戴用报纸折成的尖帽，脖子上挂着写了名字画着“××”的纸牌，游街示众。被揪斗的人，左右两手分别被人向后拉着，又被按着低头弯腰，“坐喷气式飞机”。整个康乐园既不“康”，更不“乐”，只笼罩着乌烟瘴气和愁云惨雾。

居住在“夫妇宿舍”里的人，都是些青年教工，既当不上红卫兵，又算不上“走资派”和“反动权威”。但既然属于“革命群众”，就得参加斗争大会，接受教育。当看见“牛鬼蛇神”被斗被打，也得跟着唱“语录歌”，喊着“打倒 ××”的口号。在当时，“四人帮”要求人们“理解的要执行，不理解的也要执行”。老实说，“夫妇宿舍”里的人，多是“驯服工具”，上头号召，谁也不敢不跟。当看到容庚老师被称为“黑帮”，被涂黑了脸，在草坪上示众，当看到王起老师被打断了两条肋骨，身体痛楚扭曲，谁也不敢挺身而出，阻挠红卫兵的暴行。一天，地理系的一位老教授不堪凌辱，从课堂大楼上跳了下来，头颅迸裂，脑浆涂地。消息传来，“夫妇宿舍”的同事们尽管窃窃私语，心惊肉跳，但“革命不是请客吃饭”，在公开场合，对这类惨剧也只能表示与含冤自杀者划清界限，因为大家都接受了“反右”的教训：“你同情右派，你就是右派。”既然整人、斗人是上头定的“大方向”，多数人便跟风围观，其麻木的模样，活像当年鲁迅所说的那群围观同胞被人砍头的看客。而围观的行为，本身等于助长了红卫兵的声势，让被侮辱的人更感难堪。总之，运动的围观者，不管自觉与否，不管内心是怎样想的，实际上也都成了帮凶。不错，我们的确无法左右历史，但我们这被“左”毒麻木了的一群，难道不该反思在那场民族悲剧中，自己所应担负的责任？

这段时间，“夫妇宿舍”里的居民，每当黄昏，只在走廊上做做饭，炒炒菜。邻居相见，多是打个招呼。闲着无事，也会关起房门下下围棋，打打扑克，表面上逍遥自在，内心实也忐忑难安。

又过了一年，形势大变。校内的红卫兵，在揪谁、斗谁和要不要冲击解放军的问题上，意见有分歧。他们分成了两派，一派称“红旗派”，一派称“东风派”。两派始而辩论，继而吵架，跟着便武斗。有人还弄到枪支，各占大楼，校园里杀气腾腾，一时间人心惶惶。这时，相当部分的青年教工也被卷了进去。于是，“夫妇宿舍”里的人，渐渐也分成两派。本来经常在一起聊天一起做饭的同事，碰见时或像互不认识，擦肩而过，或悻悻然怒目相视。而不同派系的红卫兵，也开始向住在“夫妇宿舍”中不同派的青年教师动手。这样，“鸳鸯楼”变成了“马蜂窝”。

一天中午，我正在走廊上做饭。忽见几个红卫兵走将进来，闯入隔壁黄老师的家，关上房门，大肆抄检。

黄老师是新中国成立前的进步青年，参加过由党领导的“地下学联”，新中国成立后又担任过学校学生会主席，他和太太余老师都是共产党员。在两派的斗争中，他们不同意某造反派的观点，于是成了该派进攻的目标。这次突然袭击，造反派搜出了黄老师的一张旧照片，照片上有人戴着新中国成立前参加学生军训的帽子，上面缀有“青天白日”帽徽。这下麻烦了，它成了黄老师“反人民”的罪证。黄老师两口子赶紧向红卫兵解释、理论，但“秀才遇着兵，有理说不清”。一个姓杨的造反派头目，嫌余老师唠唠叨叨，便很不耐烦，大声吼叫，骂余老师是“国民党的臭婆娘”。余老师一听，又急又气，怒火攻心，不知从哪里来的胆量，忽然扬起右手，一巴掌打在杨某的脸上。那杨某禁不住一个趔趄，他是打惯了人的，却想不到这位文弱的女老师竟敢向他动手，一时间来不及反应。旁边的几个造反派，也吃了一惊，等到回过神来，便哇哇大叫，要揍躲在后面的黄老师，走廊上乱成了一锅粥。

我做饭的地方离黄老师的房门口不远，本想“各扫自家门前雪”，但看到他们要打起来了，发觉势头不对，便一个箭步跑过去劝架，急忙间，却忘记了放下手中切菜的刀。造反派见我拿着刀冲了过来，以为我这当教师的“革命群众”也要来拼命，他们没有思想准备，大惊失色，纷纷退出房外。那杨某更像是《打渔杀家》里的教师爷，一边骂骂咧咧“等着瞧！等着瞧！”，一边急忙撤离。

余老师是一时间气急动了手，我是一时间情急忘了放下刀，谁知一时间竟把造反派镇住，不知这算不算参加过“武斗”。等杨某他们走后，我们才发觉闯了大祸，天知道红卫兵会不会来寻仇，更担心“夫妇宿舍”中不同派别的“内鬼”会乘机作祟。如果内外夹攻，我们岂能“逃出生天”？两家人越想越怕，越怕越急，经过计议，认为事不宜迟，赶紧收拾细软，立即撤出这是非之地，分别到外边投亲靠友。那时，为避免被造反派发现，我们不敢从校门出走，只能趁着暮色，在“夫妇宿舍”附近围墙边的缺口处拖男带女，像钻狗洞般狼狈地逃离了学校。直到一九六九年，工宣队、军宣队进驻，校园渐趋平静，我们才回到了“夫妇宿舍”，结束了“丧家犬”般的生活。

转眼到了二十世纪七十年代初，工宣队下令全校住房大调整、大搬家，这幢楼的夫妇们便各奔东西。从此，“夫妇宿舍”的俗称也不复存在了。“文化大革命”后，人们在这幢楼的走廊外，给各家增建了厨房，旧时的“夫妇宿舍”已面目全非。所以，今天若有人提起它，在学校里，恐怕只有六十开外的人才会晓得。

几十年过去了，当年曾住在“夫妇宿舍”里的夫妇，“文化大革命”后许多人成了教学科研和行政的骨干，但如今都成老朽。当他们行经这一块“风水宝地”时，都会驻足观望旧时的居室。往日的友好邻居相见时，也会说起这里的风风雨雨。

元稹有诗云：“白头宫女在，闲坐说玄宗。”回首当年“鸳鸯楼”的喜怒哀乐、酸甜苦辣，便懂得那“闲”字的深意。

旧梦记『趣』

下面所书，均是“文革”期间在“五七干校”锻炼时的事。事隔多年，旧梦重寻，竟别有一番滋味。

我们干校所在的那座山，也和许多山一样，高而秃，乏善可陈。山涧边，长满茅草；茅草边，堆满乱石。山腰多有竹丛，老乡们的泥屋，多靠在竹影之中。夏天在山路挑担，赤日炎炎，晒得人七窍生烟，我们最大的愿望是在竹影里喝喝水，歇歇脚，看着光屁股的小孩在尘土里打滚。不过，这里冬天的景色，却又堪称一绝。大雪过后，山上树头草根，全被薄冰罩住。路旁的牛粪，也被冻成像用玻璃罩镶嵌的盆景，罩中玲珑蜿蜒的景观，使我们叹为观止。每当我们冒雪开工，碰到这些黝黑的冰疙瘩时，总围着看个不休，或从气象的角度分析其成因，或从美学的角度领略其意蕴。当然也乘机抹抹汗，喘口气。

上干校，真难，也真苦。

这难，有两方面含义。其一，你如果不是革命群众，或被打翻在地而没有被超度的可能，你是不能去的。若能去，还得写申请书，表忠心，以示下定决心，不怕牺牲，排除万难，脱胎换骨，然后静候领导批准。其二，干校所在地在坪石金鸡岭附近，山势高峻，其峰顶海拔为八百米。空着手爬上去，也得花两个小时。有一险要处，名曰“老虎嘴”，路仅宽尺许，下面就是百尺悬崖。行人到此，若不小心，跌了下去，就如送羊入虎口。

据闻，有一“走资派”，曾患膀胱癌，术后，腰开一孔，挂一瓶以盛尿。他有幸被批准上山。谁知走到“老虎嘴”，只顾得抬腿，顾不得闪腰，不慎打了瓶子，只好半途而废。于是，有些“五七战士”不由得酸溜溜地吟起“上干校难于上青天”的诗句来。

记得到达干校当天，我们放下行装，略事收拾，便列队出发劳动了。战天斗地之初，我们那副模样，竟使不少老乡看傻了眼。原来，“五七战士”自备的披挂，差不多是一样的：

头戴圆竹笠——既可挡雨，又可遮阳。

身披塑料布——既可防雨，又可挡风。

膀臂上围着坎肩——老婆以厚布一层一层缝成，行时密密缝，好让肩不疼也。

今日金鸡岭。

胸前挂毛主席像章——以示忠心耿耿。

腰间束绳，或束毛巾，或束潮州水布——有多种功能，此不赘。

腿肚套塑料腿套——防湿，兼防蛇虫鼠蚁。

肩架扁担——此劳动工具。

手执短棒——年老的女同志当拐杖用，人们都笑她们像群拿着赶狗棒的祥林嫂（把可怜当有趣，这不太像话），年轻人则用以打草惊蛇。

这身打扮，老乡们从未见过。有位大娘，老眼昏花，还以为来了一队天兵天将。其实，我们更像是舞台上那跑龙套的，就差胸口只别着小小的写有“忠”字的像章，而没有用白布写上一个大大的“勇”字。凭这副披挂，就可见到“五七战士”吃大苦的思想准备了。在干校，劳动是艰苦的。早上爬起来，天还未大亮，担子压过的肌肉还未得到放松，大家便赶紧擦脸，“早请示”（即排成队，由班长领头，面对毛主席像，翻开《语录》，高声朗诵其中一段，然后呼万岁，其状如和尚们面对泥菩萨上早课，以示信仰忠诚云云），吃饭，排队上路。黄昏，太阳下山，乌鸦回巢，我们才拖着灌了铅般的双腿回到茅棚。

最吃力的劳动，是在山路上挑木板。我们要从很远的地方，把锯成条状的木板挑回茅棚，拼起来做床板，以免睡在湿漉漉的泥地上。老乡教我们，挑木板时，先用绳子拴住两块板的头部，分开它的尾部，然后把扁担捆在板的中部，使它成为英文大写的“A”字形。扛起扁担，把“A”竖了起来，便可以开步走了。不过，这活十分累人。因为，走着走着，一不小心，“A”字失去平衡，翻转过来，卡住肩头，那就惨了。山路窄小，无法调整，也无法换肩，你就像戴枷一样受罪。“五七战士”多未能掌握挑板要领，挑了一会，都变成了发配沧州的林冲。在汗流浃背之际，山风一吹，内衣变得冰冷，于是喷嚏声不绝于路，体弱者不免要犯感冒。但感冒在当时算不了病，“轻伤不下火线”，硬撑着就是。挑了两回，工作状态尚未改善，大伙私下里叫苦不迭。一天，理科的某君看到路旁有一个破轮子，灵机一动，把它拿回来，利用空余时间，造成了一部独轮车，用以运送木板。这一来，比用肩挑方便多了。但是，队长很不以为然，认为这失去了下放锻炼的意义。下放，就是要吃大苦，耐大劳。某君放着大苦不吃，去吃小苦，这很不对头。经过一番“斗私批修”，触及灵魂，某君也表示要坚决改正错误，这才了事。可是，某君在逃避吃大苦而用独轮车推送木板时，曾被老乡们看见。老乡啧啧称奇，赞叹“五七战士”毕竟有些学问，想出了他们多少代也没有想到的办法。有些老乡，拿着破轮废料，请某君帮忙安装独轮车。有一阵，某君住处简直门庭若市。不久，高山之上，便出现了不少相传是诸葛亮发明的“木牛流马”。又不久，某君终于成了“讲用会”的积极分子。但干校的战士依然挑大“A”，吃大苦，流大汗，在私下里依然叫苦不迭。

“文革”期间，不用上班，闲着没事，有些教师便买些斧刨锯凿之类工具，学做木工，制作书架、碗柜等简易用具。粤人称制家具为“斗家私”。到干校之初，有关方面把我们几个自学成才的木工爱好者组织起来，帮助大家修修劳动工具。“五七战士”私下均称这支队伍为“斗私队”，盖与“斗私批修”谐音之故也。

想不到，“斗私队”建队不满一月，便被派上特殊的用场。某天上午，副连长把“斗私队”五位队员全召到队部，下达命令：到某地扛木料，在某处建工场。又令A、B、C、D四人各制长形木板一大块，E则独制方形木板两小块候用。五人得令，备料毕，各执工具，刨的刨，锯的锯，分头制作。“老九”们都有文人相轻不肯服输的劣根性，以为副连长有心考察他们的手艺，于是各显神通，暗中比试。结果，五人均能克尽厥职，在规定的时间内完成了任务。副连长来了，检查一番，表示满意。接着，他拿出一张图纸，吩咐大家按图装配。五位战士展图一看，不禁毛骨悚然。原来，他们应把各自的研制成果，钉为一具棺材。那时，大家习惯于只问耕耘，不问收获，不该知道的不去问。于是又刨的刨，锯的锯，这回齐心协力，片刻工夫，棺材便出笼了。

副连长又来了，命令“斗私队”收拾工具，毕。然后，把棺材抬到隔山，即干校另一个连队所在地。“斗私队”到了那里，才知道有个未改造好的“走资派”老张忽然死了。这“走资张”其实没有多大问题，但当时，大家为了表示划清界限，不理睬他。时俗如此，倒非势利，不必深究。而“走资张”则从早到晚，闷着头默默地干，似乎也与世无争。“走资张”死的前一天中午，该连队饭堂加菜。“走资张”收工比别人迟，到饭堂买饭时，进膳者已无几了。伙房的老李看见“走资张”，便大声喝骂：“妈的！才来。老子中午不用休息吗？快拿饭盒来。”“走资张”诚惶诚恐，赶紧递了过去。伙房老李拿进厨房，一会儿出来，又大吼：“走远一点吃！”

据后来另一“走资派”透露，那天，“走资张”遵命，端了饭盒，远远地坐到路边的树桩上。当他揭开饭盒，拨开饭粒时，发现有两块又大又肥的猪肉。这一来，“走资张”明白了伙房老李没头没脑地吼叫的深意，但他也迂得够呛，竟感动得对着肥肉无法下咽，还躲进树林子里痛哭。晚饭时，他请某“走资派”代吃了那两块肥肉。第二天早上，人们就发现他死在树林里。

善意也会将人置于死地！可见天下事，未经沧海者，有时很难理解。“斗私队”抬了棺材，又接受了新的命令：把“走资张”的遗体放进棺材，抬到某坡埋葬。于是“斗私队”又成了“收尸队”。他们直忙到晚上八点，才收队回营。

“斗私队”队员有好几天提不起精神。看来大家万万没料到在干校的第一件大制作，竟是这样的一副“家具”。而且，大家在收尸时，双腿也不由自主地发软。虽然“斗私队”中没有“走资派”，还没法产生兔死狐悲的感受，但“走资张”凄然而笑的遗容，实在令人难以忘记。

过了几天，副连长又命“斗私队”制作木板，A、B、C、D、E面面相觑，心惊肉跳，以为又要给谁收尸了。幸而副连长随即宣布：这回制木板，是做“忠品”用。忠品者，上有领袖像，下绘心形图，红心里贴以“忠”字，旁画花草树木日月星辰者也。他一说，大家才放了心。不过，这一回，似乎彼此都没有比试手艺的兴致。

A君在炮制“忠品”时，忽发奇想。木板拼成后，A上山搜集了几块枯朽树皮，择其形状如岩石而纹路遒劲者，堆成假山形，钉在板上，再插上苍老枝丫，于是丘壑嶙峋，树影扶疏，俨然成了一座半立体的盆景。A又在假山上添了小红旗数面，放上小土偶若干，居然又有了“五七战士炼红心”的意境。

“忠品”制成，A受到表扬。据悉，这玩意儿还被拿到什么地方敬献。后来干校的农活越来越累，“斗私队”倒盼望能再给一次在表忠的名义下自得其乐的机会，惜未果。

我们在干校的主要劳动，是种姜。这里的土壤，据说最适宜种姜。老乡们的自留地，也多是种上姜的。怎样种姜，这对“五七战士”来说，完全是桩新鲜事儿。不过不要紧，我们的连长请来了一位根正苗红的姜农，教我们干活。

校园里的夹道竹林。

姜农，今已忘其姓氏，只记得大家都喊他大叔。大叔当年约五十许，胡子虽有点儿花白，但身板壮得像只牛牯。后来有些老乡说，大叔一九四九年前曾干过“剪径”的勾当，但未经证实。大叔领我们读了几条语录，然后有板有眼地讲起来了。他先讲如何烧荒，如何平整坡地，跟着讲如何选择姜种，如何撒肥。一直讲了一个更次。还兼讲这里的历史、形势，讲得很深很细，娓娓动听，发人深省。

第二天一早，我们连长下了烧荒的动员令，大伙儿在指定的地段，砍光杂树，割去茅草。令人感动的是，大叔也来了，还带着他的大儿子和小儿子。小儿子的头，剃得贼亮贼亮，活像圆滚滚的南瓜，有趣得很。他们很热心，很耐心，手把手地教我们。我们把坡地整理妥当，便七手八脚点起了火。山风一卷，火随风势，风助火威，浓烟奔突。被烤着的竹头树根，噼噼啪啪地乱响，好不怕人。

烧荒后好几个月，我们分批在姜地上劳动，松土、点姜、撒肥、浇水……忙个不停。好容易又过了大半年，埋在土里的姜芽，越长越大，有的宽如蒲扇，有的粗似芭蕉，有的芽上生芽，连成一片，像一块大珊瑚。那时候，“五七战士”心里也热乎乎的，辛苦的劳动，毕竟有所获。当然，若以其单产计算，和老乡们自留地上的相距甚远。但我们算的是政治账，“五七路上结硕果，汗水浇出教育花”。种姜的成本，是不必计算的。

连长开始组织队伍，准备发起收姜战役了。忽然，有人来报，我们的姜地，被毁了一大片，姜被偷了。

连长赶忙跑去一看，姜地果然被挖，这还了得。于是我们分头找公社领导，找大队治保主任，也找大叔。大叔很关切，提醒我们，要提防坏人破坏，特别要注意山猪的活动，说山猪近来四出觅食，猖獗得很。我们连、排领导分析了各种动向，一面严密监视随队劳动的“走资派”，一面派人返大本营搬取武器。这一来，干校显现出一派紧张的备战气氛。武器（其实是小口径步枪、猎枪之类）到了。连长火速组织了一支武工队，每晚上山埋伏。一连几晚，不见动静。我们好生纳闷，越发觉得几个“走资派”鬼鬼祟祟，形迹可疑。为了引蛇出洞，连长想出了一条妙计，宣布某天晚上，文艺宣传队和老乡联欢，全体“五七战士”放假。而武工队员则在夜色的掩护下，悄悄到姜地附近隐蔽，枕戈待旦，撒下了天罗地网。约深夜一时许，姜地西头，忽然出现了三条黑影。黑影匍匐着，活像几条山猪。“山猪”蹲了一会，以为四下无人，便霍然起立，拿下盖在头上的麻袋，亮出砍刀，飞快地挖姜。这时候，武工队员紧张到心脏都快跳到脖子上了，他们紧握武器，逐步挪前，对黑影形成了三面包围的态势。连长看到战士们按既定方针进入有利阵地，便向黑影大喝一声：“别动！”说时迟，那时快，战士们十多把手电筒的强光，齐向黑影射去。这下子，“山猪”原形毕露，但他们身穿夜行衣，又以黑布裹脸，其庐山面目，看不清楚。武工队员恃人多势众，手端着枪，站了起来。那三个大汉也大吼一声，品字形排开，横执砍刀，摆出准备拼命的架势。就在一触即发的紧张时刻，武工队员发觉蒙面大汉的身影，像在什么地方见过，特别是那较矮者的头，在手电筒的照耀下闪亮闪亮，颇像大叔那小儿子的南瓜瓢。稍一迟疑，三位好汉忽然呼的一声，冲出重围，转眼间不见踪迹。连长和战士目瞪口呆，他们毕竟是书生，谁也忘了扣下武器的扳机，只好白白地让“山猪”在眼皮底下跑掉。后来武工队员得胜回朝，俘获战利品麻袋三个，姜块若干。

第二天，我们碰见了大叔，彼此很友善地打招呼、问好。

第二天，我们觉得“走资派”们不那么鬼鬼祟祟了。我们最终查不出谁是偷姜的“山猪”。

我们在山顶建立了干校以后，山下的小食店兴旺起来了。干校在星期天照例休息。那一天，大家比平常起得更早，早餐一过，呼朋引类，相率下山，直奔小食店。

那时，从干校到山下，要走两个小时，我们的粮食、蔬菜、日用品，是从山下挑上去的，补给线太长，供应量不足，加上劳动量大，战士们的胃常常咕咕直叫，三四两菜饭到肚，简直像挑沙填海，毫无作用。在干校饭堂无法满足大家饭量需要的情况下，“五七战士”便活学活用“样板戏”：“堤内损失堤外补”，并于星期天，学《沙家浜》的郭建光那样，“长途奔袭”小食店。

小食店里有热腾腾的肉包子，有又酥又脆的炒花生。一进店，“五七战士”按惯例先要一大盘肉包子，始而狼吞虎咽，继而慢慢欣赏。吃饱了，抹抹嘴，再买一两斤炒花生上路。有肉包子垫肚，战士们精神状态便不一样了。女同志兴致勃勃地逛逛小商店，买点针线、电池、邮票之类。男同志一般不在小镇停留，总是三三两两，慢悠悠地往回走。年轻人满山哼着“临行喝妈一碗酒”。年老的则走走歇歇，在林边水坳，指点江山，激扬文字，嘴里赞“风景这边独好”，心中念“鸟倦飞而知还”云。上得山来，肉包子消化得一干二净了，而人人的兜里，都还有一包花生。干校建校初期，带花生上山解馋，属错误行为。领导虽没有明文规定，但谁也不愿被视为怕艰苦、贪图享受的“典型”。所以，虽然人人都买了花生，却不见有人在山上吃花生，不知大家怎样变的戏法，妙手空空，把花生变掉了。

我解决花生的办法很简单：化整为零。每晚睡觉时，以被蒙头，拿出十颗八颗，小心地剥之、嚼之。剥而无声，指甲应巧妙地运用内力；嚼而有味，牙齿应配合舌头仔细磨咽。第二天，再把小量壳儿皮儿做技术处理，很容易。

苏兄解决花生的办法，则使我大开眼界。有一天，我去光顾老乡们的积肥处。积肥处，即厕所也。在山区，各家厕所各家管，肥水不流别人田，但欢迎外人光顾。一厕容一人，颇讲究文明。为了吸引“五七战士”，老乡们都把建在路边的厕所收拾得比较齐整。坑外有门，战士们过去蹲时，比在干校的校营厕所舒服。所以，我们都宁愿跑远一点，去开老乡的方便之门。

我是在午休时间去“积肥处”的，谁知好儿间门儿紧掩，宣告客满。没办法，我只好在附近找了一个能够照顾全局的制高点，坐下抽烟，做候补队员。抽了两支烟，有点不耐烦，心里想，难道今天村里都闹肚子，使大家积肥时间拖长了？正纳闷间，一处门开了，出门者为老战士苏兄。我见到他，他倒没见到我，施施焉走了。我赶紧乘虚进入阵地，按例做好一切预备手续。低头一看，吓了一跳，只见坑下驳驳杂杂五颜六色处，漂满了花生皮、花生壳，那皮儿壳儿，红的红，白的白，装点着坑里河山。我心头一亮，怪不得“十扣朱门九不开”，原来有人利用老乡的“积肥处”，作为饱口腹之欲的掩蔽所，可见“贪图享受”的坏作风，也真见不得人的。

后期，随着负责者纷纷抽调回城，干校的管理放松了。星期天，“五七战士”也会约三两知己，带一包花生、一瓶米酒，走进树林深处享受。尽管干校里又出现注意“思想回生”，注意“斗争新动向”之议，我也再没有发现粪坑里漂动花生壳了。

在厕中吃炒花生，有香有臭，可笑可怜。

“五七战士”们最舒坦的时间，是每天晚饭后的黄昏。经过一天劳顿，肚子也填充完毕，洗罢饭盘，战士们或濯足于清流，或给老婆孩子写封家信。但这段难得舒服的时间不太长，天一黑，又得读报讨论或斗私批修之类。所以，战士们对黄昏时间倍加珍惜，认真品味。

有时，一些令人哭笑不得的事，也在黄昏出现。

某天傍晚，景色分外美丽。斜阳外，寒鸦数点，流水绕孤村，显得十分宁谧。忽然，人声扰攘，某乙被人背着、搀着，两眼紧闭，表情痛苦。这一支人马，神色紧张，都到老乡的蛇医家里去了。看来，某乙是被蛇所咬无疑。出于对同志的关心，“五七战士”不少人到蛇医家探头探脑。老乡们常与蛇打交道，蛇药功效奇验，敷药后，某乙平安无事。真是吉人天相，有惊无险。只是，黄昏美妙的气氛被打破了。

据某乙自述，他是被蛇咬着屁股了。原来，某乙有洁癖。他对干校公厕那全开放性的结构很不习惯，对老乡积肥处的黑暗封闭又有戒心。每晚黄昏，他必到后山，选一洁净处蹲焉。谁知那晚，下蹲不久，忽闻身后噗噗有声。他开始并不在意，继而生疑，扭头一看，坏了！原来离其蹲位尺许，一眼镜蛇，盘成圆阵，昂头吐舌，监视着某乙。某乙大惊，这回动也不是，不动也不是。想大声呼救，则离营太远，喊也没用；想捡块石头自卫，则目光所及，只有茅草。某乙想，天越来越黑，拖下去更不利。形势危殆，三十六着，走为上着。于是乘蛇不备，猛然提起裤头，转身便跑。但眼镜蛇比人反应更快，人一动，蛇以为人要进攻，它先下手为强，扑过去狠噬一口。后来就出现某乙被抬去抢救一幕。

好几个黄昏，“五七战士”们都把某乙历险记作为茶余饭后的话题。这桩事，虽近乎滑稽，但不知为什么，大家始终笑不起来。有人还叹息：在不要脸的世道中，某乙何苦死要脸，以致险遭不测呢！

弹指一挥，许多年过去了。往事如烟，以上所书，其味之酸甜苦辣，已不复记。无以名之，姑且称之为“趣”事吧！

芳草年年绿

我们校园的大草坪，宽达几十亩。放眼望去，绿光氤氲，使人倍觉空灵清爽，连瞳仁也像被清泉洗过那样舒服。人们都说，这草坪美极了！

每天，我们都从草坪边走过。看多了，虽觉得它可爱，却是浑然一碧，绿得单调。其实，只要留心察看，就会发现，随着阴晴冷暖，草色是会千变万化的。春天，它青青如玉；入秋，则稍蘸鹅黄。夕阳斜照，树影落在地上，草色一边透明，一边浓绿；在细雨中，草面上会泛起白色的烟雾，如果有人撑着红伞走过，就更把翡翠般的黛绿色衬托得空蒙如幻了。

记得在二十世纪六十年代初，校里举行“中日青年友好联欢节”。那一天，晴空万里，我们在草坪上支起一圈彩色的遮阳伞。日本朋友一见，都跷起拇指，说日本的大学找不到这样的美景。当时还以为他们谦逊，后来我到东京等地访问，才知道他们讲的确是真话。那里的校园不乏崇楼高馆、浅沼疏林，就是找不到一片像我们那样有气派的草坪。

不过，这几十年，风风雨雨，我们的草坪也经历了不少磨难。在二十世纪五十年代末，某领导偏爱含羞草，下令在草坪种上他心目中的“珍品”。殊不知含羞草浑身长刺、繁殖力又极强，转眼间，遍地荆棘，含羞草成了灾。后来师生不知花了多少劳动时间，才把它一根一根拔除。“文革”期间，又一位领导发现爱花草是“资产阶级思想”的表现，认为校园种草，便是用修正主义思想腐蚀师生。他发表了一通“花花草草会食人”的高论，为了让“红彤彤的江山永不变色”，下令在草坪种上红薯。黄昏清昼，师生奉命施肥，弄得臭气熏人，苍蝇乱飞。谁知不久中美建交，外宾来访日多，为避免出现掩鼻而过的尴尬场面，施肥才告停止。“文革”过后，师生们不得不犁平薯垄，花费了好几万元，在坪上重新铺上嫩草。到如今，草坪总算依然如故。“苔痕上阶绿，草色入帘青”，年年春夏秋冬，芊芊芳草，欣欣向荣。它的伤痕，只埋藏在草根下的深层里。

在现代的大都市，寸土寸金，尤其是商品经济等方面飞速发展，房地产开发成了摇钱树。保留一方净土，谈何容易！而越是具有高度的文化素质，懂得改造自然的人，就越懂得保护自然、保护环境的重要性。建设和保护草坪，成了科学家的研究对象。我们生物系的胡玉佳教授，还写了《草坪景观的初步研究》《草坪科学与管理》等论文。当然，校园里的人更看重的，是草坪所包含的人文精神，他们懂得要让学子在宽松的空间和新鲜的空气中追求真理，吸纳知识；懂得缔造美的环境与培养人的素质的关系。因此，他们爱护草坪，就像爱护自己的肌肤。年年春暮，江南草长，工人

们忙着推动剪草机，把草坪收拾得像毛茸茸的地毯。记得有许多个黄昏，文字学家商承祚教授，常常一边散步，一边挥手制止那些不守纪律横越草坪的过客。我常想，这伸展在校园的一坪空翠，不正是丰厚文化内涵的体现么！

每一年，同学们毕业离校的时候，总会在草坪上拍照留念，总会深情地多看草坪几眼。有一回，我在境外遇见了毕业多年的校友，他劈头就问："我们的草坪，现在怎样了？"我回答："等着您回去打滚哩！"于是彼此击掌，相视而笑。在他的眼神中，我看到了游子对祖国和对母校、师友的眷恋。是的，作为曾经生长在校园中的一株小草，是忘不了让他茁壮成长的草坪的。王维有诗云："芳草年年绿，王孙归不归？"如果我们把王孙理解为关情故国的有识之士，这两句诗不又有了新的含义么！

"芳草年年绿。"也许，去年的草会褪了颜色，但它的旁边总又生出更鲜更嫩的草来。所以，年复一年，这草坪总是充满生机，走近它，你会觉得整个身心也弥漫着绿意。但愿它永远绿下去……

大草坪。

『翻身广场』

我们校园有两片大草坪。在马丁堂和黑石屋之间的那一块，新中国成立之初被命名为“学习广场”；在怀士堂（小礼堂）前的一块，被称为“翻身广场”。

“翻身广场”处于校园中轴线上，碧草如茵，学校里一些重要的群众性活动，往往在这里举行。

我记得一九四九年后在“翻身广场”举行的第一桩盛事，是“塔山英雄团”的江雪山同志来做报告。时间是在一九五三年的秋天。那一天，云淡风轻。我们列队进场，听江雪山讲述塔山阻击战、解放锦州城等英雄事迹。在共和国建立初期，经济稳定发展，抗美援朝取得胜利，年轻人爱国热情无比高涨。解放军的英雄人物，是同学们心目中的偶像。那时候，江雪山同志还是年轻军官，气宇轩昂，声音洪亮。他生动地讲述战斗经过，讲述怎样克服重重困难，战胜顽敌。同学们坐在草地上，记着笔记。一颗颗火热的心，随着战斗英雄热情的语言跳动。报告结束，许多同学都拿着笔记本请江雪山同志签名留念。

又过了四十年，我有机会和解放军离退休的老首长们，讲述诗词创作问题，发现江雪山同志也在座中。休息的时候，我去问候他，谈起在中大“翻身广场”听他做报告的情景，他一脸茫然，似乎不大记得了。长期以来，老战士们追南逐北，身心劳顿。记忆尘封，这也是常有的事。不过，我当

“翻身广场”。

时作为接受教育的年轻人，还清楚记得解放军战士对我们的期待，言犹在耳，只是彼此耳鬓间白发斑斑了。到现在，有时经过“翻身广场”，我还会记起江雪山站在旗杆下激昂慷慨地讲话的身影。

二十世纪六十年代中，“翻身广场”又迎来了一桩盛事。有关方面委托学校，在那里举行“中日青年友好联欢节”。

日寇侵华，广州曾是沦陷区。老实说，广州人一看到太阳旗，便觉浑身不是味道。不过，在大学里，学生都接受过国际主义教育，认为日本人民也是战争受害者。六十年代初，我国对日政策有所调整，对外联系的关口稍稍开放，开始重视国际的民间交往。于是就有了组织中日青年联欢的一幕。

为迎接远方来客，少不了洒扫庭除。多年以来，我们都有“临渴掘井”的习惯，例如上级有什么要员来视察检查，外间有什么名流来参观访问，大家便“大搞爱国卫生”，给客人留个好印象。这次据说有百多名日本朋友来临，更是非同小可。大家忙乱了一阵，康乐园便焕然一新了。

联欢会就设在“翻身广场”里。在广场四周，放了十多二十张圆桌子，铺上白台布，上面摆着一盘盘久已不见踪影的香蕉、苹果、花生、点心之属。使人诧异的是，后勤部门不知从哪里弄来了十多把很大很大的太阳伞，它们七彩缤纷，竖立在桌子旁边。于是，在翠绿的草坪上，便像张开了十几朵硕大的花朵。这气象，我们从来未曾见过，顿觉喜气洋溢。

日本朋友来了，看见我们这么美丽的校园，也都瞪大了眼，竖起了拇指。他们叽呱什么，我们听不懂，但从他们的眼神里，可以看出他们在赞叹，在羡慕。而我们的民族自豪感和社会主义优越感，也很快自我满足。

联欢会开始，“翻身广场”莺歌燕舞，乐韵悠扬。我们有备而战，上

阳光洒在草坪上。

头还派来专业高手，参加演出。当下，我们把日本歌曲《樱花》，唱得幽远苍凉，把《拉网小调》唱出原汁原味。我们还跳日本舞、中国舞，一会儿柔媚，一会儿粗犷，直让日本朋友目瞪口呆，如痴如醉。轮到他们表演，那群乌合之众，咿咿哎哎，还比不上我们班级的水平。于是“崇洋媚外”的思想，和夜郎自大的念头，出现了对立面转化的迹象。

这次联欢会是成功的，“翻身广场”为学校增光了。至于那批来自日本的朋友，是旅游团，还是有官方背景，倒不必细问。反正我方煞有介事，自然扬了国威，起码在相互道别喊着“索雅那拉”（日语，再见）的时候，他们是不敢把我们看扁的。

联欢会在中午结束，日本友人离开了。桌面上的点心水果，却没动多少。我们这批被选出来当主人的年轻师生，也就不客气了。那时候，经济困难还未完全克服，市场上供应尚缺。红艳艳的苹果、黄澄澄的香蕉，日本朋友没有问津。等到他们一上了车，我们立刻主动出击，不吃白不吃。于是，来一个风卷残云。当然，“翻身广场”也见证了我们的辉煌业绩。“文化大革命”时期，“翻身广场”，真的是“翻”了一次“身”。

“文革”一开始，大字报铺天盖地。有关方面围着“翻身广场”，搭了一圈竹架，钉上篾席，好让“革命群众”把大字报贴在上面。到晚上，“大字报栏”上电灯通明，看大字报者人头攒动，颇像后来改革开放初期的“灯光夜市”。在“文革”初期，似乎“古道犹存”，人们看大字报，一般都站在路边，没有钻进草地。这一来，“大字报栏”倒成了“翻身广场”的围墙，起了保护草地的作用。

随着“革命形势”的深入发展，情况变了。一九六七年左右，它先有一次小翻身。广场北端，原来有一块坟地，铁链围着平躺的碑，地面浇上水泥，下面不知躺着什么人的遗骸。一天，忽然来了一批“革命小将”，挖开墓地，撬出棺材，让沉睡在地下的骨头翻了一个身，把前代的“封、资、修”分子“暴露在光天化日之下”。“红卫兵”刨土挖坟，翠绿的草地自然被弄出一块伤疤。老实说，当时许多未被改造好的“老九”，既不敢怒，也不敢言，自家的“四旧”都怕保不住，哪还顾及其他！

到一九六九年左右，“翻身广场”就彻底翻身了。

那时候，上头号召“深挖洞，广积粮”。怀士堂前的一大片沃土，正是“备荒备战为人民”的好战场。不知是谁，发出一声号令，把绿草地刨为红薯地。“革命战士”们掘泥锄土，战天斗地，把“翻身广场”侍弄成一畦一畦的田垄，插上红薯苗，“南泥湾”精神便在康乐园扎上了根。

当然，让广场翻身，更主要是出于政治上的考虑。当时流行的看法是，在无产阶级的校园里种草，这简直是玩物丧志，只能种出“反革命”苗子。锄去“翻身广场”的草，就是挖了“封、资、修”的根。意义非同小可！

可惜，红薯苗刚发了芽，长出了叶，还来不及结出茎块，形势就发生了变化。

进入二十世纪七十年代，中美关系有所松动，外国客人也开始到校参观了。人们除了向客人讲述“文化大革命”“教育改革”的大好形势以外，免不了罄其所有，以礼相待。在康乐园里，最拿得出手的地方，要算是怀士堂和黑石屋。外宾来访，校方便在那里斟上香茶，摆上点心，好让来宾领受“文化大革命”的“丰硕成果”。

这一来，麻烦了。来宾来得多，固然说明“无产阶级革命外交路线”的胜利，但“翻身广场”的红薯，不仅不能积极配合，反惹来不少尴尬。

原来，种红薯，就要施肥。泥土浇上了“肥”，其味无穷。“革命群众”经过锻炼，久而不闻其臭。苍蝇们更来劲了，暖烘烘阳光一照，金头大苍蝇、红头小苍蝇，飞来飞去。当大门一开，客人一来，欧美女士们的粉香、衣香，加上茶香、果香、点心香，让苍蝇们兴趣盎然。它们始而被红薯地上的“肥”吸引，继而飞进厅堂，开始向来宾轰炸。这回惨了，“翻身广场”吹过来的“香”风，已经让客人皱眉；而几个小小苍蝇，“嗡嗡叫，几声凄厉，几声抽泣”，更让那些灵魂上未曾爆发革命的外国朋友骇然怵然。他们一会儿护着杯口，一会儿捂着鼻子，哪里还顾得上接受我们的启发。可想而知，我们要宣扬的“无产阶级革命的外交路线”，其效果大打折扣。这都是“翻

马丁堂碑记。

身广场”翻了身后所惹的祸。

“文化大革命”结束，被开了膛的“翻身广场”又翻了回来。师生们用拖拉机堆平了畦畦垄垄，又种上青青的草。这回，是如假包换的“复辟”。

到如今，怀士堂前的广场静静地躺着，新中国成立初期，人们给予它的名字，也渐渐被人遗忘，然而，老中大人忘不了在它上面演出过的悲喜剧。春去冬来，花开花落，我们的“翻身广场”，以后又将会看到些什么呢？……

情满惺亭

康乐园的中心，躺着一大片草坪；草坪的中心，矗立着惺亭。

惺亭秀丽而典雅，绿色的灌木、山子甲，围拱着用白石砌成的环形须弥座，上面托着八角形的亭子。赭红色的柱，翠蓝色的瓦，相映成趣。亭里悬挂着硕大的铜钟。在晴天，万里无云，从小礼堂向北望去，惺亭靠着蓝色的天幕，在绿树的环抱中，显得分外耀眼。

我们喜欢在惺亭一带流连，尤其是夏日黄昏，来这里休憩的人就更多了。登上台阶，倚着栏杆，凉风从中山铜像的方向吹过来，带着草香，直向珠江灌去。人坐在惺亭里，远眺云山，精神为之一爽。我记得，在我临近毕业的一天，晚饭后，和冯君一起散步。路旁的凤凰木，开着红色的小花，果实掉在草地里，人们便捡掇那朱红色的“豆”。我们一边搜索那被称为“相思豆”的小粒，一边走上惺亭。凉风过处，冯君的头发和浅绿色的裙子，轻轻飘拂。我在后面跟着，蓦然想起了“记得绿罗裙，处处怜芳草”的名句。喜爱摄影的梅兄，恰巧经过，便给我们拍了一幅同凭石栏的照片，给我们留下了青年时代最美好的记忆。

冯君在一九五三年开学以后，在惺亭上，也拍过一幅很有意义的照片。

冯君说，她在中文系上一年级的时候，大家的专业思想还不巩固，团支部便和数学系一年级团支部的同学联合起来，邀请广州市长朱光同志来做报告。朱市长欣然允诺，并在百忙中抽空来校，给中文系、数学系一年

作者和冯君，一九五六年摄于惺亭。

级的数十名同学做了热情洋溢的讲话。会后，同学们要求同朱市长合照。冯君说，当时是朱市长主动提出以惺亭为背景，他大步流星地迈上台阶，招呼同学们围拢在一起，首先和女生们照了一张“全家福”。

朱光同志是新中国成立后广州市第二任市长（第一任市长是叶剑英元帅），在治理广州的各项建设中起了很大的作用。广州人熟悉他，喜爱他。但当时电视机还没有出现，见过他的人不多。对于他的到来，同学们欣喜非常，特别是学中文的同学，都知道朱光市长是个诗人。（后来拜读过他在《羊城晚报》连续发表的题为《广州好》的词作。从“俯瞰烟霞穷变化，仰观林翠有无间”“南国擎天成砥柱，松林泉唱晚霞间”的句子中，感受到他潇洒俊逸的气度，感受到他对广州倾注了深沉的爱。）所以，同学们能和他在一起拍照留念，自然十分兴奋。朱光市长和大家寒暄了一会，祝愿同学们学习进步，便挥手道别，在掌声中离开了惺亭。

和市长合照，这本来是件小事。但是，同学们没有想到“领导干部”那样平易近人，没有想到彼此可以那样贴近。解放初期，干群关系良好，同学们看到心仪已久的市长，竟和自己一起拥簇在惺亭上，高兴之余，倍感革命大家庭的温暖。在目送朱市长离开以后，人们还七嘴八舌高兴了好一阵子。正是美丽的惺亭，为有些同学在即将离校的时刻，添上值得珍重的一笔。

这张以惺亭为背景的照片，冲洗了出来，同学们都妥善地保存，也成了我的家庭照相本中重要的一帧。每当我们拿出来欣赏，看到几十年前的老同学簇拥着朱光市长时脸上露出的笑容，看到紧靠在我们身旁没有褪色的惺亭，心底里便涌起了一股暖流，也仿佛看到老同学对母校的爱，对青春的爱。

不过，人们爱惺亭，爱这康乐园风景的最佳处，却未必知道惺亭的来历，更未必知道它记录着悲壮的往事。

康乐园这块土地，原是岭南大学的旧址。二十世纪初，爱国的华侨目睹国势的危殆，感到培育人才兴办教育的重要性，便筹集资金，兴建了“岭南大学”。青年人在这里读书，既学到了先进的科学知识，也继承了民族的文化传统。

惺亭，正是在康乐园里学习和生活过的青年人，追求民主和期待中华振兴的见证。

二十世纪初，青年们最敬佩的民主革命烈士，是史坚如先生。史坚如是广州人，参加推翻清朝专制政府的活动。为配合惠州起义，他挖地道埋炸药，企图刺杀两广总督。事败被捕，英勇就义。孙中山先生说他是在辛亥革命中为国牺牲的第一人。史坚如的事迹，鼓舞着岭南大学的学生，让这块恬静的草坪萌生了民主思想的种子。

到了一九二五年，广州爆发了震惊中外的“沙基惨案”。当时，香港

一九五三年，中文系、数学系一年级的女同学和朱光市长合照留念。

作者在惺亭前留影。

工人发起了反对帝国主义奴役中国人民的大罢工。广州的工人、农民、学生，积极响应。一九二五年六月二十三日，约有十万人举行游行示威。队伍行经沙基（即今天广州市的六二三路）时，遭到了对岸沙面租界英国军警开枪射击，停泊在白鹅潭的英、法军舰也开炮轰击，当场死伤两百余人。在死难者中，就有参加示威游行的岭南大学学生区励周和许耀章同学。

同窗学友死在帝国主义者的枪炮下，康乐园的师生既震惊，又悲痛。然而，弱国无外交，当时荏弱的政府无法为区、许等同学讨还血债，同学们只能把他们的名字，永远留在心坎里。

又过了三年，岭南大学一九二八级“惺社”的同学，集资兴建了惺亭，用以纪念当年最景仰的同龄人史坚如、区励周、许耀章三位，让民主精神和爱国精神，永远地留在康乐园的中心。

惺者，醒也，觉醒、醒悟也。惺亭里面，不是挂着一个硕大的铜钟么？我想，这是警钟，它应该和“惺”字的意义有联系吧！岭南大学一九二八级的校友，建造这一方亭子，是以醒悟相惕励，还是用以震撼人心，期待国人从血的教训中醒悟？此中含义，人们可以仔细咀嚼。而从“惺亭”建造的原委，它分明融汇着校友对母校的爱，对祖国的爱，对为国捐躯的志士深沉的爱。

…………

从一九二八年到现在，惺亭经历过几番春风，几番秋雨。这处于康乐园中心的宝地，也是师生们心中的宝地。我们在这里流连忘返，我们在这里展羽起飞，这里装载着多少代人的爱情、友情、家国之情。因此，每当同学们毕业的时候，我总喜欢在纪念册上写上这样的字句：

杜鹃花发，长记惺亭。

姻缘路

多年前，我给同学们讲授《西厢记》，少不了阐述它“愿普天下有情人都成了眷属”的题旨。讲课后，我到学生宿舍，征求他们对讲课的意见。有几位顽皮的女同学问我：“老师，你主张我们谈恋爱吗？”我当然摇头，我总不能说“主张”吧！因为校规是禁止学生于在学期间结婚的，而且大学不是婚姻介绍所，怎能说“主张”呢？同学们又问：“你反对我们谈恋爱吗？”我也摇头。我知道，在大学阶段，男女同学相处，感情碰出火花，有时是难免的。只要不搞得过分，不至于“有伤风化”，有些事，禁也禁不来，反对也没用。我刚刚讲过《西厢记》，总不能学那棒打鸳鸯的老夫人吧！所以，对同学们提出的问题，实在难以表态。这种事，顺其自然吧！

其实，关于恋爱问题，我在康乐园里求学时，也曾问过我的师兄。师兄笑而不答，反过来问我：“你知道校里有一条姻缘路吗？”

原来，早在岭大时期，马岗顶上，就有一条小路，被人称为姻缘路。路很小，两旁排列着高高的桉树。树身笔直光溜，树叶宽大而稀疏。在有月色的夜晚，灰白的树干，像披上银色的霜。草丛里虫声唧唧，把周遭衬托得特别宁静幽雅。

那时候，路的四周，房屋稀少，只在树丛里偶或看到远处小楼闪烁着的灯光。走在这里的人，多半成双成对。而附近那座宫殿式的三层建筑，是女生宿舍，俗称“广寒宫”。“其中绰约多仙子”，男生在楼下吹个口哨，

马岗顶上的校道。

女伴便翩然下来。从“广寒宫”往北溜几百步，转两个弯，便到了静悄悄的姻缘路了。

我好奇，也曾一个人到姻缘路上“探险”。发现在这条路上走的人，并不多。情侣们并肩携手，喁喁细语，举止也都文明、文雅，亲昵的情状间或有之，但总不至于出现像后来世纪末时一些男女在草坪上厮耨打滚的丑态。

有姻缘路，说明学校里从来有姻缘的问题。它是客观的存在。至于这条路怎样走，走出好姻缘还是恶姻缘，那就靠各人的修行了。其实，自从一九五二年院系调整以后，学校拓大，学生人数多了，这一来，姻缘路渐成交通要道，情侣们就很少在这里并肩携手，以至连许多“老中大”也渐渐把它遗忘了。何况，偌大的康乐园，若要谈情说爱，哪里不是地方？即使在神圣的图书馆，有人在认真地翻书本，查资料，做笔记；有人则未必。

在那里传纸条，咬耳朵，唧唧哝哝，眉来眼去者，所在多有，读书只是做做样子。所以，何须非到姻缘路不可！

听说有些学校，为防止学生谈恋爱、生孩子，定了很严厉的校规。“无规矩不能成方圆”，各校有各校的实际情况，定出规则，也许是必要的。不过，依我看，问题在于引导，因为，恋爱是禁止不了的。如果有人符合结婚的规定年龄，不慎珠胎暗结，你若把他开除，岂非与法律抵触？那么，学校对此便束手无策了吗？也不是，如果怀孕者影响了学习，考试不及格（特别是体育科考试最易不合格，若在四年级时安排体育考试则更妙），校方不就可以让大腹便便者休学或退学了么？何况，以后若实行“学分制”，读大学，学分可以“零存整取”，学分够了便毕业，学分不够便耽搁，恋人愿意耽搁，大可以悉随尊便。因此，只要教育体制健全了，校方对待恋爱结婚生孩子诸如此类的问题，或许用不着“狗咬吕洞宾”。总之，把好考试关，万事则大吉。

在我读本科的时候，看到一些师兄师姐谈恋爱，觉得很新鲜。印象最深的，是“单车夫斯基”谈恋爱“拍拖”的模样。单车者，粤语自行车之谓也。

那时，我们常常见到在校道上的一对恋人，一高一矮。女的高，男的矮。他俩并坐在自行车上，一路飞驰，一路按铃。解放初，很少学生有自行车，当然也不存在自行车随时被偷的问题。那位矮小的男士，常常穿着牛仔裤，戴一顶小小的鸭舌瓜皮帽，恍如《水浒传》里的“三寸钉树皮”武大郎。他坐在自行车上，脚尖刚刚踩到车踏。而他的女友，高出他半个头，坐在车垫前的横杠上，挡住了男士的视线。那矮男士看不到前方，便一面死命按铃，一面从女的腋下，伸长脖子，探头探脑。那样子，谁看了都要发笑。大家戏称之为“单车夫斯基”。在当时，这样招摇过市的行为，实属少见，路人为之侧目。不过，谁也没有干涉他们。听说后来“单车夫斯基”毕业了，结了婚，参了军，当了部队的翻译，表现很好，还立了军功。看来，当时被视为“出格”的人，只要大节不亏，也未必需要认真对待。

“文革”过后不久，校园里又出现一桩被视为“出格”的事。有一对同学，谈恋爱了，又确定了关系。他俩为庆祝“定情”，便邀请同级的同学，举行舞会，地点就在小礼堂的地下室。正在大家闹闹嚷嚷兴高采烈之际，刚巧教育部门有关领导来校检查工作，系总支的人员也陪同视察。行经小礼堂，听见乐声悠扬，人声鼎沸。一问原委，知道是“定情”之庆。大学生“定情”如此张扬，这还了得！于是，这对“出格”的情侣，被视为“异端”，少不了都吃了亏。这件“韵事”，七七、七八级的同学都知道。后来，这对被穿过“小鞋”的情侣，在毕业后结了婚，生了孩子，家庭生活挺幸福，在工作中都有所成就。他们的举动，当初颇为浪漫，终归相当理性。可见，年轻人，乐一乐，出点“格”，实不必大惊小怪。

二十世纪中叶，学生们对待男女之间的问题，多半是态度严肃的。如果谈了恋爱，无论对方是校内的还是校外的，定了情，就该向组织或以书面或以口头汇报。即使不汇报，在同学们之间，也要默认有那么一回事。这叫“确定关系”。一旦关系确定，尽管还未结婚，若移情别恋，也会被人不齿，仿佛成了现代版的“陈世美”。因此，谈上恋爱者，一般不敢苟且。

有些人，对待男女之间的问题，甚至近于迂腐呢！

我有一位师兄，平生谨慎，被公认是心地善良的怕事的好人。工作认真，学习勤奋，受到人们的尊敬。可是对待异性，则怯生生缩手缩脚。

有一天晚上，他和一位女同事到老教师家里，接受辅导。离开时，近九点钟了。他们走到校园中区，路灯突然熄灭，周围一片漆黑。而路中间，工人修路，挖了一条沟，尚未填好。我那师兄当时尚年轻，当然一跃而过；那女同事患有高度近视，虽也年近三十，却是云英未嫁。她一见小沟，花容失色，不敢迈步，便请师兄拉她一把。这一来，我那师兄犯难了。子曰“男女授受不亲”，怎能随便去拉她。正迟疑间，那女同事急了，伸出纤纤玉手，大呼：“拉呀！拉呀！”她越喊，师兄越紧张。幸而突然灵机一动，他赶紧从口袋中掏出钢笔，自己握着一头，另一端则伸了过去，让那女同事把另一端的笔杆执着。女士有了依靠，何况沟渠本来就不宽，当然一下子便相率脱离了困境。子曰“嫂溺援之以手”，我那师兄则是以笔代手，这比孔、

林荫校道。

孟更具原则性和灵活性。此事，未经“专案人员”证实，但从师兄的性格看，虽不中，不远矣。当然，我那师兄并非卫道先生，他一时间的情急、尴尬，无非是礼教传统的沉淀，混和着异性相触的电流，在心理上产生了“化学反应”。每当我们提起这桩趣事，师兄必极力否认，大家则笑破肚皮。

像那位师兄的状态，属于极端的一例。不过，对待男女之间的恋爱问题，严肃一些，理智一点，是有必要的。且不说“一失足成千古恨”，若在求学阶段，坠入情网，岂有不影响学习之理？如果出现“三角”“四角”的纠纷，那就热闹了。什么“敌进我退”“敌疲我追”“苦肉计”“连环计”之类的兵法全用上，直斗得你死我活，还读什么书！即使只有单纯的两方，或拌嘴，或撒野，或热得发昏，或如痴如醉；或话不投机，一方撤退；或无端生事，一拍两散：这都是常有的事。我有位学友，追求一位绰号“小鸟”的同学。“小鸟”飞走了。他苦恼得很，一天，早操完毕，他悲从中来，禁不住在操场上哭哭啼啼，痛苦得在草地上打滚。这种事，若说不影响功课，那简直是扯淡。而在本科阶段，时间只有四年，在这短暂的时光中，七扣八扣，还剩多少光阴？仔细算算，实不划算。何况，初恋者，成功的概率不高，“靡不有初，鲜克有终”。所以，大学生谈恋爱，还是以慎之又慎为好。

前几年，学校扩建图书馆，马岗顶上的姻缘路，将不复存在。不过，在康乐园里，姻缘的“路”，肯定依然有的。我想，这条“路”，能不走，望不走；若走了，请小心，望走好！

护身符

小时候，祖母见我羸弱，求神问卜，给我“请”来了一道护身符，虔诚地缝在我贴身的衣兜里，说这宝贝能驱邪治鬼。

我生性好奇，觑着大人们不留神，偷偷撕开缝口，抽出护身符一看，原来是块叠成三角形的黄纸，上面写着“太上老君急急如律令敕”，还有一行用朱笔画的似篆非篆似草非草稀奇古怪的字。我心里不禁纳闷，这玩意儿到底有多大神通？

祖母给我的护身符，后来不知扔到哪里去了，天晓得它对我产生过什么作用。而我那羸弱的体质，却是五十年不变。

长大了，看了《红楼梦》，又知道贾宝玉和薛宝钗都有护身符，他们的符是金玉制品，珍贵非常，上面镂刻着“莫失莫忘，仙寿恒昌”和“不离不弃，芳龄永继”的话。究竟护身符能否护身，读过《红楼梦》的人心里有数。

近几年，每看电视转播世界杯足球赛，发现洋人们也有护身符。许多球星，脖子上多挂着“劳什子”。鏖战之前，西亚健儿们朝它喊真主伟大，欧美骁将吻着它求上帝保佑。不过，护身符肯定不是万应灵丹，否则，谁也不会输球了。据说马拉多纳身上就挂着这玩意儿，可最终还是被药检部门验出他偷吃禁药。

总之，从来没有什么救世的主，何来有什么可以护身的符。我一向对

二十世纪五十年代的校徽。

红须绿眼的“洋迷信”和黑眼睛黄皮肤的“土迷信”嗤之以鼻，自信唯物主义的立场颇为坚定。

然而，曾经的一件突发性事件，改变了我，使我玄关砉开，禅心顿悟，再不敢说护身符没有什么效用了。

不过，现在我所说的护身符，不是缝在衣兜里的一角黄纸，也不是挂在颈上的十字架，而是那别在我衣襟上的小小校徽。

说起戴校徽，其经历，也和许多大人物的遭际一样，几上几落。

二十世纪五十年代，我考上大学，挂上了白底红字的校徽，高兴得发抖，走起路来挺着胸膛，有意突出那块长方形的牌牌，生怕别人不知道我是当今的大学生。毕业后，当上教师，白牌牌换成了红牌牌，更是神气俨然。但“文革”一到，我成了“老九”，便赶紧把校徽收起。那时候，教师成了要接受再教育的对象，必须夹着尾巴，谁还敢挂着它招摇过市？等到打倒了“四人帮”，我晓得自己已是工人阶级的一部分，又挂起校徽昂首阔步，自觉路人尽报以会心的微笑，脸上也颇有光辉。

谁知又过了一阵，商品大潮涌起，教师每月的工资，还比不上歌星吐出一个音符所得的收入。别着校徽走路，便觉碰上的是同情、怜悯的目光。嗟夫！君子固穷。孔子曰：一箪食，一瓢饮，而回也乐。我虽从来没有过精神贬值、人格贬值的感觉，更不至于自惭形秽，却不愿再挂上那块劳什子，以免让人一眼看穿我是价格贬了值的货色。其实，不戴校徽者，何止是我。冷眼旁观，在偌大的校园里，除了可敬的老校长外，芸芸众生，一概把白牌牌红牌牌束诸高阁。

有一阵，校里强调，师生一律要佩戴校徽，说是为了整治校园，迎接校庆云云。我明知，虎头蛇尾的举措，最终只剩下一堆笑柄，但还是乖乖地戴上了。这倒不是响应号召，而是新校徽的设计颇为别致，校名写得很小，不至于一目了然，花形，绿白相间，清新淡雅，更像是一枚纪念章。别在衣襟上，便成装饰品。那好吧，戴就戴吧！

怎知道，这小小一枚校徽，竟成了我名副其实的护身符。在一九九四年冬天的一个傍晚，外出回家，我从闹市转入一条稍为僻静的马路，华灯初上，树影婆娑，好一派升平景象。我的脑海刚闪出“月上柳梢头，人约黄昏后”两句词，忽然，迎面走过来两个汉子，一高一矮。擦肩过时，其中一人往我身上一碰。“嘭”的一声，一个小瓶子摔在地上。说时迟，那时快，汉子一手抓住了我，低声说：“你打破了我的瓶子，要赔！”

我愕然，还未回话，另一名便冲着我发话：“这是救命的药，六百八十元一瓶。碰碎了，你说咋办？”

“什么药？这么贵！”我有点惶惑。

“反正是救命的药。你不赔，人就没命的呀！”听锣听音，听话听声，一听他话中有话，我全明白了，也懒得论理，赶紧回答：“两位，不用多说，我懂了。你们要钱花，这我知道。可是，对不起，我身上没有几个钱，赔不起。”

话音刚落，“嗖”的一声，矮汉的弹簧刀脱鞘而出，寒光闪闪。只见他在牙缝里咬出一个字：“赔！”

这一下，我可紧张了，一旦白刀子进去，红刀子出来，我的老命就报销了。怎么办？这时，也顾不得斯文扫地，我只好求情。

“两位，赔是要赔，但我真的没钱！”

“我可不管。”矮个子斩钉截铁。

我急了。忽然想起“坦白从宽，抗拒从严”这句老话，那就向小毛贼坦白交代吧。“我真的没多少钱，我是教师。”

歹徒没有表情，两双贼眼瞪着我浑身打量。那时，四下里没有行人，只有小汽车飞驰而过。语云，叫天不应，叫地不灵。哪会有飞将军从天而降？索性闭上鸟嘴静等发落。

蓦然，我发现高个子居高临下，目光停留在我衣襟别着的校徽上。

我灵机一动，赶紧揪起衣襟，指着校徽，就像抓住了一根救命稻草。“喏！喏！我是教师，没骗你吧！”

两个小毛贼还是没有哼声。

这回轮到我发话了：“两位，我看你们是读过书的。教师没钱，大家是晓得的。越是教大学，越是没钱。”

“我这药可值六百八十块！”矮个子据“理”力争，多少有点讨价还价的意味。

我可接上了茬：“老兄，我一个月的工资，还不到这个数。两位找错对象了。”

“那你说怎么办？”高个子开了口。

格兰堂。

我知道，如果不给歹徒下台阶，休想蒙混过关。我的年龄，比两位小毛贼加起来还要大，而且手无缚鸡之力，无法以“空手道”自卫。三十六计，走为上计，只好自认晦气。我赶紧一边掏出二十五元，一边说：“对不起，这二十元，两位每人买盒饭；这五块，留给我买票坐车。”我不由分说，把钱塞到高个子手里。真好笑，这回我像是分派礼品，又像是欠了他们什么情似的。

“才二十块！妈的，太便宜了。”矮个子低吼。

我慌了，我也晓得，在我们这个城市里，区区二十元，只不过是小菜一碟，无论如何填不满他们的欲壑。无奈阮囊羞涩，罄其所有，也只是这个数。

高个子不说话，只眯着一双小眼睛，样子挺阴险。忽然，他把刀伸到我的胸前，我大惊失色。谁知，他手腕一转，却用刀尖拨弄着我的校徽，似乎在欣赏那块淡雅的装饰品。我大气也不敢透。知道那刀尖只需往戴校徽的部位前进一寸，我立即就去见马克思。妈呀！一颗红心，两种准备吧！

那高个子把校徽拨弄了一阵，说声：“倒霉！算了。”我不知道他是说我倒霉，还是说他们碰上我这个倒霉鬼该他倒霉，这也不必计较许多。反正他算是验明了我的正身，相信我确实是个教师，当然也知道教师确实没钱。

“滚吧！”他挥了挥我塞给他的二十块钱，放进自己的口袋，算是同意了我的申请。跟着还加上一句：“小心一刀捅死你。”这临去秋波，表明了贼毕竟是贼。

我如获纶音，挪开脚步就走。好容易挤上了公共汽车，街市上霓虹灯五光十色，而我的脑袋则一片空白。

回到家里，喝口热茶，惊魂甫定，仔细一想，今番实在险而又险。常听说近来歹徒心狠手辣，既要钱又要命者不乏其例；没钱少钱者，更是在劫难逃。然而，我总算化险为夷，真是不幸中之万幸。

再一想，这番助我逃过劫难者，分明是那块别在襟头的校徽。正是它，成了我的护身符。当然，小毛贼绝不懂得尊重知识，尊重人才，也绝不会因为我是“灵魂工程师”，刹那间改造了他的灵魂。但是，护身符的确发挥了“太上老君急急如律令敕”的效应，使我仅花二十元便消弭灾殃。至于它是否能发出电磁波，干扰了小毛贼的思维，或者在冥冥中显出灵光，软化了歹徒的心肠，那我就不得而知了。

不过，有一点我非常清楚：校徽上写着敝校的校名，这就够了。它证明了我教师的身份，说明教师没有什么油水可捞，使歹徒连我的身也懒得去搜。其神通之广大，不是远胜于贾宝玉的那块劳什子么！不要说我们一无所有，有了护身的符，足矣，幸矣！

经此一役，我相信了护身符的灵验。从此“不离不弃”，自觉佩戴，不用别人给我饶舌了。等到缓过气来，顺手写了一联以记其事。联曰：

大城市忽逢剪径贼；
小校徽竟化护身符。

泳池记趣

我喜欢游泳，尤其在这几年，天天都得到校园里的游泳池去，泡上大半个钟头。

本来，对中老年人来说，慢跑也不错。慢跑之趣，在于能边跑步边聊天。若三五同好，呼朋引类，东拉西扯，步履杂沓，诚为乐事。但近来常听说有人在慢跑中猝死，死者中还有慢跑运动的“始作俑者”，这很不划算。而且，跑而不谈则枯燥；跑而多谈，吸进冷风，则肚子会痛。至于言多必失，还在其次。这一来，如何掌握跑与谈的分寸，便颇费周章了。游泳，却是不能谈话的。跳进池中，想不闭上鸟嘴，也难。试想，运动而不开腔，于人于己，不是省事不过吗？因此，在慢跑与游泳之间，我选择了后者。

到了游泳池，首先要更衣沐浴。游泳之趣，从这一刻便开始了。热天，大汗淋漓。在更衣室，脱得精赤条条，到水龙头下，让冷水兜头喷洒，胶黏黏的皮肤顿觉清爽，一股凉意直透心田，其滋味简直如佛教徒所说的醍醐灌顶。

不过，大冷天跑到更衣室，才叫有趣呢！偌大房中，空无一人，你可以随便踢腿舒腰，做足准备运动，才让水龙头淋沐。当温热的胴体被冷水喷射，便冒出一阵蒸汽，像把烙铁放在冰水上那样嗞嗞作响。缓过一口气，你会觉浑身发热，血脉偾张，喉头会不期然涌出一串歌声，例如唱出“临行喝妈一碗酒，浑身是胆雄赳赳”之类的豪言壮语。然后，冒着朔风，走

中大的泳池。

到池边，奋身一跃，寒气入骨，而豪情满怀。那种冷热交叉所迸发出的快意，真不足为外人道。

通常，我一骨碌起床，便跑到泳池里去。黎明时这里静悄悄，一泓碧水，像琉璃，像软锦，像翡翠色的凝脂，平铺在你的脚下，即使夜来有多少懊恼，多少愁烦，也会烟消云散了吧！朱熹有诗云：“半亩方塘一鉴开，天光云影共徘徊。”游泳池的水，虽然不是活水，甚至还会有不少微生物，但它那澄澈宁帖的模样，足使你心平气和，恬然淡然，泰然适然。

下水之初，我的动作，总是柔和的。有时放松四肢，让身躯平躺，池水托着我，载沉载浮。仰望上方，只见长空如洗，白云悠悠，霞光冉冉。凉生脑下，醉入心脾。我便想，当年陶渊明不为五斗米折腰，回乡务农，真是迂腐得很。如果他思路更开放一点，每天跑到浔阳江边游泳，或者拣个山塘水坳泡泡，“躺在绿波上，悠然看蓝天”，不是比“采菊东篱下，悠然见南山”有趣得多吗？每天采菊，不过省了一点买花钱；而游泳，还可以练好身体，静观世道之变，真个做到“纵浪大化中，不喜亦不惧”（《形影神·神释》）。我又想，人之初，泡在母体的胎衣里，摇摇晃晃，悠悠转转，浑浑噩噩，这和浮在游泳池里，不也有相似之处吗？起码同是“所谓伊人，宛在水中央”。所以，我觉得，躺在水中，与自然融为一体，等于回归大自然。而放松斗争的弓弦，泡软感情的棱角，当是舒服不过的事。

在游泳池碰到熟人时，其感觉与日常是不大一样的。如果水中相遇，彼此一对眼神，便算打了招呼。如果水边相见，虽会寒暄几句，却省了握手哈腰之类的礼节。而且，你穿你的比基尼，我穿我的三角裤，不存在你的上衣四个口袋，我的上衣两个口袋，或者你穿的是“左丹奴”，我穿的是路边货诸类问题。当庐山真面目暴露于光天化日之下，身体发肤，算是赤诚相见，彼此之间，也似乎多了一分真率，少了一分遮掩，多了一点随便，少了一点矫饰。听说毛泽东主席喜欢在游泳池里接见来宾，甚至国家元首，折冲樽俎于碧波绿水之间，似玩耍非玩耍，似认真非认真，良有以也。

游泳之趣，还在于呛水。

学游泳，总免不了要呛几回水的。记得小时候，初学“狗爬式”，两脚乱蹬，两手乱抓，三下两下，水便灌进口中。我赶紧站稳，一阵咳嗽，咳得脑门刺痛，眼冒金星。喘了好一会，才算缓过气来。旁边的小朋友，幸灾乐祸，拍手大笑。我恼了，人若犯我，我必犯人。一发狠，扑了过去，把他按在水底，让他也尝尝呛水的滋味。这才敌进我退，转身逃离“战场”。而当我把呛水当游戏的一刹那，畏怯之情尽失。呛水，反成了儿童时代“好玩”的同义词。

即使精通泳术，呛水也是难以避免的。有一回，我正游着，斜刺里冲过来一条汉子，他把水花蹬得老高。当我张口换气时，被他撩起的浪便哗啦一声涌进了我的嘴巴；又咕噜一声，落入我的肚里。我赶紧转过身，沉住气，使劲地捂抹鼻子，才避免了继续吞服。池水的味道，并不“可口可乐”。它不咸不淡，不冷不暖，温温吞吞。当然，也不见得难以下咽，吞他几口，未必就有大肠杆菌来作怪。

有人说，呛水很难受，怎么反说有趣了？其实，难受和有趣的差别，只在一转念之间。只要心里不觉难受，那么，即使是难受的事，也会转化为有趣。这道理，和川、湘朋友喜欢在饭菜中加辣子是一样的。那些朝天椒，辣得够呛，呛得出汗，你以为嘴里就不难受吗？可是，辣椒辣不死人，嗜者可以一百个放心，这便越辣越过瘾。而且辣过以后，嘴上回甘，那才有滋有味呢！呛水何尝不如此？在游泳池里，呛几口水，是淹不死的。杜牧说："忽发狂言惊四座，两行红粉一时回。"一呛水，无数的眼睛也会望着你：你越呛得厉害，大家就越注意。假如你真的翻了眼肚，学雷锋者肯定大有人在。在男女授受不亲的时代，小叔子见"嫂溺"，"援之以手"，何况现在思想都颇解放，而且池边站满了专职救生员。明知保险系数大大的有，呛水只能是有惊无险。凡属有惊无险的事，便有"趣"在其中。看透了这一点，它便成了你生活的调味品，不仅无害，反会让你在平凡中得到点刺激，这不就颇有韵致吗？当呛过水后，扳着池边，舒口长气，自我体味刚刚发生的可恼可笑却又无可奈何的狼狈相，从而领略生活的波澜，吸取经验和教训。如果把呛水提升到哲学高度，那对你一辈子都有裨益。如或碰上女性同情的目光，对你嫣然一笑，你会觉得生活多了点色彩。你有福了。

泳池之趣，还多着呢！

在水中，动作协调，力度适中，水影波纹，在耳畔后退，自觉矫若游龙，滑如泥鳅，快如《水浒传》中的"浪里白条"，不禁沾沾自喜。那些年轻汉子、二八佳人，一个个被甩到身后。游到终点，站起身来，回看他们还像狗熊般追赶。一趣也！

正游间，肚皮被旁人蹬了一脚，正想发几句牢骚，说几声"国骂"，却又水淹七窍，作声不得，只好搓着肚皮苦笑。再一想，我也有蹬别人的时候，便释然。又一趣也！

看老太太游泳，觉其脸上皱纹，经水一泡，更加松软。又一趣也！

耳朵进了水，害怕中耳炎，赶紧上岸，以指压耳孔，侧头，做单足跳。连跳几下，如孩子们跳橡皮筋，便觉有一股暖流，宛然如蚯蚓，从耳中溢出。又一趣也！

游了一千米，二十个来回过来，精疲力竭，翻身上岸，便觉口干舌燥，身边却没有"健力宝"。不得已，跑到水龙头下，漱漱口，顺势咽下一点

二〇〇六年五月二十五日，作者游泳归来，巧遇学生，欣然合影。

不合饮用的自来水，便如偷吃禁果，浑身清爽。又一趣也！

坐在池边，以足尖踢水，做潇洒状，一趣也！若水花踢到熟人脸上，彼此扮个鬼脸，做老天真状。又一趣也！

斜睨池边，见一男一女，半浸着水，喁喁细语，好半天不动。与其说他们在游泳，不如说他们在泡汤。而肌肤相距，不过咫尺，体温通过水波传达。想必又有一番意趣。就在想入非非之际，那双男女发觉有人窥伺，瞪了一眼，被瞪者连忙翻身入水，好像是他偷了人家的东西似的。又一趣也！

用力过猛，游泳裤带子断了，连忙捂裤上岸。又一趣也！扶着池边，捂着鼻子。用力清清嗓子，分泌物便集中于口腔。乃运丹田之气，“咯吐”一声，分泌物应声飞出一米以外。又一趣也！

在水中发现死苍蝇。又一趣也！

戴着黑色防水眼镜游泳，可以在水中乱看，别人却不知我在乱看。又一趣也！

一泳者游“蝶泳”，却一点不似蝴蝶，只似饿虎擒羊。又一趣也！

父亲教儿子游泳，指手画脚做示范；儿子不听，东张西望找朋友；俄而见儿子扑腾扑腾地打水，父亲大呼小叫地追赶。一趣也！在旁边，一小女孩躺在救生圈上，年轻母亲推着她浮来浮去。小女孩乐也悠悠，母亲悠悠也乐。两个家庭，两幅景象，一动一静，相映成趣也！

忽来阵雨，无从躲避。反正浑身是水，也不必躲避，便索性我游我的，你淋你的，觉瓢泼大雨，无奈我何，又一趣也！雨越来越大，雨滴打到池面，溅出一阵水汽，也发出炒豆似的声响，毕毕剥剥，怪有趣也！

闭池时间到了，哨音一响，泳者纷纷离水。湿漉漉的，一起涌到更衣室，像一群水禽被牧鹅少年赶离水塘，一趣也。而两三泳客，不听招呼，还在一个劲儿地游来游去。救生员大声吆喝，用竹竿兜头拦截。二三子才讪讪然爬上了岸。其恋水之情可悯，其尴尬之态可掬。又一趣也！

泳池之趣，观之不足。每泳罢归来，浑身通泰，饭桌上的食物，被我一扫而光。某日，忽有所悟，遂搦笔和墨，作歌行体《秋泳曲》一诗。其中有句云：“游罢溯流登彼岸，畅哉真似登霄汉；羽化飘然妙入禅，肺腑肝肠微沁汗。”

此诗发表，某兄见了，便问我：“真是匪夷所思，怎么谈到禅去了？”

我没有回答，只做拈花微笑模样。某兄也似有所悟，遂相视而笑。我邀他到隔壁酒家共进生猛海鲜，浮一大白。

附：《秋泳曲》

日入沧溟万顷丹，弄潮跣足越江干；
浪拍沙堤秋藓老，天回归雁水初寒。
寒笛铮铮吹铁韵，胸涵浩淼连氤氲；
曲终犹发少年狂，击水三千迎亚运。
翻身溅落碧涛中，珠江迎客绽娇容；
水是眼波云是影，梨涡开处柳牵风。

风里千帆飞似箭，劈破琉璃犁雪练；
八方英俊赴燕幽，九月绿茵场上见。
相见如今剩海鸥，霜毛带湿看沉浮；
逆水顶风宜养气，须臾抖擞遏飞舟。
扭腰踢腿舒双臂，白鹅潭畔潜蛟起；
展眸追送夕阳红，满天凉雾嘘成气。
四围听我拨江声，小鱼瞪眼大鱼惊；
蛙鼓渐随游处远，一弯凉月引秋星。
乍见星低云欲黑，老树横摇江倒立；
骇浪如山压破头，海珠乱颤龙宫裂。
凝眉奋臂挽狂澜，划转潮头越险滩；
禹门三尺桃花浪，几人沉坠几人还！
用力须匀呼吸稳，漩涡湍瀑应斜滚；
潜入波心任去留，变化鱼龙显与隐。
风刀过后海云凝，数点渔灯弄晚晴；
神随澄宇千秋澹，身逐苍凫一叶轻。
游罢溯流登彼岸，畅哉真似登霄汉；
羽化飘然妙入禅，肺腑肝肠微沁汗。
云中瞥见二沙头*，树影笼江翠欲流；
默祷健儿成好梦，勇夺金牌出亚洲。
亚洲明日开新宇，四海五湖民作主；
欧风美雨任纵横，昆仑山有擎天柱。
灯火阑干海印桥，宛欲弯弓射大雕；
射大雕，兴未消，
归来尚觉江流转，仰看明月自逍遥。

---

*二沙头，广东省游泳训练基地。

我们的北校门

我们的康乐校区，有两个主要的校门，一是南校门，一是北校门。

北校门是在二〇〇一年落成的，宽阔的广场，面对着日夜奔流的珠江，显得气象万千。我最喜欢靠着珠江岸边的栏杆，披着江风，静静地仰望矗立在广场上镌刻着“国立中山大学”六个大字的牌坊。这牌坊，是按一九四九年前中山大学校门的原样“克隆”而成的，校名也按第一任校长邹鲁先生手迹复制。牌坊用花岗石垒成，十二根质朴健硕的石柱，连接在一起，撑着南天，巍然屹立。站在它的下面，自豪感与责任感，不禁油然而生。

牌坊的底座后面，连着石桥，再连着稍高于地面的平台。平台四周，绕着流水，我估量，设计者的构思，会是借鉴“泮水”和“辟雍”的意蕴。古代的高级学府，设在泮水之上，入学也称“入泮”。周王朝的尊贵学府，则在雍水之侧，四面环水，水中的平地状如环形的璧，学子在岛上学习，可以隔绝外界的干扰。璧，也就是辟。《周礼》说：“大学在郊，天子曰辟雍，诸侯曰（泮）宫。”平台的后面，种上两行桃树和李树；再靠南，纵横数十米，用绿色植物砌成了一块翠意盎然的校徽。这一切，不仅让人在视觉上产生纵深感与层次感，还感受到高等学府的文化内涵。到这里参观的人，都说我们的大门，大方厚重，气度恢宏。

晚上，珠江两岸堤栏，蓝色的霓虹灯在波面连延成一条直线，水影灯光，流光溢彩。在恬静的校门远远望去，珠水悠悠，堤光滟滟，宛如童话世界。可惜，近来北校门广场左右两方，陆续被房地产开发商建起高耸的豪宅，还用霓虹彩灯组成使人目眩的招牌。佛头着粪，优雅的广场，无奈地为俗气所笼罩。腰缠万贯者的素质就是如此，人家正以邻近高雅学府为卖点，要他懂得保持学府高雅的氛围，岂非对牛弹琴！不过，这也好，当我们在校门口看到围拢过来的俗气，便提醒自己：必须在校园中、心灵里，保持着、守护着一方净土。

我们的北校门，在二十世纪五六十年代，则是另一个模样。那时，广州市区尚未发展，康乐园远离闹市。北校门低矮地对着珠江，旁边竖立两根连着的华表作为标志。堤岸上种着丛丛簇簇的荔枝树，门的左侧，有一条流入珠江的小溪，溪上有木桥，桥边的风雨亭，是我们等候轮船北渡市区的地方。在水边，许多乌篷小船靠在一起，招延顾客。夕阳初下，黄昏时这里静悄悄，同学们三三两两，在江声树影里徘徊，我却喜欢坐在堤边石上，把双脚泡在水里，也把紧张的神经泡得松软。那阶段，斗争、运动一次一次地展开，不过，人迹少至的北校门，相对地是个宁静的港湾。夏天的晚上，堤上蛙鸣阵阵，江心二三渔火，自给自足自然经济的图景，仿佛也折射在微澜的江水中。

“文化大革命”一来，学校、社会全乱了套，北校门成了“三不管”的死角。附近村民在草地上堆放沙石，“盲流”在树下搭起窝棚。原来优美宁静的地方，霎时成了乌七八糟藏污纳垢的场所。

自从北校门备受糟蹋以后，我很少走到这个地方去了。万不得已由此走过，总觉有椎心之疼。

几年前，一位离校多年从海外回来的岭大校友，是我的亲戚，她参观了几幢大楼以后，拉着我往北校门的方向走。我一怔，不愿家丑外扬，劝她还是到惺亭坐坐为好。谁知她一面一个劲往北面走，一面告诉我，她要到北校门看看那株桄榔树。几十年前，她在树影里和男友定情，她要到那里寻找当时耳鬓厮磨的旧梦。我没有办法，只好跟着走。

二十世纪五十年代的中大北门。

一到北校门，她呆住了，我亲眼看见她流下泪水，听见她喃喃自语："怎么变成这样！怎么变成这样……"

在折返的路上，我们都没有说话。我知道，她满怀热情地寻梦，寻到的却是一堆破烂！北校门弄成这般模样，能怪谁呢？我们只好归咎于国运的蜩螗、时代的坎坷。于是，我们找到了推诿和自慰的盾牌。

办学，当然不靠门面；校门的美丑，和教学水平没有必然的关系。但一个人，一所学校，如果沦落到连颜面也不顾，你也不必对他有什么指望了吧！有一个时期，我们愚蠢到让肉菜市场蚕食到教工住宅区的中心地带，"日中而市"，秽气熏人，哪里能顾及远在江边的北校门。幸而，中大人是爱校的，校领导是有魄力的。经过排除万难，肉菜市场引退。而随着安定繁荣，各级领导重视教育，广州"一年一小变，三年一中变"，市政府

二〇〇一年落成的中大新北门。

投放大量资金，帮助我们改建校门。于是，北校门就有了翻天覆地的变化。多难兴邦，多难也兴校。经过全校师生多年的努力，学校也从低谷里走了出来。北校门的经历，不也是我们的学校以及许多知识分子命运的写照么！我不能说它美中没有不足，但是，它确实展现出宽广美好的前景。记得在市政府帮助我们建造北校门的日子里，工程状况牵动着全校师生的心。那时候，每天黄昏，我在北门碰见许多熟悉的面孔，人们都往珠江边跑，张望、打听工程的进展。我们还拂开树丛，偷偷钻入施工的禁区，看看牌坊打造成什么模样。等到广场竣工，牌坊矗立，多少人奔走相告，多少人流连忘返。我望着北校门，涌起的不仅仅是自豪的感情，酸、甜、苦、辣，都在心头。回首近百年，大江流日夜，我校发展，毕竟与时俱进。北校门的变迁，恰好是我们在半个世纪中荣辱兴衰的历史印证。

白云山高 珠江水长

记中大校歌、校徽的修改和产生

每当学校有重要集会和校友聚会时，都会齐唱《中山大学校歌》。有些老师和同学，还会在衣襟上别上校徽。这校徽，更会在学校的证书或奖状上出现。

校歌和校徽，是一个学校精神和传统的集中体现，是学校办学理念的概括，是师生们对精神家园的认同，它凝聚着师生对母校挚爱的感情。因此，每当我们高唱校歌时，总会豪情满怀。毕业离校的校友，唱起校歌，往往会热泪盈眶，想起在校园里度过的青春岁月，想起孙中山先生所题的校训，想起围着惺亭的杜鹃花，想起柯麟院长“医病医身医生，救人救国救世”的格言，想起第一次拿起柳叶刀，想起珠海校区那长得吓人的教学楼……于是，他们会轻轻抚摩别在襟前的校徽，感受到母校留在心头上的温暖。

我在一九五二年考进中山大学中文系学习，一九五六年毕业留校任教，长期工作、生活在校园里，几十年来，目睹母校在不同时期的发展和变化；作为文科教师，也有幸参与和见证母校的一些文化建设工作。光阴荏苒，岁月如梭，但许多事情，特别是参与校歌、校徽修改等重大文化活动的过程，依然历历在目。

在一九四九年新中国成立之前，老中山大学是有一首校歌的。这首校歌，

姚友毅设计的中山大学校徽。

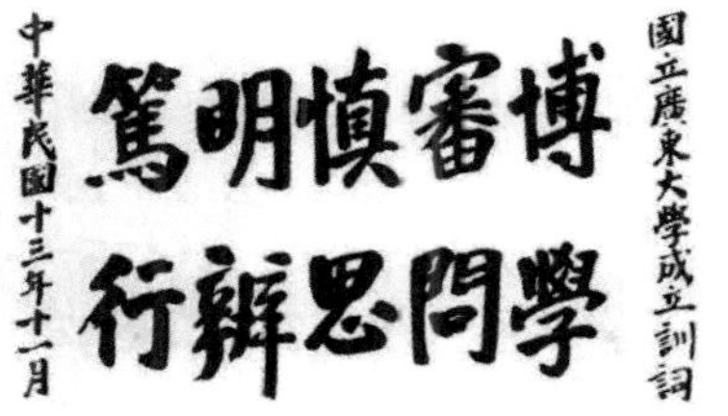

孙中山先生题写的校训。

在一九二四年中山大学成立时产生；它由第一任校长邹鲁作词，由音乐教育家陈洪谱曲。

陈洪生于一九〇七年，和著名音乐家马思聪同是广东海丰人，他们还一起在广州创立音乐学校。原中山大学的校歌，正是他在赴西欧音乐学院深造前，应中大之邀谱成的作品。抗日战争期间，他谱写过许多抗战歌曲；新中国成立后，还谱写过《教师颂》《春风桃李》等作品，以及创作、翻译过大量音乐理论的论著，被公认为我国高等音乐教育的开拓者。他曾任南京师范大学音乐学院教授、院长，二〇〇二年逝世。由于他长期居住于华东，广东人对这位老乡反而不太熟悉，更不知道他在早年，就为华南的最高学府中山大学谱写了一首被莘莘学子传唱的校歌。

从一九四九年到二十世纪八十年代初的三十多年岁月里，高等院校师生集会时，唱的是《中华人民共和国国歌》和《国际歌》，其中“文革”期间，就唱《东方红》和《大海航行靠舵手》之类。老实说，那时根本没有唱奏校歌的念头，我也不知道原来中山大学有过校歌。直到一九八四年，为庆祝六十周年校庆，学校在英东体育馆东南边的足球场举行大型晚会，组织了八百名师生的合唱团，还邀请了作为当年国庆节天安门广场前九个乐队方阵之一的罗浮山某驻军的铜管乐队前来伴奏。乐队原来的指挥认为，堂堂大学的合唱团没有自己的指挥不太合适，学校有关方面知道我常在校、系合唱队中担任指挥，便让我上阵。在指挥乐队军乐队的指挥演奏过师生入场式的欢迎曲和国歌后，军乐队的指挥便把指挥棒交给了我，我指挥的

中大六十周年校庆时，作者指挥合唱团。

八百人大型合唱作为压轴演出，唱的是《在希望的田野上》和《歌唱祖国》，气势虽然磅礴，但毕竟不是中大校歌，甚至还未意识到要唱校歌的问题。

在一九八六年九月左右，原岭南大学的校友从世界各地赶来广州，在康乐园的梁銶琚堂举行隆重的校友大会。一九五二年院系调整时，新的中山大学是由原在广州石牌校区的老中大文、理科与原在康乐园的岭南大学文、理科合并而成，校址就设在原属岭大的康乐园，因此，当岭大老校友回康乐园举行校友大会时，中大的校、系领导便作为嘉宾被邀请参加，当时我作为中文系主任，也很荣幸地应邀赴会。

那一天下午四时左右，当我们这些嘉宾在梁銶琚堂前面几排就座时，我回头一看，背后几排的座位却是空着的。正觉奇怪间，忽然梁銶琚堂后边的两扇大门一下子打开，只见岭南大学一百多名校友一个跟着一个列队进场。他们襟前别着岭大校徽，举着红灰色的岭大校旗，并且各级各班又举起绣着不同颜色图案的“社旗”，齐步走到舞台前面。队伍中还有不少是七八十岁甚至是九十多岁的老校友，一个个气宇轩昂，精神抖擞。

大会开始，全体起立，在奏唱国歌后，全体岭大校友便高唱岭南大学的校歌：

平原广阔，瞭近目前，江水流其间。
群邱远绕，恒为障护，奋前莫畏难。
母校屹立，风波不摇，佳气承远方。
…………

让我们这些嘉宾震惊的是，岭大校友一个个放声歌唱，不少人还眼含热泪。岭大校友爱校的真挚情怀，和校歌产生了不可思议的凝聚力量，让我们心灵震撼，感动不已。

会后我们几位系主任，像吴兹潜、黄进、陈胜粦教授等聚在一起，议论纷纷，都佩服岭大校友对母校的深情，尤其懂得了唱校歌的重大作用，懂得校歌、校徽所产生的凝聚力。有人问，原来的中山大学有过校歌吗？这一下我们都愣住了，因为当时绝大部分的校领导和系主任，多是在一九四九年以后才毕业的，都不知道过去是否有过中大校歌。我瞥见黄焕秋老校长正陪着客人走过来，便一个箭步走到他面前向他请教。焕秋老校长是老中大学生，他说老中大原来是有校歌的。第二天，我出于好奇跑到图书馆找寻有关资料，果然发现了邹鲁作词、陈洪谱曲的《中山大学校歌》。当时，看了就看了，只作为增加自己对校史的知识而已，并没有继续想下去。

在这一段时间，学校的中层干部，包括仍留在新中大工作的原岭大师友，也常提及岭大的校歌。到一九八八年，中山大学岭南学院成立，学院的“院歌”，用的就是《岭南大学校歌》。这一来，如何创作中山大学的校歌，制定校徽，便逐渐被提到日程上来。

一九九一年曾汉民教授接任中山大学校长。为筹备一九九四年七十周年校庆纪念活动，学校领导决定制定中山大学校歌、校徽、校旗，以及研究校训的安置地点。为此，学校在一九九三年秋天组织了几位了解中大的老教授，研究如何处理上述几项事宜。

记得那时天气尚暖，有一天，我忽然接到校长办公室的通知，命我上午九时到英东体育馆的贵宾室开会。当时，我还不晓得体育馆还有贵宾室，找了半天，原来它设在馆侧小楼的楼上。进门一看，与会者都到了。在座的有刘嵘教授、夏书章教授、何肇发教授、王宗炎教授、李锦全教授、校长办公室黄淑伟主任，加上我一共七人。教授中，除比我大几岁、常被我戏称为“李锦记”的李锦全师兄外，其他几位全是老中大的文科老教授，也全是我的老师辈，刘、夏两位还各给我上过一个学期的课哩！我赶紧坐下，回头一看，原来还有校办副主任张文彪在一旁帮助张罗。

会议由淑伟主持，他简略介绍了校长的想法，然后请教授们发表意见。由于有了思想准备，大家也畅所欲言。

关于校训的问题，比较容易解决。有老师说，孙中山所题的校训，语出《礼记》，原句“博学之，审问之……”几句都有“之”字，有些兄弟院校，便采用《礼记》原句为校训。但我们一致认为，中山先生当时只写了十个字，都不带“之”字，不必更动。大家又决定，现在学校以南校门为正门（不同于岭南大学以北门为正门），因此，校训应安排在怀士堂后面朝着南门方向的地方；校训也应按中山先生手迹复制，只作少许润饰。可是，当交由某书法家摹写时，他却加进自己的一些笔意，这反显不出原来手迹的苍劲。

关于校旗，问题也比较简单。当时，许多兄弟院校的校旗，多是白底红字或黑字。但大家认为，康乐园的绿树草坪最有特色。于是，大家一致决定以绿色来书写校名。

对校徽的讨论，倒费些斟酌。在新中国成立之初，各院校师生都是要佩戴校徽的，师生们都以佩戴校徽为荣。当时的校徽也都是长方形的小牌牌，写上校名，简单得很。中大学生所用的校徽，白底红字，而教师职工的校徽，则是红底白字，字迹则均用“仿毛体”。记得我在考上大学时，胸前戴上白色的校徽招摇过市，得意得很，生怕路人不知道我是中山大学的学生，觉得他们也似乎带着羡慕的目光瞥看我胸前的小牌牌。等到毕业后留校当助教，换上了红牌牌，又自觉多了几分庄重感。不过到了“文革”时期，知识分子被视为“臭老九”，戴上了校徽反觉低人一等，这时，师生们都没有戴校徽了。等到打倒了“四人帮”，知识分子扬眉吐气，有人又重新佩戴校徽。不过过了一段时间，不知是什么缘因，佩戴校徽者越来越少，唯有我们最尊敬的老校长黄焕秋教授，一直把校徽戴在胸前。

在七十周年校庆前校领导决定制定校徽的时候，采取什么方案呢？与会的老教授展开了讨论。大家都认为校徽应有自己学校的特色：中山大学已经有了七十年的历史，应该重点突出我校悠久的历史传统。经过研究，大家认为校徽以圆形为宜，应把最早校址亦即老中大的发源地“大钟楼”（在今广州市文明路）作为校徽图案的主体部分，至于如何设计、绘图，就委托团委青年美术家姚友毅老师负责。

姚老师很有才华，他在圆形校徽的中央部分，绘上海棠形花瓣图案，而在花瓣中心，画上了大钟楼的轮廓，下方有“1924”四个数字，说明中大成立的时间；楼的左右两侧下方，又各有两片绿叶，象征现在的中大校园，是在康乐园绿树环抱之中；圆形校徽的内侧，分别以中、英文写上校名。

记得小姚老师在初稿绘成后，到我家征求我的意见。我一看，非常高兴，觉得他很能领会老师们的意图，特别欣赏他采用海棠花形的图案。因为在广州市，老传统的房屋设计，多采用这海棠式图案的“满洲窗”；从窗口望过去，大钟楼矗立，很具地方特色。当时，我也提出一些想法，例如可以减少大钟楼下边小门；把两侧的绿叶加宽，叶的底部向楼下长廊的横线靠拢，把大钟楼图形的垂直线和底部长廊的横线有意识地与两侧的绿叶连接起来，让人感觉到整个图案寄寓着“中山”两字的字形，似乎更具意趣。这些意见，提供给小姚，请他参考。

那天会议，当议论到校歌的修改时，就麻烦大了。在座的老教授和锦全兄，全都唱过民国时代的中大校歌，而我则是一九五二年才考进中大的，虽然看过一些资料，也约略知道歌词的内容，却未认真唱过。记得当黄淑伟主任提出校歌应该怎样修改时，贵宾室一下子静了下来，老师们显然都在思考，或者低声地交头接耳。

过了一会，大家都觉得，原校歌的曲谱应该保留，歌词则非改不可。至于怎样改，虽然你一言，我一语，但觉得这也不是，那也不是，不知以什么作为新校歌词的主题为宜。我也左思右想，无计可施。

就在议论纷纷、莫衷一是的时候，夏书章老师忽然提出："就把校训放进去如何？"大家一听，豁然开朗，都认为这最合适不过。于是刘嵘老师便说："主题确定了，至于怎样修改，由天骥执笔。"我没有思想准备，一时作声不得。何肇发老师觉得我有些犹豫，就来凑热闹地说："你会指挥唱歌，会写诗词，就你最合适。"我还未回应，夏老师站起来说："校歌里放进校训，由天骥负责执笔，就这样定了！"刘、夏两位老师，都是前任副校长，他们一锤定音，我只能遵命。刘嵘老师叫我写好后就直接交给淑伟，由他送上曾汉民校长定夺就行。

这议题确定了，会议便宣布结束。

过了两天，我在心境稍为宁静的时候，便遵照大家议定修改校歌的方案，一个人躲在书房里开始思考，并把民国时代的原校歌找来，仔细阅读。它原来的歌词是：

> 白云山高，珠江水长。吾校矗立，蔚为国光。
> 国父手创，遗泽余芳。三民主义，仪型四方。
> 民国基础，大同梯航。莘莘学子，济济一堂。
> 学以致用，不息自强。发扬光大，贯彻主张。
> 懿欤勉旃，勿堕勿忘。

我知道，作曲家一般是按词作曲的。如果要揣摩一首歌曲所要表达的思想感情，反过来首先研究乐曲的旋律和节奏是很有帮助的。因此我先把原校歌的曲哼了几遍，注意到它的主旋律多是在一个小节中，以一拍和一个音符谱唱一个字，而且主旋律出现的乐句音高没有超过八度，这说明，作曲者了解到作词者希望校歌要表现出庄重而明朗的情调。我又想到，在二十世纪二三十年代初期，团体性的歌曲多有类似的写法，它是那一个时代精神的体现；直到全面抗日战争时期，歌曲才出现激烈变化的旋律和快速的节奏。

当对原校歌的风格有所了解后，我便进一步研究邹鲁校长作词的构思。很清楚，这是一首四言诗，诗中首先表达对孙中山先生创建中山大学的敬意；跟着，歌词的主体则是歌颂孙中山“三民主义”学说；最后强调学生要学习、执行并把“三民主义”的精神发扬光大。这歌词，政治性很强，它是符合那一个时代政治需要的产物。

在社会主义时代，中山大学的校歌，自然需要符合新的时代需要。作为社会主义的大学，以孙中山题写的校训作为校歌的主体，既呼应孙中山的思想，也更符合作为高等院校需要肩负教书育人注重德才兼备的任务，因此，以孙中山先生题写的校训作为我校校歌的主体思想，这非常合适。至于歌词结构，可以参考邹鲁校长的安排，进一步提高。

首先，原校歌的前四句，即第一乐句完全不用改动，这很好办。但是，第五句“国父手创”如何修改，我有些踌躇了。当然，把孙中山先生称为“国父”，是国民政府时代的提法。中华人民共和国成立后，把歌词中“国父”一词改为“中山”，是合适的。但是，原词作“手创”，却不如改为“首创”为好，因为这既更符合历史事实，也已包含了中山先生亲手建立的意味，加上“手”“首”同音，因此，我决定把“国父手创”改为“中山首创”。

记得当时在哼唱这句时，忽然又有些疑虑了。按照作曲的原则，这一小节的旋律是｜ $\underset{\cdot}{5}$ 1 1 · $\underline{2}$ ｜，而在普通话中，“国”是阳平声，“父”是去声，这词组的声调是从上往下降，但当唱这句时，“国父”一词，乐音反而是由下往上升。我想，陈洪先生总不会不考虑曲与词声调匹配的问题吧。如果我们改为“中山”，按普通话，“中山”两字都是响亮的阴平声，和曲谱更不配合。当时，我曾想过是否陈先生有所疏忽了，后来再细看伴奏谱，才恍然大悟，原来陈先生使用了3和高音i的和声，这就把“国父”两字语音和乐首的不匹配中和了，那么我把这词改为“中山”，在语音设置上，唱起来也不成问题了。

从作为原校歌主体思想的第五句开始，以下几句是我们必须修改的。我们决定把校训作为校歌的主题，在主旋律展开的这一位置上切入，最为合适。但是，问题来了。我一看原歌词，它以四言诗的形式写成，需要隔句押韵，押的同是平水韵的“七阳”部。这一来，当把校训作为歌词，歌曲的第八小节也必须押韵。但是，如果按曲谱写进校训，第七小节为“博学审问”，第八小节接着把歌词写为“慎思明辨”，那是不行的，因为“辨”字是仄声，不与平声的“七阳”韵相押，唱起来很不舒服，而且，第八小节刚好是这乐句的结束，作曲者也用了两拍让它的节奏延长，表示语气告一段落，如果我在这里不采用能押上韵的字，就显得十分别扭。

如何解决这个难题？想来想去，唯一的办法，只能在“慎思”两字的后面，搭配和它意思有所联系而且又是押韵的词语。最初，我想用“慎思勿妄”，这“妄”字好懂，但一想，也不妥，因为《礼记》的“审问”一词已经有了要有审视、询问的目光和要敢于怀疑的意思，如用“勿妄”，容易让人理解为不敢独立思考，这更不妥。而且，“勿”字发音双唇闭合，唱起来也不容易。再三思量，实在无计可施，只好放下。一看时钟，已近下午五点，我便索性骑上自行车直奔游泳池。

谁知游了两三百米，被冷水泡过的头脑忽然清醒，涌出了“不罔”一词。我立刻靠在池边想了想，“不罔”是不被蒙蔽的意思，虽然它在现代汉语中较少出现，但校歌的歌词属浅近的文言文，出现个别比较生僻的词藻，也是容许的。而且“不”字虽是双唇闭合后的不送气音，却容易唱出；“罔”字属上声，在诗词韵中，与“七阳”韵可以通押，这就解决了在第八小节需要押韵的问题。再一想，“不罔”，不受蒙蔽，与下文即出现的“明辨”一词有所联系；由“不罔”过渡到第九小节，虽略嫌重复，却也较自然。这时，我立刻爬出泳池，赶紧回家把“慎思不罔”写定。

这难题解决了，下面就好办了。紧接在叙列校训的词语之后，便应总括中山先生题写校训的意义，那就是要求学生都成为国家的栋梁之才，于是“为国栋梁”一句，顺势而出，这比邹鲁校长泛谈“三民主义”的意义，更符合大学各个学科需要培养各类精英人才的目标。有了这一句，下面“莘莘学子，济济一堂。学以致用，不息自强。发扬光大，贯彻主张”等六句，都可按原词不动。由于我在前面写了中山大学校训，写了要牢记校训的目的在于“为国栋梁”，那么所谓“发扬光大，贯彻主张”的意义，就不同于邹鲁所写歌词的性质，而是具有另外一种思想内涵。

原校歌的最后两句，则是非改不可的。邹鲁校长所写的“懿欤勉旃”一句，属一般性的赞美词，是“美好啊，努力啊”的意思。“欤”和“旃”（音 zhān，“之焉”的合音）都是古汉语的语助词。这一句，词义泛泛，深奥生僻。在二十世纪初期，团体性的歌词，往往有使用古汉语来“掉书袋”以示作词者学问高深的习惯，现代人唱起来则会莫名其妙。而且，这乐句采用了 | 5 4 3 · $\underline{2}$ | 逐步下行的旋律，也具有展现全曲即将完满结束的意味。因此，我觉得，与之相应的歌词，应该明确地和鲜明地突出中大师生恪守校训的意义。

在“文革”以后，我国人民一直响亮地提出“振兴中华”的口号，这是时代精神的最强音。想到这里，我毫不犹豫就写上“振兴中华，永志勿忘”作为校歌的结句。于是，新校歌与原校歌的意义，也就完全不同。它的全文成为：

白云山高，珠江水长。吾校矗立，蔚为国光。
中山首创，遗泽余芳。博学审问，慎思不罔。
明辨笃行，为国栋梁。莘莘学子，济济一堂。
学以致用，不息自强。发扬光大，贯彻主张。
振兴中华，永志勿忘。

中山大学校歌。

修改完毕，我把新校歌反复唱了几次，觉得歌词与旋律结合没有问题，把校训写了进去，更符合作为高等学府的性质；歌词结构的安排，也比原来更为贴切，更具层次感。这才长吁一口气，放下了笔杆，顿觉满怀舒畅。一看时钟，已是晚上九点。记得那天，我也忘了吃晚饭，却没有一丝饿意。回想起来，也真有趣。在校歌歌词中，我只更改了几句几字，却费了大半天工夫，才能落实集体讨论的成果。那是由于校歌意义重大，牵一发而动全身，不能不反复推敲，慎之又慎。

又过了两三天，我等自己的情绪冷却了，把新的校歌连词带曲再哼几遍，这才正式交给淑伟，算是完成了老师们交付执笔修改的任务。不久，经校领导批准，新的中山大学校歌宣布诞生。

中山大学的文化传统，是一代又一代的师生共同积累传承，从而形成了作为百年名校的特色。在校党委的领导下，我有幸参与有助于学校精神文明建设的工作，这是很有意义并且值得回忆的事。

碑记后面的故事

康乐园里，大楼矗立，许多大楼有特定的称谓，如“张弼士堂”“荣光堂”“十友堂”等，这些，都是在岭南大学时期，以捐建者的名字命名的。

在二十世纪八十年代初，开放改革，不少海内外热心教育的人士，为配合我校发展的需要，也陆续捐资，给我们兴建许多大楼。于是，绿树丛中，芳草坪畔，接连出现崭新巍峨的屋宇。据说，国内高校接受捐建的大楼，要数我校最多。

对热心人的馈赠，师生自然心存感激。礼尚往来，投桃报李，是我国人际交往的传统。可是，捐资者以整幢大楼作为“桃”，我们以什么东西作为回报的“李”，却颇为难。好在历届校领导部门悟出了“秀才人情纸一张”的道理，除了以捐建者的名字命名大楼外，还在墙上镌刻一篇碑记，作为永久的纪念。撰写碑文的差事，也往往落在我的头上。

在现代，写碑记颇为棘手。吃透捐建者的意愿和学校方面的想法、政策，当然是首要的；同时，采用什么样的表达形式、格调，也是必须考虑妥帖的。文章若过长，站着看的人不易读完，稍望辄走，不如不写；若过短，又不易说清。至于采用什么样的文体抒写，更要仔细斟酌。由于捐资兴建大楼者，多是海外事业有成的人士，碑记若采用语体文，不仅篇幅容易拖长，文气

梁銶琚堂。

也易浅薄，给读者想象的余地较少；若采用文言文描叙，内地的年轻人既不易看懂，也易流于板腐。为了照顾读者各方面的要求，我写碑记，采取的是骈散结合的较浅近的文言文。让稍有文化修养的人，大致能看得懂；让文化水平较高的人，也觉得稍有嚼头。

当然，这样的意图能否收效，只好交由读者判断了。

二十世纪八十年代初，我们学校首次接受香港梁銶琚老先生捐建的大礼堂，名为“梁銶琚堂”，据说它也是一九四九年后我国首次以海外实业家的名字命名的建筑物。学校通知我，把碑记拟就，即请商承祚教授书写。能请动著名的古文字学家兼书法家商老秉笔，这是当时学校所能动用的最高规格。

梁銶琚堂碑记的初稿拟成后，经过校领导审定，电传给梁老先生；梁老认可传回，便作为定稿，请商老誊写。当时，商老也八十多岁了，轻易

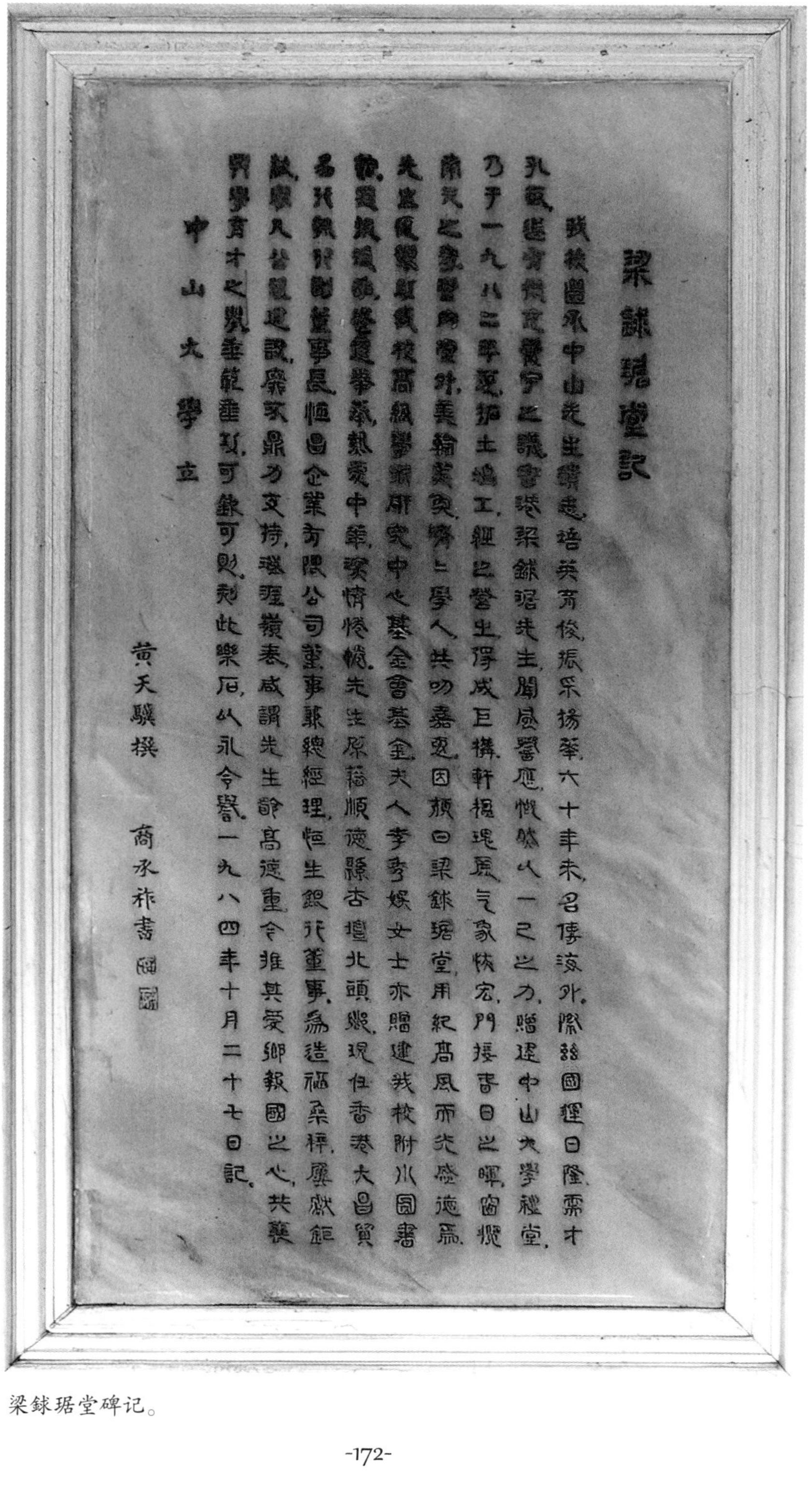

梁銶琚堂碑记。

不肯拈笔；何况碑记长达二三百字，实在也很难为老人家。谁知商老知道这是学校的重要工作，很爽快地答应下来。热爱学校，是康乐园的传统，这种精神，正是由老一辈的学者，一代一代地承传下来。

到了约定领取墨宝的时候，我们便到商府拜访。谁知一见面，商老便说：“我写了一半，不干了！”

我愕然，走到商老书桌一看，只是一大张宣纸横铺着，铁画银钩，墨光四射，高龄人有此腕力，实在令人钦佩。可是，纸上留着一大片空白，商老确实是“罢工”了。

我问商老：“干吗了？”

商老说：“文稿上有‘德高望重’四字，我不写了。”我一看他桌面的宣纸，果然在“德高望重”四字前面，便停了笔。

我问商老，为什么停笔呢？他老人家回答得很简单：“望者，名望也。我未听过梁先生的名字，怎能说‘望重’呢！”我一听，急了。学校已定下了梁銶琚堂剪彩的时刻，假如碑记重新拟稿，再经校领导和梁老先生定夺，时间肯定来不及。但商老年纪大了，脾气越来越犟，有时还像小孩子那般可爱，谁也拗他不过。他这一“罢工”，真令人进退两难。

我只好求他：“德高望重是一句成语。算了算了，写下去吧，我请你吃冰棍。”我有点像哄小孩那样请求他。商老看着我长大，我们之间常常互开玩笑，而且，商老也真的常在黄昏散步遇见我时，讨点零钞买冰淇淋。（原来，商老的家人怕他吃冰棍会拉肚子，不让他带零钱。我不知道，也未想到老人家会耍点小花招。）

商老不同意，嘟哝着，意思是冰棍可以不吃，这四字却不能写。我又向他解释：“你是学界名家，他是商界名流，彼此不同行。隔行如隔山，你不认识他，完全可以理解，却不等于他‘望’就不重了。”商老硬是转不过弯，一个劲地摇头。

我说不过他，时间又不容另起炉灶，正彷徨间，忽然灵机一动，赶忙对商老说：“这四字改为‘龄高德重’如何？”

商老一听，高兴了。他说：“梁先生八十高龄，自然可说‘龄高’。他大力支持教育，自然可称‘德重’。这一改，贴切了。”于是答应搦笔和墨，继续把碑记写了下去。

当我们捧着商老劲秀的书法作品离开商府时，都吐出了长长的一口气。细想起来，老人家的脾气虽然有点固执，但也正体现出一丝不苟的精神，以及对学校交付工作认真对待的态度。老人家的固执，乃是爱校之情的执着。事实上，有德者，必然受到尊崇；德重亦必望重。强调德，比套用成语，确更贴切一些。商老的坚持，有他的道理。他虽然给我们出了些难题，但他严谨的精神，很值得我们后一辈人学习。

梁銶琚堂的碑记，是在未镌刻时改定的。而北门广场的碑记，则是在镌刻后再改定的。

二〇〇一年，广州市政府帮助我校兴建了北门广场。落成前，校领导通知我撰写《中山大学北门广场记》，并转达本市有关方面的想法：希望碑记只写过去，不写现在，概括地向市民介绍中大；其次，提及市府；再者，要点出牌坊这一景观。至于给我拟稿的期限，实际只有一天。

中山大学北门广场碑记。

我一急，也没有仔细翻检校史资料，赶快坐下来撰稿。第二天，把草稿交给了“校办”。很快，碑文便刻好，竖立在北门墙上。

谁知不竖犹可，一竖起来面世，熟悉中大历史的老教工，便指出了碑文上的纰漏。首先是文中说中大在一九四九年前涵文、理、法、商、工、农、医诸学院。其实，那时学校还有师范学院和研究院，却从未设立过商学院。又如文中提到日寇侵华时，我校“北迁澄江坪石等地”。我是在一九四九年后才到中大读书的，只知道坪石在粤北，却不知道地处云南省的澄江，纬度却在广州之南。“北迁”之说，显然不妥。

碑文虽然要求文字简约，史实却不容阙失。我听到了同志们的反映，立即向校长汇报，建议把碑石取下来，把“北迁”改为“内迁”；又增删订正了几个字。校长果断地同意，首先把碑文遮盖起来，再做出处理。

这一次，倒是我给学校出了难题。据知，如果更换石碑，费用相当昂贵。而且，原材料由市府提供，重拟碑文，另购碑石，报批手续，也十分麻烦。想不到这几个字的改动，却是十分棘手。于是，碑石一盖，便盖了大半个月。

不过，学校的总务部门真有办法，经过研究，他们把整块碑石取了下来，把碑文磨去，然后按改正稿重刻，并把字体稍稍加大。这一来，痕迹不露，反更美观。无心的读者不知就里，细心的读者可以接受，而我则如释重负；当然，也很佩服总务部门的聪明才智。

从商老要求对梁銶琚堂碑文草稿的改动，到一些教工希望对北门广场碑文的订正，我深深地感到，爱校是我校师生的优良传统。广大师生把校园当作家园，所以校中事无大小，园中一草一木，人们都十分关切，热心干预。试想，如果对学校没有感情，校友相见，视同陌路，人们会动脑筋，想办法，为学校排忧解难么？这桩事，在我来说，工作上的疏失，得到深刻的教训，更得到“中大人”爱校之情的教育。

康乐园的大榕树，树冠浓密，圆圆如车盖，它和芳草地一起，成为校园的象征。而师生爱校之情，正是使它枝繁根茂的沃土。

中大的掌门人

记忆中的中山大学老校长

参天大树

在一所大学，党委领导和校长的教育思想、一言一行会影响校风、学风，一代接着一代，从而形成了一所大学的传统，关系到学校的兴衰。到现在，人们为什么常常提起和怀念蔡元培、梅贻琦、张伯苓、许崇清、柯麟诸位校长？这是由于他们的教育思想和高尚品德，春风化雨，熏陶和影响了整个学府。这些大学里的掌门人，为祖国教育的振兴和发展作出了重大的贡献。

余生也晚，一九五二年考进中山大学时，校长正是许崇清教授，副校长兼党组书记是冯乃超教授，还有一位副校长是陈序经教授。

那时候，许校长兼任广东省副省长，我也只在新生入学典礼时听过他在小礼堂的一次讲话。讲话的内容我全忘记了，只记得他在怀士堂的讲台上，用桂林腔的官话对我们大喊一声："大学生们！"我大吃一惊，也很意外，他不是说"同学们"或"同志们"，而是强调"大学生"。当时，我感受到强烈的震动，意识到我已经是大学生了，成人了，再不能像在中学时那样胡蹦乱跳了。这"大学生们"四个字，对我来说，真胜过千言万语。

许校长是著名的教育家，在中大长达近百年的历史中，他曾三次出任中大校长，前后共计二十年。一九五二年，在党的领导下，全国高等院校院系调整，中大和岭南大学合并，他和冯乃超、陈序经两位副校长通力合作，

许崇清（1888—1969），广东番禺（今广州）人，早年留学日本，毕业于东京帝国大学（今东京大学）。后加入中国同盟会，参加辛亥革命。毕业回国后，历任广州市教育局局长，广东省教育厅厅长，中山大学教授、校长。中华人民共和国成立后，任广东省副省长、中山大学校长。他是三次执掌中大且任职时间最长的校长。

坚持让学生“德智体美劳”全面发展的教育方针，那时，康乐园呈现出一派欣欣向荣的气象。一九六九年三月十四日，许校长心脏病突发，猝然辞世。就在那天，传闻马岗顶上的一棵大树突然倒下，许多中大老员工窃窃私语，觉得是老校长逝世的感应。当然，这只是事出凑巧，但也可以看出人们对老校长的敬悼之情，人们将他视为康乐园的参天大树。

新中国成立初期，全国高校知识分子需要加入思想改造运动。在中大，则是由党组书记冯乃超同志全面领导和执行这项工作。冯副校长强调：从旧社会走过来的教职工，思想改造不能一蹴而就，应该以和风细雨的方式，在党委的主持下，让知识分子自觉地认识到，改造旧思想，接受新事物，是出于自己提高觉悟的需要。正是在他的主持下，中山大学受到了上级领导的表扬。由于在思想改造的过程中，老师们坦率地检查过去，诚恳地互相提醒，彼此心情舒畅，这反而促进了原来的从石牌迁到康乐园的中大学人和原岭南大学教工之间的团结合作，让从旧社会不同道路走过来的人形成统一认识，亲密无间。广大教工曾共舞于朝阳，亦相扶于风雨。于是，由两校合并而成的新中大出现团结奋进、欣欣向荣的局面。大家都明白，这局面的出现和冯副校长正确执行党的知识分子政策有关，也和他“润物

陈序经（1903—1967），历史学家、社会学家、民族学家、教育家。青年时在复旦大学求学，后留学德国和美国，获博士学位。先后执教于岭南大学、南开大学、西南联合大学，亦曾任岭南大学校长、中山大学副校长。

细无声”的思想工作方法有关。因此，全校师生对诚恳谦逊和正确领导的冯副校长十分爱戴，直到现在，老一辈的中大人谈起冯副校长，都会肃然起敬。

陈序经副校长是原来岭南大学的校长，他非常爱惜人才，许多著名学者如陈寅恪、容庚、高兆兰等教授，都是由他敦请到康乐园任教的。而他自己也是卓越的研究东南亚问题的大学者，在一九五三年，他和陈寅恪、姜立夫三人同被国务院评为一级教授。

原中大和原岭大两校合并后，陈副校长主持新中大的总务和校园建设工作，事务纷繁，但在他的领导下，校园的教学和生活秩序井井有条。陈副校长尊重和爱护每一个教工和学生。当年，处于晓港附近的康乐园还属于广州市的远郊，交通很不方便。当然，校长们到市区办事有小汽车接送。而老中大人都知道，凡是陈副校长要到市区，当看到路上有师生或员工也要外出时，一定让小车司机停车，邀请出行者同车外出。他处处关怀师生，平等待人，成为老员工们津津乐道的佳话。在几位校长的领导下，新中大欣欣向荣，教学、科研取得全面发展，形成了团结务实、勇于开创、爱校如家的校风。

中山大学还有一位卓越的校长就是柯麟教授。一九四九年以前，他在长期的行医生涯中从事党的地下工作，曾任澳门镜湖医院院长，为中国革命事业作出了重要的贡献。

一九五二年全国院系调整后，原中山大学的文理科院系与岭南大学相关院系合并，组成新中山大学；同时，两校的医学院系也合并重组，后来广州的光华医学院并入，由此成立新的医学院，成为新中大的一个部分。自一九五一年起，柯麟就任医学院的院长兼党委书记。记得当年我在康乐园学习时，医学院的同学也和我们在一起上课学习，每天下午五时的文体活动时间，我们在一起唱歌跳舞，跑跑跳跳。到了一九五三年，医学院的师生才离开了康乐园，组成中山医学院，搬迁到广州的老市区，由柯麟教授担任院长。在新中国的医学教育战线上，柯麟以自己的远见卓识，爱护、团结知识分子，汇聚了陈心陶、陈耀真等八大教授和以陈国锐教授等为代表的大批医界名家。他从严治校，奖掖后进，对师生提出“医病、医身、医心；救人、救国、救世”的要求。在他的引导下，中山医学院红色基因、家国情怀，代代相传，医学教育和医疗水平走在全国的前列，柯麟教授也被誉为一代宗师。

柯麟（1900—1991），广东海丰县人，著名医学教育家，被誉为一代宗师。一九五一年，他出任中山医学院（中山医科大学前身）院长兼党委书记，主持合并中山大学医学院与岭南大学医学院、广东光华医学院。二十世纪八十年代，他第三次回到中山医学院，年近八十的他以卫生部顾问（正部长级）兼任院长一职。

二〇〇一年，中山医科大学又一次和在康乐园的中大结合在一起，两校互相回归，共同组成了二十一世纪更大规模的中山大学。这两所学校同根同源，分别是教育部和卫生部直属的重点大学，也共同继承了由革命先行者孙中山先生亲手创立的优良传统。所以，尽管柯麟校长和医科大学师生离开了康乐园二十多年，但在中山大学建校以来近百年的历程中，彼此一脉相承，柯麟教授当然是这所历史名校中卓越的校长之一。二〇一七年，中山大学北校区的附属第一医院将新建成的手术室大楼命名为“柯麟楼”，这也是中大全体师生对这位杰出的校长永远的纪念。

“嘉人同志”

人们都知道许崇清教授曾三次出任中大校长，却不知道李嘉人同志也曾三次出任中大校长。李校长也是教育家，曾当过小学和中学教师，后在日本早稻田大学学习，系统研究教育的问题，深谙教育的规律。抗日战争和解放战争时期，他和柯麟校长一样，在香港和广州从事党的地下工作，在引导青年走革命道路和团结广大知识分子建立统一战线方面作出了重大的贡献。

一九六五年，李嘉人被任命为中大副校长兼校党委第一书记。李校长既沉稳和善，又敢于坚持原则，他经常探访老教师，和青年教师散步聊天，广泛征求大家对教育改革的意见。当时，他目睹教育方面的种种乱象，经过调查研究，立刻部署全面加强基础学科教学和科研的措施。一九六六年，他被免去校长职务，赶出校园。

一九七三年，李嘉人又被调回中大，出任“革委会主任”（实即校长）。当年，工农兵学员们学习书本知识的热情很高，提出要在康乐园“用麻包袋装知识”。嘉人同志很了解当时学员们迫切追求知识的心态，他要求各系在只有两年的学制中，除了适当参加劳动和社会调查外，也要强化对基础知识的学习。当时，他要求各院系注意安排各种课程的措施，受到刚从

李嘉人（1914—1979），广东台山人，教育家，曾任中共广东省委常委、广东省副省长，中山大学党委第一书记、校长。他长期参与广东省文教事业的领导工作，为统一战线和团结教育知识分子作出了贡献。

农村工厂抽调来校学生的热烈欢迎。他顶住种种压力，重建和扩建数力系，复办了被拆散的外语系。而且，在他的支持下，戴镏龄、王宗炎等被调派到外校的名师，又重新回到了康乐园的怀抱。在当时的特殊条件下，康乐园重新呈现出勃勃生机的景象。一九七六年，他又被免职，离开了中山大学。

一九七七年十二月，李嘉人第三次回到康乐园，重新担任中大校长兼广东省革委会副主任。他迅速拨乱反正，恢复一切行之有效的教学制度。为了坚决落实党的知识分子政策，李嘉人排除一切干扰，认真做好平反冤、假、错案工作，使广大知识分子心情舒畅地重回教学工作岗位。此外，他还尊重知识，尊重人才，对于知识分子，只要德才兼备，他就给予无微不至的关怀爱护和充分的信任重用。一时间，“嘉人同志”四字成了老中大人最感亲切的话语。

长期的劳累和损耗，让李校长的身体每况愈下，不得不入院治疗，还要做一次大手术，身体十分虚弱。但是，为了建立起中山大学与美国加州大学洛杉矶分校之间的交流关系，他不顾病后元气尚未完全恢复，提前出院，毅然接受教育部的委托，于一九七九年五月率领中山大学学术代表团，远渡重洋赴美访问，打开中美高等教育开展交流的局面。一九七九年十二月底，李嘉人因突发急性心力衰竭去世，中大从此失去了这位在校园最困难的时期殚精竭虑、奋斗不止的好校长。

一生奉献

在李校长莅校之前，即从一九五八年左右开始，中大名义上仍由许崇清教授任校长。冯乃超副校长患病休养，陈序经副校长则被调往南开大学工作。实际上，学校的领导已像走马灯般更换了好几位，如聂菊荪、陈斌、刘望远、马肖云等，他们一般都是干了一年多便另有任命。长期留在康乐园从事领导工作的则是黄焕秋教务长和曾桂友副书记。

黄焕秋从一九五二年任中大副教务长，主管全校教务；曾桂友则从一九五八年开始主管人事和科研工作。曾桂友能力很强，凡是见过面的教师，第二次就能叫出他们的名字，这使人感到格外亲切。据知她自一九三八年即在延安抗大学习，记人是长期锻炼出来的从事组织工作的本领。焕秋同志和她都特别注意对青年教师的培养。二十世纪六十年代，青年教师经常要带领学生到工厂和农村参加劳动和社会工作锻炼，他们经常提醒教师：必须抓紧时间，提高教学和科研水平。记得有一天，我骑着自行车路过，刚好遇见他们两位从黑石屋出来。桂友书记便喊住我，我以为有什么事情要吩咐，赶紧下车，站在路边。谁知焕秋同志走过来问我，近来看些什么书？我赶紧回答。他又问：“有读过有关教育学的书籍吗？”我实在没看过，只好回答：“没有。”但我告诉他，在当年中文系四年级的课程中，作为必修课，我们学过逻辑学，也有学过由陈一百老师（后来任广州师范学院院长）开设的教育学。大学毕业前，也曾到中学进行过为期三个月的教学实习，因此多少掌握一些教育学的基本知识。焕秋同志立刻提醒我，作为教师，应该注意有关青年心理和学校学科管理的问题，应该把它们视为自己提高业务水平的重要方面。这番话，我一直牢记在心，让我明白了作为教师的责任。

在焕秋和桂友同志的主持下，当年中大推行了一项培养“重点青年教师”的措施。做法是校领导和各系主要领导以及各学科的学术带头人，从思想品德和教学科研方面，经过认真的考察，在全系中确定一两位青年教师，作为重点培养对象。培养对象的名单则绝对保密。如果过了一段时期，校、系领导发现被栽培者或进展不大，或身体出现了问题，便暗中换人，另选培养对象。

我们知道，在教师成长的过程中，有起有伏，有快有慢，这是很正常的事。学校根据教师的状态，适当挑选、调整，是符合教育规律的做法。当然，未被选入或被调整者毫不觉察，这就不存在面子得失的问题。同时，被选为重点培养对象者，连自己也是毫不知情的。据知，有一位青年教师到校图书馆借书，按当年规定，每人只能一次借五本书。当他填好书名，管理员看到借书证上的名字，打开抽屉一看“通知”，便告诉他可以再多借一本。那位老师不明就里，管理员也只是照章办事。原来，这位青年教师被选为重点培养对象，能在图书馆里多借一本书，就是学校对他的特殊照顾。

在打倒“四人帮”后，中大像蒲蛰龙、容庚等老一辈的学者精力逐渐衰退，康乐园中教学、科研以及行政的担子，实际上也都由之前被称为“黑尖子”的青年教师挑了起来。像物理系的郭硕鸿、李华钟，数学系的林伟，地理系的李见贤（黄进），哲学系的李锦全，历史系的蔡鸿生、姜伯勤，外语系的桂诗春等，都成为各个学科领域的学术骨干。到现在，当年被党委选为“重点培养对象”的青年教师都成了老人或古人，但他们接过上一辈老师的棒，并将之传递给当今的学者，一代又一代，传承发展，造就了中山大学的学风。

从一九五二年到一九八四年，在长达三十多年的时间里，黄焕秋教授除了下放锻炼和调任到暨南大学担任了两年校长工作外，他历任中大副教务长、教务长、副校长以及校长兼党委书记。可以说，他的一生都奉献给了中山大学的教育事业。

在“文革”后拨乱反正的阶段，黄焕秋校长注意做好和岭南大学校友会沟通联系的工作，进一步加深了海内外校友的情谊。在他的协调和推动下，康乐园建成了岭南学院，短短几年，岭南学院在国际金融的教学和研究方面取得卓越的成绩，蜚声海内外，成为康乐园皇冠上最耀眼的明珠。黄焕秋校长为祖国教育事业的发展劳心劳力，他高贵的品质成了老中大人的美谈。

两度落泪

当然，有些事情，黄焕秋校长也无能为力，但他一直耿耿于怀，无法释然。记得在一九九三年左右，他已任满退休。某天，曾汉民校长召开校务会议，邀请他出席指导。我记得，在会议中，他一开始沉默不语，经过汉民校长的再三邀请，他才对全体校务委员说了一番感人肺腑的话。他说：中大必须尊重人才，爱惜人才。否则，要培养德才兼备和有创新发明能力的学生，只能是一句空话。那时候，他提起了学校没有推荐化学系龙康侯教授申报中国科学院院士的问题。

龙康侯教授一九五四年即调入中大化学系任教，曾任有机化学教研室主任、化学系主任。抗日战争期间回国后，他在多所高等院校任教，为我国培养了大批从事化学科研工作的优秀人才。在中大，他特别注意开拓南海天然物化学研究，为中大高分子学科的发展奠定了基础。在他带领下，他和中大化学团队年年在国内外科学专业期刊上发表重要论文，也多次获得国家级科技研究奖项。他还是国务院学位委员会第一届学科评议组成员，并被评为首届博士生导师。按照他的水平，完全符合申报中国科学院院士荣衔的条件。可是，据说有人因为他在德国留学，怀疑他有历史问题，反对让他申报。黄焕秋老校长说："当时我顶不住压力，只能不了了之。"后来，院士名单公布，舆论哗然，几位当选为化学学科院士的教师更觉得不可思议，都说龙教授是他们的老师，成就远高于他们，怎么中大没有让龙康侯老师申报？黄焕秋教授说："我听到化学界的反响，作为校长，简直无地自容，很后悔没有坚持原则，真真对不起龙教授，对不起学校。这

黄焕秋（1916—2010），广东惠州人，著名教育学家。一九三七年毕业于中山大学教育系。抗战时期，中大由广州迁至云南，后来又再搬到韶关坪石，当时才二十多岁的黄焕秋在时任校长许崇清领导下出任中大新生指导员；一九七九年他开始主持中山大学全面工作。当时中大同全国各地一样正处于全面整顿时期，在他的努力下，中大的各项工作都较快地走上了正轨。二十世纪八十年代初，中央决定先在北京、上海、广州等地办好五所重点大学，黄焕秋当即致信中央领导，分析了中大的历史和现状以及在新时期办好中大的意义，建议中央把中大定为五所重点大学之一。

是我们不知道爱惜人才的一例。”在座的校务委员听了这番话，面面相觑，都不敢吱声。我的座位恰巧正对着焕秋老校长，当他重提往事的时候，说着说着，便看到他泪光满眼。在座诸位默默聆听，大家分明都被老校长爱才、爱校、爱国的情怀所感动，也受到深刻的教育。

我第二次看到黄焕秋老校长流泪，是在一九九五年的秋天。当时，新学期开始后，学校即将评审博士生导师。有一天上午，我骑车回家，在西大球场边的路上，刚好遇见他，我赶紧下车向他问好。谁知他说：“我正想要找你呢！”我吃了一惊，等候吩咐。他告诉我，他知道学校近期将评审博士生导师，而 ×× 系却出了问题，他提醒我：“你该去管管，不能不爱惜人才。”当年，我负责主管学校研究生院的工作，审核批准博士生导师的资格，就由研究生院负责。老校长接着告诉我：×× 系的陈 × 教授，科研教学成果都很好，特别是近两年，他作为专家被派到越南作学术交流，指导越南有关土地利用总体规划工作，在农田的策划改造方面做出了很大的成绩，越南政府和人民十分感激。他们还专门派代表团来校致谢，特别提到陈 × 教授的功劳，祝贺我校培养出如此优秀的人才，又恳切要求再一次派他出国援助。黄焕秋老校长接着说：“我们学校一直没有很好地贯彻党的方针政策，时常忘了爱惜人才。你看，对待陈 × 评审博导的事，又不公正了，派性在作怪！”他越说越激动，跟着长叹了一声，说：“这都怪我们这些老人，没有把学校带好！”这时候，我分明看到老校长默默流出泪水，便赶紧递给他纸巾。他稍稍抹拭，又转而一笑，边走边说：“人老了，容易激动。”我扶他走了几步。临别时，他对我说，你现在主管研究生院的工作，要注意把事情处理好。我唯唯，默默目送老校长离开。

过两天，我调阅了陈 × 教授的有关材料，知道他正如老校长所说，是一位出色的教授，心中也有了数。又过了几天，时任校长王珣章教授召集全校各系各处负责人在小礼堂开会。轮到我在讲台上发言时，我只把评审博导的政策和要求扼要地讲述。然后，向大家如实详细地描述了那天在西大球场边上，焕秋老校长对我说了那一番话的情景，也介绍了陈 × 教授的情况。这时候，全场鸦雀无声。之后，各系把评审结果送到研究生院，我特别留意 ×× 系的情况，知道陈 × 教授已顺利通过了博导的评审，也为一些同志纠正了错误感到高兴。

在庆祝黄焕秋老校长八十寿辰的大会上，小礼堂挤满了师生，舞台两侧挂了一副对联：

盛德巍巍，为国育才，艳李夭桃沾教泽；
忠心耿耿，秉公从事，云山珠水仰高风。

这副对联，表达了师生对黄焕秋老校长的崇高评价。他于教育事业一步一脚印，促进了中山大学的发展，理应受到师生校友的尊敬。

谨以此文，献礼中大一百周年校庆。

盛德巍巍

记黄焕秋校长

我到校医室参加例行体检，遇见了司机小谭，小谭招呼我上车。一路上，我们随便聊天，谈着谈着，谈到了老校长黄焕秋教授。

小谭说："老校长真是没的说的，绝对是个好人。有一次，他要到惠阳办事，我给他开的车。焕秋是老革命，又是中大校长，当地有关部门对他非常尊敬，安排他住在有两层楼的小别墅中。到了那里，焕秋要让我住在楼上的主卧室，而他和夫人则住在楼下。我认为哪有这样的道理，死活不肯。焕秋说，楼上比较舒服安静，你开车辛苦，要休息好才行。"

回顾当年的情景，小谭对我说："住在什么地方，其实并不重要。但是老校长对人的体贴、对下属的关心，我是体会到了。"小谭又说："像焕秋这样的好人，实在少有！"小谭年纪四十上下，正直豪爽。他这番感情朴实的话，代表了广大师生的心声。

大学，是培养人才的基地；办大学，靠的也是人才。办学要靠名师、大师，这一点，人们逐渐懂得了。但是，办大学，如果没有好的领导、好的校长，不是由教育家当政，也不行。一个大学的兴衰，和它有没有好的领导，关系至为密切。因为，学校的人才的使用，人才的命运，很大程度掌握在校领导的手上。

当然，我们也知道，大学处在激烈社会斗争的漩涡里。在过去，有关人才问题上的许多事情，校领导实在不由自主，例如上头要求推行各种政治运动，大学岂能不搞？校长、书记岂能不执行？一搞运动，便得“伤人”，便得摧残人才。对于校领导们的处境，教工们是理解的。不过，“伤人”多少，“伤”到什么程度，则和校领导是否实事求是、是否推波助澜有关。假如一个学校的人才被整得七零八落，万马齐喑，就根本谈不上活跃学术风气，谈不上创造出有价值的科研成果，这所学校，也一定会沉沦下去。

康乐园是幸运的，它发展的趋向，总的来说，还是向上的。因为，历届校领导，都有好些爱护人才的书记、校长。焕秋老校长就是其中的一位。

我上大学时，遇见的第一位校长是许崇清教授，他是著名的教育家。而当时，主持校里工作的，实际上是冯乃超副校长。冯副校长是著名的文学家，凡学习过中国新文学史的人，都知道他有过卓越的贡献。不过，在康乐园里，人们谈得更多的，是冯副校长爱护人才的事迹。听老教师们说，新中国成立初，全国高校要搞“整风运动”。北方某所大学，工作由另一位著名的文学家主持。该校长大冲大捅，伤害了许多老教师的感情，被视为“左”的典型。而在冯乃超同志的主持下，中大“整风”和风细雨。“运动”过后，老教师们丢掉包袱，心情舒畅。新中国成立初期，中大的师资力量，排在全国高校的前列，这和乃超同志对人才的爱护有关。和乃超同志一起主持学校工作的，还有陈序经副校长，他是著名的历史学家。新中国成立前，陈副校长原任岭南大学校长。曾在我校任教的许多著名学者，像陈寅恪教授、王力教授、容庚教授等等，都是陈校长在岭大任内，想方设法罗致延聘的。这些享誉国内外的大师，在院系调整后，便成为中山大学教学科研的主力。他们严谨求实的学风，一直延续影响到现在。所以说，新中国成立初期的康乐园，有幸由几位爱才若渴的教育家主持工作，为我们学校的发展打下了坚实的基础。

焕秋同志长期主管中大的教务工作。在我的求学阶段，他是副教务长。打倒了“四人帮”，他才担任了中大校长兼党委书记。

小谭司机的车，载着我经过梁銶琚堂。小谭说，兴建梁銶琚堂，是焕秋校长的一大功劳。

梁銶琚堂建成的经过，我是大致知道的，知道梁銶琚先生是香港的大企业家，他爱国爱乡，有心帮助我校发展。焕秋校长和他商谈，希望他给我们捐赠一座大礼堂，他慨然允诺。在二十世纪八十年代初，全国高校，还未有过接受外资或港资赠楼的先例，更没有人敢于在社会主义的大学里，以企业家的名字为大楼命名。焕秋校长敢为天下先，在当时需要有非凡的勇气。听说，我校接受境外各方面的捐赠数额，在全国高校中居于首位。这一点，固然和我校的凝聚力以及处于改革开放前沿有关，也归功于焕秋校长对邓小平理论有深切的认识。他敢于改革、敢于承担的精神，吸引了境外热心教育的企业家的目光，让他们更关注、帮助我校的发展。

不过，小谭司机称赞焕秋校长筹建梁銶琚堂的功德，倒是从另一个角度着眼。他告诉我，梁先生捐赠建楼的款项，高达数百万元人民币。当年，这是一笔很大的数目。在焕秋校长领导下，有关部门精打细算，使用得当，大楼建成后，还剩下三十多万元。老校长把余款交还给梁老先生，又把建楼的各项支出，一项项明细开列，请梁老先生审核。小谭说："这大出梁老意外，他感动得不得了，认为我校办事廉明，工作认真！"他一面驾车，一面伸出拇指，感叹不已。

我不知道小谭是怎样打听到这些细节的，从焕秋老校长一贯为人处世的作风看，我相信这是真实的故事。

在国外，校长的职责，无非是找经费、找人才。焕秋老校长主政时期，学校经费由政府按计划拨给，各类人才不能流动。当校长的，找财、找才，都是白搭。这一来，怎样用好有限的经费，怎样用好人才资源，便是校长最大的职责。

焕秋老校长是怎样理财的，从小谭司机的叙述中，可见一斑。至于他是怎样对待人才的，我倒聆听过焕秋老校长发自肺腑的谈话。

二十世纪九十年代初，焕秋老校长早就离休了。但他一直关心学校的建设。在一个座谈会上，大家谈到学校对待人才的问题。当时，他对现实的一些现象困惑不解。在会上，他非常尖锐地指出："不爱护、保护人才，

作者和培育他成长的校、系前辈领导同志合影。右一为黄焕秋老校长，右二为曾桂友老书记，右三为中文系原主任吴宏聪教授。

这在我们学校是有惨痛的教训的！大家想一想，张其的情况是怎样的！”在他说话的时候，我看到老校长含着泪光。

张其老师是我校马列主义教研室的教师，一直以敢于探索真理、敢于直言著称。他精研政治经济学，在二十世纪七十年代末，便提出了社会主义市场经济的问题。他翻阅了大量马列主义和经济学著作，写成了很有见解的学术论文，主张推行市场经济。谁知道，论文一出炉，便遭到“围剿”，学术界出现了许多批判张其老师的文章。众口铄金，张其老师被视为“异端”。他虽然坚持己见，但一直郁郁寡欢，后来罹疾去世。据一些同志说，张其老师提出社会主义市场经济的主张，不迟于卓炯同志。卓炯的理论，后来证实是正确的，他也被评为广东省的特等劳动模范。张其老师则以副教授职称终其一生。而那些批评张其的论文，反成了一些人提升教授职称的依据。事情就是这样荒唐。

焕秋老校长提起张其，参加座谈会的人都是知道的，只是人家习惯于麻木，渐渐把张其淡忘了。而且，当年批判张其的同志，也在座中，谁也想不到老校长竟把这让人难堪的事当场抖出。他的话，就像一声惊雷，让人心灵震撼。记得焕秋校长说："一些人才，是我们学校好几代才培养出来的，轻易把人才埋没，甚至想把人整垮，不知爱惜，那是犯罪！"他那激动的发言，掷地有声，听者无不动容。

在庆祝焕秋老校长八十寿辰的大会上，上届校长曾汉民教授，宣布了焕秋老校长获得"霍英东成就奖"的消息。师生们以热烈的掌声祝贺他获得殊荣。据我所知，老校长的获奖，和汉民兄实事求是地积极向有关方面反映、推荐有关。当时，曾校长也已换届。我对他说："汉民兄，这件事，可以说是您主政中大的最大德政之一。因为，您反映了、实现了广大师生的愿望。"从这一件事中，也可以看到前后两代的校长，都无私地把心思放在促进教育事业的发展上。我又知道，后来焕秋老校长把奖金的一部分，捐献给"许崇清奖学金"，因为他自己又是许崇清老校长的学生。校长们敬业、

校园。

谦逊、情系母校的精神，真令人感动。发展教育事业，爱护、扶植人才，这是焕秋老校长以及我校不少领导一生为之努力的目标。中大的辉煌，融汇着他们的心血。

老校长已经八十多岁了，老教工们在校园里遇见了他，都会趋前问候。从人们的眼神中，看得出大家对老校长由衷地尊敬。在漫长的人生旅途中，是非得失，总是难免的。人们对焕秋老校长在任内的工作，也难免有咎有誉，但当他卸下仔肩以后，人们反而更想念他，关怀他，真是“情愈久而弥笃”。此无他，因为群众的眼睛是雪亮的，人们心中也都有一杆秤。谁秉公办事，谁夹带私货，终归自有公论。经过岁月的淘洗，人们愈来愈感到焕秋老校长对母校的真诚，对教育事业的真诚，以及爱护人才的一片真诚。而真诚，正是最可宝贵的。

小谭司机没有替老校长开车已有十多年了。然而十多年前往事的细节，他还历历在目。“焕秋是好人！”这是他为老校长树立的“口碑”。司机大佬言语朴实，“口碑”也朴实。愈朴实，愈见其真，愈能见它已深深地印在人们的心坎里。

好人一路平安！

一粒莲子 一片冰心

记冼玉清老师

我在南沙宾馆，遇见了黄焕秋老校长。饭前聊天，提起了已故的中文系教授冼玉清先生。

老校长问我，有没有听过冼老师的课。我说没有。在我入学时，冼老师负责清点、整理原中大和原岭大合并后的文物，工作量不少，再没有担负课堂教学任务。到一九五五年，她退休了。所以，我们只知道她是有才华的女诗人、女教授，知道人们亲切地称她为“冼姑”，却没有机会听她讲授。

不过，我们有时也会在路上遇见她，总觉得她的打扮有点特别。当时，女士们的时兴打扮，或是穿“布拉吉”连衣裙，或是穿灰蓝色“列宁装”，或是穿衬衣长裤短外套，而冼老师经常穿的是浅花色或纯蓝色的长旗袍。她上了年纪，身材矮小，腰身微胖。旗袍的剪裁也不讲究线条身段，穿在身上，仿如套着一个椭圆形的蛋卷。冼老师脸庞也是圆圆的，额前刘海则剪成半月形，脑后小髻梳成小球状；加上弯弯的眉毛，稍微丰润的肌肤。在路上，她步履轻盈地走过，就像椭圆形的球体在滑动。我们想笑，却不敢。

老校长问起冼老师，倒使我想起了一次和她在马岗顶上邂逅的情景，于是给老校长讲了一件往事……

冼玉清（1895—1965），广东南海人，岭南当代杰出的女诗人、学者、古文献专家。一九五二年，岭南大学并入中山大学，她转任中文系教授。她夙慧勤学，能诗善画，亦善治史，于广东文献用力尤勤，著述甚丰。

大概是在一九五五年的秋天吧，有一天，我骑着自行车经由马岗顶返回宿舍，在浓荫的小径里，蓦然遇见了冼玉清老师。我赶紧滚鞍下车，向她点头，让她先走。谁知她站在路边，把我端详了一会，和蔼地问我："你是黄天骥吗？"我不知道她怎样知道我的名字，连忙回答："是的，冼老师。我是中文系三年级学生。"冼老师一听，知道原来我也认识她，看来颇高兴，便说："来，到我家里坐坐吧！"她一指，路旁有一座别墅式的老房子，那是她的家。走几步就到了。

"花径不曾缘客扫。"冼老师一边念着杜甫的诗句，一面掏出钥匙开门。

我放好了车，跟着冼老师走进客厅。客厅其实是由宽宽的走廊，用书架间隔而成。里面没有多少陈设，但整洁清雅。她让我挨着书桌坐下。

"冼老师，我知道大家都叫您冼姑。"我冒冒失失地说了一句。

她笑了，说道："是。你以后也叫我冼姑！"我唯唯，其实不敢。冼老师接着问我是什么地方人，几岁了，在哪所中学毕业，爱读些什么书，为什么喜欢学习古代文学。我一一回答，她也一直很有兴致地听着。

冷不防，冼老师指着我的裤管，问道："为什么弄得这么脏？"我低头一看，原来骑车时不小心，裤管下沾上了车链的油渍。我有点尴尬，连忙低头用手去擦，她却回身撕下一页稿纸，搗成一团，递给我："怎能用手擦！用这吧！"我接过纸团，一边想：老师真是慈母的心肠。我又觉察到她一直怜惜地俯视着我，似乎把我看成不懂事的毛小子。

擦净了裤管，我们又闲谈了几句。忽然，冼老师站了起来，说："只顾讲话，忘记请你吃东西了！"我连忙说，快要吃晚饭了，请她别客气。她摆摆手，径往书架边走去。

书架上，搁着一个宽口的玻璃瓶子，远看去，像是盛着半瓶腐乳。她拿起了瓶，拧开了盖，又取过一只碟子，走到我的身边，很郑重地宣布："我请你吃糖莲子。"原来，宽口瓶装的是这东西，我只好连声道谢。

冼老师把碟子放在桌上，坐下来，眯着眼，从瓶子里很小心地把莲子倒出了一粒，又笑眯眯地把碟子移到我的面前，说："尝尝吧！"

这一下，我愣了，碟子里就只有一粒糖莲子，我怎能独吞，便急忙推让，请她先吃。谁知她拧上瓶盖，又把碟子挪给我："就专门请你吃的。"并且说："莲子是好东西，补中益气。"我心想，这颗莲子，岂不是像颗仙丹了！迟疑间，冼老师进一步给我做"思想工作"："吃吧吃吧！吃不饱的，不影响吃晚饭！"真有趣，一粒莲子，岂会有撑饱肚子之理？经她一再劝说，我不好推辞，也不想拂老师的好意，便用两个指头，把糖莲子拈起。

冼老师高兴了，她转身把瓶子拿回书架，边走边说："莲子属泮塘五秀，你是西关仔，知道吧？"

我拿起莲子端详，发现这孤零零的宝贝，有点发黄，黄中有灰，分明有点发霉了。这玩意，能吃吗？当年，我们还未懂得黄曲霉素属致癌物质，但也晓得发霉的东西不宜入口。我有点犹豫，冼老师则以为我在欣赏，她站在书架边看着，目光充满慈爱与期待之情，一心一意等待着我吞食这一粒“九转还丹”。

我一发狠，把糖莲子放入嘴中，吞进喉咙，觉得舌尖有点儿甜，也有点儿涩。冼老师问我：“好吃吗？”我点着头“唔唔”作答，连自己也不知道是在说好吃还是不好吃。

我不记得当时是怎样离开冼老师家的了。回到宿舍，向同学们一说，大家都笑弯了腰。有人说，早就听闻她的脾气有点儿古怪，对女生的态度比较严厉，对男生特别和蔼。这是否属实，我不知道。不过从她对我的态度，我是分明感受到她那份母性的爱心的，尽管仅以一粒莲子待客的方式比较奇特。

…………

焕秋老校长听了我的忆述，也笑了起来。接着，他也对我说另一桩有关冼老师的事。

老校长说，人们都觉得冼姑有点“孤寒”（粤语，吝啬）。其实，大家并不知道，她在新中国成立初期做过一件很令人感动的事。

冼玉清老师出生在澳门一个富裕的家庭里，但她不像一般的阔小姐。在岭南大学求学期间，她一直半工半读，不肯花费家里的钱。后来从事教学工作，由助教而至教授，入息不菲。她决心不嫁，积攒了一大笔钱，准备购买一幢舒适的房子，宁逸地享受治学研经的生活。

钱准备好了，房子尚未完全看准。这时候，抗美援朝战争正如火如荼地进行。在爱国热情的鼓舞下，校里许多老师纷纷解囊捐款，为保家卫国尽一份气力。当时，捐款纯属自愿，各人量力而为，不存在互相攀比，大家也没有互相打听。冼老师平素端庄沉静，说话不多，“政治学习”时从不会慷慨陈词；大家又知道她是柔弱的女性，一向节俭。因此，谁也没有在意她有没有捐款。

老校长说，有一天，冼玉清老师忽然独自走进财务处，托梁科长替她办理认捐手续。原来，她要把准备买房子的钱，统统捐给国家。这是一笔很大的数目！梁科长怔住了，不敢立刻接手，赶紧向有关领导报告。领导感谢冼老师的爱国热情，也考虑她独身的处境，请她再三斟酌。但她的态度很坚决。她开出的条件，只是要求领导们不要宣扬，要替她保守秘密。就这样，她把积蓄献给了国家，自己一生只住在学校分配的老房子里。她的义举也一直鲜为人知。

焕秋老校长感慨地说："人们都说冼姑'孤寒'，而她对国家又是多么的慷慨！人的性格，是多面的，切忌只看表面。"

听了老校长的一番叙述，我再也笑不起来了。他只娓娓道来，我则心灵震撼。原来，饷我一粒糖莲子的老太太，对国家民族却有如此广阔的胸怀！我想，当她决心捐献的时候，未尝没有过思量。一个弱女子，购房养老，不也是很有必要的吗？但是，国家为重，一旦国家需要，她舍得罄其所有。在当时，其实谁也没有动员她捐款，她也不让人知道她捐款，她为了什么？她为的是她的心，这是伟大而纯洁的爱国心！

我和老校长分手后，回到自己的房子里。夜渐深，但心情许久不能平静。我既为自己的浅薄感到羞愧，也陆续想起了一些有关冼老师的传闻。听说她曾经帮助过不少经济困难的同事，资助过冼星海留学法国。晚年身患重病，她让在境外的弟弟把属于她的海外巨额遗产，全数调回广州，又立下遗嘱，把财产全数捐给了国家，用作社会福利基金。

一个对国家民族一再捐出巨款的人，能和"吝啬"两字扯得上边吗？然而，冼老师确又只请我吃一粒莲子；听说她馈赠给朋友的珍贵礼物，往往是用重重纸片包裹着的少许花生，这又怎样解释呢？我细想，如果不用世俗的眼光去看问题，便可以理解这是她平素生活节俭的一个侧面。她不拘小节，又不讲究物质享受。她自己吃得不多，习惯于浅尝辄止，自然觉得人们也会像她那样，大家尝点滋味，聊表寸心，就足够了。因此，赠我以一粒莲子，还是一大堆莲子，在表明她对学生的爱心而言，其实是一样的。她率性为之，我少见多怪，这十足反映我自己的势利眼。

冼老师一生没有结婚。她是有名的才女，年轻时眉清目秀，娇小玲珑，追求者自不乏人，但她一直守身如玉。有人问她为什么不考虑终身问题，她回答得很干脆。她说自己专心追求学术，一旦有家室之累，学术必大受影响，便索性独身了。她又曾赋诗言志："香饵自投鱼自远，笑他终日举竿忙。"多少年来，她就是不肯吞吃男士们投下的香饵，真可说是个为学术、为事业献身的女性。

冼老师一生写下多篇学术论文，对研究岭南文化、文献，作出重要贡献。不过，在强调一切"为阶级斗争服务"的年代，冼老师的研究显得不合时宜。在许多人看来，她是守旧的"白专"典型。确实，冼老师虽然学识渊博，但对许多政治术语，包括苏联、东欧的文艺理论用语，却茫茫然搞不清楚。她只会扎扎实实地考证、爬梳古籍，读她爱读的书，做她爱做的事。在"风雷激荡"的年代，她似乎跟不上政治，跟不上时代。她静静地生活，似乎真的像唐代王维所说："晚年惟好静，万事不关心。"但是，从她先后两次捐款的举动看，你能说她不关心政治，不关心祖国和人民吗？

在我们康乐园里，像冼老师那样性情有点奇特甚至迂腐者，并不少见。他们当中，许多人对国家对人民都有火热的心，只不过那颗心，被或平淡或乖异的外表遮盖着，让人看不清楚。而正是这些执着地追求学术、以学术为生命的学者，用自己的心血，浇灌学术园圃，为康乐园积聚起厚重的学术氛围。

一位自甘淡泊一生节俭的弱女子，生前身后的两次义举，真可谓轰轰烈烈！尤为难得的是，她又认为这微不足道，只是了却作为一个中国知识分子的心愿。这纯洁的心，真可谓冰清玉洁！

…………

冼老师离开我们很久了，如果不是老校长提起，人们对她也渐渐淡忘，而我作为中文系的老学生，也不可能对她有稍为全面的了解。那一次南沙之行，时间虽短，我则收获很大。我又一次得到老校长的教育，也更深地了解到"人"的含义。

小人物

元旦期间，收到老陈从国外寄来的贺年卡。看到卡上几行端正清秀的字迹，眼前闪过他苍老的面影，我的思绪，也飞回到多年以前。

老陈比我早一年毕业，也比我早一年留校工作。他学习成绩非常好，是一位很优秀的青年教师，对语言学的研究尤为擅长。

一九五七年，政治气候急剧地变化。开始时，上头号召师生向党提意见，帮助整风。人们犹豫迟疑，敢讲真话的不多。上头急了，便广泛发动，层层布置。省领导人还到学校里，诚恳地请教师积极发言。经过一番努力，人们思想顾虑逐渐消除，对领导的批评意见越来越多。这一来，“引蛇出洞”的办法奏效了，“反右派运动”便在全国大规模展开，许多“右派分子”纷纷落马。在学校里，首当其冲者当然是教师，而且往往是知名的教授。

老陈是助教，属于“小人物”，许多事情轮不到他。而且，在帮助党整风的过程中，他没有什么言论。此君素来木讷寡言，在整风座谈会上，一些爱表现的青年教师，一经“引导”，意见“哗啦哗啦”提了一大堆，当然也有许多人因此被戴上“右派”帽子。而老陈，实在没说过什么。因此，后来“左派”发动对“右派”反击时，他也和人们一起写大字报，贴大标语。记得他那清秀的毛笔字，还颇能派上用场。

谁知道，到一九五七年“反右”后期，老陈忽然在教师队伍中消失了。我们悄悄地打听，才知道他变成了“右派分子”，被押送劳改了。此后，我们不知道他到了哪里，风闻他曾试图“偷渡”，又下乡当过“知青”。在“以阶级斗争为纲”的形势下，我们也不便打听“阶级敌人”的消息。

直到打倒了“四人帮”，在一九七八年左右，我们又忽然见到了老陈。原来，“落实政策”，领导同意了他的要求，让他返校工作，他被安排到资料室当资料员。

二十多年不见，本来就长相苍老的老陈，显得更加苍老。黝黑的脸上，几道深深的皱纹，记录了他人生道路的坎坷。我们是同学，又曾经是同事。他返校工作后，我们接触多了，才慢慢知道他当“右派”的经历。

我们都以为老陈是“右派分子”，其实，他是以“坏分子”的资格，被送往“劳教所”的。

我们早就纳闷，一九五七年那一段，老陈“言论”不多，即使说了些不咸不淡的话，也谈不上“恶毒攻击”，怎么也成为“右派”了？原来，他之所以被革去教职，是由于个人的历史有了问题。

老陈出身在地主家庭。一九四九年前，他的父亲有钱有势，家里还有枪支。一九四九年后，土地改革，陈家害怕了，便把枪支藏起来。据老陈回忆，那时，他只有十三岁，在一个风高月黑的晚上，他父亲叫他包裹着枪，父子俩在野地上挖了一个小洞，把枪埋在土里。这件事，神不知鬼不觉，再没有人说起。后来，老陈的父亲死了，家庭破落，老陈却考上了大学。在新中国成立初期，经过抗美援朝，青年人接受了爱国主义的教育，出身于剥削阶级的学生，大多数也有进步的追求，决心和家庭划清界限，不少人还要求入党入团。老陈在进步热潮的鼓舞下，也写了入团的申请书。为了表示追求进步的决心，他把谁也不知道的“藏枪”一事，向组织做了书面的交代。

相信组织，坦诚交代，本来也算是忠诚的表现。但是，老陈在青少年时代的过失，被视为不可磨灭的污点。“反右”后期，不知道是由于各单位要按人数比例划右派，还是由于有人觉得老陈属地主阶级的孝子贤孙，不可救药，便把他作为“右派分子”，连同“恶毒攻击”的大右派们，一

中文系旧教学楼。

起端掉。

老陈被赶到了管理“右派分子”的部门。有关负责人一看材料，对老陈说：“按送来的材料，你没有什么‘反党’言行，怎么也当‘右派’？”老陈不知道当“右派”要凭什么资格，但既已被学校赶了出来，也回不去了。对方看到他进退两难，给他指出了一条出路：以“坏分子”的资格留在劳教所。

老陈一向拘谨，实在没有“坏”过（倒是那位把他赶出校门的主要负责人，因乱搞男女关系，东窗事发，闯出大祸，此是后话），但既然没有退路，也只好背上了“坏分子”的黑锅。经过两年改造，羁留期满，他离开了劳教所，成为“街道青年”，替人挑蜂窝煤、刻写蜡版，赚点小钱度日。等到政府号召“知青”下乡，失业的他，自然也被遣送到农村。“文革”期间，一些“知青”熬不下去，设法偷渡港澳。老陈也努力学英语，学游泳，卷入了偷渡的乱流之中。岂知行动失败，被抓了回来。这一回，倒成了“货真价实”的“坏分子”。而老陈为了适应在港谋生而拼命学好的英语，后来也成了他为人民服务的工具（这也是后话）。

“文革”后，老陈总算走出了厄运。四十多岁的他，总算成了家，当上了父亲。不过脸上出现的笑容，遮掩不住廿多年的风霜。尽管政策落实，他也得到了一些补偿，但毕竟心灵的创痛不易平复。当他有机会出境时，便一家子远托异国，再没有回来了。

老陈未尝没有“中国心”，有时，他会从隔洋打来电话，问及校里的消息，关心家乡的发展。我也告诉他有关国家和母校逐渐兴旺的喜讯，劝他有机会返校看看。听说他在国外，也混得不大好。万里迢迢，白首回乡，只能期望于将来。在“以阶级斗争为纲”的年代，伤人太多，也太深；像老陈那样无端受罪的人，要他一下子解除顾虑，怕也不是容易的事。而且，去国的人，多有难言之隐，只要他不出卖国家民族，不忘记自己是中国人，那么，即使他对曾经严酷的环境仍存芥蒂，也还是可以理解的吧！我相信，时间会是抚平创痛的良药，祖国的发展，终究能使游子释去前嫌。总有一天，老朋友会在康乐园握手重聚。

从老陈，我又想起了老董。

老董比老陈又高了一个年级，毕业后也留在系里教书。老董思路清晰，业务能力很强，讲课受到学生的欢迎。一九五九年左右，他在一个重要的理论刊物上，发表研究论文。那时，能在重要刊物发表重头论文的青年教师，国内高校并不多见。老董一鸣惊人，人们都认为他的前途未可限量。

“反右”期间，老董没有出事。可是到了二十世纪六十年代初，就在老董和同学们一起在虎门劳动的时候，忽然被押送回校。从此，他失去了当教师的资格，被发配到资料室看管图书。

老董出了什么事？我们都不知道，也不敢打听。只见他终日在资料室埋头工作，一天到晚闷着抽烟。他很少接近别人，别人也不敢接近他。当年，被视为“有问题”者，实际上与印度“贱民”的遭际相似。

中文堂前的鲁迅雕像。

“文革”时，管理机构被“砸烂”了，人们才稍稍知道，原来老董是“历史反革命”。据说一九四九年前，老董在家乡念中学时，参加过“三青团”；一九四九年后，老董追求进步，参加了“共产主义青年团”。谁知，他在入这团时没有交代入那团的经历，于是被视为隐瞒反革命历史。这事情，被领导发现了。一经“启发”，老董也承认了。幸而认罪态度尚好，他得以从轻发落，没有像老陈那样被扫地出门。

到了“文革”后期，被“砸烂”了的管理机构，职能又有所恢复，也开始认真审查“有问题”的对象，以便“落实政策”。调查人员到了老董的家乡，找到了他就读那所中学的档案。仔细一看，在“三青团”的所有表格里，并没有老董的名字。这就怪了，怎么他自己会承认了呢？原来，老董模糊记得，在中学时，校里有过发动大家加入“三青团”的事，他想不起自己到底有没有加入。或者即使加入了，也只是一般成员，达不到“反革命”的线。不过，一九四九年后有关领导暗示有人揭发，他估计领导有所根据，便赶快认罪了。“坦白从宽”，认了总比不认好。结果，最后查清，他的“罪”，还未“达标”，对他的处分，显然过重了。这真是一出误会性的悲剧。这悲剧，是有关领导和老董自己共同制造的。谁叫老董认罪了，这怪得了谁！何况领导已经是手下留情了。

手下留情，算是网开一面了。然而，老董被压抑、被遗弃，整整长达二十年。老董是内向的人，这廿年苦闷，一直压在心头，靠的是抽闷烟、喝闷酒解脱。而“有问题”者，工资被削减。没有钱，抽的只是劣质烟，喝的只是劣质酒。等到领导上落实政策时，他自己却落实到了肝癌病患者的行列。

我还记得老董的妻子在他遗体前面长跪不起的情景。大家都没有流泪，但悲痛钻入心脾。

老陈和老董，都是有才华的优秀的青年教师，如果不是在“以阶级斗争为纲”的时代受到莫名其妙的对待，他们一定能发挥自己的才智，为社会、为祖国竭尽所长，会成为康乐园里的名师。然而，命运是这样的无情，两位有作为的青年人都成为历史的牺牲品。何况，当年他们又不是“大权威”“大右派”“大反革命”，只是不见经传的小人物。“小人物”的痛苦，往往容易被人遗忘。“滚滚长江东逝水”，在河床下辗转的小粒沙石，有谁记得它们被冲刷被摧残的悲哀！像老陈、老董这样的小人物，被甩掉的又有多少！

我们的学校，和我们的祖国一样，近几十年来取得了骄人的成就，但毋庸讳言，也有不愉快的经历。尽管这是由历史造成的，甚至是历史的必然，但它毕竟是令人痛心的往事。回顾过去，不是怨天尤人，而是接受教训。我想，后死者是幸运的，他们毕竟看到了明朗的今天。因而也更有责任反思过去，迎接未来。

老圃秋容淡

记容庚老师

每逢新学年开始，我往往会想起当年拜访容庚教授的情景。

古文字学家容庚的大名，我们在中学时代就听过了。“新生入学周”一过，几个新同学便到他家拜访。容老那时住在一幢两层的小洋房里，四围竹影婆娑，榕荫笼罩。一进屋，我们都愣住了，只见整个房子的墙壁，全是一架架的书。容老领着我们楼上楼下一一参观，告诉我们，他的书房，虽然名为“五千卷金石书室”，但所藏有关研究金石、文字、碑帖等的典籍，早已逾万。我们从未见过这样多的古籍，又惊又喜。不一会，容师母捧出了一盘荔枝，让我们品尝。容老看到我们拘谨，便笑着说：“后生仔，不必害羞，你们是大学生，我却没有上过大学。”他似乎觉察我们有些疑惑，还特地补充：“我说的是实话。”

后来，我们才了解到，容老确实没有经历过大学的本科阶段。他从小跟着舅父邓尔雅先生读书，自学金石之学。二十八岁时到北京，拿着《金文编》的书稿，去见古文字学家罗振玉。罗先生非常赞赏，举荐他到北京大学当研究生，随即在北大任教。抗战胜利后，他才回到广东。

实话实说，是容老平生一大特点。上课时，我们问他，为什么他能辨认出那么多天书一样的古文字。他随口回答：“靠猜。”我们一听，不禁愕然。那时，学术界都在批判胡适“大胆假设，小心求证”的治学方法，我们以为容老是在开玩笑哩！谁知他一本正经地解释：“我的学问确是猜

容庚（1894—1983），广东东莞人，著名古文字学家、考古学家、收藏家、书法家，工书法，尤精金文，兼擅篆刻。一九四六年，容庚先生获聘为岭南大学教授兼中文系主任。一九五二年院系调整后，任中山大学中文系教授直至逝世。著作有《金文编》《商周彝器通考》《丛帖目》等，都是具有独创性的学术著作。

出来的。我对着这些字，比较来比较去，印证一番，就猜中了。”容老不是理论家，不惯于说大套道理，他所说的“猜”，是以深厚的学殖为基础的。当掌握了充分的材料，经过缜密论证，才能解开许多千古之谜。容老一生，出版过《金文编》《商周彝器通考》等二十七种皇皇巨著，发表过五十多篇论文、述作。他治学以事实为依据，其严谨的学风，一直为士林称道。而在破译古文字的过程中，当然离不开推理、假设。容老把一连串复杂思考、印证、研究等步骤，概括为一个“猜”字，这只是直觉地说出自己的感受，希望消除同学们对学习古文字的畏难情绪。不过，就是这一个“猜”字，犯了时忌。有人知道了，便说容老向青年灌输唯心主义思想，为胡适招魂；有人还揭发他，说他在古文字学的研究中，从来不讲马列主义。容老火了，争辩说：“古文字里找不到马列主义，我不懂，也不会讲，就是猜猜猜！”两下里一顶牛，大小批判会接踵而至。其实，当时主事者只需仔细研究容老所谓“猜”的含义，告诉他在科研中实事求是，一切从材料出发，这本身就是唯物主义的态度，符合马列主义的精神。可是，那时正需要找寻批判“资产阶级治学方法”的靶子，人们便不管青红皂白，乘机大做文章了。

容老很节俭，据容璞女士回忆：“他每月拿出一半工资给我们的母亲，当作家用；其余一半，用作购买书籍、收藏铜器及字画用。”当然，容老也会把一些经过研究或收藏价值不大的器物卖出，然后购回更为珍贵的古董。有人向他请教，他从来没有自诩俭朴，却老老实实地说到转卖后的再买，还乐呵呵地引用了《礼记·大学》的一句话：“这叫作‘生财有大道’呀！”

这一句实话，又犯大忌了。在二十世纪五六十年代鼓吹发财，这还了得？加上他常常鼓励学生自学成才，又被看成煽动青年“走捷径”。一时间，“生财有大道，成名有捷径”，这一对由别人替他凑成的句子，便成了容老用资产阶级思想毒害青年的罪状。说来好笑，容老所讲《礼记·大学》里的话，全文是这样的：“生财有大道。生之者众，食之者寡，为之者疾，用之者舒，则财恒足矣。”意思是说，生财之道，在于节省。看来整人者没有读过《大学》，连断章取义也谈不上，只是望文生义地胡批乱砍。记得有个从海外归来显得特“左”的学生，摆出立场坚定的模样，在会上对容老批得很凶。容老坐在一旁，一脸的无奈，一味地抽烟。

容老虽然研究文物，却关心现实，热爱自己的国家。我们后来才晓得，卢沟桥事变之后，他办了一份名为《火炬》的小报，呼吁抗日，还被推举为燕京大学教职员抗日委员会主席。他曾经告诉我们，当初之所以立志研究古文字，动机之一，是要和日本人一较高低。因为一些日本学者，仗着军国主义的势头，口出狂言，声称甲骨文由“中国出土，日本研究”。容老认为这是对中国人的侮辱，他发奋著书，是要为中华儿女争气。在《秦汉金文录》一书的序言中，容老写道：“今者岛夷肆虐，再入国门，余不能执干戈、卫社稷，有负祖若父之期许。‘国耻未雪，何由成名’，诵李白《独漉篇》，不知涕之何从也。‘雄剑挂壁，时时龙鸣’，余宁将挟毛锥以终老邪！”书生报国之情，溢于言表。一九三三年，他在《颂斋吉金图录》的序文中又说：“私意商周彝器，非寒士所敢望。然环顾宇内，干戈扰攘，所出日多，政府莫能禁，有博物馆出而购求者乎？无有也！此种种不流海外，将安所归？抱残守缺，亦余责也。”这番话，说明了他竭力搜求文物的原因。他节衣缩食，苦心孤诣，正是为了不使珍品外流，为了保存民族的瑰宝。

新中国成立以后，容老满腔热情，一心一意报效祖国。他奉命专程赴港，劝说一位著名学者不要在国际讲坛上攻击祖国，不要做损害民族尊严和妨碍统一的事。直至二十世纪五十年代末，常常挨批的容老，对党依然满怀期待。在一次会议上，他和彼此有过误解的王季思教授，互相握手，互相鼓励。两位学者还比赛，“看谁先加入共产党”。那时，我在系里当助教，看到此情此景，觉得他们天真得好笑，心想怎能连入党也可以比赛！同时，也的确感受到两位老师追求进步的可敬和可爱。

从一九五九年到二十世纪六十年代的头几年，我国经济极端困难，政治运动则依然不断，一会儿“拔白旗”，一会儿“交心”，一会儿“整风”；又频频组织师生停课下乡下厂。

容老对许多政策和社会问题，都想不通。惯于实话实说的他，自然随时随地亮出自己的想法，于是一次又一次地遭受批判。而越是批他，他就越想不通。在“十手所指”的情况下，他也怀疑过自己是否真的赶不上时代，禁不住自称：“我是野马，我是鬼锁。”谁知这话又引来一轮“棍子”。有人狠狠批他，说他有和党对抗的情绪。但容老以“野马”“鬼锁”自喻，无非表白自己脾性倔强，很难驾驭，思想疙瘩也很难打开。他不满老是把他当作靶子，却又希望有人能开启他，引导他为国驱驰。岂料当时不仅得不到理解，还将批判会开到师生劳动的虎门田头上。有一天，批判会后，人们不见了容老踪影，这才着了忙，四处寻觅，最后发现他躺在山里的荒坟上。几经劝说，他才肯起来。从他的神情，人们看得出他内心的痛楚。

“文化大革命”一开始，容老便被视为“反动学术权威”，批判他的大字报铺天盖地。容老很苦恼，闪现了自杀的念头。幸而那时广东省委统战部部长萧隽英同志找他细谈，劝他放开怀抱，相信真理总归会胜利。老

容庚先生与夫人徐度伟女士。

朋友出自肺腑之言，竟把“鬼锁”打开了。容老答应萧部长，不管风吹浪打，也会生活下去，完成未竟的研究工作。后来，萧部长在运动中未能幸免，也被“揪”出。而容老则坚守承诺，硬是挺了过来。

运动开展不久，容师母被作为“漏网地主”押送回乡，年近八旬的容老，一个人在家。他每天拿着饭盒到饭堂买饭，然后匆匆回家伏案工作。他的几部整理研究碑帖的著述，就是在极端困难的环境中完成的。

“文化大革命”期间，情势凶险；特别是“牛鬼蛇神”，动辄得咎。容老却依然故我，想到什么便说什么，有时甚至不顾后果。在校园里，一些小学生（那时叫红小兵）遇见了他，要他背语录，他说不会；问他什么是“三座大山”，他回答：“背语录、早请示、晚汇报，就是压在我头上的三座大山。”这些话，连小学生听了也吓得回头便跑。“九一三”事件以后，工宣队召开座谈会，让容老参加，要他对林彪外逃一事表态。容老直说："这是整天搞阶级斗争的结果。你斗我，我斗你，就斗成这个样子……"与会者大惊失色，工宣队立即不让他说下去。曾听说有关方面宣布容老为"现行反革命"，要把他关押到"警司"，不知后来为什么没有执行。一九七四年夏天，"评法批儒"运动席卷全国。有人为了"大做声势"，强迫容老站出来"批孔"。他坚决不肯，声明："再强迫我'批孔'，我就去跳珠江！"他那正直不阿的品格，使喧嚣一时的"左"派为之气慑。

为了打击容老的"反动气焰"，主事者在饭堂组织了一次全系批斗大会。据说这回经过认真的准备，搜集到"人证""物证"，认为一定可以揭穿容老的面目。"悍将们"一个个摩拳擦掌，并且在批斗容老之前，先"揪"出他的助手张维持先生，作为铺垫，然后才把矛头直指容老。

这回批斗的重点，是要揭发容老盗卖国家文物，消除群众认为他爱国的印象。批斗者一个接着一个发言，火力越来越猛。到了一定火候，主事者看准时机，抖出了撒手锏，大喝一声："容庚里通外国，打倒容庚！"

容老莫名其妙，立刻反驳："没有！"

"怎么没有，你把一件贵重的商代铜器，卖给了美国人。"

话音一落，群众哗然，因为事关重大，有人为容老提心吊胆，有人则大呼小叫。主事者以为胜券在握，命令容老"必须坦白交代"。

容老摇头说："就是没有！"

主事者胸有成竹："我们掌握了充分证据，你死不认罪，死路一条！"

容老还是一句话："没有。"主事者大怒，拍案而起，冷冷地说："你这是不见棺材不落泪。"然后把手向人丛一招："人证出来！"

这时候，会场上鸦雀无声，就等着"刺刀见红"了。只见容老的一位同事站了起来，说："容庚，怎么没有？你把贵重文物 ×× 鼎，卖给了美国人 ×××，时间是 × 年 × 月。当时，我在场，亲眼见到。"这一来，会场"炸"了，把祖国文物卖给外国人，这非同小可。于是群情沸腾，"打倒容庚！""坦白从宽，抗拒从严！""不准容庚抵赖！"的口号，此起彼伏，批斗气氛达到高潮。主事者打铁趁热，居高临下地追问："容庚，有没有这件事？”

容老稍稍想了一想，老老实实地回答：“有！”

群众觉得问题十分严重了，大家屏住气息，等待他的交代。谁知道，容老只说了两句话：“这个鼎是假的，我是把假古董卖给了美国人。”

此语一出，群众先是呆住，跟着哄堂大笑。那同事立刻蔫了，坐了下来。究竟他是“立功”心切，打出了“臭弹”，还是有意帮助容老，虚晃了一枪？鉴于“阶级斗争形势复杂”，我们一时也闹不清楚。只见会场一片混乱，“革命群众”有笑的，有骂的，有趁愿的，有摇头的。主事者十分尴尬，眼看再也斗不下去，只好宣布散会。在人丛中，我瞥见容老又匆匆拿着饭盒，第一个跑到窗口排队买饭。

在“文化大革命”十年中，斗争如急风暴雨，容老一直默默地忍受，但内心实在很不平静。大概在一九七五年间，系里分给每户教工两斤“剥皮牛”。这种咸水鱼，别国用作饲料，而我们物资匮乏，每月凭票买肉，有“剥皮牛”额外供应，大家简直像过节了。那时，容老也分到了两斤。

可是，他从来没有侍弄过这玩意儿，更没有下厨的经验，家里没有别的人，只好自己动手。好容易才将一条一条的鱼，一点一点地剥掉了皮，学着放在锅里去煎。谁知煎着煎着，鱼都煎煳了，变成了一块一块的焦炭。这一回，容老委实伤心，想到了晚境的凄凉和无奈，蓦然又涌出了轻生的念头……幸而当时户口制度严密，同系的人謦欬相闻，许多人从心底里同情和尊敬容老，当知道了他的困窘，赶紧给他开解。大家还把自己那一份鱼，匀给他一些，帮着他煎好，这才使他过激的情绪，慢慢平复了下来。

人的思想感情，是十分微妙的。容老不知抵受过多少屈辱和叱责，但一直坚韧不屈。岂料煎煳了“剥皮牛”一件小事，却使他内心淌血，老泪盈眶。假如不是四邻抚慰，真不知会发生什么样的事！不过，想深一层，一个在学术上蜚声中外、敬业爱国的老人，竟落得如此难堪，被推到人生的悬崖；于是，长期积聚在心头的辛酸之情，很容易就通过小小的决口，像汹涌澎湃的波涛，冲垮堤围，不可收拾。“左”风的荼毒，一切善良的人，都应该认真吸取教训。

打倒“四人帮”以后，容师母回到校园，容老的生活渐趋正常，更可以专心致志地从事教学和研究了。他和商承祚教授，一起指导研究生。那时，他已八十多岁，还诲人不倦，经常跑到研究生宿舍看望弟子。他每到一次，同学们就在墙上记上一画，五次即积成“正”字。他当年的学生陈初生同志有诗记述：“墙头正字应犹在，记得先生数度来。”这情意深长的诗句，表达了学生们对容老的感激和爱戴。

随着时间的推移，人们对容老的人格、学问，越来越称颂，报刊上也越来越多地登载表彰他的文章。有人告诉了他，他稍一浏览，淡淡地说：“有什么好写的？过去，你们说得我那么坏，其实，我并不那么坏；现在，你们说得我那么好，其实，我并不那么好。”话说得很平常，却像警钟一样，发人深省！在容老，他以平常心对待他认为应做的一切，实事求是，不掩恶，不虚美。他既想不到因此挨批，也没想过会受表扬；他只求认认真真做事，清清白白做人，无愧于家国，无愧于人民。而在过去一段相当长的岁月中，要做到这一点，也真难。容老的可敬，正在于他无论在什么时候，都保持纯真求实的本色，他一生爱穿一身素白的唐装，皎洁的颜色，正好映照出这位中国知识分子的冰雪胸怀。

二十世纪八十年代初，容老把一辈子珍藏的铜器以及一千多件古字画、一万多卷书，分批捐赠给广州博物馆、美术馆及中山大学图书馆。容璞女士说：“当这些陪伴了他几十年，用他心血换来的书籍、字画搬走以后，他面对着四壁空空的房子，一连几夜不能成眠。他深情地对母亲说：‘这些书和字画都是我一件一件买回来的呵！’”是的，它们已经成为容老生命的一部分，实在难以割舍。据说他在弥留之际，还常常发出叮嘱家属挂晾字画的呓语，可见它们在他心中的分量。然而，国家为重，学术为重，为了不让国宝流失，为了让更多的后人能观摩研究，容老尽管对这些珍品无比依恋，还是毅然向国家奉献了一生的所有。容璞女士把她父亲的思想活动和盘托出，使我们更清楚地看到，容老是一个真实的人、真正的人，

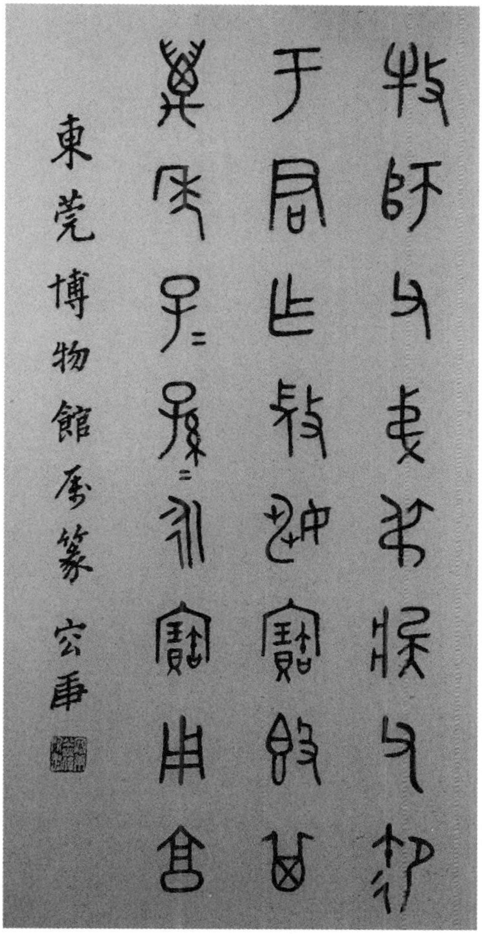

容庚先生书法。

是一个真诚高尚、热爱祖国的卓越学者。

“老圃秋容淡，黄花晚节香”，在学术的场圃中，容老是勤恳耕耘的园丁。他自奉清淡，更淡泊名利，而古道热肠、光明磊落，表现在行为上，便是一生实话实说。讲实话，是他的本性，对他来说，无所谓实话“难说”或者“易说”的问题。在校园里，除一些以整人自售者外，多数人一直衷心尊敬这位实话实说的老人。

人心未全斫丧，这大概是几千年的中华文明，不至于隳坠的缘故吧！

传统文化的守护者

记商承祚老师

在我们中文堂的二、三层楼上，走廊的墙壁，挂满了校友的书法作品。二楼中间最显眼的位置，则挂着容庚、商承祚等几位教授的条幅。我有空时，常会从办公室下到二楼，仰视先师们的条幅，在欣赏他们的书法作品的过程中，脑海里便泛起先师们的音容笑貌，低回念想，不忍遽离。

几位老师的书法作品，或端庄，或飘逸，或苍劲，尽态极妍，各有特色。在几位老师的作品里，我往往在商承祚教授的作品面前，驻足的时间最长。因为他的条幅，不仅清逸秀劲，结体精严，而且是用他最擅长的铁线篆体书写的。我不擅古文字，往往要望字推敲，也往往想起了和商老接触的一些趣事。

容商二老

在古文字学领域，人们常把容、商并称。商承祚老师的著作，出版了十五本之多，还出版过两本书法集。其中尤以《殷虚文字类编》《石刻篆文编》，受到学术界交口称赞。当王国维先生看到《殷虚文字类编》，欣闻这是出自年仅二十一岁的青年之手，十分称许，认为他睿智勤奋，将来一定是古文字研究的栋梁。商老进入北大研究所，和容庚老师成为同门和同事，他俩都喜爱收藏古代文物。后来先后在中山大学研究古文字学，一起指导研究生，一直是莫逆之交。

商承祚（1902—1991），古文字学家、书法家。广东番禺（今广州）人。幼承家学，曾师从罗振玉研习古文字，一九二三年入北京大学研究所国学门为研究生。历任多间大学教授，一九四八年出任中山大学教授。长期致力于甲骨文、金文等的搜集、整理和考释，为中国古文字研究的开拓者之一。书法以篆隶见长。著有《殷虚文字类编》《殷契佚存》等。

我在上大学时，当然早就知道容商二老，是中山大学国宝级的专家。可是在“文革”前，我和容老接触的机会较多，和商老交往却很少。这倒不是敬而远之，而是在大学二年级的时候，商老只给我们上过两节课。那是“古代汉语”课，课程由赵仲邑老师担任。其中有关古文字的两节课，赵老师特别邀请商老前来讲授。

在高校，有些教师科研能力极强，但口头表达能力稍弱；有些老师，专心于教学，很受学生欢迎，科研进展则稍缓。这也是高等学府的常态。当然，科研教学兼擅，那是最好的。但这样的教授，在各高校里属凤毛麟角。这一点，真正的教育家，是懂得的。教授们各有所长，而只要做好其中一面，就是优秀的学者，有些可以成为某个领域的国之瑰宝。

得知商老要给我们上课的消息，大家翘首以待。诖知道，商老虽然名重天下，也擅长培养研究生，但给本科生上课，则不是他的强项。我们虽然留意听讲，但实在不知所云。到现在，他讲的是什么，我一点也记不起了。

倒是他在上课时穿的服装，却记得清清楚楚。

当时，老师们的穿戴，比较随便。有穿干部服的，有穿唐装的，有穿长袍的。有些老师，服饰始终不变，像数学系主任胡金昌教授，一直穿着土黄色的中山装，姜立夫教授和容庚教授，一直穿着白色的服装。而商老，则总是西装笔挺，十分讲究。那天给我们上课，他穿着一套藏青色的西服和背心，雪白的衬领上打着黑色的领带，皮鞋擦得锃亮。这像接待贵宾的穿戴，当年，我在课堂上，从未见过，印象十分深刻。

在一九五七年以后，商老担任中文系主任。这职务，他一直当到一九六六年"停课闹革命"之前。但在整整九年中，他很少在系里工作，开大会时，间或会讲几句不痛不痒的话而已。全系的行政工作，实际上由副主任吴宏聪教授主持。当时，他和容老一起指导研究生，工作地点被安排在另一幢小楼上。因此，我和他的接触实在不多。平常，我们见到商老，一般只是向他微躬致意。而他真正认识我，却是在二十世纪六十年代初的羽毛球场上。

"小马！来呀！"

我和容庚老师，接触倒是较多的。因为我在当大学生的第一周之后，就和同学们拜访容老。容师母捧出一盘荔枝请我们吃。我吃得很快，一不小心，喉头被荔枝汁呛住，容老哈哈大笑，从此对我颇有印象，碰见时也会和我聊天。到一九六二年政治形势和缓的时候，还会天天约我到羽毛球场上陪他打球。有一天，商老从场边走过，看到我们一老一少打得兴高采烈，不禁驻足观看。容老很有趣，打得兴奋时，每次还击，便喊一声："小马！来呀！"商老一边看，一边嘻嘻地笑。等到我们休息，他走过来对我说："原来你姓马！"容老抢着回答："不是，他姓黄。人家批判我，说我是不受管束的'野马'。这小子的名字，有'马'字的偏旁，我就叫他为'小马'！"商老笑了。从此，见面时，他也跟容老一样，称我为"小马"。

有一次，我有急事回家，骑上自行车飞奔。迎面看到商老，他把我喝住，我只好滚鞍下车。他便一脸严肃说：“小马！你以为你真是马吗？这里是下坡路，骑得快，很危险！”我唯唯。正想跨步上车，他又把我叫住，对我说：“我知道你研究古代戏曲。但看书，不能像你骑车一样，一目十行。要和我研究甲骨文那样，逐字细细地读！知道吗？”我赶紧点头。这番教诲，我真的记住了。这是他平生对我认真讲话的一次。我也明白，作为系主任和老教师的他，是既严肃又亲切地关怀年轻一辈的学者。

“文革”期间，我偶然在校园里的草坪边，也会遇见商老在看“大字报”，彼此一对眼神，便各自走开。那时，我倒很少看到有涉及他的“大字报”，也许是他外出考察文物的机会较多，平时又谨言慎行，因此，尽管他也属“资产阶级学术权威”，但人们斗争的锋芒，只集中于容老。当然，在那特定的环境中，商老也难逃一劫。他原本藏书很多，居住条件较好，却被迫迁到只有两个房间的斗室。这一段时期，他虽然“蒙混过关”，但日子也还是艰难的。

放了哑炮

那时，我见到商老而且印象最深的一次，是在全系“革命群众”批判容老的大会上。

容老对“群众运动”很不理解，经常发表不合时宜的言论。为了打击他的“反动气焰”，主事者在饭堂组织了一次全系斗争大会。这次大会，经过充分的准备，布置了“人证”，务求一举揭穿容老的“真面目”。这回斗争的重点，是要批判他里通外国，盗卖国家文物，把一件贵重的商代铜器，卖给了美国人。容老莫名其妙，立即反驳：“没有！”

语音刚落，群众哗然。主事者看准火候，拍案而起，冷冷地说：“你就是不见棺材不流泪。”然后喊了一声：“人证出来！”

这时候，全场鸦雀无声，只见一位老教师站了出来，指证容老：“你

在 × 年 × 月，把一件 × × 鼎，卖给了美国人 × × ×。”这话一出，全场“炸”了，偷卖古董给美国人，这还了得？主事者便喝问容老：“这事有没有？”只见容老想了一想，爽快地回答：“有！”这一来，“革命群众”义愤填膺，“打倒容庚”的口号，喊声震天。主事者便乘胜追击，喝令容老老实交代！全场也鸦雀无声，就等着看容老坦白。

谁知道容老说：“那 × × 鼎是假的！我骗了那美国佬！”他话刚落，大伙愕然，随即哄堂大笑。主事者眼看批判会开不下去了，赶紧宣布散会，革命群众便一哄而散。

站起来指证容老的教师，正是商老！

散了会，我离开较迟，在骑车回家的路上，看到商老的背影。他在前方，一边走，一边悠悠然摇着扇子。我没法绕过他，只好从他身边驶过。回头一望，只见他笑嘻嘻的，神态从容，一点也没有尴尬的样子。我没有下车，说实在的，当时对商老的举动，颇不以为然。幸而他放出的，只是个哑炮，否则容老的命运，不堪设想。

不久，打倒了“四人帮”，我有好几次看到两老走在一起，有说有笑。有时走进古文字研究室，往往看到容商二老，有时争论，有时互相取笑，没有一点芥蒂。我心想，“文革”时，商老在众目睽睽下，对容老发出“重炮”，按理是不容易获得谅解的，难道容老忘记了，统统不予计较吗？

“老友呀！”

一九八三年三月，容老去世，我就明白两位老人的友谊，是何等深厚的了。

在举行容老追悼会的那天，殡仪馆大厅外面，挤满了前来向容老告别的亲朋师友。只见商老独自坐在休息室的角落里，一言不发。当时，我作为中文系负责人，一面提醒照顾好来参加吊唁的老教师，一面吩咐殡仪馆工作人员，让我先行进入大厅，检查大厅里的安排。工作人员就只让我一

商承祚先生（左）与容庚先生。

个人进入，又掩上厅门。我进入大厅，调整了一些花圈摆放的位置，然后走到容老遗体旁边。只见他安卧在花丛里，就像睡着了一样。我端详着他慈祥的遗容，想起容老对我许许多多的教诲，正在黯然神伤。猛抬头，大厅里忽然走进一个人，穿着一身白色的唐装，一看，正是商老。我吓了一跳，赶紧迎上去，刚走到大厅中央，只见商老脸色凄楚，对着容老遗体，高叫一声："老友呀！"跟着泪流满面。我赶紧上前扶着他，他好像不认识我，只是喃喃自语，"六十年啦！六十年啦！"这时，我劝他不是，不劝也不是，不知如何是好。幸而大厅的门也很快打开了，师友们来到前排。我便请别的老师照顾好商老，赶紧安排别的事宜去了。但是，商老那一声"老友呀"的凄怆呼唤，一直在我的脑海里萦回，让我心魂震撼。言为心声，我知道，"老友呀"这三个字，包含着两位老人纯真友情的千钧重量！

恍然大悟

我不是对商老揭发容老的举动颇不以为然吗？后来，偶然看到容老的记述，其中说到商老对文物鉴定的水平，比他要高。他买了一些古董，请商老一起欣赏鉴定，商老往往说这是假货。容老咬定是真的，于是经常争吵。但他嘴里不服，心里又不得不承认，往往便转手卖掉。我在商老写的《我与容希白》（容庚，字希白）一文中，也看到一段有趣的话：

有一次，他正在鉴赏一物，上镌四字，高兴之极，见我来了，兴致勃勃地谈此器的妙处。我说，几天前我已看过，因器真而字伪未买。希白不信，争论起来，我举证此字是仿自某钟的，于是当场查阅该器，证明确伪，他不能不服。过了半月，他兴奋地对我说："我把那件古董卖了。"我问他卖给谁，答："卖给美国的福开森。"我为之莞尔。

我恍然大悟，原来如此！在强大的压力下，商老不得不接受"揭发"容老的差事，不得不表示和容老"划清界限"。但他明明知道，容老当然记得，卖给美国人的是那一件假古董，也当然会和盘托出。这一来，商老完成了"揭发"的任务，容老也说了真话，交代了问题，这等于反驳了对他"出卖文物，里通外国"的诬蔑，于是，严厉的批斗会，竟变成了一场闹剧。也许是心有灵犀，怪不得在批斗会后，商老施施然走出会场，怡然自得；也怪不得在打倒"四人帮"后，两老反而更加亲近。思前想后，我不能不佩服商老的智慧。

商老在特定的环境中，不能不自保，又不能伤害容老，于是"明修栈道，暗度陈仓"，以"揭露"的进攻姿态，不惜让人对他有点误解，使容老安然度过了险境。想到他在非常时期以非常的方式对付，想到他的胸襟和睿智的举动，实在让我十分感动。

童心未泯

改革开放以后，商老的性格有了新变化，从前谨言慎行的他，变得敢于大胆发言，坚持己见；对后辈也变得既亲切风趣，又严格认真。这一点，竟然很像逝世前的容老。更有趣的是，他再不穿西装了，天天穿的是一套白色的唐装，这也和容老生前一样。而和容老不同的是，他手中经常拿着一把葵扇，一面走，一面摇。从此，他也经常和我接触，甚至一老一少，打打闹闹。

有一次，我因有接待任务，穿了一套西服，刚好遇见商老。他大声叫喊："小马，过来！"我赶忙前趋，他就问我："为什么要穿西服？"我作了解释。他厉声说："中国人就应穿唐装，我在全国政协开会时，给领导写信，反对他经常穿西装，特别反对接见外宾时穿西装。"我说："我见的是校友，又不代表国家，穿西装可以吧？"但他还是唠唠叨叨，固执得很。我赶着要走，又不好和他争拗，突然灵机一动，便问他："您不再穿西装了吗？"他回答："坚决不穿！"我说："我记得您在给我上课时，穿了套藏青色的西装，在吗？"他说："在呀，怎么了？"我又问："穿吗？"他答："当然不穿。"这正中我下怀，立刻说："那么，送给我吧！不送，卖，也行。"商老想不到我会提出这样的要求，一下子愣了，他没有回答，只是用鼻子哼了一声，用葵扇拍一下我的肩膀，便悻悻然走开。我也给自己解了围。

想不到过了几天，他的公子、人类学系的商教授，忽然提着一大包书籍来到我家，说是商老让他带来送给我的。我问为什么，商公子说："我也不知道，他说这对您有用。"商公子离开后，我打开封包，里面包着的，赫然是几十本线装的《古本戏曲丛刊》。这正是我在专业上十分需要的书籍。为什么商老忽然送书给我？仔细一想，明白了！那天我和他开玩笑，要他把藏青色的西服送给我，他答不上话，这不是他舍不得，而是他既反对穿西服，怎么会把西服让我穿呢？这一回，他送给我的书籍，价值远高于那套藏青色的西服。我知道了商老的心意，实在十分感激。过了几天，遇见了他，赶忙上前道谢。他回答说："谢什么，这些书我用不着，对你却有用，不就给了你。"我又跟他开玩笑，说："那么，我以后请您吃东西。"他又用鼻子哼了两声，就走开了。

谁知道，我这开玩笑的话，后来真的兑现了。

过了一段时间，我被学校任命为中文系主任，商老遇见我时，再不称我为"小马"，直喊我为"黄老板"了。那时，每天晚饭后，我夫妻二人有到校园中区散步的习惯。有一天，走到孙中山铜像附近，只见商老站在草坪旁，看见我们走近，立即到我身边，对我说："黄老板，给我两毛钱。"我问他："干什么？"他说："你别管。"我刚好身上有零钱，便掏钱给他。只见他走到马丁堂旁边的小档，买了一条冰棒，一边吮着，一边摇着葵扇散步去了。我觉得很有趣，怎么大教授变成小孩般的模样了？！谁知第二天黄昏，我们散步行经孙中山铜像前，商老走了过来，伸手又要我给两毛钱买冰棒去了。以后，天天如此，我也只好天天在口袋里，准备着零钱对付。

过了一段时间，商老的媳妇王医生找到了我，告诉我，他们家不让商老身上带着钱，就是不让他买冰棍，担心老人家拉肚子，请我千万不要再把钱给他。我恍然大悟。其后黄昏散步，便选择别的路径，估计商老再也找不到给两毛钱的人了。

商老再也买不到冰棍了，但他还是每天黄昏，绕着校园中区的草坪散步。

康乐园的大草坪，青青如玉，就像铺在小礼堂前的一幅翠锦。可是，自二十世纪七十年代以来，许多人不自觉，往往横越草坪。"路是人走出来的"，草坪四角，便被走出两条斜线。商老很生气，他绕着草坪散步，同时也充当草坪的守护者。每当看见有人贪图方便，越过草坪走过来时，他便挥动葵扇高喊："回去！回去！"听说有一回，两个横越者，嫌商老"多管闲事"，想对他撒野，但看到商老一脸正气，知道他是不好惹的老教授，只好讪讪地溜走。那时，也有一些同事，担忧商老会被一些混进校园里的流氓伤害，劝说他别管了，由保卫部门管理算了。商老正色回答："保卫部门要管，我也要管！学校是我们的家，破坏草坪，不能容忍！"别看商老身材瘦小，但精神矍铄。这番话，掷地有声！他爱校如家，每天，在夕阳斜照的草坪中，人们总会以崇敬的目光，看着商老踽踽巡行，显得很高大的身影。

在康乐园里，老中大人还知道一段佳话。

校道旁边放有垃圾桶，有一天，不知是哪个顽童，胆大包天，竟把它

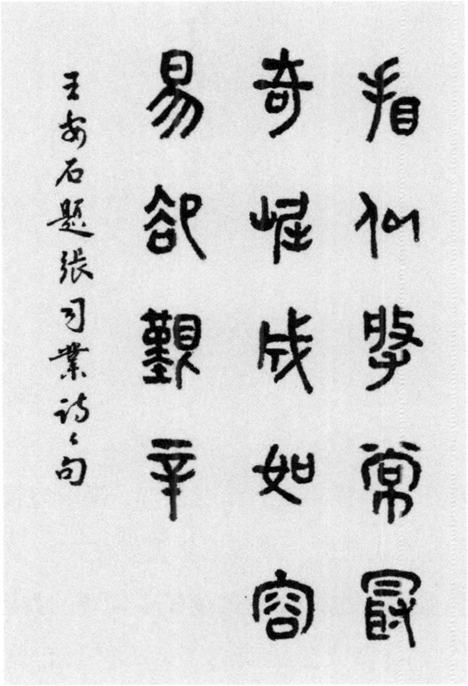

商承祚先生书法。

们全推倒在地。经调查，原来这都是商老干的！人们便问他，为什么这样捣乱？商老很生气，指着垃圾桶说：“你们看，怎能让国宝来放垃圾？”大家一看，明白了，原来有关部门为了美化校园，把垃圾桶造成熊猫的模样。熊猫的嘴巴，就是放垃圾的口。这当然很不妥，有关部门也知道弄巧反拙，赶紧整改。

商老这位七老八十的老教授，把满校园熊猫模样的垃圾桶，逐个一脚蹬翻，这固然有趣，但是，我们又不得不佩服他爱校和爱国的感情。熊猫被誉为国宝，在高等学校里，用它的模样制成垃圾桶，确是考虑不周，有亵渎国宝之嫌，也难怪惹得商老生气。

在康乐园里，人们都知道，商老和容老都是我们的国宝。这两位老友，性格虽迥然不同，但又都是勤奋倔强而又机敏的爱国者，是祖国文物的典藏者，是中华文化和传统道德的守护者。

杏花零落香

记董每戡老师

在我们校园东侧，有一幢小楼，瓦老苔青，绿荫笼罩，显得分外宁谧。五十年以前，我国著名的戏剧史家董每戡教授就住在小楼上。每当走过这里，我总是把脚步放轻，脑海中也总会掠过董先生佝偻的身影。

说起董每戡先生，许多人恐已淡忘了。不过，五十年前，在戏曲界和学术界中，董先生的名字，却是如雷贯耳。董先生一九二六年毕业于上海大学中国文学系，青年时代已出版了《中国戏剧简史》和《西洋戏剧简史》，是最早能用唯物史观研究戏剧发展的专家。他还导演话剧、撰写剧本，电影艺术家赵丹第一次登上舞台，演的就是董先生所写的剧本《C夫人肖像》。抗战期间，他参加过“左联”“剧联”，和田汉等人在各地组织戏剧活动，以文艺作为反抗日本侵略和揭露蒋家王朝黑暗统治的武器。新中国成立后，他在我们学校里讲授中国戏曲史，绘声绘色，妙语如珠，让学生们听得如痴如醉。课余，董先生积极参加省内的戏剧改革和评论工作，激扬文字，指点江山，以鞭辟入里的分析和渊博的知识，获得戏剧界同行的尊敬。二十世纪五十年代初，他连续出版了《三国演义试论》和《琵琶记简说》等专著，见解独到深刻，使学术界大开眼界。这段时期，董先生单薄的身躯，像是上足了发条的机器，释放出无穷无尽的精力。由于在科研和教学上作出了重大贡献，四十九岁时，他被评为获得二级工资的教授。当时同评为二级者，中文系只有容庚、商承祚、詹安泰等几位，董先生是二级教授中

董每戡（1907—1980），浙江温州人，著名戏剧家、戏曲史研究专家。一九二六年毕业于上海大学中国文学系，早年加入“左联”，创作出不少剧本，后致力于戏剧研究。一九五三年到一九五七年，在中山大学任教，在全国首开中国戏剧史课程。一九五七年被错划为“右派”，一九七九年平反，重回中山大学。其融汇中西、将舞台实践与理论分析结合的治学思路和戏曲研究方法对中大中文系影响深远。著有《中国戏剧简史》《西洋戏剧简史》《五大名剧论》等。

最年轻的。

新中国成立之初那几年，社会安定，气氛宽松，呈现出一派欣欣向荣的局面。在学校，董先生意气风发，十分活跃。除上课外，他还指导学生排戏。有一次，系学生会排练《借靴》，这是一出由京剧改编的话剧，董先生充当导演，教我们体验角色，给我们示范动作。经他点拨，平淡无奇的场面变得妙趣横生，让观众捧腹大笑。在导演的过程中，董先生让我们懂得斯坦尼斯拉夫斯基的戏剧体系，懂得怎样处理演员与角色的矛盾，文娱活动也就成了深刻生动的课堂。董先生享有盛名，嘴唇上翘着八字胡，显得颇为威严。其实，他对学生最是随和宽容不过的。这一点，我的感受也特别深。求学年代，我常常调皮捣蛋。有一回上课，董先生因事迟到，同学们静静地坐等，我却不耐烦，张望外边无人，便学着董先生惯常走路的姿态，半弯着腰，大摆着臂，悠悠晃晃，然后走上讲台，用食指揩擦鼻下的“胡子”。

同学们看了，哄堂大笑。

我正在得意，笑声骤止，回头一望，只见董先生在课室门口盯着。我手足无措，赶紧溜回座位。下课时，董先生叫我留下。我想，这回惨了，准要挨批了。谁知他一边拍打衣袖上的粉笔灰，一边对我说："我看你的模仿能力不错，研究戏剧合适，以后多跟我讨论，好吗？"我一怔，说不出话，只会呆呆地一个劲儿点头。以后，我的兴趣就从研究古代诗词，转到研究古代戏曲。在毕业论文答辩时，董先生给了我很高的分数。留校工作后，我和董先生接触的机会更多，成了他家的常客，在那幢小楼上，黄昏清昼，听他分析剧目，考证古剧。每回请教，收获极多。而董先生对青年学生的宽厚和他自己严谨的治学精神，更使我逐步懂得了作为教师，应该走什么样的路。

正当董先生直攀事业高峰的时候，他的名字和许多耿介之士一样，一下子消失了。一九五七年夏天，他响应号召，帮助"整风"，被某个领导邀请发言，于是"蛇"便被"引出"了"洞"，沉沦在惊心动魄的"运动"中。要知道，学者们多有恃才傲物和"语不惊人死不休"的弱点，董先生也不例外，何况以为"治病救人""言者无罪"，谁料到会被打翻在地。于是，曾经营救过地下党员，从事过进步戏剧活动，新中国成立后积极靠拢党的董先生，一转眼成了"恶毒攻击"的"极右分子"。等到二十年后，云烟消散，董先生感叹地说："当时人们说我否定一切，而我和田汉是生死之交，对冯乃超校长十分敬服，难道我会连他们也否定吗？"言谈之间，我看到董先生虽然露着笑容，但终掩不住内心的痛楚。

董先生和田汉交情至深。记得董师母给我说过，在一九六八年十二月上旬，一天午夜，董先生突然从睡梦中惊醒，拥衾痛哭。董师母赶紧起来，问他为什么。董先生说："田老大死了！"董师母知道他一定梦见了什么，虽感诧异，但认为不可能，因为从不知道有关田汉健康状况的消息。她劝董先生安心睡觉，无谓胡思乱想，可董先生就是不听，连夜和泪给田汉写了五首挽诗。谁知道过了几天，报章上便登载田汉逝世的消息，应验了董

一九五一年，董先生与家人于长沙湖南大学。

先生的预感。这件事确属奇怪，真不知该如何解释，难道世上果有心灵感应之说吗？不过，思念至深，幻而为梦，则是常有的事。董先生的不幸言中，其梦中幻象莫非是精诚凝聚的倒影？

一九五七年后，董先生离开了学校，回到湖南。从一九五八年到一九七九年，漫长的二十余年，这一段生活是怎样过的，他没有细说。在他逝世后，人民文学出版社出版了他的专著《说剧》，他的独子董苗给该书责任编辑弥松颐兄去信，倒是提到了董先生当时的情景。松颐把信收录在《说剧》编后记中，兹转摘如下：

……父亲五七年被划为右派时，临时处分是撤销一切职务，每月发生活费二十元；母亲（胡蒂子）也被牵连划为“右派”，由九十元降为三十元，当时还要负担祖母的生活费。由于广州生活水平高，生活有困难。那时对教授的处理有一条是可以自谋生活，母亲是长沙人，因此迁家长沙。母亲退职，发了两个月的生活费共六十元。父亲后被称为自动离职。

国庆十周年前夕，他写出《中国戏剧发展史》近六十万字，《李笠翁曲话论释》约二十万字。到六二年，他又将《三国演义试论》增修为二十万字。

湖南省委统战部领导知道了我父亲的困难处境，从六二年五月到六五年十月，每月发给生活费五十元，并照顾住房。到六五年十一月以后，取消了生活费，让全家迁到另外一处小房子住。

这个期间，他仍然不停地写作，写出《明清传奇选论》约三十万字，及《五大名剧论》五十万字。到六六年九月上旬，两度抄家，家中稍值钱的东西（甚至连眼镜）都抄走了。父亲最痛心的是被抄走了《中国戏剧发展史》《明清传奇选论》《三国演义试论》等手稿和十箱书籍、资料。《五大名剧论》由于藏在地板底下（已被老鼠咬掉一半），《说剧》因寄给洛阳的三叔审阅，所以幸免遭劫。从六六年起一直到七九

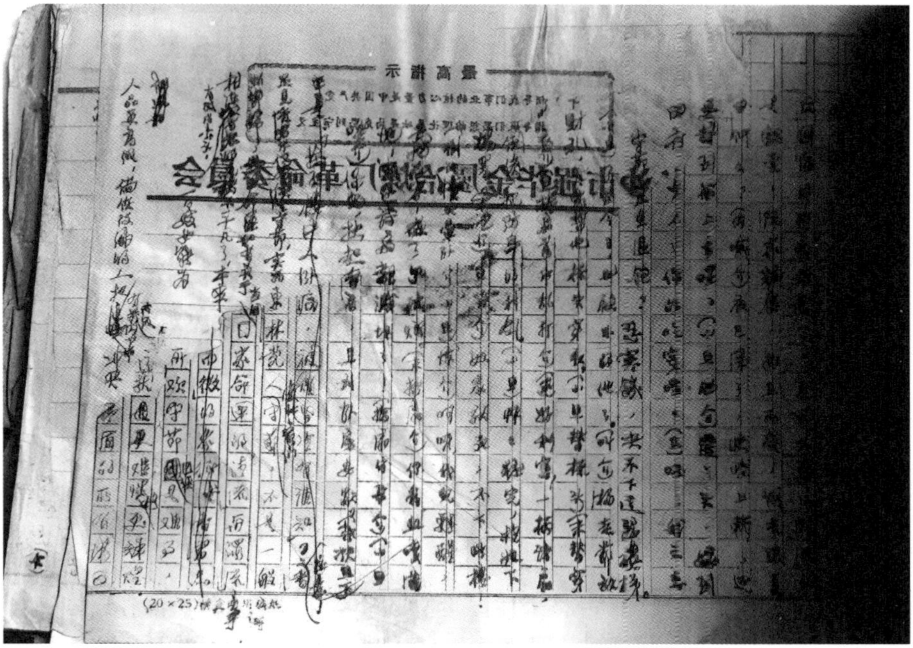

鼠啮后经修补的《五大名剧论》手稿。

年四月，他面壁斗室，一面修改、补充这两部手稿，一面继续写能回忆起来的稿子。当时手头资料全无，只好托人借书参阅。

这些年，家贫如洗，他睡的是两个空书箱搭起的门板（睡了十二年之久，原来的床已被抄走），吃的是粗茶淡饭，电影都没看过一次，写作用的是一支蘸水用的破钢笔，稿纸五花八门……。当时靠我菲薄的工资维持生活（我在六五年十二月才进一个区办厂当工人），亲友偶尔接济。在极度困难的条件下，尽管营养不良，他还是把全部精力花在写作上，从来不向亲友叫苦，坚信自己没有错。在这种信念支持下，精神才没有崩溃……

记得董苗跟随父母离开校园时，他才九岁，圆脑袋剃个小平头，活泼可爱。他给松颐写这封信时，也三十出头了吧！信写得很平实，却是一字一泪，使人读来心灵震撼。我们后来才知道，当时董先生买不起稿纸，只好到街上捡来烟盒，把它拆开铺平，当稿纸用。为了节省，字写得小如蝇头，齐整工细。我记得董先生在校工作时，常跑到中山五路附近的西餐馆，边喝咖啡边写作。他身体不好，手常颤抖，因而字写得歪歪斜斜，其大如卵，往往一张稿纸写不了十多个字。想不到环境的改变，竟使他咬着牙镇住了发抖的手腕，而他意志的坚强，于此可见一斑。

松颐说："这样一个老知识分子，在极端困难的环境中锲而不舍地进行研究和写作，他的勤奋和刻苦，乃是忠于自己所从事的专业，忠于祖国文化学术事业的表现。这是中国知识分子可贵的品质。"的确，于逆境中挺了过来，已不容易，何况还能在没有资料只凭记忆的情况下，写出近二百万字的学术论稿！过去，屈原见逐，乃赋《离骚》；司马迁被谤，乃著《史记》。董先生穷厄著书，不正是继承着中国知识分子自古以来的高尚品德吗？！他们以铮铮铁骨，撑持着中华文化。翻开董先生的《说剧》和《五大名剧论》，里面密密麻麻的字，岂止是用心血浇成，它还包含着董先生对祖国文化的热爱之情，凝聚着敢于直面人生的勇气。

"文化大革命"期间，本来已是入息低微的董先生，连区区一点生活费也被取消，实在穷愁困窘。有位好心的朋友便提醒他："如今江青掌权，你认识她，何不给她一信，帮你解决困难？"说实在的，董先生曾在上海滩参加戏剧活动，当然认识江青，但他拒绝了朋友的建议。因为他早就晓得江青的为人，看透了"文化大革命"是怎么一回事，岂肯为五斗米折腰，攀龙附凤！后来，有关部门派人向董先生调查，问他认不认得蓝苹。他断然回应："不认识。"也幸亏董先生没有据实回答，否则就完了，江青是要把二十世纪三十年代认识她的人赶尽杀绝的。当时，董先生未必了解到查访的深意，但耿介的品格挽救了他，使他逃过了劫难。

董先生的耿介，邻里们是知道的。他多次被抄，家徒四壁。"文化大革命"后期，政策稍稍落实，有关方面发还被抄的东西。劫后余烬，所剩无几了。其中最值钱的，不过是一块手表。董先生一看，这手表不是他的，赶紧缴回。主事者颇感为难，也不知这表该还给谁，便劝他好歹收下，聊作损失的弥补。

一九七九年六月，董先生与学生合影。左起：作者、郭秉箴、董先生、许翼心。

但董先生硬是不肯。这件事，感动了许多人，统战部门知道董先生是大好人，尽可能给予援手。在世界上，群众的眼睛是雪亮的，好人也总占大多数。我想，人们的理解，有助于董先生的苦撑；而人们之所以理解他，是因为看到了他有高尚的人格，看到他在“文化大革命”当中的大节、小节，看到他“贫贱不能移”的风骨。

一九七九年五月，学校落实政策，派人把董先生接了回来，把他夫妇俩安排在面积为二十八平方米的房子里。董家别无长物，而且二十多年惯处穷巷陋室，来到这里，他们夫妇竟颇满足。平心而论，在当时的条件下，校方在物质上对董先生还是注意照顾的了。回校以后，董先生很快就把精力用于科研教学。那年夏天，我陪他应邀到省剧协演讲，看着他在讲台上侃侃而谈。时光和苦难，虽然磨蚀了这位老人的锋芒，但他思路清晰，旁征博引，依然和往昔一样吸引着听众。那年冬天，他被邀请到北京，参加第四届全国文代会。当时拨乱反正，形势大好，他十分兴奋，还准备撰写一部反映新中国戏剧发展的专著，连题目也定好了，名为《新华铺绣录》。光看书名，就可以看出董先生对新中国文化事业的热爱。一个曾经呼唤新中国诞生，却在新中国饱受煎熬的人，对新中国依然怀着赤诚的心。正像《离骚》所写："亦余心之所善兮，虽九死其犹未悔。"这至死不变的爱国心，就是亘古以来中国知识分子的良心。

可惜，《新华铺绣录》还未动笔，董先生从京返校不久，便溘然长逝。算起来，他离湘南下，还不到一年，稍稍舒坦的日子，也没过几天，霎时间，一切都成虚幻。真不知老天爷对这位正直善良、勤奋坚韧的学者，为什么如此刻薄？！

我见到董先生的最后一面，是在他逝世前两天。那时，临近一九八〇年的春节。董先生素患哮喘，天冷病发，肺部感染，要到市内医院急救住院。教研组里的年轻教师，便轮番到医院值夜陪伴。董先生住院数天，病情逐渐稳定。二月十日，该我值班。下午一点，我到了董先生的病房。那天他精神很好，刚刚聊了几句，董苗便从长沙赶来了。我们坐了一会儿，董先生说有儿子陪他了，催我回家。我便起身告辞，想不到从此永诀。

据说十一日晚上，医生抢救别的病人，病房嘈杂，董先生一夜未曾合眼。天亮前，他要求吃安眠药，但吃了依然不起作用。他急了，再请护士给他注射镇静剂，才勉强入睡，谁知以后再也没有醒过来。这意外，属医疗事故还是别的问题，不得而知，家属也没有追究，大家默默地把他送走。

董先生壮志未酬，匆匆谢世，实在令人痛惜伤感。不过，想到他在世时历尽崎岖，饱受折磨，离去时却没有什么痛苦，于是亲朋们在悲痛中又找到了一丝安慰。这也许是老天爷的另一种安排吧！在追悼会上，学校宣告董先生在一九五七年被错划为"右派"，算是给他平反。然而逝者已矣，如果这决定早做出几天，或者可以使董先生放下心上的石头。现在，他已无所谓了！就只能作为给后人的一种交代了！过了几天，我去看望董师母。只见她独自盘坐床前，黯然无语。床的对面，挂着董先生的遗像，桌上放着骨灰盒，盒子围着一圈白色的花，花瓣开始憔悴，有些还散落在地面上。我不知道该怎样安慰董师母，只好向董先生的遗像深深地鞠躬，随后默默告退。不久，董师母回到长沙，又过了一段日子，也逝世了。

转眼间，董先生已离世许多年了。然而，骨灰盒旁那一圈白色的花，我依然记得清楚。这些花该是杏花吧！在曲阜，孔子讲学的地方叫作杏坛，当初想是开满杏花的，后来也用以泛指教师的讲学处。我想，让杏花陪伴董先生安息，是很合适的。我又想起了古人的诗：“雨后却斜阳，杏花零落香。”竟觉得可以作为董先生身后的写照。

岁月如梭，时光很快就要进入新的世纪。改革开放的道路不可逆转，法制逐渐健全，随意整人者不易为所欲为了。而且，好些在二十世纪五十年代蒙冤受屈的人，已能尽其所长，为国家输诚效力。像董先生那样的悲剧，该不会重演了吧！重阳时节，仰视晴朗的天，万里无云，我在董先生旧居附近徘徊，往事历历在目。我轻轻地走着，心中一直默默地祝祷……

余霞尚满天

记王季思老师

我的案头，放着《全元戏曲》。这套书共分十二卷，由王季思教授担任主编。那些年，王季思老师带领着我们十多个不同年龄层次的师兄弟，为完成这项国家古籍整理的重点工程，排除干扰，努力奋战，终于有了初步成果。一九九一年，我把一箱样书送到王季思老师家里，王老师亲自打开包装，取出了精美而沉甸甸的书，从他微微颤抖的手中，我看到了老师的喜悦和激动。他一页一页地翻阅着，忽然提出："书出版了，是不是该把大伙儿找来，我请大家吃螃蟹？"

王季思老师是浙江人，生长在海边，爱吃螃蟹，凡是遇到什么高兴事，就想吃螃蟹。不过，我想，这回吃螃蟹，还有另一层意义。《全元戏曲》可以说是王老师一生治学的心血结晶，是他带领学生攻克的一座学术坚城。廉颇老矣，尚能健饭。啃开了"螃蟹"的硬壳，是该持螯把盏，庆贺一番的。

王老师当时八十六岁了，前年退休。不过，退休以后，他依然坚持工作。清晨起来，就坐在书桌旁忙个不休。我们送去《全元戏曲》的校稿，他一个字一个字地认真审阅批改。老年人，嘴角容易流涎。为了避免弄脏书稿，他挂着大口罩伏在案上写着、读着。那两年，王老师没有带研究生的任务，但我在辅导博士研究生时，总叫大家搬了凳子，环坐在王老师的书桌旁边。老人家专注地听我们发言，也常发表指导性的见解，讲述他的读书心得和治学方法。

王季思（1906—1996），原名王起，浙江温州人，当代中国最有影响力的戏曲专家之一。一九二五年考入东南大学中文系，受业于词曲大家吴梅先生。一九四八年，来到中山大学任教，讲授中国文学史及戏曲，带出一支称雄国内高校的古代戏曲研究队伍，也使得中大成为戏曲研究重镇。王先生在中山大学工作、生活了四十八年，一生中绝大部分研究成果成于岭南。著有《王季思诗词录》《西厢记校注》《玉轮轩古典文学论集》等，主编《中国戏曲选》《元明清散曲选》《全元戏曲》等。

就在《全元戏曲》初战告捷的时候，王季思老师在人生旅途中，又一次经历了困难时期。一九九〇年夏天，王老师的老伴姜海燕先生，患登革热诱发心肌炎，突然去世。上午，王老师把她送下扶梯，还说等她回来吃饭，谁知当天晚上，即天人永隔！

羊年除夕，羊城洋溢着一派欢乐的气氛，家家团聚，户户笙歌，鞭炮声噼噼啪啪，一夜响个不停。我惦挂着老人家，他和女儿静静地守岁，心情不知怎样。年初一大清早，我带了些糕点，便赶往他的寓所。我转入门前小径，放好自行车，猛抬头，看到门上贴着王季思老师自拟的春联，红彤彤的，分外醒目。联上写着：

龙战中东，惊看海水腾飞，金堤横溃；
春回南国，愿见祥光霞起，兵气烟消。

看罢这副对联，我不禁眼眶一热，心头上的那块石头也落下了。原先准备好宽慰老人家的话，一句也不必说。他的胸怀、眼界，是那样的宽广，他想到更多的是祖国、是世界的命运。

一九五二年，我进入中山大学中文系学习。开学的第一天，我们静静地坐在课室里，等待系领导讲话。秋天的阳光，把课室照得通亮，我们的心情，也格外兴奋。忽然，一位教师健步走进课室。有人悄悄告诉我，这就是系主任王起教授，他又叫王季思。我一看，王老师身材高大，才四十出头，已谢了顶，两鬓却是乌黑的。他架着黑边眼镜，容貌严肃而奇特。我不禁心里一惊，他怎么长得像一头老虎，对学生会很凶的吧！开学后不久，有一天，我到操场上运动，路上碰见王老师，他正在和来穗的杭州大学词学专家夏承焘教授一起散步。王老师瞥见了我，停住脚，把我叫到身边。大概他见我长得瘦小，对我说："你要注意锻炼身体。做学问，靠长命不靠拼命，体质不好不行。"

"我喜欢踢球，右边锋。"我那时少不更事，不太注意礼貌，竟在师长面前扭动扭动右腿。提起踢球，王老师来劲儿了："我踢中锋呢！"我打量着他的身躯，觉得他果然是踢中锋的材料。

王老师说得高兴，接着告诉我："我在龙泉浙大分校任教时，有一回踢球累了，蜷伏着在书桌上小睡。阳光射进来，墙上有我的影子，某女同学经过，用粉笔把影子轮廓勾出来，像头老虎。"

夏教授微笑着插话："我在墙上加了'睡虎图'三个字。从此同学们都叫季思作'王老虎'。"

我笑弯了腰。回到宿舍，赶紧告诉大家："王季思老师样子很严肃，其实很和善、很幽默。"旁边一位老同学听见了，说："原来你还不知道，王季思老师是很关心青年、很爱学生的教师。"于是，他给我讲了王老师营救赖春泉同学的事。

在广州解放前夜，由党领导的"地下学联"积极开展活动。地下火在运行，自然引起了国民党反动派的恐慌。一九四九年七月十三日，大批军警包围了中山大学校园，把一批进步学生和教师抓走了。在被捕者当中，有一名中文系学生——赖春泉。中共地下党得悉：三天后，赖春泉将被枪决。

地下党决定全力营救。可是，该使的钱使了，该走的门路走了，却无济于事。后来打听到，如果找到名教授保释，事情会有转机。

地下党的领导找到了王季思老师。王老师给赖春泉上过课。学生有难，老师怎能见死不救。他慨然接受了地下党的嘱托，冒着受牵连的风险，亲自深入魔窟，到反动政府警备司令部，为赖春泉保释签字。

当赖春泉走出监狱的铁门，坐进了在路旁等着的汽车时，看见王老师在车上，才知道是谁救了他，感动得紧紧握住老师的手。

时间过去了四十年，后来《诗词报》主编赖春泉学兄给我讲述这段往事时，眼睛泪光莹莹。他说："当时，我真不知道该讲些什么。是地下党救了我，是王老师不顾自己身家性命，把我从死神那里拉了回来。"

人世间，有各种各样的感情。师生之情所独具的温厚清醇，往往难以言传。王季思老师常说："爱青年，爱学生，是当教师的自然而然的事。"他从不经意学生对他的感激。因为，从他任教以来，他就把学生看作是自己生命的一部分了。

一九五五年，王季思老师在《人民文学》杂志发表了评论《西厢记》的学术论文，跟着又出版了论著《从〈莺莺传〉到〈西厢记〉》，系里同学反应强烈，学习古代戏曲的兴趣一下高了起来。我随着大伙儿访问王老师，才知道早在新中国成立前，他已对《西厢记》和元杂剧做了深入的研究。

王季思老师的家乡温州，是我国古代戏曲发源地之一，长期以来，昆腔、乱弹、高腔等地方戏在这里流行。王老师从小喜欢看戏，那涂着白鼻子的小丑，插着雉尾的番将，风流潇洒的书生，婀娜多姿的旦角，还有观众的哄笑声、叹息声，飘散在夜空中的锣鼓声、管弦声，在他当时幼小的心灵中，留下了不可磨灭的印象。

一九二五年，王季思老师在东南大学学习，得到著名学者吴梅先生的教诲。吴先生多才多艺，学识渊博，填词写戏，唱曲制谱，无一不精。他主讲"词选""曲选"，像磁石一样把学生牢牢吸住。教师高质量的课堂讲授，往往是学生事业成就的催化剂。王老师本来就爱看戏，听了吴梅先生的讲课，研究戏曲的愿望更加热切了。

在吴梅先生的教育和影响下，王季思老师选择了《西厢记》作为研究中国古代戏曲的突破口。

《西厢记》是我国剧坛上一朵鲜艳的花朵，它提出了“愿普天下有情的都成了眷属”的理想，热情歌颂了追求婚姻自由的莺莺和张生，反对封建礼教对青年的束缚。五四运动时期，王季思老师正在浙江第十中学读书，和许多青年一样，从《新青年》《新潮》等刊物里，接受了民主思潮的洗礼。他从当时江浙一带的情况体会到，男人虽然剪了辫子，女子虽然不再缠足，可是，封建的枷锁依然不容许青年男女迈开自由的脚步。他希望通过研究《西厢记》，唤起青年人反抗封建的叛逆精神。

其实，王老师自己，也是从《西厢记》中获得反封建的勇气的。他不满家长给他安排的婚姻，和徐碧霞女士相恋，决定“私奔”。徐女士是我见到的第一个王师母，她娴静端庄，是王老师的贤内助，可惜在一九五八年去世了。

据说，那时，他俩悄悄买了船票，准备乘江轮逃到上海。到了码头，刚好碰到熟人，王老师只好停住脚寒暄几句，让徐女士先上了船。谁知汽笛一响，船儿起锚，离岸好几尺了。王老师急了，飞奔向前。说时迟，那时快，他跃身一跳，竟跳上了甲板。江上风急浪高，人们都替他捏一把汗。后来，“张生跳墙，王生跳船”，成了朋友们的谈资。

王季思老师以严肃、科学的态度研究《西厢记》，注意弘扬它的反封建精神。显然，王老师从迈入古典文学研究领域的第一步开始，就注意密切联系社会现实，力求从故纸堆中跳出，让优秀的文化遗产发挥积极的社会效能。

《西厢记》语言生动，清词丽句，使人读来满口生香。可是，正是它那文采本色兼具的语言，夹杂着大量典故和元代方言俗语，要弄清楚它每字每句的准确含义，难度很大。王季思老师决心参照阎若璩的考据、王念孙的训诂，以严谨的态度注释《西厢记》。他注意掌握第一手资料，几乎阅读了元人全部散曲和杂剧，考查了元代著名作家的生平事迹，写了大量的札记和资料卡片，细心地把《西厢记》中难以理解的方言俗语，与话本、散曲以及其他杂剧的例句排勘比较，纠正了从古以来许多注家的臆测，给予确切的解释。

经过长期不懈的努力，王老师的《西厢五剧注》出版了。当时，学术界反响相当强烈。有人写诗嘲笑他“不爱六经爱五剧，《西厢》浪子是前身”。但更多的人认识到这一研究成果的权威性，曾经流行了三百多年的金圣叹批点的《西厢记》，则逐渐少人问津。新中国成立后，《西厢五剧注》更名《西厢记校注》，由上海古籍出版社出版，从二十世纪五十年代到八十年代，再版多次，发行一百多万册，在社会上产生了广泛的影响。

二十世纪五十年代末，我和苏寰中同志在王老师的指导下，校注《中国戏曲选》。当时，对我俩工作最有助益的参考资料，实际上是王老师在注释《西厢记》时所做的各种各样的资料卡片，以及他在《元曲选》上写下的密密麻麻的札记。资料卡片有三四箱，其中有些还是王老师抗战逃难的劫后余烬。如果把这些卡片稍稍加以整理，它本身就是一部研究元代方言俗语的著述。我和苏兄两个年轻人，天天摩挲着王老师辛勤抄编的卡片，常常相对慨叹。在老师的手迹里，我们领悟到治学严谨的含义。

从二十世纪五十年代中期开始，王老师的论文、专著，一篇接一篇地发表、出版。其中，他对关汉卿的研究，最受时人瞩目。

关汉卿是元代伟大的剧作家，这一点，在今天已成为国内学术界的共识。但是，直至二十世纪五十年代，不少人还囿于旧说，把关汉卿视为“风流浪子”。

对关汉卿的剧作，王季思老师早就十分喜爱。关剧写到元代人民颠沛流离、卖儿鬻女的苦难，使他联想到新中国成立前瓯江发大水，哀鸿遍地、妻离子散的景象，联想到十四年抗战，人民辗转沟壑、国土沦丧的状况。关汉卿塑造的窦娥、赵盼儿等具有反抗精神的典型形象，又使王老师感奋不已。在早年，王老师自己也曾反抗过反动政权，他曾经因宣传抵制东洋货、嘲笑亲日派而被勒令退学。新中国成立后，王老师学习了马列主义，懂得要用辩证唯物主义和历史唯物主义的观点看待古代文学，更产生了研究关汉卿这位敢于和封建统治者抗争的剧作家的强烈愿望。

一九五四年，王季思老师发表了论文《关汉卿和他的杂剧》，着重评价关汉卿剧作的思想成就、艺术成就，澄清了当时一些糊涂的认识。接着，他又发表了一系列文章，以精审的考证和鞭辟入里的分析，引起人们对关汉卿剧作浓厚的兴趣。

王季思老师一贯认为，搞研究，切忌空疏抽象，游谈无根。他主张，研究中国戏曲史和文学史最好从具体问题入手，通过微观剖析，进入宏观掌握。他研究王实甫，研究关汉卿，便是以此为基点，脚踏实地，扩展到对元代戏曲发展的全局做透彻的了解。二十世纪五十年代末，王老师的注意力转向明清戏曲，他选择的突破口，则是《琵琶记》与《桃花扇》。

孔尚任的《桃花扇》，是我国戏曲史上最成功的一部历史剧。它借离合之情，写兴亡之根，把南明王朝灭亡的历程以及朝野众生的形象再现在舞台上。清末，梁启超对《桃花扇》做过考订；抗战期间，欧阳予倩把它改编为话剧。但在新中国成立后的一段时间里，人们对它却不够重视。

王老师经过仔细研究，决心把它推荐给广大读者。

王老师对《桃花扇》做了认真的校勘和注释，并写了《〈桃花扇〉校注前言》一文，在《文学评论》上发表。在论文中，王季思老师深入考察了我国古代以历史为题材的剧作在创作上的发展变化，既从分析《桃花扇》进入对历史剧全局的考察，又从历史剧创作的发展看《桃花扇》的价值，其意义远远超过一般的分析。随后，《〈桃花扇〉校注》由人民文学出版社出版，也成了再版多次的热门书。

二十世纪六十年代初，王老师奉调到北京工作一段时期，和游国恩等几位著名学者一起主编《中国文学史》，并发表了不少研究古代诗词的论文。但他的主攻方向，一直是古代戏曲。其论文集《新红集》《玉轮轩曲论》《玉轮轩曲论新编》《玉轮轩古典文学论集》，所收的论文，多以研究戏曲为主，因此被学术界公认为当代最有影响力的戏曲研究专家之一。

作为从旧社会走过来的高级知识分子，该怎样用自己的知识为社会主义建设事业服务，这是王季思老师经常思考的问题。他相信，唯有马列主义与中国实际的结合才能够救中国，也唯有学习马列主义才能正确解决中国古代文学和戏曲研究存在的种种问题。正由于王季思老师学力深厚，注意联系实际，注意学习辩证唯物主义和历史唯物主义，加之文笔明快，论文写来娓娓动人，能把深奥的道理、枯燥的考证，用明白易懂、质朴流利的语言表达出来，所以特别受到高校师生的推许。

王季思老师长期患有胃病，他刚入院把胃切除了五分之三，十年浩劫便开始了。没完没了的揪斗，使身体原来十分健壮、能够天天挥拍打网球的王老师，一下子苍老了许多。

一九六八年秋的一天，王老师又被揪斗。那一次，斗得真狠，他被打断了两根肋骨，当场昏倒在地。在殴打王老师的红卫兵当中，竟有些是他给上过课的年轻人，是他爱过的学生！

伤愈后，王老师表面上精神还好，还能到“干校”接受“再教育”。但想不到，被打断的肋骨，把横膈膜刺开了一个小孔。日子长了，穿孔越来越大，腹腔里的肠子，通过膜孔，竟全部窜上胸腔，于是，王老师的身躯，伛偻变形，病情十分严重。医生们只好把他的胸腔剖开，把肠子拉了下来。折腾了好几个月，王老师总算捡回了性命。

经过十年浩劫，人们心灵上的创伤，真不易平复。不过，王老师对那些犯过错误的学生，并不介意。有些人对他表示歉意，他说：“在那个疯狂的年代，难免头脑发昏，做了蠢事、错事。大家向前看就好，重要的是把失去的时间夺回来。”

然而，时光毕竟不能倒流。王老师深知，要振兴中华，关键在于培养更多能够担负“四化”建设任务的人才。因此，在打倒“四人帮”以后，他把精力用于辅导年轻教师和研究生。

一九八二年，王老师在我的论文集《冷暖集》上题了一首诗：

人生有限而无限，历史无情而有情；
薪尽火传光不绝，长留双眼看春星。

这首诗，后来王老师也送给了许多学生，深情地表达他对后辈的期望。有一次，郭启宏等几位来自远方的同学，回校看望王老师。王老师很兴奋，留大家吃饭。有人举杯祝愿老师身体健康，多留下几部专著。王老师把酒一饮而尽，却又摇摇头："我能写出几部？人生有限，事业无穷。根本的出路是把有限的人生变为无限的人生！"他似乎觉察出大家有点疑惑不解，转身回到书房，随即拿出几页文字，风趣地说："我有长寿之秘诀，不死的灵方，它就在这里！"

大家凑上前去，边看边传，原来是一份培养研究生的教学计划。同学们霎时明白了，王老师的人生目标，是为国家培养一批又一批的专家，让戏曲研究的事业代代相传，光辉不绝。在这个意义上，有限的人生就变得无限了。

鉴于王老师在学术上的造诣和作出的贡献，国务院学位委员会聘请他为第一届学科评议组成员。在国家教委关于学位评议原则的座谈会上，王季思老师做了题为《为新一代学者、专家的成长开辟道路》的发言，他认为："我们要求的是观点和资料的结合，即马克思主义立场、观点、方法和中国语言文学的现象和现状的结合，而不能为辑佚而辑佚，为考证而考证（尽管这些工作也需要有专人去做），不能把新一代引向乾嘉学者的老路。"他主张，老教师与年轻学者共同编书，老中青结合，在编写过程中共同提高，让年轻一代在实践中练好基本功，认为这是能够较快地培育人才的方法。近十年，他带领着一批中青年学者编纂《中国十大古典喜剧集》《中国十大古典悲剧集》《元杂剧选注》《中国戏曲选》《元散曲选注》《元明清散曲选》《全元戏曲》等书，出版书稿近三百万字。王老师在主编书稿的过程中，亲自参与定本、选目、标点、校勘、注释、眉批、集评以及撰写题解、前言等工作，成稿后又逐页披阅，纠正错讹，付出的劳动比大家都要多。在王季思老师的带领下，一批中青年学者逐步成长，中山大学也成了国内戏曲研究的学术中心之一。

王季思老师对学生的要求是严格的，即使到了八十多岁的高龄，还对后辈送来的作业、论著逐字批阅，圈圈点点，连标点符号也不放过。他对学生的帮助，又是无私的。他常说："学术乃天下之公器。"他所藏的图书、资料，随便让学生们翻检，要借阅，签个名就行。一位进修教师要校注《元刊杂剧三十种》，另一位进修教师要校勘《录鬼簿正续编》. 他把自己多年积累的有关两书的资料，提供给他们，使他们在较短的时间内完成了两部专著。

王老师也特别喜欢和年轻人接近，他觉得，教学相长，老专家也能从后辈身上吸取自己缺乏的东西。当他写了文章，无论是长篇论文，还是诗词杂感，总要复印出来，请自己的学生提意见。在参加全国古典戏曲讨论会时，他写了发言稿，预先找来几位研究生一起座谈。一位同学很不客气地指出稿子中的几处语病，王老师当即改正。他从不把自己的学术观点强加于人，倒是常常鼓励学生提出不同于他的见解，在辩论中共同提高，没有一点学术权威的架子，堪称随和温厚的长者。许多人都愿意跟随王老师学习，跟着他，不仅可以在业务上得到较快的提高，更重要的是，可以受到他从来不计较金钱名位、从来以扶掖学生为重等美德的熏陶。

岁月无情，容颜易老。昔日虎头虎脑的魁伟壮汉，今天成了白发苍苍的龙钟老者。但是，他爱学生、爱青年的心，老而弥坚。他的女儿曾经埋怨："爸爸就是爱学生，不爱子女。"王老师嘿嘿一笑，不作辩解。其实，王老师也深深爱着自己的骨肉，但从他女儿那句半开玩笑的话里，倒真可以看到王老师对学生的情感。

王老师对学生的关心，是无微不至的。谁在生活上不顺心，谁在工作中受到挫折，谁在学习中遇到困难，王老师总会主动设法帮助。有次我到南京开会，王老师告诉我："我们的研究生王星琦，在南京工作，听说还没有解决'两地分居'问题。你到那里，要向当地领导了解他的工作表现，也要请求关照他家属调动的问题。”后来，我由宁返穗，向他报告有关领导对星琦的关怀，他才放了心。另一位学生，受到不公正的对待，王老师知道了，立刻写信给有关方面反映情况。他写着写着，禁不住老泪纵横，把信稿也打湿了。

对学生，王老师是关心一辈子、教育一辈子的。陆定一同志的夫人严慰冰，一九三四年曾和妹妹一起在江苏松江女子中学读书。当时，王季思老师给他们上国文课和历史课。严慰冰同志在一篇题为《五十年如一日——遥寄王季思老师》的文章中回忆："他批改作业很认真，好句子打双圈，错别字加上框框。"后来，严慰冰同志受到"四人帮"的残酷迫害，王老师一直为她的生死担忧。一九八〇年王老师到京，见到了严慰冰姊妹，他从行囊里取出岭南干果嘉应子，说："上了年纪，带不动多的东西，这嘉应子北京没有，姊妹俩分着吃吧！"严慰冰同志感慨地写道："妹妹因株连，坐了九年牢，她与我都已白发苍苍，可老师还把我们当孩子看待。"

严慰冰同志又写道："我一九八二年离休后，偶尔为报刊写些短文，老师看到后，还像五十年前一样，仔细为我批改。刊物字小，排得又密，老师因我患白内障视力太差，特用另纸抄过，将刊物与改件用挂号信寄给我。"

我看到严慰冰同志的这段话，不禁思绪如潮。得到王老师教诲的学生，都有和她一样的感受。

在二十世纪八十年代初的一段时间，同学们学习的热情十分高涨，年迈的王老师，也主动给本科学生开设选修课。

每次上课，教室总是坐得满满的，大家都希望能多听听老专家的学术见解。这时候，他的老伴姜先生，发现患了子宫癌，必须动手术。

同志们好不容易把姜先生送进肿瘤医院，王老师也三番四次地到医院看望陪伴。亲人患病，谁不揪心？可是，医院决定动手术的日期，恰巧和王老师上课的日期碰在一起。

"季思，开刀的时候，你来陪着吧？"姜先生问。"我想来，可刚好要上课。”王老师回答。

“请个假，不就行了？”姜先生躺着说。

王老师迟疑了：“行是行，不过耽误了一百几十名学生的学习，怕不大好。”他用征询的目光看着老伴，“何况我又不是医生，待在手术室外面，也无济于事。不如下课后赶来吧！”

“也行。”姜先生识大体，也了解王老师的脾气，虽然她多么希望开刀时丈夫留在身边，使她多一分勇气和力量。

在姜先生被送上手术台的时候，王老师也迈步走上讲台。这两节课，他和平常一样，讲得流畅认真。下课后，他才匆匆赶赴医院。

这件事，学生们知道了，都非常感动。中青年教师更是从王老师身上得到教育，大家说：“如何对待工作，老师给我们做了表率。”

王季思老师常说：“当老师，不能不懂装懂，更不能文过饰非。坦诚地承认自己的不足，这表明你在进步，也可以让学生懂得应该诚以任事，诚以待人。”每当我们坐在一起，回首往事，心直口快的姜先生常会责备王老师过去工作的过失，我看到他总是沉吟不语，知道老人家在反躬自省。

一九八一年，《中国当代社会科学家》登载了王季思老师的一篇自传。文章末尾，王老师加上了一段“附记”，说明传文是助手整理的，同时郑重地指出：

> ……传文对我过去走过的弯路，如在学术上贪多务博，主次不分，在历次运动中的随风俯仰，缺乏定见等，没有指出。尤其是我到大学教书后，安于书房生活，脱离广大群众，反映现实的诗歌与散文越来越少写。这是应该作为切身的教训来向读者说明的。

岁月悠悠，谁没有做过错事或违心的事？而一个享有盛誉的长者，勇于向读者自我解剖，却是不多见的。

有一桩事，给学生教育至深。

一九九三年庆祝王季思先生从教七十周年大会。持牌匾者右一为时任中大校长曾汉民教授，左一为黄水生书记。匾上的题词是：桃李满天下，星斗焕文章。

在庆祝王老师从教七十周年大会上。左为广东省原省长刘田夫，中为王老师，右为作者。

一九七九年春节，王老师到学生宿舍去探望学生。同学们很高兴，围拢过来和王老师一起谈天。老人家很关心大家的学习，当了解到同学们对文学史课某一位任课老师的教学颇有意见时，他默默地坐着，想着。王老师走后，同学们议论纷纷，都说想不到老专家竟先给学生拜年。

更使同学们想不到的是，新学期开始，当文学史课上第一节课的时候，王老师颤巍巍地走进课室，坐在第一排的位置上。

上课铃声还未响，王老师先站了起来，对同学们说："大家对任课老师教学的意见，我是知道的。不过，你们也许不知道，任课老师遭遇坎坷，他二十年没有教课。今天，他能走上讲台，已经很不容易了！"

王老师停了一停，双手按着椅背，禁不住微微颤动。"那时，我担任系主任，也做了违心的事，实在不堪回首。"他的声音很低，但发自肺腑之言，大伙都听到了。

接着，王老师又说："任课老师学识广博，虽然他的普通话说得不大好懂，但如果大家耐心听讲，一定会大有收获。"

当任课老师来到课室，看到同学们十分安静，又看到作为前辈的王老师摊开笔记本，准备听他讲课时，不禁一怔。在讲课中，王老师几次走上讲坛，亲手替他把黑板抹净。开始时，他有点手足无措，但很快就明白过来了。下课时，同学们一齐起立向任课老师致意，他却对着王老师，深深地鞠躬，然后搀扶着老人家，一起离开了课室。

这一幕，同学们全看在眼里，许多人感动得眼睛湿润。从此，大家对这门功课听得特别用心，任课老师的讲授也越来越受同学们的欢迎。过了许多年，同学们还常常谈到这一番动人的情景。一位同学说："从王老师的身上，我懂得了什么叫作高尚的品德，懂得了怎样做人，怎样助人，怎样教书育人。我一辈子也忘不了王老师擦黑板时的背影。"

人们不是常常赞美"名师"吗？我想，凡是"名师"，首先应是"明师"吧。"明师"，不仅指明智、明慧、明察，更重要的是心怀像水晶一样透明。澄澈的光辉，可以使愚者智、懦者起，可以帮助人洗涤灵魂的污浊。人们推重“身教”，称教师为“灵魂的工程师”，道理也在于此吧！

现在，到了耄耋之年的王季思老师，早就不给本科学生上课了。但同学们知道他行动不便，有五位学生便自动组织起来，每天轮流搀扶着王老师散步锻炼。我们的校园靠近珠江，黄昏时分，“余霞散成绮，澄江净如练”。人们总会看到王老师在余霞尚满天的景色中，和年轻人一起走着，一步、一步，向前、向前……

往事未必如烟

二〇一〇年，我在拙著《情解西厢——〈西厢记〉创作论》之末，写下了这样的一段话："我在中山大学求学期间，王老师教我如何从事古代戏曲考证校注的工作，董老师教我如何从舞台演出的角度看待剧本。他们都是卓有成效的《西厢记》研究专家，也启发了我对《西厢记》产生浓厚的兴趣。""书成之际，恰好是清明节，我让它作为一瓣心香，纪念两位老师。"

我说的王老师，是王季思教授；我说的董老师，是董每戡教授。他们都是温州人，都是中国戏曲史研究权威，彼此也曾经是很要好的朋友。据知董老师在新中国成立后到中山大学任教，是经由中文系主任王季思老师荐引的。我们经常见到他们一起看戏，一起参加学术讨论会，一起参加戏曲改革的工作。他们又都是美食家，经常联袂到茶楼酒馆，尝鲜买醉。直到一九五七年除夕，董老师还赋词赠给王老师："良宵怎能辜负，且寻宫数调，句联奇偶。建设欣成，河清可俟，永作和平奋斗。"（调寄《齐天乐》）这一段时期，他们如切如磋，如琢如磨，指点江山，探讨学术，生活在融洽温馨的友情中。

可是，从一九五七年"反右"开始，他们的命运便完全不同了。董老师被错划为右派分子，王老师则是运动的依靠对象，是左派。道不同不相为谋，此后，长达十年，各历荣枯。董老师苦不堪言，王老师春风得意。

可是，到了“文革”，他们同样地被斗争，受摧残，遭凌辱。极“左”的思潮，使两位挚友一刹那翻成陌路，后来竟又“殊途同归”。

董老师早年参加过“左联”，从事进步的文化活动，抗战期间，写过大量宣传抗日的剧本。一九四九年前，他被国民政府通缉，又曾营救过进步的学生。新中国成立后，他意气风发，在教学和科研上做出很大的成绩，仅四十九岁便与容庚、商承祚先生一道，被评为二级教授。在被错划为右派以后，他辞职回湘，生活穷愁潦倒。一家三口，住在仄黑潮湿的房子里，无以为生，一贫如洗。“文革”时，连床也被抄走，就只好用门板搭在箱子上，当床躺卧，一睡就是十二年。在极其困难的日子里，董老师一直坚持研究写作。没钱买纸，他便把旧香烟盒和废弃的包装纸，粘连起来作稿纸用。此中凄苦，真使听者动容，言之酸鼻。

王老师早年也追求进步，他在一九四九年夕，任教于中山大学，曾挺身而出，营救因从事革命活动被国民党判处死刑的学生。新中国成立后，他任中文系主任，服从领导，努力工作，赢得了上级的信任。那一段时间，社会风气良好，建设蓬勃发展，作为从旧社会过来的人，经历过八年离乱，山河破碎，当看到国家欣欣向荣，无不欢欣鼓舞。即使“左”风渐起，有人对政府一些做法观望徘徊，但多数人心悦诚服，乃至发展到盲从，这是在特定历史条件下的思想主流。人们认为领导上说的都是真理，响应紧跟，已成常态，王老师自不例外。像上级指示要批判俞平伯、胡适的资产阶级思想，他自然积极组织师生口诛笔伐。而当时，不少追求进步的知识分子，包括董老师在内，也都摩拳擦掌，努力参加批判，并从中认真接受教育。到了开展“反右”运动时，作为系主任，王老师当了中文系反右领导小组的成员，便按照上级既定的方针办事。

一九五七年夏季，董老师交上厄运了。起初，上级号召“大鸣大放”，他积极发言，还发表诗词表态。不久，“情况正在起变化”，上头“引蛇出洞”，董老师却懵然不觉。有一次，他被领导邀请发言，素来是“语不惊人死不休”的董老师，言辞过激，旋即被定为极右分子。这内情，上头给王老师打了招呼。

一九七九年，在北京出席全国第四届文代会的董每戡先生。

而当董老师一旦被定性，他和群众的关系，顷刻间变为敌我矛盾。这样，王老师和当日的挚友，就有要划清界限的问题。本来，新中国成立后，王老师相信领导一贯正确，既然要和"阶级敌人"划清界限，他的特定身份也必然执行了当时政策的安排，积极揭发批判，这让董老师遭受到很大的伤害。

当年，斗争形势十分严酷，运动一来，人们都被卷了过去，多数人不明就里，认为打击右派，是立场坚定的表现；也有人对领导提过意见，一见势头不对，为求自保，也就转过身来，给予那些被打翻在地者以无情的打击。至于知识分子之间，本来或多或少存在着利益的纷争，工作上也会有不同的意见，暴风骤雨的运动来临时，人们给"死老虎"添油加醋、落井下石的情况，也常会发生。那时候，如果你同情右派，又不表示后悔，彻底检查，"反戈一击"，你很可能也成为右派，成为"贱民"，坠入万劫不复的炼狱中。总之，特定严酷的斗争环境、政策的失误、人性的弱点，导致了"反右"的扩大化。

对董、王两位老师在“反右”运动中的不同表现和遭际，学术界中，不少人口虽不言，心存耿耿。特别是对王老师，私下里颇有微词。有一位朋友对我笑着说：“王老师是‘圣之时’者也！”我明白，这实在是一种貌似赞扬的讽刺。

人的思想感情，是复杂的。王老师确是积极参与了“反右”运动，确也做过错事。但若说他心如铁石，对被划为右派者一味无情打击，对他们的不幸遭遇毫不同情，则又不然。很久以后，我才知道他当时冒险做了一件使人意想不到的事。

“文革”后不久，北京某著名杂志约我撰写有关王老师学术生涯的文章，为了进一步了解他在“反右”运动中的情况，我私下向当年也被错划为右派分子的卢教授请教，卢老师便约我到茶馆小聚。我问他：“那时王老师是否很‘左’？”谁知卢老师回答：“那时谁当了系主任，谁都会很‘左’！”我愕然，随即，他对我说了一段秘事。

那是在一九五八年的冬天，作为右派分子的卢老师，被发配到农村劳动改造，工资也被减去大半。卢老师有三个孩子，师母却没有工作，生计拮据。有一天晚上，王老师忽然来到卢家，对卢师母说，他知道卢家经济紧张，准备拿些钱帮忙接济。可是因急着要到医院去看望正在患癌症的妻子，身边的钱不多，过些时候才能带过来。果然，两天后，王老师又到卢家，给了卢师母六十多块钱。在当时，这是一笔不少的数目。卢老师又告诉我：“这件事，他从来没有向任何人说过！”

我完全想不到王老师会有这样的举动。回到家里，又接到卢师母打过来的电话，她激动地对我说：“刚才老卢对你说的事，千真万确，我记得清清楚楚。”我知道，卢师母作为当事人，再一次证实王老师的雪中送炭，是表明此事虽然已过了二十多年，她一直心存感激。

第二天，我到了王老师家里，向他提起这事，问他是否记得，年过八十的老师想了很久，回答我：“记得。”我又问他当时给了卢家多少钱，他说：“记不起了！”

我寄往杂志的稿子，是写到了这一段往事的。可是，发表时却被编辑部删除了。看来，编者认为这会损害王老师作为坚定左派的形象。其实，人性并不是非黑即白、非善即恶那么简单，人的情感，也会有微妙变化的过程。王老师既执行上级指示，内心又有柔软的部分，这并不奇怪，也不难理解。我们只有对“人”做全面的历史主义的认识，才懂得人之所以为“人”的真实性。的确，王老师私下接济卢老师的举动，当时属“冒天下之大不韪”的行为，也怪不得卢老师一家，把这深藏在心，铭感了一辈子。

到了“文革”，天下大乱。住在长沙的董老师，被“红卫兵”不断抄家。而董老师家徒四壁，抄无可抄。可惜的是，董老师因害怕几百万字的书稿被抄走，把它藏在灶底里，谁知却被老鼠啮去了一半。董老师不得已，只好凭着记忆，重写书稿。但他右手病废，便以右拳横握笔杆，以左手推着笔尖，在纸上写字，终于“病手推成文百万”。这期间，董老师内心的痛苦，可想而知，而他发奋著书、坚毅不屈的精神，实在令人敬仰。过去，屈原见逐，乃赋《离骚》；司马迁被谤，乃著《史记》。董老师穷厄著书，不正是继承着中国知识分子从古以来的高尚品德么！

“文革”期间，董老师远离学校，远离政治斗争的漩涡。他虽然也受到冲击，也多次被抄家批斗，但毕竟是“死老虎”，长沙造反派没有把目光聚焦到他的身上。当局面稍为平静时，街道办事处便把“红卫兵”抄去的一只手表，发还给他，这在当时算是贵重的财物。但董老师没有接受，因为这不是他原来被抄的那一只。为了不让失主受损，他认为不能冒领。由此，街道人员知道董老师为人正直，也暗中给以照顾。我想，假如董老师仍在学校里居住，那么，他的命运又会大不一样了。按他的脾气和校里的形势，董老师肯定在劫难逃，还能“苟存性命于乱世”么？就这一点而言，董老师在不幸中，也属万幸！

作为左派的王老师，在“文革”中，就没有那么幸运了。运动才开始，曾备受重视的他，立马变成“反动学术权威”，揭发批判他的大字报铺天盖地，还被拉进“牛栏”，和“牛鬼蛇神”们一起，接受隔离审查。

晚年的王季思先生。

不久，学校的“红卫兵”分裂为两派，相互斗争，势同水火。“中央文革小组”号召革命群众要支持“造反派”。王老师听信了校中某派被上头定为“造反派”的传言，便公开表示支持。本来，已属“牛鬼蛇神”的他，在运动中只应乖乖地接受“改造”，还“表”什么“态”！但是，长期“紧跟”的思维定势，让他天真地觉得应该响应并执行上头的指示，竟然“跳”了出来“站队”。结果，弄得两面不讨好，被他支持的一派，为了表示造反，固然要批斗他；而被他视为“保守”的另一派，更是狠狠地批斗他，把他往死里打。盲目的“紧跟”，让他吃尽了苦头。

一九六七年秋，一天，王老师又被拉出去挨斗。组织批斗大会的，正是被他视为保守的一派。这次斗得真狠，除了被按着头颅，被扯着双手，身体被拉成喷气式飞机般双翼后掠的模样外，有人还猛击他的胸口，让他当场晕倒在地。家属闻讯，赶紧把他抬到医院救治，经检查诊断：两条肋骨被打断了。

伤愈后，王老师表面上精神还好，不久，就奉命到“干校”接受“再教育”，参加劳动锻炼。但想不到的是，那被打断的肋骨，断裂处骨缝凸出，变成尖刺，把横膈膜刺出一个小孔。日子长了，穿孔愈来愈大。而随着横膈膜上下抖动，腹胸里的肠子，通过膜孔，竟全部窜上了胸腔。于是，本来是很壮健的王老师，身体伛偻变形，病情十分严重。不得已，他只好离开“干校”，返穗求医。医生们从未接触过这样的病例，也知道病者是“牛鬼蛇神”，但基于人道主义精神，仍然努力抢救。他们把王老师的胸部剖开，把肠子牵拉回腹腔，缝合了横膈膜。又折腾了几个月，王老师总算从鬼门关走了回来。

王老师长期从事教学工作，一向善待学生，谁知道，当时在参加殴打他的“红卫兵”当中，有些就是他给上过课的年轻人。在那疯狂的年代，一切无法无天，连国家主席、开国元勋，都可以被“红卫兵”信手擒来，拳打脚踢，以致含冤惨死。至于在学校里，学生羞辱教师，肆意揪斗，或在抄家中乘机中饱私囊，也是家常便饭。那残酷无情惨无人道的行为，已不是“道德沦丧”“滑坡”之类言辞所能形容！

像王老师那样在“反右”中曾是左派，立场坚定，参与过“整”人的人，在“文革”中，绝大多数都被“红卫兵”揪斗。他们往往因“反右”时的表现，受到器重，当了大大小小的领导，也自自然然被“红卫兵”视为“走资本主义道路的当权派”，或者成了“反动学术权威”。当“文革”一来，他们便注定交上了厄运。无辜受辱，被殴至死，或者含恨自戕者，不在少数，像翦伯赞、吴晗先生等均在此列。在中大中文系，“反右”时的另一位领导小组成员，白天被“红卫兵”揪斗剃头，晚上即服毒身亡。倒是王老师身受重创，心力交瘁，最后还是熬了过来，还看到了“四人帮”的倒台，也算是幸运了吧！

传闻清初有一首写“剃头”的打油诗，最后两句是“世之剃头者，人亦剃其头”。语涉谐谑，却耐人寻味。历史像在给人开玩笑，王老师绝没有想过，他一贯“紧跟”，“反右”时“整”了人，由此又种下了自己被“整”之果。仔细思量，这也不是王老师个人遭际的问题，在把阶级斗争强调到极致的年代，人性扭曲，良知殆丧，出现人与人关系极不正常的局面，自不可免，这是社会的悲剧！民族的悲剧！

“文革”后期，王老师到过干校，也被宣布“解放”。经历过心灵和肌体的痛楚，王老师一直在反思。

一九七九年五月，董老师被落实政策，从长沙回到了中大康乐园，住到一个只有二十八平方米的房子里，与我家邻近。一天晚上，我正在和董老师闲谈，忽然有人来访。那时，董老师正盘坐在厅里的床上，我替他开门迎客。门一开，进来的是王老师夫妇。董老师很意外，一时不知怎样才好。我连忙给王老师夫妇端茶让座。这时，董师母也从房子里走了出来，四个人的表情，十分尴尬。他们寒暄了几句，王老师便欠身对董老师说：“每戡啊！我错了！以后好好合作……”董老师摆了摆手，讷讷地说：“过去了，过去了！”彼此再没有说些什么。王师母也就向董师母问了些生活的事，便起身告辞。我替董老师送走了王老师夫妇，回转身来，只见董老师和董师母盘腿坐着，默默不语。这样的气氛，我知道不宜打扰，只给两位老人倒了两杯茶，便离开了。

从四位老人当时的表情看，分明心里都很不好受。在董老师，二十年的恩怨苦难，心中芥蒂，又岂是一言片语可以迅即磨灭？在王老师，长期的悔恨懊恼，也不易于表达。不过，我佩服他登门道歉的勇气。要知道，即使“四人帮”已被打倒，政治气候仍乍暖还寒。何况董老师虽然回到了校园，还属“摘帽右派”，仍是低人一等。直到他在一九八〇年底去世，在追悼会上，才被宣布被错划为右派。而他返校不久，那晚看到了王老师诚恳致歉的态度，在勾起了千般恨苦的同时，也会夹杂着一丝宽慰吧！到如今，四位老人都已仙逝，当时王老师向董老师道歉的情景，只留在我一个人的记忆中，庶几可以做证。

“文革”的经历，让王老师真诚痛切地反思。他不止一次公开承认失误，说自己“在历次运动中随风俯仰，缺乏定见”（见一九八一年《中国当代社会科学家》自传）。一九九三年，中山大学为他举行庆祝从教七十周年大会。大家纷纷赞扬他在教学和科研上的贡献。让人想不到的是，王老师在致答辞中，说了这样的一段话：“在摸索前进的时候，我也经历过一些坑坑坎坎，也走过一些弯路，写过一些错误文章，既批错了自己，也损害过别人。”（见《王季思从教七十周年纪念文集》）最后的一句，指的是什么，同事们是心领神会的。当时，大家热烈鼓掌，对王老师坦诚的态度表示嘉许。岁月悠悠，谁没有做过错事和违心的事，而作为享有盛誉的长者，敢于承担过失，勇于自我解剖，却是不多见的。“文革”以后，王老师一直注意协助在“反右”中受过损害的同事。记得一九七九年寒假期间，王老师作为文学史教研室主任，到学生宿舍去，了解同学们的学习情况。当他知道大家对某任课老师的教学颇有意见时，沉吟良久。他知道，这位老师，曾被错划为右派，多年来受到不公正的对待。

新学期伊始，当同学们来到文学史的课堂上，王老师的身影早早就出现在教室里，他坐在第一排的位置上，大家很惊喜，不禁鼓掌表示欢迎。

在上课铃声响起之前，王老师首先颤巍巍地站了起来，对同学们说：“我知道，大家对任课老师有意见。不过，如果你们知道任课老师曾经遭遇坎坷，他足足二十年没有踏上过讲坛。就明白如今的他能走上讲台，实属不易呀！”顿了一顿，他显得有些激动，双手微抖，低沉着声音说：“那时，我担任系主任，也做了违心的事，实在不堪回首。”接着，他又说：“虽然任课老师的普通话说得不大好懂，但他学识广博，只要大家耐心听讲，一定会大有收获。”听了这一番话，同学们若有所思。这时上课铃声响了，任课老师来到了课室，在讲台上看到同学们十分安静，又看到坐在第一排的王老师，不禁一怔。开始讲课了，任课老师像往常一样投入，同学们也听得聚精会神。他根本没有想到，作为前辈的王老师好几次静静地走上讲坛，亲手帮他抹净黑板。起初，任课老师显得有些不自如，但他很快就领会了王老师的心意。下课时，同学们不约而同地起立，向任课老师鞠躬致意，这一刻，他的眼眶泛红，转向王老师，深深地鞠了一躬，然后搀扶着老人家缓步离开。这一幕，被七七级的同学传为佳话，提起这番动人的情景，许多人仍然不禁眼睛湿润。从此，那位老师的课越来越受到大家的欢迎。一位同学说："我一辈子也忘不了王老擦黑板时的背影，知道了应该怎样做人，知道什么叫错而能改，光明磊落！"

董老师和王老师，从挚友变成陌路，也先后受到摧残。这是谁之过？平心而论，它更多是特定的历史时代造成的吧！我们的共和国，在六十年蓬勃发展的过程中走过那一段弯路时，试问有多少人能不随波逐流？能不随风俯仰，自觉或不自觉地做过错事？今天，追究芸芸众生谁损害过谁，谁做过错事，并没有太大的意义了。但是，我们这一辈的人，被卷入浊流之中，即使是不由自主地涌动，不也在客观上起了推波助澜的作用么？由于我们的愚昧乃至麻木，延误了祖国发展的进程，扪心自问，我们这一代人，对历史不是应该有所承担么？王老师之所以可敬，是他没有把一切推诿于客观形势，没有原谅自己的过失，更没有像时下一些人那样，为自己诸多洗刷漂白，文过饰非。

世上无完人，闻道有先后。我尊敬董老师的坚毅不阿，也尊敬王老师的胸怀坦荡。"觉今是而昨非"，这也是中国知识分子可贵的品格。王老师在二十世纪六十年代初参加编写《中国文学史》教科书时，曾在北大兼课。到一九九三年，北大中文系主任孙玉石教授，来穗参加王老师从教七十周年庆祝大会，他知道王老师也多次受到不公正的对待，致辞时语重心长地指出："王老师是中大的光荣，也是北大的光荣。"这番话，代表了学术界对王老师的评价和理解。

董老师和王老师都已作古，生前他们都是戏剧研究专家，而他们经历的恩恩怨怨、分分合合，又使他们都成了悲剧人物，也给后人留下了深刻的经验教训。岁月如流，往事未必如烟。倘若两位老师在天堂里相逢，当会泯然一笑吧！

有事弟子服其劳

记我们照料老师的一桩往事

近期，常从新闻画面上，看到一些年轻人照顾老人的情景，我不期然想到了三十年前的一桩往事。

在中大康乐园，到了暮春三月，岭南草长，杂花生树，群蚊乱飞。最可怕的是，有一种花斑蚊，人若被它叮了，可能会染上登革热，若引发并发症，危险得很！很不幸，这种病，竟发生在我们的老师王起（季思）教授的家里。王老师是著名的古代戏曲研究权威，培养了我们好几代学人，在建立中大的戏曲研究团队方面，作过卓越的贡献。

我记得，在一九九〇年夏天，一位校友来访，送给我两小包海蜇皮。我一想，这东西最宜下酒，王老师是每饭必饮的“高阳酒徒”，不如转送给他。第二天早上，便打电话和王老师联系，他清晰地回答：“好吧！”我立刻骑车前往。

车刚转入马岗顶，远远看到有人抬着担架走出，再细看，抬担架者，是康保成、董上德和王老师的女儿王小雷。我心里一阵发慌，王老师刚刚才和我通电话，怎么忽然出事了？走近一看，原来在担架上躺着的，是师母姜海燕先生。我立刻跳下车，一看姜先生脸色苍白，昏迷不醒，便赶忙把自行车扔在一旁，和大家一起把姜先生抬到学校的医务室。

我们七手八脚把姜先生抬上病床，医生发觉不妥，赶紧叫来救护车，把病人送到附近的广州河南医院急诊室。经诊断，判定为被蚊子叮着，染上登革热，引发急性心肌炎，要立刻抢救。可是，迟了，到晚上七时左右，姜先生不幸去世。

我们接到消息后，急忙赶往医院，让守在母亲遗体旁的小雷，当晚先不要回家，听候我们的安排。因为，王老师当年已八十四岁了，又患有较严重的心脏病，他怎么样也想不到姜先生起病只有三天，早上还在一起，离开不到十小时，便天人永隔。如果我们把不幸的消息告诉他，这猛然的打击，他能抵受得了吗？万一心脏出了问题，怎么办？如果不告诉他，又实在不可能，万一走漏消息，他更受不了。这又怎么办？真教人左右为难。

那时，情况特殊，我只好通知各位师兄弟，到大海兄的家里，共同商量。晚上十点左右，我们围坐在一起，研究两个问题：一是怎样告诉王老师，二是怎样为姜先生办后事。而关键在于，怎能让王老师身体不出现特殊的状况，能平安地接受不幸的现实。围绕着这一难题，大家左思右想，一筹莫展，只好拿出香烟，一根接着一根地猛抽，把烟尾巴扔满一地。

忽然，有人提出：坏了！现在王宅只剩下老人家一个人，孤孤单单的，怎么办？于是决定，让当时最年轻的上德，骑上自行车前往探望。大家吩咐他，如果楼上没有灯光，说明王老师已经睡了，那就不必惊动，赶紧回来报信；如果楼上有灯亮着，说明王老师没有睡，那么，立刻上楼和他聊天，稳住他，安排他休息，并且打电话过来通报。上德二话没说，受命飞奔前往。而我们则留在大海家里，一边继续商量，一边守候消息。

王老师的家在康乐园的西北区，大海的家在西南区，两地相距较远。那年代，手机还没有普及，我估算一下，上德骑车抵达王宅，约需十分钟，如果王老师睡了，马上回程，一来一回，顶多需要半个小时。上德是十二点左右出发的，无论如何，凌晨一时，我们便应该知道信息。

谁知道，直到凌晨两点，上德还没有回来。这一下，我们慌了，上德一向办事认真，这是怎么回事？再一想，不好！莫非他在路上出了什么事

王季思先生住过的老房子。

故？深夜飞车，撞上什么东西，那真就祸不单行了！我们越想，心里便越发毛。我沉不住气了，正想让大家分头去找，又不知上德走的是哪条路线。正在踌躇之际，门打开了，只见上德满头大汗，刚好回到。原来，他的自行车半路上坏了，鼓捣了半天，依旧没法把车修好，只好步行到王老师家，一看，楼上没有亮灯，又只好徒步走回来。我们听着，也都松了一口气。

我们又讨论了一会，依然找不出应对的办法。眼见快近四点，曙光熹微，大家都有倦意，便决定先各自回家休息，等头脑清醒些，再作决定。

我回到家，立刻睡觉。起来后洗了个澡，冷水一冲，突然灵机一动，有了！记得前两年，校党委某领导的家属突然去世，她患有心脏病，校长便先对她封锁消息，让她到广东省人民医院住院体检，并和院方沟通，在做好抢救的准备后，才告知她。这办法，颇有效果。

我便想，我们对王老师，不是可以如法炮制吗？主意已定，立刻向校

王季思先生（右）与作者。

党委书记张幼峰请示，他很同意我的想法，并立即通知校医室，给予配合。我便和校医室王坤儒主任联系，请她准备车辆，并以学校组织老教师体检的名义，送王老师到河南医院。但我们又怕引起王老师的怀疑，便把真相告知王老师的同乡好友——哲学系刘嵘教授和图书馆连珍馆长，请他们也装着参加体检的样子，和王老师乘车一起前往。同时通知王小雷，让她立刻回家，装着没事，告诉王老师，妈妈也在河南医院，没有大碍，并悄悄替父亲准备住院的物品。当然，我们也请学校方面迅速和河南医院取得联系，告知我们的意图。

一切安排妥当，刘、连两位教授坐上面包车，一起来到王老师的家中。起初，王老师真不想去，但刘、连两位告诉他，老教师体验，是学校统一安排，他们俩也得参加，不去不好，何况姜海燕也在那里留医，彼此方便照顾。王老师想了想，同意了，和大家一起上了车。一路上，大家说说闲话，强颜欢笑，车子很快就到达医院。

到了河南医院，医生很配合，首先给刘、连两位做了检查。轮到王老师，东弄西弄，便说他心脏不好，肝部也有问题，必须立刻住院留医。三老师愕然，我们则不由分说，连哄带吓，把他送往住院部，安排他住到五楼的双人房。一住下来，他便要看望妻子，我们告诉他，姜先生正在好转，但不能受干扰，请他放心。王老师老了，行动不便，也不知姜先生住在哪号病房，只好作罢。

我们回到校里，大家又一起商量，姜先生的追悼会应该在六七天后举行。至于在什么时候才把实情告诉王老师，则要看情况而定。我们一面通知系领导，要求系里的老师配合，绝不能走漏消息；一面决定，在王老师住院期间，早、午、晚三段，由戏曲研究团队的师兄弟，轮流值班陪侍。晚上一段，则由当时未婚的黄仕忠，以及不用照顾家庭的林健负责。我则重点负责各个方面的协调工作。大家又想到，医院伙食不算好，便规定每位同志，凡是轮到值班看护时，必须带上有营养的汤品。家里没有开锅的，便到附近饭店买上一盅。由于营养充足，后来王老师出院时，体重反增加了。

王老师住进了医院，大家安心了。第二天早上，我要和王小雷与院方共同研究采取什么方式、在什么时间向王老师"摊牌"的问题。到医院后，我们先到病房看看王老师。他一见我，便追问："海燕怎样了？"我们支吾以对，说情况还好，请他放心，然后匆匆离开。

我们从院长室里出来，已经十一时多了。我又跑到病房，看看王老师的情况。还未进门口，轮值陪侍的师飚瞄见了我，对我说："王老师焦急得很，说天骥办事，从来不会一来便走，刚才，他还要我到处找您。"我立刻进入病房，只见王老师坐在床上，一见到我，立刻就问姜先生住在哪幢楼哪号房。我说不能去，他有点生气了，还是一个劲要求带他去探视。这下子麻烦了，我沉吟一会，横下心来，索性告诉他，姜先生病情突然恶化，刚才和医生商量，已经把她转到省人民医院治疗。王老师急了，又赶着要去看她。我立即正告他，不可能，医生不会批准他离开。总之，我编了许多理由，硬是劝他不能前往，只能自己安心静养。王老师也没有办法，只好听从。

我回到学校，和大伙说了王老师的情况，决定采取时松时紧的策略，一会儿对他说姜先生好转了，隔天又说姜先生出了问题。消息时好时坏，反反复复，让王老师有一个思想准备的过程，然后再抓住时机，才告诉他不幸的消息。

谁料过了四天，邱世友教授到了医院，径直探访王老师。邱老师是王老师的老学生和老同事，他学问很好，有时却有点迂气。那天，他去问候王老师，两人谈心。谈着谈着，邱老师忽然谈起老庄哲学，还大谈庄子丧妻，鼓盆而歌，说到庄子坦然的态度等等。王老师是何等聪明的人，当然听出了弦外之音。当时，轮值看护的师弟大惊失色，却又不能阻止侃侃而谈的邱老师，眼看着王老师默然发呆，只能暗自着急，却束手无策。

也真凑巧，在王老师住院后的第三天，隔床住上一位老干部。他是某造船厂的厂长，“文革”时，曾到中大担任过工宣队队长，对学校知识分子的情况，也有所了解。他看到了我们师兄弟的奔忙和种种情态，早就“瞧科”了。邱老师离开后，晚上，这作为“病友”的厂长，便对王老师说，一年前，他在住院留医期间，老妻去世了。可是儿女们一直瞒着他，过了两个月，才告诉他，他很不满。但回心一想，子女这样做，其实正是为他好，怕他伤心，影响健康。厂长又说，后来想通了，只好接受现实。王老师听了，也点头称是。显然，厂长把一切看在眼内，已经自动地帮助我们做了思想工作。那晚值班的师弟赶紧把看到的情况告诉我们。我们一听，时机到了，立刻决定，隔一天，就可以向王老师说明真相。

那天，院方把一些医疗设备搬进了病房，几位医生也做好抢救的准备，然后，王老师的女儿小雷，穿了黑色的衣服，与王老师的挚友连珍馆长，还有我和两位师弟，一起进入病房。王老师一看，便明白了。跟着，小雷正式告诉他妈妈逝世的时间和情景，连珍馆长也简单安慰了他几句。只见王老师泪流满面。过了一会，一位医生握着王老师的手，检查他的脉搏和血压，回过头来，向我们示意，他心脑没有异常。于是，我们只留下小雷陪伴父亲，大家默默退出。当走出病房门口，又都长长地舒了一口气。后来听小雷说，王老师哭了一会，便睡着了。我们知道了，也稍稍安心。

尽管王老师情绪渐次好转，但暂时还不能让他出院回家，否则他睹物思人，又会感情波动，因此，大家决定让他继续住院。每天，我们依然早、午、晚三班，轮值看护，陪他聊聊天，或者推着轮椅，让他到处走走，散散心。当然，每天也继续轮流给王老师送去富有营养的汤汁。那时，天气炎热，下午值班者，还必须替王老师洗澡。

有一天下午，轮到我和师兄苏寰中教授值班。到四点钟左右，我俩扶着王老师进入沐浴间。王老师腰腿不便，我们不敢让他跨进浴缸，只能替他脱光衣服，让他站在淋浴器下面。苏兄搀扶着他的左侧，谁知，王老师身高体重，苏兄顶托着，非常吃力；我则一手扶住老师的右腋，一手打开水龙头，替王老师从头到脚，冲洗搓擦。等到把他搀回病床时，我们才发现，自己全身已被汗水和自来水打湿，弄成落汤鸡了。

又过了若干天，我们看到王老师情绪已经稳定，便和他家属商量，决定让王老师出院后，先不回到中大的家，而直接送往深圳，让他在女儿王丽娜的住处继续休养，然后再回康乐园。主意已定，连忙请医院给他做一次全身检查，准备办理出院手续。

过两天，我们接到王老师的体检结果，一看，坏了！体检书写着：胃癌晚期。并建议：由于本院设施不足，尽快到省人民医院复检。这事情，王老师一点也不知道，我们却惊得一佛出世，二佛升天，紧急和王老师子女开会商量。他们都决定，如果复检属实，只好消极治疗，不再开刀，让病者舒服离世。

话虽如此，但大家的内心，实在非常伤感。眼看着一波未平，一波又起。八十多岁的老翁，癌症晚期，看来日子无多了！

怀着吉凶未卜的忐忑心情，我们请学校备车，由王老师的儿子王则柯教授，以及欧阳光和我，三人一起，把王老师送到省人民医院复查。在等候复查结果时，我们如坐针毡，心里像有十五个吊桶，七上八落。直等了三个钟头，王老师被护工推送出来。过一会，复检证明也拿到了，我们紧张得很，抢前一看，哎哟！阿弥陀佛！原来王老师根本没有癌变，一切正常。我们相视而笑，悬着的心，才像一块石头落地。

王老师住院，前后共二十多天。出院赴深圳前，我打电话给当时深圳特区报社的社长许兆焕校友，告诉他："老师交给您了。"他朗声回答："没问题！"当王老师抵深那天，老许召集了七位校友接车。那时没有电梯，他们便轮流抬着王老师，硬是爬着楼梯，登上了王丽娜居住的七楼。我们知道了，都十分感动。这就是中大的校风！但愿这尊师爱生的校风，能发扬光大，传之久远。

经过二十多天具有戏剧性的奋战，王老师安然无恙。我们虽然心力交瘁，但也都觉得值得。"有事弟子服其劳"，这是中国人应有之义。此一役，对我们来说，其实也是自我教育，大家也更紧密团结，为后来完成一桩又一桩的重大科研项目，打下坚实的思想基础。

岭南词宗　树蕙滋兰

记詹安泰老师

近来，我常写些有关唐诗的文字，往往想起了教我学习诗词的詹安泰教授。不想则已，一想起来，却又五味杂陈。

我从小喜欢诵诗词，但孤陋寡闻，只知道词学大家陈洵，曾在中山大学任教。等到考进了中大中文系，才知道该学科由詹安泰教授主持。能接手陈老先生教席的，岂是等闲之辈？我赶紧查阅资料，知道了詹老师也是一位词学权威。

早在一九四九年之前，詹老师就出版过《词学研究》，对词的创作体裁，从声韵、音律、调谱、起源、章句、修辞、意境、寄托等方面，作出理论性的分析。这与当时许多词家，只着重汇集、注释的做法，大不一样。他还经常发表高质量的词作。在学术界中，詹老师和夏承焘、唐圭璋、龙沐勋，有“四大词家”之誉，“北夏南詹”，成为词坛许多人的共识。这一来，我早就渴望着能见到詹老师，能听到他的讲授了。

那时，中大中文系的一年级上学期，便安排中国文学史的课程，任课老师正是詹安泰教授。上课时，詹老师多是穿着一套灰色的中山装，整洁朴素。他面容癯瘦，可是声音洪亮。一口带着潮州口音的普通话，说得抑扬顿挫。他讲解《诗经》时，引经据典，条分缕析，让同学们听得入迷。

詹安泰（1902—1967），字祝南，号无庵，广东饶平人，著名古典文学学者、文史学家和书法艺术家。他的诗词研究及词学论著在词坛有相当大的影响，有“南詹北夏，一代词宗”“岭南一大家”之誉。其诗词踵承清季同光诗词“宗宋”之风，挹其芳润而自成新境。一九三八年，经在广东高师（中山大学前身）读书时的老师陈中凡教授推荐，詹先生以名士身份被中山大学破格聘为中文系教授。

一些艰深难懂的诗句，经过他的讲解，便豁然开朗。更绝的是，他的板书，写得秀逸遒劲。下课时，我们往往不忍抹掉，因为它本身就是一幅美妙绝伦的书法作品。

詹老师一开始讲《诗经》，便把我们镇住了。当时的学界，流行着一种观念，认为“三颂”和“大、小雅”，多是出自贵族统治阶级的作品，没有多少文学价值。但詹老师认为，“周颂”是祭歌，但它多是以民间的祭歌为蓝本，不能简单地否定。他特别不同意郭沫若对《良耜》的看法。通过严谨的考证，他作了全新的解释，雄辩地说明它确是一首生气勃勃的农歌。当年，郭沫若大名如雷贯耳，原来，他对一些问题的判断，也只是一家之言，未必正确。詹老师这开头的一课，告诉了我们，在学术上，可以挑战权威，作为大学生，在学术上应该学会独立思考。

在二十世纪中叶，广州的冬天，还是比较寒冷的，课室外边的草坪，早上还会残留薄薄的冰珠。这阶段，詹老师正好给我们讲授《离骚》，记得他换上黑绒长衫，围着颈巾，在讲台上来回走动，激昂地念诵诗句。当他讲到“余既滋兰之九畹兮，又树蕙之百亩”时，像是陶醉在诗人培育后进的欣喜中；讲到“长太息以掩涕兮，哀民生之多艰”时，他紧皱双眉，仰起前额，用力拍打沾在衣上的粉笔灰，表情悲愤。下课后，同学们纷纷议论，都说詹老师讲授《离骚》的样子，有着屈原的影子。这几节课，詹老师情绪激昂，声情并茂。他讲授的内容和教学的态度，本身就是对我们进行生动的爱国主义教育。

当年，我们每门课程都设有课代表，要直接向任课老师反馈同学们对教学的意见，或是转达老师对同学学习的要求，或是主持课堂讨论，然后向老师汇报，等等。这起着沟通作用的课代表，和任课老师的接触自然较多。我对学习中国古代文学很有兴趣，便被选为这门课程的课代表。谁知道，当上了这角色，“近水楼台先得月”，它影响了我一生工作的走向。

一天下午，我没有课，便到詹老师家里拜访。在一九五二年，教授的家都没有电话，学生往访，无法预约。但是，凡有事没事，径直往访，老师们对不速之客，也从来不以为忤。

詹老师的家，就在康乐园西大球场的西北角。门前有以篱笆隔着的小院落，树影婆娑，显得特别幽雅。那天，詹家门开着，我便推开篱笆，走了进去。只见詹老师端坐椅子上，面容严肃，正在训斥站在旁边的一个小光头。这时候，我站在门边，走不是，不走也不是。正为难间，詹老师举头瞥见了我，便招手让我进屋。那小孩也乘机一溜烟跑了。后来知道，他正是詹老师的小儿子叔夏。此后，我常在西大球场见到他。我也爱玩，便和他一起抓草蜢，拉单杠。又过多少年，我和叔夏成了无话不谈的朋友，大家也都还记得初见时的尴尬情景。

詹老师让我坐在他身旁，詹师母便用托盘端着几只小小的茶杯，放在桌上。詹老师把开水注入小茶壶中，均匀地斟到小杯里。杯子里茶色金黄，清香扑鼻。詹老师用两个指头拈起一杯，示意我也拈一杯。我从未见过用如此细小的杯子喝茶的习惯，也从未喝过这样的茶，便像喝酒时干杯那样，一饮而尽。詹老师看到我的模样，笑了笑，告诉我，我们喝的是潮州的功夫茶，不宜牛饮，应该小口吮咂，细品茶的滋味。他又告诉我有关功夫茶的知识，例如用小茶壶，把茶均匀地斟在围成一圈的小杯上，这叫“关公巡城”；最后还有壶中余沥，点点滴滴，分别注入小杯里，这叫“韩信点兵”。我感到十分有趣，觉得詹老师平易近人，进门时的局促之情，一下子抛到九霄云外去了。说着说着，话题转到学习方面，我告诉老师，同学们初进大学，大都不知道怎样看书。詹老师指着杯子说：“有些书，阅读时可以用像你平时喝茶的习惯，一股脑灌进嘴里，解解渴，就可以了。但有些重要的书，就要像喝功夫茶那样，细细品味，反复领会，切忌囫囵吞枣。”这一番话，让我顿开茅塞。到现在，我还沿用詹老师教我的学习方法，把粗读和精读结合起来。这既可以读书较多，有较广阔的知识面，又可以集中精力对有些书反复阅读，深入思考。还要围绕着其中值得注意的问题，找寻有关的书籍，“竭泽而渔”，从各方面加以参证，就像苏东坡说的“八面受敌”，聚于一穴，让知识牢牢地渗入自己的脑海里。

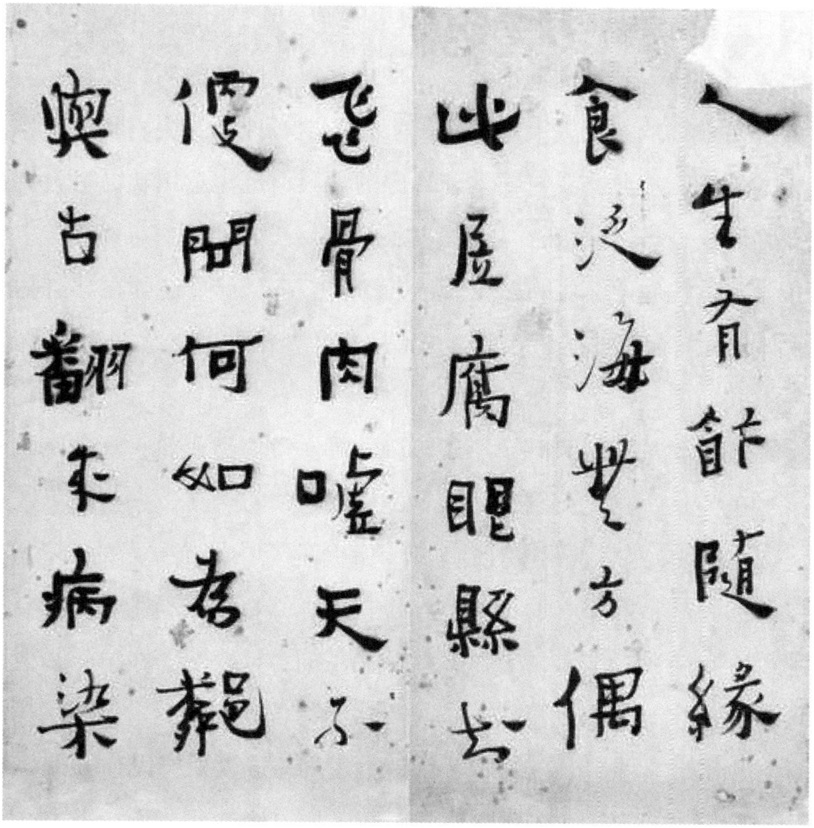

詹安泰先生墨迹。

听师一席话，胜读十年书。詹老师从饮茶教导我读书的方法，让我一辈子受益。

在詹老师客厅的书架上，堆满了一叠叠线装书，我每次到他家里，总会拿起一两本随便翻翻。一天，他告诉我，他是下定决心，三年不读线装书。也就是说，他准备用三年的时间，大量地认真地研读政治和文艺理论著作。

当时，我不太理解，作为研究中国古代文学的专家，怎能搁得下线装书？但仔细一想，明白了，像他那样长期从事文史工作的学者，许多典籍早已烂熟于胸，暂时放下，不会产生太多的影响。倒是如何提高理论水平，加强对中国古代文学发展规律的研究，改变“评点式”的鉴赏方法，这对从旧时代过来的文史研究工作者来说，是十分必要的。在新中国成立后不久，詹老师较早就认识到提高理论水平，强化逻辑思维能力的必要性，实在难能可贵。后来，他在校报上，还公开了自己学习理论的决心和设想，产生了较大的影响。从此，我对文学理论课的学习，也注意用功，努力克服只重视锻炼形象思维的倾向。

正是在重视理论学习的思想指导下，一九五三年，詹老师在《人民文学》杂志上，发表了有关研究《诗经》的论文。当年全国性的文学期刊，只有《人民文学》和《文艺报》两种。

《人民文学》从来只刊登小说、诗歌等文学作品，而它竟破天荒发表了詹老师的论文，这立刻引起了文学界广泛的注意，在中大校园里，更是轰动一时。跟着，高教部又委托詹老师领衔编写新中国成立后的第一本《中国文学史》，同学们知道了，掀起学习中国古代文学的热潮。

其实，詹老师也非常注意对文献和作品的考证校笺。在早年，他已有《花外集笺注》《碧山词笺注》和《姜词笺释》等著述问世。在给我们上课时，他已开始撰写《离骚笺疏》一稿，汇集从王逸以来历代专家对《离骚》的注解，爬梳剔抉，从中阐释真微之义。与此同时，他撰写《屈原》一书，还发表了长篇论文《论屈原的阶级出身、政治地位及其在文学上的作用》。论文以大量史料，论述“左徒”官职的发展，从而考证屈原政治地位的变化，进一步论述这对屈原创作的影响。这篇资料翔实，考证严密，并且具有理论深度的力作，受到了楚辞研究专家姜亮夫教授的推崇。

在我入学之初，系主任便宣布，中文系是培养中学教师、大学教师和研究人员的，不是培养作家的，因此，学习期间，不许创作文艺作品，否则被视为“偏废”，要受到批评。对此，我大惑不解。因为我们许多同学，都是怀着“作家梦”才来报考中文系的。而且，研究和创作并不矛盾，为什么就不准学习小说、诗歌的创作了？我生性“反叛”，才不管系里那一套规定，有空就写写马雅可夫斯基体的新诗，有时还自鸣得意，吟诵一番。团支书当然对我提出批评，我虚心接受，坚决不改。其实，也许当时的系主任，不得不按照苏联的教学大纲，宣示一番，而他自己和詹安泰老师，不也在报刊上发表诗词作品吗？怎么学生偏偏就不准写了？因此，同学们"睬佢都傻"（粤语，懒得管他），在课余时间，往往都写写小说，写写情诗。

有一天下午，我拿着文学史课堂讨论的纪录，到詹府交给老师。只见詹老师斜靠在摇椅上，闭着眼睛低声吟诵。我不敢打扰他，也不知道他咿咿呀呀唱些什么。正听着，詹师母走了出来，对詹老师说："天骥站着哩！"詹老师张开眼睛，看见了我，笑了起来，告诉我，他吟唱的是刚刚写就的一首词。我说："您刚才用潮州话念吗？我听不懂，却觉好听。"詹老师说："你用广州话来读诗词，也是很好听的。"随即和我说起诗词有关平仄和词牌运用等问题。那学期，语言学家王力教授正好给我们上课，我一边听着詹老师的指点，一边联想王老师讲授的汉语知识，不禁豁然开朗。我听得入神，忘了要向他汇报有关课堂讨论的情况。詹老师也说得很兴奋，忽然问我，写过诗词没有？我回答，现在只写写新诗，不过，在念中学时，也学写过诗词。詹老师便让我读些旧作，给他听听。我有点不好意思，只好说，当时没有留稿，只记得在清明节上坟时，写过一首《点绛唇》，开头两句是："野草离离，彤云尽掩山头翠。"

詹老师一听，把眼镜推到鼻尖，瞅着我，好一会，对我说："以后你多写些词，写了就拿给我看看。"我觉察到老师有认为孺子可教的情态，大喜过望。几十年过去了，但老师愿意栽培我所表现出来的眼神，至今还深深地印在我的脑海里。

过了一段时间，我便拿着新写的《浪淘沙》一词，到詹府交给老师看。谁知他读了一半——"春篙送春舟，点散春愁，远山如黛试春妆，波逗春心花弄影，伴我春游"，便把眼镜拉下，一脸严肃，把词稿递回给我，对我说："写诗作词，要有真情实感，切忌为文造情；你这词，每句都有'春'字，自以为巧，却弄巧反拙，显得矫揉造作。"我一听，满脸通红，手足无措。过了一会，詹老师打开了抽屉，找出他的一首新作，叫我坐到书桌旁边，一字一句地告诉我他为什么要写这首词，他是怎样构思的，为什么句子用这个字才稳妥，为什么采用这一韵脚，等等。他把自己创作和修改的全过程，都告诉了我。又对我说，要多读些古人诗词，揣摩其意；创作时，却要跳出来，千万不要把自己打扮成古人，一定要根据自己的情感和现实的情况，慢慢形成自己的风格；该歌颂就歌颂，该鞭挞就鞭挞。他又说，由于从旧社会过来，他自己写的词，往往使用寄托的技巧，现在看来，容易晦涩；在新社会，年轻人未必如此。我问詹老师，写诗也是这个道理吗？他说，是的。至于近体诗，他认为陈寂老师和黄海章老师写得好。还告诉我，近日陈老师北上，写了一首七绝，其中有“行到洛阳近端己，洛阳春水碧于天”两句，既用典而又流畅，这就是好诗。

这一回，詹老师等于手把手教我怎样写诗词，而且好些话，是在课堂上听不到的。其实，在大学，老师对学生的个别辅导往往比课堂讲授更为重要。詹老师把我的“作品”，结合他自己的创作体会，坦诚地告诫我，引导我，真如醍醐灌顶，让我心窍顿开。詹老师还鼓励我，说我才是一年级学生，年纪小，有基础，应不怕失败，再接再厉。临别时，他还把我送到篱笆旁边。

我刚想推开篱笆的小门，詹老师忽然站住，拉住我走到一边，低声说：“我教你一个读书的秘诀。”我赶忙听着。原来，他是要告诉我，看书或写作时，不必正襟危坐，而只要用一半的屁股，侧身坐着，这样就永不会长痔疮。他又说：“男性如果终日坐着工作，最易患痔疮，这很麻烦。”我唯唯，却不禁“咭”的一声，笑了起来。詹老师却正色说：“这是经验！”到现在，我在工作时，一直依照詹老师教我的坐姿，也真的很有效果！

在返回宿舍的路上，我既惭愧，更感动，又觉得有趣。詹老师对学生的严格要求和深情爱护，不就和屈原所说“滋兰”“树蕙”的心意一样吗？

詹老师很喜欢和学生们一起讨论学术问题，很乐意听取不同的意见。一次，他和我们讨论温飞卿的《菩萨蛮》，说到了对“水精帘里颇黎枕”等句的理解。他认为，水精帘、颇黎枕、鸳鸯锦，是作者描绘留宿的地方；而下句“江上柳如烟，雁飞残月天”，可以看出写的是他和情人清早分别的情景。最后四句是:“藕丝秋色浅,人胜参差剪;双鬓隔香红,玉钗头上风。”这几句,语气很不连贯,较难理解。詹老师首先介绍了一些学者的主张,然后提出他的看法,认为诗人写的是那女子头上两边戴着鲜花美丽可爱的形象。我一听,大胆地提出不同的解读,我说:“不对吧!”詹老师问我:“为什么?”我认为,这女子头上既戴着“人胜”,又插上玉钗,头的两边还插着香红的花,累赘得很;我看过唐代的一些壁画,女性怕不是这样打扮的。詹老师“嗯”了一声,问我有什么想法。我说“双鬓隔香红”,可能指诗人看见她的脸,隔着香红的花,在花丛中,目送情人的离去。詹老师沉吟了一会,点点头说:“有想法!”后来,我看他发表有关温词的鉴赏文章,也参考了我的意见,不禁暗自高兴,知道詹老师从善如流,也明白教学相长的道理。后来,我和研究生一起讨论,也特别喜欢学生们勇于提出和我不同的见解,我甚至有意挑起大家的争论。这一手,正是从詹老师那里学来的。

大学毕业后,我留校任教,被安排从事古代戏曲科研教学工作,和詹老师接触的机会少了。到一九五七年,詹老师忽然被划为“右派分子”。我大惊,因为从未听詹老师说过什么过激的话,怎么也算右派呢?当然,谁也不敢细问。同时,上头安排谁写批判文章,运动当头,都不敢不写,我也奉命写了,暴露了人性的弱点。在极“左”思潮的泛滥下,多数人不明真相,被划为右派的詹老师,一下子变为“不可接触”的人。不过,在一九五九年,系里却发生了一桩感人的事。

那时,被打为右派的教师,是不能任课的。但詹老师开讲的文学史课,却无人可代,只好当例外处理。有些学生,对此还颇有意见。系领导便给大家打招呼,并强调上下课时,不要向詹老师起立致意,不满者才勉强接受系里的安排。

当詹老师走上讲台时,班长自然没有发出“起立”的口令,但有些同学不明就里,按习惯自动站了起来。于是有人坐,有人站,场面十分尴尬。詹老师等大家安静了,才开始讲课。虽然,他戴着“帽子”,但学识精深,见解精辟，备课认真，同学们听得入神，不知不觉到了下课的时间。詹老师收起了讲稿，然后说：“同学们，我正接受改造，以后上下课，请大家不要起立了！”说罢，他正想离开，谁想到，就在这时候，同学们倏然全体起立。詹老师一怔，赶紧欠身回礼，随即含泪离开。这一幕，虽然当时我没看到，但也知道，人性是复杂的，它会被扭曲，但并非良知尽泯。

那一段时期，气氛肃杀。有时在路上碰见詹老师，他总是低着头走。有时，我轻声向他打个招呼，他略一点头，便急急离去。后来情况有所缓和。每个周六下午，教工们都要回到教学楼，打扫卫生，詹老师自然也要参加。有一次，打扫快要结束，我瞅着没人，抓紧时机，轻声向詹老师表示歉意。刚说了几句，詹老师便急忙阻止：“别说，别说，我明白！当年批胡适，批俞平伯，我不是也要奉命发表批判文章吗？”他那坦诚而豁达的态度，反让我说不下去，愿然无语。

“文革”开始后，詹老师深居不出。在路上偶然碰见叔夏，交谈几句，知道老师患了癌症。后来又传来他已经去世的消息。

到一九七八年冬，叔夏忽然拿着一大沓文稿找我。他告诉我，“文革”时，詹老师忍痛烧毁了许多文稿。当时，他抢出一部分，用油纸包裹，藏进地洞里。如今取了出来，发现其中的宋代词史稿，只有北宋部分。叔夏说：“当年爸爸最器重您，您是否能续写南宋的词史，然后联名出版？”我一听，大惊，立即对他说，我完全没有达到能够续写的水平，若写了，真怕有辱先师的令名。我又告诉他，要续写南宋词史，应该找暨南大学的汤擎民先生。汤先生也是我的老师，他是詹老师的老学生兼好朋友。叔夏觉得我说得很对，便找汤老师去了。这书出版后，叔夏送交我一本，以作纪念。我翻看内容，原来，汤先生也没有续写南宋词史的部分，只是把詹老师的原稿作为单篇论文整理，这就是我们今天看到的《宋词散论》。

詹老师教过中学生，教过大学生和研究生，一生树蕙滋兰，育材无数。他的《詹安泰文集》，包括《宋词研究》《李璟李煜词校注》《离骚笺疏》《无盦词》等著作在内，不知影响了多少从事文史工作的学者。我心中一直明白，中大中文系古代文学教研室的同仁，从来重视文献与理论相结合的学风。这学风的领路人，正是詹安泰教授。

到如今，詹老师已离世五十多年了。每当黄昏，我在校园散步，行近詹老师故居的位置时，往往会想起他对我的谆谆教导，想起他在讲坛上，吟诵“余既滋兰之九畹兮”那慷慨飞扬的情景。

人淡如菊
记黄海章老师

在康乐园里，黄海章教授的名字，并不特别引人注意。他治学严谨，一生著述并不算多。他的《中国文学批评简史》，在学术界受到推崇，也只写了一百多页。但是师生们都知道，黄海章教授的学问是最好的，许多蜚声全国的学者，碰到难题，多会上门向他求教。人们称誉他是康乐园的“活字典”。

我们的学校，桃李芬芳，靠的就是许许多多像黄海章那样的老师，默默地耕耘灌溉。

我在中大求学的时候，黄海章教授才五十多岁。那时，过了五十岁，便是老教授了。所以，人人都尊称他为“海老”。海老的样子也真显老。我从来没有看见他穿过衬衣，一年四季完全是中式打扮。夏天，穿的是白色或灰色的竹布唐装；冬天，穿的是褐色或黑色的绒质长衫。他没有头发，光光的小圆顶，又从不戴帽子。黄昏清昼，他喜欢在小路上伛偻着腰，踽踽独行。远远望去，就像国画中幽居山林的老僧。

事实上，听说海老在年轻时，确有出家当僧人的打算。他对佛经、佛典的研究，极有心得；他写诗时，以“黄叶”为笔名，诗集也取名为《黄叶楼诗》，这可见他心中的禅意。又听说他到各处的佛寺走了一圈，发现佛门里明争暗斗，与凡间并无区别，于是打消了遁迹空门的念头。海老一生淡泊名利，耿直狷介，这可能和他早年的经历有关。

黄海章（1897—1989），广东梅县人，中大中文系教授，中国古典文学研究专家。海老性格耿直狷介，通佛学禅理，年轻时曾有出家的想法，诗集名为《黄叶楼诗》，颇有禅味；他善诗词，学问精深，擅长书法，但为人淡泊，故此声名不著于时。著有《中国文学批评简史》《中国文学批评论文集》。

我还清楚记得第一次访问海老时的情景。那时，我当课代表，有些问题要向老师反映。海老住在荣光堂三楼的单身教师宿舍里，我敲门进去，自我介绍。海老让我坐在书桌旁，然后戴上眼镜，眼光从上到下把我打量一遍。我把同学的一些想法向他汇报，他一边听，一边左右晃动着身子。听完了，说了一声："好！"我又顺便说自己喜爱学习古代文学，看过一些什么样的书。他又说："好！"我见他话不多，便动手摸弄他书桌上的小茶壶，他一笑，用小壶给我斟了一杯茶。那茶又香又酽，我一饮而尽。他问我："好喝吗？"我学着他的腔调回答："好！"他大笑，又左右摇晃着身子。我告辞，他送我到房门口，扭身就进去了。那回访问，简洁明快之至。在我的印象中，他是严峻而又和蔼的老师。

海老给我们讲唐诗。他身体瘦小，却声若洪钟，讲到激动处，唾沫直飞到讲坛上。他讲课的内容十分简洁，一是一，二是二，多余的话一句也没有。对一些名篇，他不作分析，往往是摇晃着身躯，高声朗诵一遍，完了便问："哪一句最好？"若某甲同学起来回答，不合海老的想法，他就摇头；某乙同学又站起来，说另外一句才好，海老满意了，便点头，然后说，关于对这首诗的评价，同学可以看什么什么书。这样，一首诗的讲评，算结束了。

在大学，教授们各有各的授课方式。有些老师，语言生动，表情丰富。像董每戡教授讲戏曲史，听了他一堂课，就像看了一场戏。有些老师，讲得简明扼要，条理清晰，像丁宝兰老师、楼栖老师，学生们如果把他们讲的内容一字不漏地记录下来，就是一篇完整的论文。海老讲书，则是另外一种风格。他讲得并不动听，但很有启发。他讲诗，着重点在让学生自己体悟，而极少加上教师的意见。即使表示教师的看法，也点到即止。这种方式，颇似我国古代文艺理论家的评点法。有水平的听众，如果留心听讲，是能从中得到教益的。我认为，大学生的学习主要靠自己。教师的讲授，可以不拘一格。管他用的是"填鸭式"，还是"启发式"，只要教师认真备课，对所讲述的内容有自己的见解，那就能对学生有帮助，有启发。海老的讲课，即属"不知什么式"那一类，然而绝不影响学生们对他的敬爱。

海老对工作的态度非常严谨，他主张以自己严肃的讲课态度，去影响学生，反对在讲课时说些与讲授内容无关的话语。一九六四年左右，他担任古代文学教研组组长。当他知道另一位教授上课时喜欢开玩笑，不注意衣冠整饰，便大不以为然，在教研组会议上提出批评。另一位则不服气，反唇相讥。海老大怒，使用的语言十分激烈。两位老先生各不相让，场面弄得很僵。我们这些在场的年轻教师，看到两位老人家动了真气，都不知所措。后来，两位老先生真还有点隔阂。当然，海老的工作方法有点问题，但是，他从来直来直去，眼里揉不下半点沙子。耿直狷介的个性，必然使他看不惯他认为是散漫不羁的工作作风。

"文化大革命"时期，在严酷的政治环境中，要坚持自己的信念，不为外力影响，那是不容易的事。海老对外面的风风雨雨，当然是不解的。

他足不出户，却对是是非非，非常清楚，而且敢于坚持自己的看法。有一次，有个知名学者受了上头的委托，大写“评法批儒”的大批判文章。此公一时名满天下，炙手可热。他误上贼船，身不由己。知识分子既迂又容易忘乎所以的习性，使他真的挖空心思为“四人帮”的理论效力。为了评说法家的传统，他想到了汉代的重要思想家王充。而对王充思想如何阐述，却未有把握，便“降贵纡尊”，请教海老。海老一听他说要把王充定为法家，猛摇其头，坚持王充是儒家，并且认为儒家不应受到批判。他以自己的良知，坚持真理。那个学者告诉他这是政治需要，请他帮忙，海老就是不肯。该教授不得要领，只好悻然离去。

海老的生活简朴到极点。二十世纪六十年代初，他搬到东南区一幢小楼里居住。我去探望他，穿过竹树浓密的小径，登上门口红色的小扶梯，就进入他的客厅。客厅实在没有什么陈设，四周满是书架，平放着线装书。厅中央放一张木桌，摆着茶杯茶壶。海老的书桌，放在客厅的南窗下，他习惯于在书桌边会客。我每次到他那里，总是被安排坐在书桌的左侧。师母给我端上的茶，就放在书桌上。

海老的书桌也并不大。和别的老师不同的是，他总会在桌上放一个玻璃瓶子，插着几株鲜花。有时，他会买几朵花；更多的时候，花是从他的园子里采的。有黄菊，有三月红，有圣诞花，甚至有不知名的野花。海老喜欢在书桌上用清水养花，从不讲究花的品种是否名贵。方桌上总放着一些纸，有信笺，有稿纸。海老找到什么纸，就在上面用毛笔书写。他不刻意临帖练字，而是率意为之。写什么算什么，写好了，便放在一旁。所以，书桌上总泛着墨香。海老又喜欢喝茶。他一生没有什么嗜好，就是喜欢品茶。他用的茶叶，不特别名贵，但绝非劣品。当客人品出其酽香滋味，海老便很得意，左右摇晃着身体，眯着眼看着你细细地啜舔。

我和海老同在一个教研组里工作，前后有三十年，经历了好几次调整工资、评选模范之类的活动，海老总不声不响。我从来没有见他当选过什么模范，得过什么表扬，在政治上也没有得过什么特殊的待遇。但是，系里的师生，对他没有不尊敬的。说实在的，这样清正廉直、淡泊高尚的老师，谁也不敢对他不尊敬。因为，你对他若有微词，则只说明你自身的庸俗。即使到“文化大革命”期间，红卫兵也没有贴他的大字报。其中原因很多，例如海老并不显眼，他在历次运动中不愿介入，没有什么把柄，他独来独往，没什么言行可被揭发等等。此外，海老狷介的个性，也确使广大青年从心里爱戴。连少数闹事的“悍将”，也无法煽动群众，去做揭发海老的蠢事。“无欲则刚”，海老淡泊而无欲，他既不理也不怕得失毁誉。所以，可以不说，则不说；若非说不可，则有什么说什么，绝不仰人鼻息，绝不随波逐流。反正他不重名利，只重名节。那位让他歌颂法家的知名教授，知道他的个性，知道压他不得，对他也只有无可奈何。

我在跟随海老学习的几十年里，少不了经常到他府上请教有关学术的疑难问题。例如，一些冷僻的典故，一些难解的篇章，海老总是耐心地给我讲解。他的记忆力实在惊人，一些问题，靠工具书解决不了，而海老可以随口说出一堆例证，启发我从中比较，然后单刀直入，弄清难题的要害。有时，海老也翻检书籍，他从书架里取出一本又一本线装书，检出需要对我说明的文字；或者从这本书的文字，跳到另一本书的文字，让我彻底明白了问题的原委。每当海老攀高蹲低地找书，我站在他身后看着，感激之情不由得涌上心头。

海老不苟言笑，走路时，目不斜视，表情严肃。但是，我留校工作后，和他熟稔了，就发现他对年轻人其实很关心，很慈爱。我喜欢开玩笑，有时在他耳边悄悄说两句逗乐的话，他便笑得前俯后仰，乐不可支。

那时，系里每两周就要搞一次清洁卫生，打扫教学大楼，连老教授也得参加。有一回，我和海老被分配共同打扫在二楼的教研室。海老很认真，扫地板，抹桌子，什么都干。搞了一会，我劝他休息，他不理。又过了一阵，我跳上窗台擦玻璃窗，海老倒提醒我，要我小心。我从窗口向下望，发现离窗子下面一米左右，平铺着大石板，连接着大楼外梯级课室的檐头。这石板，室内看不见它，实际上，它和对墙连接，成了一个小平台。我见海老一味埋头苦干，心生一计，便站在窗沿上，装出苦相，对海老说："海老，我活够了，永别了！"海老一怔，我随即嬉皮笑脸，翻身向外跳下，在平台上把身一蹲。海老看不见我的身影，以为我跌到地面，正待声张。谁知我又在窗沿外面站了起来，向他扮个鬼脸。这一来，海老从惊到喜，才知道我在和他开玩笑。等他回过神来，我已翩然进窗。他一边骂我"鬼马"（粤语，调皮搞怪），一边捧腹大笑。笑着笑着，就坐在椅上喘息。我对他说："谁叫你不肯坐着，害得我要跳楼！"从此以后，我若要逗他高兴，就把身一蹲，他必咧嘴大笑。别人不知就里，我俩则心照不宣。事后细想，我这玩笑也开得过大了点，假如真把老人家吓坏了，我怎么担待得起？这次我的恶作剧，海老一直不以为忤，他虽然严肃，但理解年轻人爱玩闹的心理。在笑声中，我感受到他对学生的慈爱。

在一九八三年，我却受到他一次严厉的批评。

那时，我已晋升为教授，又担负系里的行政工作，诸事繁冗，拜访海老的机会少了。春节期间，我在《羊城晚报》上发表一首歌行体长诗《花市行》，读者颇感新鲜，一些师友也给我赞扬和热情的鼓励。我摆脱不了知识分子的劣根性，也沾沾自喜，以为真的摸索到了诗词创作的门槛。

有一天，有位同事通知我："海老找你，叫你把《花市行》带上！"我一听，以为海老一定是要表扬这首作品，于是带着上台领奖的心情，走上了海老家门口的石阶。

海老坐在书桌前，指着桌旁的椅子，着我坐下，表情严肃，也没有招呼师母给我倒茶。

我刚坐下，海老就问："你怎么写出这样的东西？"他指着我手里拿着的《羊城晚报》。

我看到他一脸不高兴，不禁有点紧张，回答说："我正在给学生讲授唐代文学史，想学学初唐的诗歌风格。"

海老把脸一沉，大声地说："我看了你的诗，就知道你在学初唐。"他又问："你为什么左不学，右不学，却学初唐的格调？"我作声不得，晓得他在发脾气了，便尖着屁股坐在椅边，等候老师发落。

“你知道吗？学作诗，切忌从学初唐入手。初唐诗多是靡靡之音，一味花草堆砌，绮丽有余，筋力不足。你看你的《花市行》，软绵绵，光溜溜，算是什么东西？曹雪芹的《红楼梦》，里面的诗，净是这类货色。所谓才子诗，其实最要不得。”海老越说越严厉。我一向自恃得到老师的喜爱，不知高低地和老师开惯玩笑，这回挨了海老的批评，大气也不敢透。等到他训斥完了，才小声说：“海老，我记住了。”告辞时，海老没有站起来，只挥了挥手。

又过了一个多月，我在《羊城晚报》发表了一首词，调寄《金缕曲》。当时，报载一些中学教师在大连受到冷遇，此词即因感慨教师在“文化大革命”中的遭际而发。海老见到了，又着人把我叫去。我走进门，还未走到他书桌边，他就说：“《金缕曲》不错。写诗词就要有真情！”他又拿过报纸，指着我的词中几句，大声念诵：“柴米油盐茶酱醋，兼顾老婆孩子，凭谁问流年飞逝？”一边念，一边摇晃着身子，跟着说：“好！这就好！”这一次，海老亲自给我斟了一杯香酽的茶。告辞时，他把我送到门口。

海老对我的批评，我一直不敢忘怀。我知道，海老告诉我要注意的，不仅是诗歌创作的技巧、格调问题，更重要的是关心大众的疾苦。我还感受到，海老用自身的行动，告诉我应该怎样当一个教师。海老当教师，是对自己的学生一生负责的。不管学生年龄多大，职位多高，若有差池，老师就有责任给他指出。过去有云：“一日为师，终身为父。”这当然是属于礼教的过头话，或者是出于对尊师重道的强调，其片面性是明显的。但如果从教师的角度去理解，当过一天老师，对自己的学生，就应像当父亲一样，对自己的弟子一生的成长负责，这不也是应该的吗？海老对我的批评很严厉，尽管我这老学生，当时也快五十岁了，就是毫不容情。他恨铁不成钢，是出于对学生深沉的爱。海老批评我的时候，言辞冷峻，而我的内心，既感羞愧，又感温暖，因为海老使我知道了什么是为师之道。

我在母校学习、工作超过了半个世纪。康乐园这块土地，养育了我，使我有机会接近许多好老师。老师们不仅给我解惑，更给我传道。像王季思老师的广阔胸怀，董每戡老师的正直勤奋，詹安泰老师的风华绝代，容庚老师的刚正不阿，卢叔度老师的旷达，黄海章老师的狷介……他们的高风亮节，使我终身受益。我常想，让我得接清芬，是亲爱的母校给我最大的恩德。老师们的道德文章，我当然无法企及其万一，但他们身为榜样，让我们多少懂得怎么样才是真正的教师，多少懂得做人的道理。

一九八九年十月二日，九十二岁的海老遽然仙逝。那晚风雨大作，校园里许多老树的枝杈，都被打断在地。第二天闻讯，我赶到黄府，海老遗体已经移走，我只能在殡仪馆的告别仪式上，看到海老的遗容。他静静地躺倒在花丛里，面容像生前一样仁慈，一样严峻。我想起海老对我的教诲，悲从中来。回到家里，百感交集，就写了一首词，调寄《金缕曲》。因为，我用这词牌写过的一首词，得到了海老的嘉许鼓励。

泣别严师矣。仰仪容，鬖鬖白发，清癯如此！昨夜西风摇冷月，满地残朱废紫。猛地里，苍松颓委。九十年华纵寿考，奈诸生尽掩涓涓涕。恩谊重，不成寐。

小楼曾问书和字。最难忘，谆谆嘱我：莫随俗媚。道德文章千古事，须养浩然之气。一寸丹，耘桃育李。若得余香留晚节，把名缰利锁都抛弃。言在耳，终生记。

词写罢，细读一遍，不禁泪垂。抬头看到书桌上插了几枝菊花。浅黄色的花瓣，淡淡地开着。它不争妍，不媚俗，但它是那样的清朗，那样的隽逸。这淡淡的菊花，不正是海老一生的写照吗？灯下，我把词誊正，摘下几片花瓣，夹在记事本上，作为对海老的纪念，也作为对自己永远的鞭策。

文理兼精 旷世奇才

记黄际遇教授

一九四〇年的十一月十一日，中山大学校庆。那天，人们齐集到坪石的校本部，看到大门口贴着一副醒目的对联：

十有一月，旬有一日；
礼仪三百，威仪三千。

师生们一见对联，无不交口称誉。在这里，要说明的是，在新中国成立前，中山大学以孙中山先生生辰十一月十一日为校庆日。上联所谓“十有一月，旬有一日”，“有”，通“又”，十又一，即十一月，而十日为一旬，旬又一，即十一日。至于下联，典出《中庸》，它阐示孔子要求学生对待人生和事物，既要礼节精微，又要心胸阔大，达到道德和行为的最高境界。

新中国成立后，中大校长许崇清请示国家副主席宋庆龄，得悉中山先生出生于寅时，已是十二日的凌晨了，便确定十一月十二日为中山大学的校庆日。

这一副对联，写得简练典雅，既贴切地点明校庆的日子，

又概括了大学办学的宗旨。让人惊叹的是，此联竟出自数学天文系主

黄际遇（1885—1945），广东澄海人，数学家、教育家。一九二二年获美国芝加哥大学硕士学位。归国后任教于多所大学，任广州中山大学数学系主任。一九三八年日寇攻占广州，他随校辗转播迁。一九四五年八月日寇投降，中大复员返穗，他与同事乘木船从北江南下，道经清远峡时不幸失足落水身亡。黄先生学贯中西、文理皆通，著译甚丰，是二十世纪初在中国开创现代高等数学教育的元老之一。

任黄际遇教授的手笔。可惜，在一九四五年抗战胜利时，临时搬迁到粤北坪石继续办学的中大师生，坐船经由水路返回广州，一路上，大家兴高采烈，意气风发，谁知船过清远，黄教授到船舷解手，一不小心，坠入江中，不幸溺水身亡。

时世变幻，白云苍狗，中大经历过多次激烈的运动和分分合合的变化，黄际遇教授的事迹，也渐渐被人遗忘。其实，在新中国成立前，黄际遇教授是学术界闻名遐迩的大学者。如果说，在广州解放后，中山大学的传奇人物，是陈寅恪教授；那么，在新中国成立前，中大的传奇人物，就是黄际遇教授。而这两位大师早就结识，陈先生还送给黄先生一本诗集，作为以后相会的见证。但是，他们两位却再没有机会在康乐园聚首。

黄教授身后，留下大量日记，多达数十卷。黄际遇教授的孙女黄小安女士，整理为《黄际遇日记类编》（以下简称《日记》）一书，由中山大学出版社出版。阅读他的日记，学习前辈大学者的学术思想，体察在一定的历史阶段知识分子的生活方式和心态，特别是了解黄际遇教授在中大工作长达八年的情况，这对提高对我国近现代学术思想和教育理念的认识，很有意义。

数学元老　骈文泰斗

黄际遇是广东省澄海县人，出身望族，诗礼传家，十四岁即参加科举考试，成为同试中年龄最小的秀才。

当时，风气渐开，清政府也开始派遣一些青年才俊，学习科学知识。黄际遇在十八岁的时候，被广东官派到日本留学，专攻现代数学，成为日本著名数学家林鹤一博士的高足。可以说，他是我国最早专攻西方数学的留学生之一。回国后，他立刻从事数学、物理学科的教学科研和组织工作。到一九二〇年，他受当时教育部的委派，到美国考察和进修。两年后，又获得芝加哥大学数学硕士学位。

黄际遇教授的一生，主要从事理科特别是数学、天文学科的教学科研，以及从事在全国范围内组织、推动科学发展的工作。他担任过山东大学（原称青岛大学）、河南大学、武汉大学等多所著名高校的理学院院长，发表过高质量的数学教材和译著、论著。译著有《高等微积分》《近代数学》《几何学》《代数学》；论著有《论一》《Gudermann 函数之研究》《定积分一定理及一种不定积分之研究》多种。教学和科研之外，他还担任国立武昌高等师范学校数理学会会长，奔走各地，呼吁成立和亲自操持各种数学研讨会，对促进我国现代数学学科的发展方面，起了重大的作用。因此，他被公认为卓越的数学家和开创我国现代高等数学教育事业的元老。

黄教授在山东大学担任理学院院长时，闻一多先生任文学院院长。那时，文学院有杨振声、梁实秋、游国恩、沈从文等名流。而当闻一多辞去文学院院长一职时，人们竟推举了黄际遇教授兼任，他也不负众望，双肩并挑，胜任愉快。更令人意外的是，后来他在中山大学任教时，除了在数

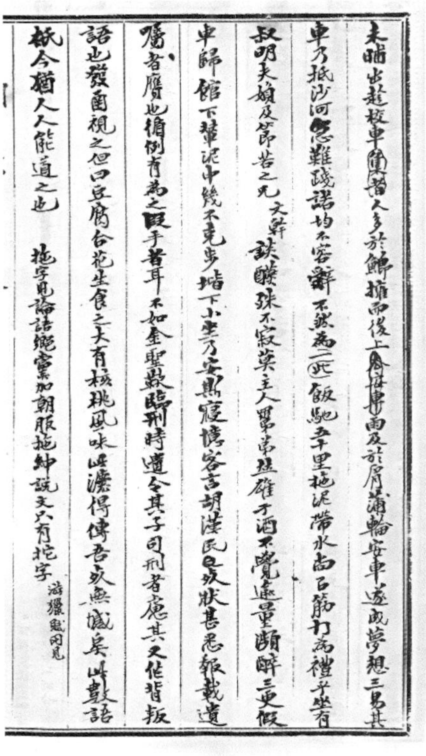

黄际遇日记书影。

学天文系讲授主要课程，还常到中文系开设“骈文研究”“说文解字”等艰深的课程，并且受到广大学生的赞誉。学生们说，黄教授讲课时，板书多用篆体，而且写得飞快，他认为文科学生，应能掌握比较艰深的字体。当讲到入神时，他往往晃动身躯，微闭双目，声音抑扬顿挫，让同学享受到骈文的节奏和声调之美。因此，每当黄先生上课，屋里总是挤满听众，座无虚席。

在中大，我也知道不少理科、医科教授，对文学和艺术很有心得。看来，生活和工作在岭南的学者，多具能够包容和交融不同学术领域的素质。但是，像黄际遇教授这样的数学大师，竟能在中文系讲授完整而又艰深的课程，我没有见过。老实说，在我国的学术史上，像他那样思路开阔且能够贯通文理的学者，即使有，也属罕见。

黄教授有每天写日记的习惯。在《日记》中，收录了他在山东大学和中山大学工作时期的日记。日记全用文言写成，有时简约畅练，有时骈散兼备，其中不少是流丽典雅的骈文。看得出六朝辞赋、西汉文章，他均烂熟于胸，可以顺手拈来，随心驱使。在早年，他参加过孙中山的同盟会，以科学救国为己任。在抗日战争时期，他看到山河破碎，悲愤不已，家国情怀，蕴积于胸。在日记里，他记录了许多珍贵的史料，也让我们看到民国初年和抗战时期，学坛中许多知识分子的思想状态和生活方式。所以，《日记》虽然是文绉绉的，却又是活生生的。这是一部如诗如史的典籍。

非关病酒　不是悲秋

早在一九二二年，黄教授已在中山大学的前身，即广东高等师范学校任教，后来北上，辗转在华北、华中各地名校任职。到一九三六年，他又回到中山大学工作，直至一九四五年去世。

在这之前，黄际遇在山东大学工作长达五六年。到一九三六年，军阀韩复榘故意大量削减山大的办学经费。中原板荡，国事蜩螗，他便决然南归，到中山大学任职。在离开青岛时，他心情郁悒。在南下的日记中，他写道："今大学讲师，无能背诵《大学》章句者矣。"而那些"管政之夫，嚣世之士"，即那些管理政务的官吏，和嚣张狂妄、哗众邀宠的政客，倒能对孔孟的章句倒背如流，不过，这些人只是夸夸其谈，讲的一套，做的又是另一套，"于己则检防俱裂，帷薄不修"，他们对自己毫不约束，破坏法规，生活腐败，财路不明，结果弄得政局败坏，民不聊生。

到了中山大学，他的心情颇为兴奋。那时，中大已从文明路旧址，迁到石牌新区。同事们带他"同往大学石牌新舍，出东郊二十里"，他赞叹中大"杰阁巍然，不特南州冠冕也！"人们又带他去参观理学院，那是他要在此工作的地方，他更加满意，说"导视授经精舍（即教室），历时始返。已足涉天文数学室、工院二室，尚未睹宫墙什一”，意思是说，他还未看到中大校园的全貌，看到的只是很小的部分。因此，他高兴地宣称：“大哉！圣人之门！”当时，他居住的宿舍还算舒适，“当窗独坐，远望弥佳，双峦峙前，横宇间之，全图入境，不见行人，阡陌阑干，竹松交错”。能在这幽雅的环境从事教学和研究，他是相当满意的。加上中山大学对教师“相待殊厚”，他觉得从此可以在中大安心治学，“不作市肆之想”。

这位名教授能回到家乡工作，中大师生自然十分欢迎。校长院长，新朋旧友，纷纷邀请欢叙。当时的校长黄巽特地邀请他到大三元酒家用餐。这家餐饮名店，“点心可口，粉面宜人，小饮盈尊，旷怀千里”。校长尊重人才，移樽就教，他很是感激，“相于雅意，春水俱深”。中国知识分子素有“士为知己者死”的传统，后来，黄教授慨然长期留在中大工作，不辞劳苦地奔波于理学院和文学院之间，这和主事者对他的诚恳和礼遇有关。看来，真正的教育家，是很注意尊重教师的，和那些或动辄颐指气使，呵斥下属，或玩弄权术，凡事虚与委蛇的领导大不相同。

这段时期，黄际遇经常和理、工两院的同仁把酒言欢。本来，在山东大学工作时，他便经常和梁实秋等一起豪饮，人称他与杨振声、闻一多等人为“酒中八仙”。据梁实秋说：“任初（黄际遇的别字）每日必饮，宴会时拇战兴致最豪，嗓音尖锐而常出怪声，狂态可掬。”在广州，有一次到城隍庙的酒肆中，和同事相叙，“主人把臂，众宾倾心”，他竟“为之连饮二十余杯”。他惊人的酒量，一时传为美谈。

在中大，黄际遇教授虽然有许多应酬，但教学工作非常忙碌。在理学院，他要连续开设“群论”“实用数学”“代数数论”诸课，为了提高教学质量，在课后，他还反复思考，往往独自在宿舍演算，直到深夜。同时，他和在山东大学一样，还到中文系兼讲“骈文研究”等课程，即便在“星期末日，授得特多，工、理已完，复开文馆，古今上下，驰骋万言”。有意思的是，身为数学天文系主任的他，却很喜欢到中文系上课，他曾说：“系主任可以不当，骈文课不可以不讲。”当时，中大中文系名师如林，像词学名家陈洵、文史名家古直等，都在该系任职。而黄际遇这位数学大家，给中文系学生上课时，教学效果极佳，以至当时传说，中文系主任龙榆生十分感慨，说是“数学系夺去其文学系名教授一人”。

黄教授对教学工作极端负责，往往站着一讲就是三小时，有时上午讲了一门课，下午又接着讲另一门课。当他主持骈文的考试时，在学生“纳卷之际，一一评阅，并令侍侧，随笔改正，莫不心悦”。显然，让交了试卷的学生，逐个站到他旁边，看他如何即席评改，这种和学生一起思考，并且让他们看到老师的创作思路，知道如何遣辞觅句，如何调协节奏，如何更好地表达思想感情的做法，对学生的学习来说，极具启发性。当然，这种手把手式的教学方法，如果教师没有负责的工作态度，自身没有高超的创作水平，实在是不可能做到的。其实，繁重的教学工作，也让他筋疲力尽。在《日记》里，他也曾感叹：“毕二课，已浃背矣，真血汗钱也！”又说：“自朝达晡（午后三时至五时），役役课徒，甚矣惫。”在今天，一些大学教授不给本科生上课，只热衷申报项目，撰写论文，蝇营狗苟，谋取职称或什么“学者”的头衔，这和当年黄际遇等教授相比，其精神境界，真有天渊之别。

在清末，黄教授景仰孙中山，希望建设民主社会。可是在民国成立后，看到的却是军阀混战，官吏争权夺利混沌不堪的局面。因而不少立志于专心治学的学者，包括黄教授在内，无法辨别方向，往往采取独善其身的态度。当年山东大学，学生分为两派，闻一多先生就因支持其中一派而辞职。黄际遇接任文学院院长后，觉得左右为难，过不了几个月，他也俟机离开了是非之地。到了中大，听说山东大学又闹学潮，“胶庠学潮澎湃”（胶，山东；庠，大学），便“以余不亲其役为幸”。当夜深人静，他反复思考，觉得中大“纵非空明世界，自非角逐之场，片席为妥，诸缘便了”。其实，当时的中大，真不是“空明世界”，各种思潮也彼起此伏，但他决心不卷入，不议论，拒绝一切社团的邀请。他当着一些比较亲近的学生的面，烧毁各种社团的邀请信件，劝勉他们一心向学，心无旁骛。而他自己，有空则读诗书，上馆子，下象棋，把中大当作避世的桃源。

不过，黄际遇真的是不问政治吗？非也。例如一九三六年四月二十八日，他听说南京有人写了一副对联“孙氏骷髅陈氏客，蒋家兵马宋家军”，便在日记中记下了这副含蓄讽刺国民党和“四大家族”的对联，还记述当局“为之三日大索，一夕数惊”的怪事。那一夜，他辗转反侧，叹息“索居多感矣乎！”显然，他对那种色厉内荏、动辄兴师动众扼杀舆论的做法，十分不满。

黄教授一直关心国计民生，当他回到广东，不久便发现这里表面繁荣，其实弊病丛生。他写到在他老家潮汕，治安不好，物价飞涨：“秋农来述：汕头生事，市面不靖，此旬币跌物贵。”而在广州，“石牌素为盗薮，亦非乐土”。他叹息：“谓天盖高，逢此硕鼠，谓之何哉！”所谓“硕鼠”，指的是盘剥老百姓的贪官污吏。天下乌鸦一样黑，不要以为天高皇帝远的岭南，便可以安居乐业了。到一九三六年秋天，连月无雨，“旱魃为虐，老农吁息”，在客家地区，“尤甚不稔”。黄教授慨叹：“谚云：一农败百商，非邑车龙马水衮衮诸公所及知也！”确实，在大城市中锦衣肉食之辈，哪里知道民间疾苦？那时，他又收到老舍先生的来信，信中说到在其母八十寿辰时，“国破家贫，所以没有治筵请客”。黄教授立刻写了一副对联，宽慰老舍，而自己情绪则十分低落，他写道，“作联本以遣兴”，但国难当头，朋辈困窘，所以“梦中扰扰”，“治心工夫无一可言，只益惆怅耳！”他也很明白，当时内忧外患，国民政府束手无策，而且“豺狼当道，于今尤烈”，老百姓自然生活在水深火热之中。

家国情怀　正直狷介

一九三六年底，日军已进占华北。曾在青岛工作多年的黄教授，特别关注那里的消息。他在日记中记载了有关情况：“三日来报，倭犯青岛，陆战队登陆逾千人，检讯（检查侮辱）行人，有被捕者。王日突驰李村水源，冀握全市饮水嗌喉。夜市早闭，沧口居民，迁者甚多，呜呼！”他又指出：“鲁

（山东）以相忍为国久矣，实逼处此为视囊中。”他惦挂青岛同胞的苦难，认识到当局一味采取忍让退缩的政策，致使山东成为日本侵略者囊中之物。忧愤之情，溢于言表。到一九三七年的七七事变，抗日战争全面爆发。黄教授很激动，在日记中处处流露出忧国伤时的情感。

在那年的八月间，战火虽然还未到广州，但黄教授一直关注战局的发展。那时，日寇步步进逼，中国军队不断失利，而报道却说“上海电：浏河一战尚在激战，连日血战均有死亡”。黄教授对当时舆论报喜不报忧的做法，十分不满，认为“是或为不利之讯，而讳言之”。因为他深知国民政府管制舆情，“今日凡百事业，概归统制音台公电”，他担心：“诚恐有欲以一手掩尽天下耳目者。”他又记：“日报来‘克复保定’，字大如斗，然人多不知保定已失也。”可见，当时像黄际遇这类知识分子，对时局并非没有自己的判断，但一介书生，无路请缨，只能是忧心忡忡，坐困愁城。

据黄教授的日记记载，广州第一次被日寇空袭的时间，是一九三七年八月三十一日。那天早上，市民忽然看到有两架飞机，一时间，市区大乱，“竞相闭肆”。当晚报载，敌机“空袭白云山，投弹数枚，死厨役一，伤二人，又在士敏土厂上盘旋，未得逞”。从此，广州差不多每天都被空袭，九月二十六日，“大学亦被弹数处，海珠桥火毁，只堪通人，惠爱东街、永汉北路，火亘日中，十八甫亦不免，东山特惨，阖城死伤者及千。真弥天之祸也！”其后敌机愈来愈凶猛，有一次竟“落弹百五十余，圮屋六百余间，毙六百余人，伤九百余口”，“东山、荔枝湾、河南、北城、市政中区，罹难殆遍”。黄教授非常悲愤，也很坚定，他认为日寇空军“据高肆焰，何求不得？”但是，“吾何畏彼哉！”

当时中大经费短绌，黄教授只能“领薪水七折”，而他教学热情依然高涨。由于日寇军机肆意轰炸，中大各学院只好分散上课，除工学院依旧在五山外，文学院回旧校址（文明路），法学院到附属中学，理学院到小学。黄教授要为理、工、文三学院授课，便在警报声中，来回往返于市区、郊区之间。他也抓紧时间读书，敌机来时，他便“袖《通鉴》一册，遁于丛薄之际，攀柏入穴”，躲在防空洞里翻阅书史。即使国难当头，他也不屈不挠，和广大师生一起，共度时艰。

黄教授很敬佩敢于抗日的英雄。他听到在上海保卫战中，黄光锐空军少将率领战机，“击落敌机三十四，光锐击其三焉”。他知道黄光锐是广东台山人，“论功为最，外御其侮，国人爱之”，并为同乡有此勇士感到自豪。在日记中，他根据传闻，详细记录了我国著名教育家、南开大学校长张伯苓之子张锡祜，智勇双全为国牺牲的情况。张锡祜在国外学习航空，归国后，即投入战斗。当时，日本“四大巨舰”之一的陆奥舰，侵入上海。张锡祜的意大利籍教师某某，为日本效力，助纣为虐。这家伙俘虏了被他教过的学生，待以厚礼，学生也假意投降，得到了日寇的信任，也探悉了日方的机密信号，便暗地里通知我军。张锡祜即驾机伪扮日机，连人带机，向陆奥舰撞去，“卒沉巨鳌”，壮烈殉国。张伯苓先生当众说：“我一生事业与送老之爱子，皆尽献国家矣！”黄教授得悉，既悲痛，又景仰，连呼“忠而忘家，张公子有焉！”“呜呼！烈哉！”

在近现代，中国不少知识分子不乏家国情怀，可是，中国向何处去？许多人未认识得清。他们不满国民党政府腐败无能，蒋介石独裁专制，却又没有下决心投身到革命的洪流中，于是只求兢兢业业做学问，苟全性命于乱世。这时候，所谓魏晋风度那种狷介的处世哲学，往往会渗入这类知识分子的骨髓之中。在国家危难之际，黄教授表面上风度翩翩，镇定自如，依然饮酒品茗，有时终夜下象棋，订棋谱，甚至在日机空袭时也邀人对弈。实际上，他是内心郁闷，借棋解忧。在日记中，他写道：“有棋可弈，忘却一切，人云饱受虚惊，我却漫无所觉，岂不善哉！”所以，疏狂狷介的外表，只是忧国忧民的另一种方式，是当时有正义感而又无力反抗现实的知识分子典型的表现。

“时穷节乃见”。在广州沦陷的前夜，黄教授不甘充当顺民，便赴香港避难。当一九四〇年中大从云南澄江迁回粤北坪石，他即绕过敌占区返校任教，重任数学天文系主任，又一次给中文系学生上骈文课。当时，他的学生张云，任中大校长。为共济时艰，黄教授毫不计较，竟还兼任校长秘书一职，协助自己的学生处理校务与公私信函，直至不幸逝世。

余生也晚，没有机会见到这位有骨气而没有傲气的先辈。但是，“物以类聚，人以群分”，看一个人喜欢和哪些人结交，也大致可以知道他的人品。黄教授在日记中，常提到黄海章老师，说他学问很好，沉默寡言，唯独他俩在一起散步时，则“谠论生风”。际遇先生还以鲜有的口吻赞美海章先生:“君子哉！尚德哉！若人有之，是以侣之，不言之芳，他山之石。”认为有幸和黄海章这位品德高尚的君子结交，对自己有莫大的帮助。

黄海章教授正是我的老师，我从求学以至留校任教，一直得到海章师的谆谆教诲。老一辈的中大人，也都知道他学富五车，严肃认真，狷介不阿，品德高尚；其品格，确实如黄际遇教授所言。而从他和海章师相知之深、情谊之厚，我们似乎可以见到黄际遇教授的侧影。

固本培元　融会贯通

读了黄际遇教授的《日记》，也引发我对一些问题的思考。在许多人看来，数学与文学，是完全不同的学术领域，前者重推理，重逻辑思维，后者重想象，重形象思维，二者似乎毫不相干。其实，在人的大脑中，这两种思维能力同时存在，甚至本来就互相依存，问题在于，人们有没有把二者交融贯通的禀赋。

我在中大，曾多次听到数学教授们对某些数学论文的评价，说它“很美！”我愕然，不知道那枯燥的数字和公式，和“美”有什么关系。后来向数学系的老师请教，才知道如果在数学论证的过程中，能发人之所未发，或鞭辟入里，一剑封喉，或奇思妙想，曲径通幽，这就是“美”。而要达到美的境界，科学家需要有丰富的想象力。这一来，推理与想象并非没有关联，逻辑思维与形象思维虽属不同的范畴，但二者可以沟通。因此，数学家之所谓“美”，和文学家之所谓“美”，实质上是可以相互融汇的。

黄际遇书法。

显然，研究理工的学者，如果没有形象思维的能力，缺乏人文情怀，他的成就，只能有限。同样，从事文学工作的人，如果只有想象力，却缺乏逻辑思维概括推理的能力，那么，尽管他浮想联翩，说得天花乱坠，终嫌浅薄，乃至于被人讥之为“心灵鸡汤”。

黄际遇教授早就提出，大学教育，要培养学生的创新精神，“即有整理思考力与创造真理之精神”。融汇想象力与推理力，正是在学术上创新的必要条件。当然，要求学者们把逻辑思维能力和形象思维能力二者贯通，能够像黄教授那样文理兼精，中西并具，能任教于不同领域的学科，能让两种思维能力水乳交融，在学术上达到发展创新的水平，谈何容易！何况，黄际遇曾任多所名校的学院院长，这说明他具有出色的行政能力；能融合各体书艺，自成一格，这说明他具有非凡的审美能力；他对象棋艺术深有研究，能与当时广东棋坛的“四大天王”对弈，互有胜负，曾写就多达五十册的棋谱《畴盦坐隐》，能以下盲棋的方式，战胜对手，又说明他具有惊人的记忆能力。上面说过，下棋是他用以遣闷的游戏，虽属小道，但黄教授又深知其中价值，“夜思此道，贵以科学分析致思之法，走子以宋儒跬步不苟之法”。很清楚，他认为下棋最重要的，是能培养人的科学分析能力，有助于养成瞻前顾后、缜密认真的治学态度。这一切，在他的身上包容整合，融会贯通，成就为黄际遇“这一个”的独特风格。

高山仰止，景行行止，虽不能至，而心向往之。尽管黄际遇教授的学术造诣，绝非一般学者所能企及，但他的治学思想和道路，却给我们指出了如何有效提升学术水平的方向。

我们从有关资料上得悉，在少年时期，黄际遇教授即饱读诗书，过目不忘，特别精研《后汉书》，在中国古代文学、哲学、史学方面打下了扎实和广博的基础。在留日期间，他和章太炎、黄侃、罗常培等学者订交，受他们影响，对音韵学、训诂学、文字学都有深入研究，撰有《班书学说》《潮州八声误读表说》等论著。显然，固本培元，六艺俱精，中华文化的优良传统，已为他在学术上的发展，打下牢固的根基。

清末民初，国门开放，许多青年才俊已经认识到科学救国的重要性，在现代学科愈分愈细的情况下，知道在学习上更须注重专业性。这一来，社会的学习风气，从科举时代提倡培养全材，要求“君子不器”，转变向“学有专攻”的方向发展。黄际遇教授多次赴日、赴美留学考察，均瞄准现代数学，这正是当时知识分子学习转型的表现。然而，中国的传统文化早就深入渗透他的每一个脑细胞，这就使他既在现代数学、天文学方面取得辉煌业绩，又在古代文学和语言学方面取得非凡成就。反过来，中华传统文化博雅的思维，总揽全局的思想方法，又促进了他在数学和天文学方面教学研究的发展。因此，在学术上，数学的美和文学的美，他各有体悟，又相互推动，相得益彰。可惜，他意外遇溺，逝世过早，他所开创的治学方向，人们还来不及研究和继承。

在今天，在需要更进一步研究教育问题的时候，黄际遇教授治学中西兼备、文理沟通的成功经验，帮助我们从中得到启迪，为创造性地增强中华文化的自信力而奋进。

月是故乡明

记江静波教授

中元节的晚上，月亮又大又圆。仰望天际，蓦然记起，江静波教授在赴美探亲前，和我谈起“露从今夜白，月是故乡明”这两句唐诗。谁知，中元节过后两天，就听到他在美去世的消息。

在广东，许多人读过江先生所写的小说《师姐》。这部作品获得广东鲁迅文艺奖，还拍成电影，产生过较大的影响。后来，他又出版过电影文学剧本《晚霞》。人们多以为他是专业作家，其实，他是科学家，是中山大学生物系教授、博导，是我国微生物学领域著名的学者，并被法国学术机构聘为外籍院士。我曾问他《师姐》是怎样写成的。他回答说在病床上写成。原来，江先生从小爱好文学，又当过记者，还想入读中文系。抗战军兴，深感科学救国的必要，才决心攻读理科。他说，“文化大革命”后，生了一场大病，入院留医，不能在实验室搞科研，只能在枕上让想象力飞驰，这就有了写作《师姐》的机会。江师母在旁嘟哝，说：“这人真不要命，一面打吊针，一面在稿纸上乱写。”能在病床上写成廿万字的长篇小说吗？对此，我将信将疑。不过，后来江先生又一次生病住院，我去探望他，看到他戴着心脏起搏器，正在写《晚霞》初稿，这才服了。当时，江先生病情不稳，视力模糊，稿纸上的字歪歪斜斜。我既劝说他保重身体，更敬佩他顽强的斗志和过人的才华！

二十世纪五十年代，我在中大求学，便知道江静波的名字了。但他是

江静波（1919—2002），福建永定人，无脊椎动物学家、疟原虫专家。一九四五年毕业于福建协和大学生物系，一九四八年获岭南大学寄生虫学硕士学位。一九四九年后，任中山大学教授、寄生虫学研究室主任、无脊椎动物学教研室主任，中国原生动物学会第一、二届常务理事，在疟原虫、球虫、钩虫、吸虫研究领域有重要贡献。一九八二年获英国皇家医学研究院热带病研究奖。一九八五年获法国自然历史博物馆授予通讯院士衔。著有《无脊椎动物学》，并出版小说《师姐》（后改编为电影《一夕是百年》）。

理科的前辈师长，我们之间没有交往。而后来，从一次误解中开始，我们成了忘年之交。

二十世纪八十年代中，我主持中文系的工作，和大家一起创办了“中文刊授”，学员多达二十万人。正忙得焦头烂额，有人告诉我：“江先生在到处骂你呢！”我一怔，江先生是人大代表，挨他的骂，非同小可！但不知是否属实，也不知他骂些什么，无从解释，颇感惶惑。

一九八六年寒假前夕，校领导让系主任们向全校教工汇报工作。我在大会上比较详细地介绍了中文系的办学方针，解释“刊授”教育与本科教育相互促进的关系，介绍了运作情况以及社会效应等问题，反响还好。那年，第一届的刊授学员有两千人毕业，本科生教育也有起色，全系老师才舒了一口长气。

春节的早上，全校教师团拜，小礼堂喜气洋洋。只见江先生径直向我走来，我吓了一跳。谁知他开口便说："天骧同志，我错了！要到府上负荆请罪呢！"我手足无措，连声说："不敢。"赶紧躬身向他拜年，并约定改天登门拜访他。

春节过后的一个早上，我和江先生促膝谈心。我们交换对教育的意见，我向他请教治学方法，也详尽地向他介绍中文系有关教学科研的具体做法。说着说着，他忽然站了起来，从书房里拿出一沓文件，十多张，对我说："这些，是我在各种场合指责你的文稿。你看，我不了解情况，便乱骂一通，多么不妥！"我说："我们确有许多不足之处，您严格要求，是应该的。"原来，江先生听了我在大会上的汇报以后，又做了调查，便消除了对我们的误解。看到他真诚的态度，我完全明白，他的"骂"，实在是出于对教育事业的关心，出于对学校的爱，他生怕我乱搞一气，损害了学校的清誉。而一旦了解真相，他又是那样的胸怀坦荡，竟向后辈坦诚自责。我十分感动，我知道，江先生有时会有点偏执，但他的心，像水晶一样透明，在他身上，我看到了师长们爱国爱校爱事业的高尚品格。

从此，我和江先生来往多了，每年的五月七日，他必邀我同享师生们送给他的生日蛋糕。他又爱写诗，常常交给我欣赏。

有一天，他要我给他指导的博士生、硕士生讲讲唐诗。长者命，少者不敢辞。我说："您叫江静波，我就讲《春江花月夜》吧！"这俏皮话引得他拊掌大笑。晚上，十多位理科研究生围坐在江先生的客厅里，我请来王季思老师压阵，便在长辈面前班门弄斧。江先生还特意播放名曲《春江花月夜》，客厅里流溢着悠扬的曲韵。我的讲析并不理想，幸而王季思老师在场，随时给予补充和纠正；同学们的提问、研讨，使气氛活跃融洽。两个小时一下子过去，江师母又捧出红豆沙糖水分给大家品尝。那一夜，江先生组织的教学方式，让师生们沉醉在温馨的人文氛围中，沉醉在爱心

一九九二年，在江静波教授家中，作者向生物系研究生讲解《春江花月夜》。图中左起分别是王季思先生、作者、江静波教授。

与学术交融的诗情画意里。离开江家，心旷神怡，月色如银。我想，这就是生活在高等学府中得到的最美的享受。

沟通文理，是江先生一贯的教育理想。他经常说，文科学生，长于形象思维；理科学生，长于逻辑思维。无论学文科还是学理科，都需要有想象力。这是一致的。而形象思维，对促进想象力的萌发，尤有帮助。科技的创造发明，需要想象。在他看来，提高理科学生形象思维的能力，是关系到提高科研队伍素质和水平的问题。这理念，江先生自己一直身体力行。他在生物学领域里能够取得杰出的成就，和他一辈子爱好文学有着密切的关系。在中大，人才辈出，像江先生这样文理兼通的学者，正是我们学习的榜样。

“文化大革命”期间，江先生饱受折磨。《师姐》《晚霞》中男主人公的苦难，其实有他的身影在。他的一个女儿，还在“文化大革命”一次沉船事故中亡去。国破家难，使他心力交瘁，但他一直努力工作，爱国爱校爱事业之情，始终如一。记得在一九八八年，一位中医学院教授应邀来校做报告，讲述其科研成果获得奖励的感受。他一再说明，该成果得到了江教授无私的帮助。江先生说：“这不算什么。学术乃天下之公器，科技系国家之命脉。只要于国有利，不必计较你我。”正是出于科学家的爱国良知，长期以来，他对后辈学者热诚地关爱，认真地指点，无私地奉献。

江先生晚年身体很差，需要亲属照料，不得不居留美国，但他一直惦念故乡，惦挂母校。他来信说，在美感到孤寂，只有女儿在参与交响乐团演出时，才带他到剧院感受一番，得到一点安慰。他还说，等身体好一些，就要回校居住。说实在的，远托异国，昔人所悲，望风怀想，能不依依！我也多么希望有一天能再和他一起，在康乐园里，谈学术，论人生，拂清风，对明月。然而，现在一切都不可能了。

月是故乡明，魂兮归来！

文理兼通意气豪

记李华钟教授

在教师节即将到来的时候，人们往往想起在学圃里辛勤地栽桃育李的园丁。我在中山大学学习、工作和生活，长达六十多年，自然会想到许多师友，想起他们为祖国教育事业作出的贡献。

我曾介绍过中大数学天文系黄际遇教授，是精通文史的著名科学家，他能在中文系开讲骈文史，一些朋友颇为惊愕。其实，在康乐园里，文理兼擅的教师并不少见。像岑仲勉教授，学的是会计学，后来成为研究中国史的专家。像生物学家江静波教授，竟发表过长篇小说《师姐》，还拍成了电影，获得广东鲁迅文艺奖。而只比我大几岁、属师兄辈的李华钟教授，也是文理兼通的著名物理学家，是国际研究粒子理论的先驱。

我在一九五二年进入康乐园求学的时候，华钟兄已经在一年前，毕业于岭南大学。一九五二年院校合并，中大岭大，成为一家，他也继续在康乐园里，担任新中大助教。我毕业后，在中文系当助教时，他已经是物理系讲师。两系本来不很搭界，但是，同在一个草坪上摸爬滚打，各系的信息，还是有所知闻的。我早就听说，物理系有两位青年物理学家，都非常出色。一位是郭硕鸿先生，一位就是华钟兄。

李华钟教授是我国著名的物理学家。早在二十世纪七十年代，他就是规范场理论研究的学术带头人，学术水平在当时国际上已处于领先地位。在二十世纪八十年代中，他又有进一步的发展，对几何位相、量子体系，

李华钟（右）（1930—2018），广东梅州人，物理学家。一九五一年毕业于岭南大学物理系并留校任教，后历任中山大学物理系教授、高等学术中心主任、系主任、副校长等职。主要从事理论物理、粒子物理的教学与研究。早在二十世纪五十年代，他就在基本粒子领域进行研究并取得成果，学术论文处于国际学术前沿；亦是我国七十年代规范场理论研究的学术带头人之一，其研究已涉及规范场的整体拓扑性质，在当时具有国际领先地位。

提出了具有普遍性、体系性、统一性的理论阐述，达到国际前沿水平，其中有部分还处于国际领先地位。他多次获得省部级和国家级自然科学奖。杨振宁教授也十分器重他的研究成果。

我第一次认识华钟兄，是在乒乓球练习场上。那天饭后，我准备到乒乓球室练习球艺。球室里灯火通明，只有一张球桌的练习室，当时已被人占用了。但既来之，则安之，看看人家是怎样打球也好。

当我走进乒乓球室时，只见一男一女两位教师，正在打球。女教师背靠门口，我认不出她，只记得她脑后拖着两条长可及膝的辫子。抽球时，长辫子舞来舞去，很是有趣。男老师倒是面对着我，他横握球拍削球，作为防守的一方，左蹦右跳，把对方攻来的球，一一削回。他俩一来一往，煞是好看。这时，进来看他们打球的人，越来越多。那男老师则旁若无人，没有停下来让别人练习的意思。我们也不好打扰他俩的雅兴，只好逐渐散去。随后听人们说，那专打防守型的男运动员，正是李华钟。

有趣的是，华钟兄打球，是防守型的；但对人对事，特别是在做学问方面，则往往是采取进攻型的态度。

青眼高歌俱未老

我和华钟兄开始有所接触，是在“文革”之后。

打倒“四人帮”后，岭南大学的校友，差不多每年都要召开校友会，远在国外的校友，也纷纷回到康乐园叙旧。我的三表姨和表姨夫，都是毕业于岭大农学院的校友。表姨姓邬，在我小时候，外婆常带我到邬家玩耍。一九四九年前，三表姨已到美国留学。“文革”后，她也回国参加岭大校友会。当她知道我在康乐园工作时，便告诉岭大校友会的秘书长桂治镛老师，希望能见到我。桂老师立刻通知我往见。这一天，除了和三表姨夫妇欢聚外，也认识了卢永根等好几位岭大校友，华钟兄也是在这一次大会上认识的。当时，他已任中大物理系主任。

岭南大学校友会有一个良好的传统，中午聚餐，从来只有炒牛河、滑鸡粥，据说这是岭大学生聚会的惯例，所以校友聚餐时，也以此共享，好让大家回忆在康乐园里求学的情景。记得当时华钟兄捧着碗，和哲学系胡景钊老师，走到我身边。胡老师也毕业于岭大，我求学时，他曾任辩证唯物主义课的助教，和我相熟。胡老师指着我对华钟兄说：“这就是黄天（中大从历任校长到学生对我的称呼）。”华钟兄便说：“黄天，你是中文系的，我也很喜欢文学，找个时间聊聊。”我当然答应。过两三天，他果然派人找我，约我晚上到他的办公室谈谈。到了华钟兄的办公室，他已经煮好咖啡等我了。我们随便聊了一会，他便问我：“您是广州人，知道广州近代有一位叫黄节的名人吗？您姓黄，他也姓黄，您和他有什么关系吗？”我说：“没有关系，他是顺德人，我祖籍新会，同姓而已。”华钟又问：“对黄节，您有什么看法？”老实说，我当时有点不耐烦，心想，这家伙，刚刚认识，便想考我吗？由于我讲授过近代中国文学史，也略讲授过黄节的诗作，知道他是爱国诗人，被称为近代岭南四大家之一，反对过袁世凯，还当过北京大学教授，他的《蒹葭楼诗集》有许多好诗，等等。于是，简略地回答了他的“考题”。

说到《蒹葭楼诗集》，他忽然说：“我想整理这本诗集，您能不能帮帮我？”我一怔，也如实告诉他，这诗集，已有多种整理本了，要超过人家，不容易！当然，我也回敬他一句：“您老兄学的是物理，胆敢飞象过河吗？”他笑了，这才告诉我，黄节是他的外祖父，他受家庭影响，小时候，也善读古诗古文，对文学也有兴趣，但确不知道有人已整理过《蒹葭楼诗集》。我这才明白，这是他专门请我聊天的原因！

当时，我谈得兴起，也向他炫耀，对他说：“其实，我早在中学时，已经知道您外公的尊姓大名了！”华钟兄有点诧异，我便告诉他，在中学上语文课时，老师给我们讲授有关对联的知识，讲到什么叫“无情对”时，举例说，《重庆日报》曾发起过征联活动，上联是“五风十雨梅黄节”，后来有人对上了“二水三分李白诗”。老师说，黄节，是我们广州近代的著名诗人，“李白”对“梅黄”，“诗”对“节”，又暗合两人姓名，十分巧妙有趣，所以我记住了。华钟兄听了，哈哈大笑，对我竖起拇指，也连忙把这副对联抄录在笔记本上。

这次交谈开始了我们的友谊，也体现出华钟兄作为科学家的性格：对人对事，实事求是。他首先“考察”我对黄节的了解程度，才提出自己的想法，而不是知道我稍有虚名，便先入为主，对我认可。这实事求是的精神，不正是科学家的态度吗？

文理兼通　怀瑾握瑜

华钟兄和我聊天时，往往会谈起看电影的感想，以及对《水浒传》《红楼梦》等名著的看法，更多的时候，是讨论对诗词的认识。他的主张是，学理工科的人，从小背诵一些唐诗宋词，很有必要，因为论证科学问题，需要有想象力。而熟识文学作品，这与培养和增长想象力有关。不过，他又不主张死抱传统，而主张利用传统的诗词形式，把新思想新名词，甚至科学术语也可设法入诗。我赞同他的想法，对他说，老兄也不妨试试！因为我知道，华钟兄是懂得旧体诗的，他曾给我看过他写的一些律诗，在格律上，中规中矩。例如说自己“少年狂傲轻时俗，入老顽嚣哂未休”，便很能真实和生动地概括表现出他的个性。

没想到二十世纪八十年代初，在一次物理学科的学术会议上，他和杨振宁等专家，竟发动大家写诗。许多科学家也兴致盎然，纷纷响应交卷。最后，决定由华钟兄担任主编，编成了《粒子诗抄》。初稿编成后，华钟兄找我，请我做些必要的修订，我遵命，也为一些科学家的诗，略略调整了个别的字眼。在集子中，我发现华钟兄写的《粒子争鸣二首》，至为生动有趣。这本《粒子诗抄》，据知在物理学界，颇受清赏。

华钟兄和我聊天，许多时候都会谈及诗词欣赏的问题。有一次，他问我，什么是诗词创作最高的水平？我回答，有意境。同时，也简略向他介绍意境的概念，告诉他，诗人在创作时，在情景交融的基础上，能够引导读者产生丰富的联想，但这种联想，在读者心理、生理上为什么能够产生，我还弄不清楚。华钟兄沉吟半晌，忽然说：“黄天，这和情况，会不会类似物理学的‘场’？”然后，他告诉我，场，实际上是一种存在，如磁场、引力场、粒子场等等，场属物质的形态，它摸不着，看不见，但确实存在于物质世界之中。在一定的范围下，它能产生某种力的作用。这种力，具有弥漫性，又能规范着、引导着有关物质的运动。他又说，如果从“场”的理论引申，诗人在创作时脑电波产生情景交融的“场”，它会不会不着痕迹地，却又有一种弥漫着的引力，规范着读者的脑电波，从而产生相应的甚至是扩展性的运动呢？经华钟兄一说，我恍然大悟。像唐诗《商山早行》，其中“鸡声茅店月，人迹板桥霜”两句，句中只写景色，没有主观性的动词联系，但渗透着诗人在商山早行的心情。于是，这由名词组成的合力，便引导着并规范着读者，往凄清的方向，在脑海中产生种种联想。

在华钟兄的启发下，我在写作《诗词创作发凡》一书时，便增加了“意境创造的方式”一章，从诗词创作意境的“显性方式”“隐性方式”“论‘埋没意绪’”和“模糊性与导向性的统一”等方面，加以论述。这书出版后，也引起了一些读者的注意。当然，我很感谢华钟兄对我的启发，也深深知道，正是他在诗词和文学方面有深厚的功底，能够文理沟通，才会向我提出问题，并且帮助我解决难题。

深厚的人民情怀

在中大，许多人都知道，华钟兄的性格是倔强的，甚至有些固执。但如果对他有深入的了解，便知道他是既重原则又重情义的老师。他担任副校长时，对工作深思熟虑，经过调查研究，令出必行，不容拖拉；同时体恤并尊重教师和行政人员遇到的困难，会妥善地提出解决的方法。深厚的人文情怀，让他从来不会只摆出当“官”的姿态。

一九八一年左右，校园里发生一件趣事，很能说明华钟兄做人处事的态度。这趣事，是有一天他邀请我和胡景钊教授，到他家里品尝冰淇淋时，告诉我们的。

由于长期过度的勤奋，华钟兄的身体很不好，每次外出，人人都会看见，他一定斜挎着一个大布袋，里面放满药品、备用衣服和书籍。当天下午，他独自外出，走近南校门，忽然有一青年人，走到跟前，猛然想抢他的大布袋。他大吃一惊，本能地用力拨开对方的手，又迅速后跳两步。看来，他年轻时练习乒乓球灵活的步法，起了作用。他一边退，一边想打开布袋的拉链，可是情急之际，拉链却被卡住，越竭力地往里掏，越掏不出东西。那小贼倒慌了，以为华钟兄要掏出刀子，和他打架，正想转身逃走，却被几名路过的学生一把逮住。华钟兄问这小贼，为什么要拦路抢劫？回答说，没钱吃饭。于是，华钟兄拉开布袋，告诉他，袋子里装的全都是药和书，没有装钱。这时，同学们本想把这家伙抓到保卫处，华钟兄说，算了，他有他的难处。随即教训他几句，又从衣袋里掏出五块钱，让他买顿饭吃了事。

我听后，哈哈大笑，原来他晚上请我们吃冰淇淋，是为了庆祝脱险和压惊。但细心一想，小偷抢东西固然不好，华钟兄经过了解，并不过责，反送点钱周济，这虽是小事，但如不是宅心仁厚，没有深厚的人文情怀，是不可能做到的。

华钟兄一贯关怀爱护年轻人。对待积极向上、辛勤自学的学子，他敢于破格录取。近几年，学界流传着裘锡圭教授敢于把一位三轮车工人，破格录取为博士生的佳话。其实，早在二十世纪八十年代初，华钟便和裘教授一样，做出了破格录才的令人敬佩的举动。

一九八一年，中大收到湖北胡泊、胡连兄弟的来信，说他们在工厂里当工人，同时自学物理学九年，又自学英语，自信可以达到研究生水平，但他俩只有初中学历，不能报考。华钟兄知道了，极为重视。他请人查阅他们的作业本和学习心得，又由学校派人前往武汉，专门对胡氏兄弟进行测验考试，认可他们确是达到了报考硕士研究生的水平。然后，又让他们来到广州，华钟兄亲自对他们进行严格的面试，确认他们的才华，最后破格录取他们攻读硕士学位。两胡毕业后，胡泊取得博士学位后在美国任职，胡连则留校工作，后来转到华南师大任教授。华钟兄这种“不拘一格降人才”的教育观念，以及尽心育人的行为，当时就传为美谈。我深切地体会到，如果没有人文精神、科学头脑，没有强烈为国家民族培育人才的责任感，华钟兄就不可能断然做出破格录取两胡兄弟的举动。事实证明，他眼光是准确的，培养是成功的。

综合性大学是汇合各学科的学府，特别是作为基础学科的文科、理科，在一个校区上课，更有助于师生相互沟通，提高素质，有助于融人文情怀与科学精神于一炉，促进形象思维与逻辑思维统一的建构。华钟兄取得的卓越成就，和他能文理兼通有着极大的关系。

黛色参天二千尺

戴镏龄等几位老师小记

在中山大学的康乐园，树真多，真美。现在，康乐园虽然处于闹市中心，但依然像大海里出现的一片绿洲，吸引着多少人的目光，又有多少人渴望在这里成长、栖息！

从康乐园南门进去，夹路是一棵棵的紫荆树。微风过处，枝叶轻摇，像是拍手欢迎您进入绿色的黉宫。每年七月份左右，它在树梢上便开着粉红色的花。花期较短，不久落英缤纷，校道便如铺上了粉色的碎锦。如果您从康乐园北门进入，校道上又有另一番景象。路边，矗立着一排排的桄榔树。它们的躯干，青青如玉，不蔓不枝，挺然昂首，直指天际。树顶上，只有几瓣尖如葵扇状的大叶，风一吹，它就在半空俯视着您，对您轻轻点头。

当然，康乐园还有许多好树。像在惺亭东侧的凤凰木，常把红色的小果实，洒落在草坪上，让人们误以为它是南国的相思红豆，惹得姑娘们纷纷捡拾珍藏。怀士堂后面，有几亩低矮的蒲桃树，树和树凑在一起，构成了绿色的营盘。据知，这丛树，已有近百年的树龄。总之，前人种下的树，环抱着康乐园，让后来近百年的莘莘学子，在树林的荫庇下，度过了宝贵的青春。

说起来，让人见得最多，也最让人喜爱和景仰的，是康乐园里的榕树。在马岗顶，在九家村，在蒲园区，到处都有榕树耸立。不过，给我印象最深的，却是两株特别粗壮的老榕树，其一在中区，其一在西区。

戴镏龄（1913—1998），江苏镇江人，外国语言文学家、翻译家。早年留学英国，一九三九年获爱丁堡大学英国文学硕士学位，同年回国，历任武汉大学、中山大学教授、外语系主任，全国英语教学研究会第一届副会长，广东外国文学学会第一届会长，中国翻译工作者协会第一届副会长。专于英国语言文学，尤其长于古典文艺批评。译有《乌托邦》《浮士德博士的悲剧》等，撰有论文《论科学实验对近代英国散文风格形成的影响》等，曾与朱光潜、方重合编大学教材《近代英美散文选》。

中区的那棵老榕树，就长在怀士堂草坪的右侧，亦即在黑石屋正门前边的路旁。它的躯干，即使两人合抱，也围拢不过来。它虬根斜茁，一直拱进水泥路的里边。那撑开的枝杈，长满浓绿色的叶子；一条一条的须根，密密麻麻地垂下，恍如一位上了年纪的老人，站在路边，守望着在校园里南来北往的学子。在它身后，就是黑石屋。这著名的小楼，是黑石夫人捐建给岭南大学，用作第一任华人校长钟荣光的官邸。钟校长是值得尊敬的爱国者，对我国教育事业做出过贡献。在陈炯明叛变时，孙中山先生的夫人宋庆龄曾因避难，在黑石屋度过了一夜，躲过了一劫。现在，中山大学把黑石屋作为贵宾室，不少我国领导人和尊贵的外宾，都来过这里，受到校方规格最高的接待。有趣的是，黑石屋的屋前屋后，也被好几株榕树团团围拢。屋前那棵最大最高的老榕，就像率领它的后辈，代表中大师生带着绿色的笑容，欢迎来访的贵客。在二十世纪六十年代，海燕电影制片厂拍摄影片《羊城暗哨》时，还把大榕树和黑石屋摄入镜头，作为特有的外景。

不过，在康乐园，我见得最多并且经常接触的，倒是在西区的那棵大榕树。

七十年前，康乐园最西的边缘，就是西大球场。再往西，斜坡后面，便是牛栏猪栏，以及坟头野地和西洋菜地。到二十世纪六十年代初，学校规模逐渐发展，教师宿舍不敷应用，校方才开辟了西大球场以西的荒坡，兴建教师宿舍。不久，我也被分配到那边新建的“夫妇宿舍”居住。这房子，就靠近大榕树的西南方。

西区的这棵大榕树，比中区的那棵更老，也更大。黝黑的树皮，凹凸不平，就像一片片苍龙的鳞甲。最有趣的是，它有一叉粗又大的横根。这根高出地面两三尺，平滑可坐。我那时还年轻，喜欢和邻居的孩子们胡闹，有空时，大家围着大榕树捉迷藏，或者坐在一起讲故事，吹牛皮。我们还会摘下榕树稍嫩的枝叶，编织成圈，戴在头上，当作“桂冠”。

不久，这大榕树附近的房子越建越多。经过三十多年的建设，已开辟成中大教工的主要住宅区，即现在的蒲园区。夜里，风雨过后，大榕树旁，再也听不到牛蛙嗷嗷的叫声，见到的只是千家灯火。而那大榕树依然屹立路旁。那条路，就被称为“大榕路”。后来，我被安排和戴镏龄、龙康候、蒋湘泽、梁之舜等老师同在一幢楼房，分层居住。这几位老教授，分属不同院系。我是晚辈，属中文系。我们同在一个门口进进出出，但各忙各的，很少串门。倒是在大榕树下，常有机会碰在一起。

在蒲园区，大榕路上，人来人往。清早，许多中青年教师，从大榕树下进入西大球场锻炼。黄昏，许多老教授也在这里散步，有些人踽踽独行；而像戴镏龄老师、王宗炎老师，他们多是夫唱妇随。有一段时期，听说王宗炎老师的太太腮边动了手术，终日戴着口罩。我看见王老师天天陪侍着她，在大榕路上散步锻炼。有时，我也会遇见何肇发老师，他患有糖尿病。听说他有一次出差，登机后，自己在座位上注射胰岛素。空姐以为他是吸毒的“瘾君子”，把他扭送到机务室，好一会才弄个明白。我每次在大榕树附近遇见何老师时，总忍不住偷偷发笑。这些老师，都是文科的名师，是中大的栋梁，他们风格各异，但都为社会培育了许多英才。

我还常会遇见蒋湘泽教授。他是研究世界史的名家。蒋老师精干矮小，为人风趣。一天，他在大榕路上，一边捧着一堆外文书籍，一边嘴里念念有词，而我正骑着车前往中区。他一抬头，看到了我，就把我叫住。我以为他有事要我帮忙，赶紧滚鞍下车，听候吩咐。谁知他对我说："我前天在电视上，看见有人说外语。走前一看，原来是你！"我吃了一惊，连忙说："没有呀！我是在电视台上讲过话，但说的普通话呀！"他说："不，不！也不像广州话。"我知道他在跟我开玩笑，嘲笑我讲的是不三不四的"广普"。我也就回敬他说："我在校庆晚会上，看见过您演《西厢记》中的张生。"他得意了，连声说："是呀，是呀！"我又说："当时演崔莺莺的，是谢文通教授的太太。"他更高兴了，一迭声说："不错，不错！"我说："不过，谢师母比您高出了半个头，我以为您演的不是张生，而是莺莺的弟弟：欢郎。"他知道我在"反击"，哈哈大笑，一不留神，手中的书掉满一地，我赶忙替他捡起，大家笑着分手。在那年代，康乐园笼罩着一派友爱和谐的气氛，改革开放的社会环境，让师生们团结乐观，意气风发。

在大榕树附近，我也会碰到戴镏龄教授和师母徐开蜀，他们总是慢慢地行走，也不太说话。戴老师在二十世纪五十年代担任过中大外语系的系主任，我早就知道他的大名。在一九五四年，教育部门把教授的工资级别分为四级。中大的一级教授有陈寅恪、姜立夫、陈序经三位。二级教授则有容庚、商承祚等二十位，戴老师也名列在内。当时，据说戴老师认为自己是系主任，不应列入，主动退出。（等到"文革"后，学校才又把他补上。）我们知道了，都敬佩他不计名利的高风亮节。我们也都知道，他是享誉全国的英语教授，早年留学欧洲，精通英、法、德、俄、日等国语言，是著名的莎士比亚研究专家。想不到，后来我竟有幸和他一家成了邻居。

搬进新居不久，有一天黄昏，我在大榕树下刚好碰见戴老师和师母一起散步。他站在路旁，把我叫住。我赶紧向他俩问好。他对我说："你写的有关纳兰性德的那本书，我和宗炎先生都看了，也讨论过，写得不错。”我连忙请他多多指正。他却提醒我：“我知道你跟王起先生研究古代戏曲，但诗词这块，你也别掉了！”我赶紧点头领教。那时，让我想不到的是，他是研究外语的专家，但对中国古代诗词的研究也注意到了。后来一想，老一辈的学者都有很深的国学基础，也自然会关心中国古代诗词的研究。再一想，戴老师是研究莎士比亚的专家，早在青年时期，便把莎翁的十四行诗译成中文。和别的译文不同的是，他既注意到英诗的音乐性，又注意到译文要表现出汉语的声韵和节奏。据他的门生王宾教授回忆，当年，戴老师翻译莎翁的十四行诗，是译好了一首，便寄给徐女士一首，鸿雁传情，终成眷属。后来，储安平知道了，便拿去一些，发表在《观察》杂志上。我又想，戴老师之所以提醒我，这和他自己的治学经验有关。因为莎翁既是戏剧家，又是诗人。戴老师既研究他的诗，也研究他的剧本，了解对文学不同体裁的研究，应该互相贯通，才能挥洒自如，取得成果。后来，我给自己定下教学和研究的目标：“戏曲为主，兼学别样”，正是得益于戴老师对我的及时指点。

某年冬天，在距离春节的前两天，我又在大榕树下，遇见了戴老师和戴师母。那阶段，我处于困境，心情不好，听说大榕树下，有花农在这里设摊卖花，我也想买些菊花应节解闷。那时，买花的人较多，我只顾选花，却没有发现戴老师，倒是他先看到了我。等到我买了花往回走时，他俩站在路边，把我叫住。我赶紧走了过去。只见戴老师左右张望，欲言又止，摆了摆手，便慢慢地走开。我看着他俩远去的背影，觉得有点奇怪，到底他想对我说些什么？在犹豫中，忽然记起家人吩咐我还要买盆金橘，便回到大榕树下。但是，戴老师当时的表情，一直在我的脑海里萦回。

过了两天，就是春节。按照中大传统惯例，那天早上，教师们都会自动到小礼堂参加团拜活动，彼此握手，互相祝贺。那年，我没有参加团拜，只在书房里看书。忽然，听到敲门的声音，我想，这年头，有些人见到我，“避之则吉”，不会有什么人来吧？或者有人要找别的老教授贺年，弄错了地方吧？正迟疑间，敲门声又响起，我只好前往开门，一看，愣了，原来站在门口的，正是戴老师和戴师母。师母说："我们给你拜年来了！"我大吃一惊，很不好意思。按传统，只有晚辈给长辈拜年，哪有长辈给晚辈拜年的道理？我赶紧请他们进屋，倒茶，让座，他们也没有说些什么，只问问我妻子身体情况之类，几分钟后，便告辞了。戴师母还在袋子里掏出一盒小点心，说是给我孩子的小礼物。我手足无措，赶紧送他俩上楼（他家在三楼，我住在二楼）。在他家门口，我向两位鞠躬致谢。当下楼回到自己的屋里时，眼泪夺眶而出，深深感受到老一辈教师对后辈的关怀和理解。过了两天，社会学系何肇发老师、校党委副书记曾桂友，也来我家拜年，他们坐了一会，就到楼下找蒋湘泽老师聊天去了。而老师们的心意，我也领会到了。

在康乐园里，许多老一辈的教授，他们不仅用科研和教学成果支撑起中山大学的荣耀，培育了一代又一代的学子，也着眼于学校整体的学科建设，乃至关心和扶持像我这样属于不同院系的晚辈教师的健康成长。因为，他们把学校当作自己的家园，爱护家园里的一草一木。他们不就是校园里又高又粗的"老榕树"吗？那苍劲的躯干，浓密的树冠，佑护着小树的发育茁壮。杜甫有句云："霜皮溜雨四十围，黛色参天二千尺"，我想，诗人写那大树伟岸的风姿，遒劲的风骨，也正是康乐园里"老榕树"的写照，是老一辈学者和老教育家、老革命家的象征。

我爱绿树成荫的康乐园，园里的树，是一代又一代的教职员工辛勤栽培灌溉的成果。去年，听说广州砍倒了大批榕树，引起市民强烈的不满。砍树之风，不知道有没有吹进康乐园？"毁树容易种树难"，"人挪活，树挪死"，这些历史教训，值得我们认真地记取。

人生有情泪沾臆

记吴宏聪教授

在吴宏聪教授的追悼会上，我凝视着他安详的遗容，想到以后再不能看到他玉树临风的神采，想到他对中山大学中文系的贡献，想到他几十年来对我的支持和栽培，想到我们曾经同欢乐，共患难，结下了深厚的情谊，不禁悲不可抑，无法自持。

在高等院校，既需要专心从事教学和研究的学者，也需要精通教育业务并且具有管理能力、善于团结师生的行政人才。吴宏聪教授毕业于西南联大，是著名文学家闻一多的高足。他讲课效果极佳，深受学生欢迎；对中国现代文学有深入的研究，也发表过不少有分量的学术著作。由于工作的需要，他不得不把主要精力放在教育管理方面。他牺牲了自己许多从事教学科研的精力，却为全系师生的发展，为树立中文系的学风，打下了基础。

在吴老师逝世后的那几天，我一直忙着帮助处理后事。等到目送遗体上了灵车，心神稍安，过去几十年和他相处的往事，便一幕幕奔来眼底。

我是在一九五六年毕业后留校工作的。一九五七年，吴老师调来中文系担任副主任，实际上，系里的教学科研工作，由他全面主管。此后，除了在“文化大革命”时期，有几年他被打成“走资派”靠边站以外，直到一九八三年，他从来以全副身心，负责领导全系的工作。特别是他对年轻老师，一直注意悉心培养。当年，我在教学和科研工作上稍稍做出些成绩，他便鼓励表扬，让我增强信心。可以说，他和所有的青年教师、学生，亲

吴宏聪（1918—2011），广东蕉岭人，中国现代文学、闻一多研究知名学者，教育家。一九三八年至一九四二年就读于国立西南联合大学文学院中文系，师从朱自清、闻一多、沈从文、王力等大师。后任中大中文系教授兼系主任。著有《闻一多的文化观及其他》等，参与主编的《中国现代文学史》《中国现代文学作品选》仍获广泛使用。

密无间，感情融洽。在下乡劳动时，他和年轻人一起挑泥犁地，摸爬滚打。有一段时期，系里不知为什么流行起“老”的称呼，连年轻老师也被称为“老”，像我刚当上讲师，便被称为“黄天老”。吴老师当然比一般年轻教师年长，大家便戏称之为“吴老老”。这昵称，一直持续了几十年。

我最难忘的，是在“文化大革命”期间，他和他太太黄慕兰同志，在天堂山半山腰抢救我的事。

在一九六九年冬天，我们全系教工，要到粤北坪石附近的天堂山，参加“五七干校”，接受“贫下中农再教育”。天堂山在粤湘交界的金鸡岭附近，平均海拔七百米。有一天，我们连队接到通知，要到坪石购买粮食，然后挑米上山。那时，我们每人要挑起几十斤大米，从山路往上行走，劳动量实在不轻。不过，当时我还年轻，而且经历过一段时期的挑担锻炼，负米上山，自我感觉还算良好。那天，天气不冷不热，我挑的两箩筐大米，也不算重，恃着年轻力壮，便迈开大步，一口气直上山腰。到了稍平的小坡上，才放下肩担歇息。

谁知不歇则已，一放下担子，顿觉天旋地转，两眼发黑，颓然倒地。和我一起挑米的同志大吃一惊，立刻招呼抢救。那时，吴老师夫妇恰好跟在我的后面。事起仓促，他俩赶紧和同志们一起，把随身携带的药物，塞进我的嘴里。我则迷迷糊糊，什么也不知道，只觉眼前慢慢泛起一片黄色的雾，又觉得双腿渐冷，冷气往腹部上升，到了胸口，便失去一切知觉。后来不知是谁在我的人中穴位捏了一把，又不知是谁在我嘴里灌入驱风油，我才渐渐苏醒。我张开眼睛，只见黄慕兰同志蹲在地上，替我抹着额上的冷汗。我挣扎起来，半开玩笑地说："今天我差一点真的上了天堂了。"黄慕兰同志便批评我："你这家伙死性不改，还有心思开玩笑！"她的话音刚落，我忽然又昏了过去，之后同志们怎样心情紧张，怎样多方抢救，我全都不知道。又过了好一阵，我总算醒了过来。休息了好一会，大伙儿才扶起我，继续上山。

那时，吴老师夫妇搀扶着我，慢慢地往山上走。他俩一边批评我好胜逞能，不自量力，不知道不能一口气直奔山腰，一边和我开些玩笑，让我分散注意力。黄慕兰同志见我神色渐趋平复，才告诉我，我第二次昏厥，是同志们最为担心的时候。附小的何老师身躯肥大，还俯卧地上，让大家抬我躺在他的背上，隔开冰凉的地气。那时候，同志们团结一致，患难相扶，使我既感激，又感动。而吴老师夫妇对我细心呵护的情景，我也一直念念不忘。

到了一九七四年，学校"复课闹革命"，吴老师也已"解放"，被任命为中文系教改领导小组负责人之一。有一天，我忽然听说他晚上骑自行车，不小心摔了下来，身体受伤，便抽空前往探望。原来，那一段时间，黄慕兰同志因病住院，吴老师骑自行车给她送汤水，回家晚了，没有看清路上的石阶，车子直冲过去，他便跌倒在地，胸部痛楚难忍。到校医室诊治，才知道折断了两根肋骨，而校医水平有限，只能做一般处理。那时，我妹妹在荔湾区医院工作，那里有擅长医治跌打的名医。我征得吴老师同意，在和荔湾区医院取得联系后，立即陪吴老师前往治疗。

吴老师伤势严重，作为系的负责人，是可以通知学校派车送往医院疗伤的。当时，我建议和有关方面商量，但吴老师坚决不同意，说疗伤是私事，不能动用公车。于是，我只好陪着他坐上公共汽车，前往医院。那年代，新港路还未铺上水泥，马路上坑坑洼洼，汽车上下颠簸，增加了吴老师的痛楚，但他一直强忍。在那一段疗伤的日子里，我们一直是坐公共汽车来来去去的。吴老师坚持公私分明，不以私事耗费公帑的行为，使我深受教育。身教重于言教，那几个星期，与其说是我陪吴老师治伤，不如说是他给我上了一堂深刻的品德教育课。

一转眼，到了一九八九年的夏天，我忽然听到黄慕兰同志逝世的消息，十分震惊。我们接触虽不多，但总感觉到她对我常常关切，视我如弟。当时，我不方便到吴府慰问，只好打听追悼会的举行时间，径自到殡仪馆里参加追悼仪式。

那一天，我刚到殡仪馆的休息室，吴老师一眼瞥见，便走了过来，紧握着我的手，一面哭，一面说："这个时候，怎么你也来了呀？"后来听金钦俊同志说，当天被通知要学习文件，全系党员教工都不能参加追悼会。到现在，我已不记得自己是怎样回答的了，只记得他的泪水，滴在我的手背上。当时，吴老师有丧妻之痛，我则处境困难。古人有言，涸泽之鱼，相濡以沫。吴老师滴到我手上的泪珠，不也正是我们相濡以沫的象征吗？廿多年过去，当我在殡仪馆追悼吴老师时，骤然想起了他曾在这里和我握手泪垂的情状，这一回，轮到我眼泪夺眶而出。人之相知，贵相知心。在黄慕兰同志追悼会上，吴老师对我说的几句话，也让我记了一辈子。

到一九九八年，吴老师八十岁了。中文系领导和历届的毕业校友，出于对吴老的衷心爱戴，为了感谢他对中文系发展的贡献，决定组织起来，举办吴宏聪教授八十大寿庆祝活动。校友们知道了，纷纷积极响应。到了十一月二十五日吴老师寿诞当天，四百多名来自各地的历届毕业同学代表，齐集在小礼堂，大家兴高采烈地祝愿他健康长寿，深情回忆他在课内外对学生的教诲。大会十分隆重，喜气洋溢，许多校友还带来了祝寿礼物，诸如寿屏、花瓶、贺联之类，整整堆满了一个屋子。在许多礼品当中，他尤其喜欢那套为他量身定制的蓝色西装。校友们想得也真周到，连同这套西装，还有新衬衣、新袜、新鞋、新领带一整套装备。那天，为了让校友们高兴，他正是穿上了这套崭新的行头，出席庆祝大会的。

祝寿会尽欢而散，校友们知道老人家会精神劳累，相约近期不要去打扰他，让他好好休息几天。谁知第二天早上，吴老师却匆匆来到我家。甫坐下，他便说："这回麻烦了！汕头的几位校友，送来了一个红包，当时不以为意，以为是贺卡之类。昨晚回家打开一看，原来贺卡里夹带着人民币五千元。这怎么行呢？我怎能收红包呢？"我说，这是校友的心意，收下应是可以的。他说坚决不能收，可是若退回去，拂了校友尊师之意，也不妥。我见他左右为难，只好和他认真研究。忽然想起，当时在学的学生，有不少人经济困难。既然他执意不收，如果把这寿金用以帮助有需要的学生，也未尝不是两全其美的办法。吴老师一听，高兴极了。过了两天，他就把这笔校友的贺金，转送给有关方面。

吴宏聪教授退休后，二〇〇五年夏，师友在他家中合影，右三为吴教授，右一为作者。

吴老师爱美，总是“衣冠楚楚”，可是他的心灵更美。确实，校友们爱戴他，一起凑贺金以表心意，感情是纯洁的，是完全可以理解的。但是，吴老师既感谢校友，又对金钱有自己的态度。在今天一些人看来，或会觉得吴老师似有点迂，但作为一个受过传统教育的人，他的“迂”，往往和清廉、狷介连在一起。从这件小事里，我看到吴老师的人生操守，感佩之情油然而生。

又过了几天，我又见到了吴老师，便和他开玩笑说：“您最喜欢那套崭新的西服吧！”他哈哈大笑，说：“知我者，黄天也！”跟着说，“其实我更喜欢你为我写的挂在小礼堂上的对联，因为它表达出中文系师生的情谊。”然后，他欣然背诵了这副对联：“数十载耕耘，喜看秀木成林，诚为人间乐事；三千士踊跃，同沐春风化雨，深感世上真情。”我看到他陶醉于师友之情的样子，一时兴起，就说：“秀才人情纸一张，以后按这意思，再给您写一对如何？”他说：“好呀！”

谁知道，这话竟成谶语。在他八十五岁的寿筵上，我没有写寿联。等到吴老师去世，突然想起了对他的承诺，便写了一对挽联。这挽联，就根据吴教授生前喜欢的贺联，调整改写：“数十载耕耘，看秀木成林，更义厚情深，老园丁此生无憾；三千士爱戴，记春风化雨，忽梁摧柱折，众弟子今日同悲。”在草拟这挽联的时候，百感交集，我想，吴老师在天之灵，是会知道我为什么如此下笔的。

杜甫有句云：“人生有情泪沾臆，江水江花岂终极。”我平生不易流泪，但在吴老师的追悼会上却不能自已。如今，吴老师已经离开我们了，每想起他的音容笑貌，总忽忽如有所失。他和我，本属不同的辈分，但成了忘年之交。细想起来，也是人生中难得的缘分！

奠君清泪到黄泉

记李炜教授

那天上午，接到了李炜教授病危的消息，我想，要不要赶到医院去看望他？正犹豫间，恰巧外面打来一个需要沟通而费时很长的电话。放下电话，就收到李炜已经去世的微信，不禁黯然神伤，真后悔不能见他最后一面。

在上月中，我曾到医院探望过他，知道他病得很重，但又见到他气色还好，对治疗很有信心，也稍觉宽慰。怎么知道，一个活生生的生命，一个才华横溢、工作勤奋、满怀理想的中年教授，说走就走了！我放下手机，踱到阳台，想到骤然失去了一位有作为的同事和学生，只有栏杆拍遍，清泪直垂。

一九八五年，李炜从兰州到中山大学中文系语言教研室，从事中国语言的教学工作。当年，我正担任中文系主任，工作繁忙，对这活蹦乱跳的年轻人没有留意。后来渐渐稔熟，听学生们反映，他讲课生动活泼，教学效果极佳，很受同学欢迎。我想，语言课一般容易讲得枯燥，对学生的说法，也只半信半疑。有一次，我们和校友一起聚会，李炜一杯酒落肚，学着我讲课的腔调，模仿我的神情和带着粤腔的普通话，竟然惟妙惟肖，引得校友们哄堂大笑。他又趁着酒兴，唱了《沙家浜》的唱段，俨然是个胡传魁的模样。我忽然明白，李炜曾经当过兰州青年京剧团的演员，他把语言学原理和知识舞台化，难怪能够把语言课讲得如此动听。从此，我知道，他是我校讲课的一张王牌。

李炜（1960—2019），山东冠县人，中山大学中文系教授、博士生导师，广东省中国语言学会会长。研究专长为现代汉语语法、汉语语法史（近现代）、汉语方言语法等。著有《清代琉球官话课本语法研究》、《现代汉语》（与黄伯荣合编）。

李炜豪爽真率，胸怀坦荡，与同事和学生相处，有时甚至没大没小；但对待学习和工作，则十分严谨勤奋。有几次，我有事找他，却老找不着。我有点生气，问他是否又喝酒去了。他爽快回答："是，但吃了饭回校后，躲起来写论文去了。"我知道，他常常和校友联系，为的是广泛团结校友，推进学校和中文学科的发展。同时，他又放弃休息，抓紧时间，认真备课，钻研学问。果然，在工作最忙的几年里，他连续在全国语言学的权威刊物上，发表了多篇高质量的学术论文，受到语言学界的关注和称誉。李炜的学术思路十分活跃，他严谨治学，却又不是只躲进书斋，而是把语言学原理和社会实际结合起来。近年，他致力于"一带一路"的汉语教育，向党中央提出方案和建议，受到领导同志的高度重视，并且指示批复。从此，他便联合各方，积极开展工作。过了一段时间，他又组织中山大学神经语言学教学实验室，并和中大多所附属医院一道工作。他曾兴奋地告诉我，对开展这跨学科的具有创新意义的项目，充满信心。可惜，今日伊人仙去，不知会给这些重要的项目，带来多大的损失！而从这些重大选题的意义和设计中，我们也清楚地看到李炜同志的家国情怀。

在二〇〇四年，中大迎来八十周年校庆，学校准备举行盛大的庆祝活动。那时，李炜并没有担任学校任何职务，但校方知道他有组织大型晚会的经验，便邀请他主持工作。李炜明知时间紧迫，任务繁难，但仍欣然接受学校的委托。从组织节目，排练歌舞演出，到在小礼堂前边的草坪搭建让人耳目一新的七彩舞台，从邀请专业导演莅临指导，到联系中央电视台派遣人员来现场向全国直播，每一件事，李炜都亲力亲为。由于他和国内文艺界有广泛的联系，时常帮助别人，这回，他振臂一呼，许多专业人士便无保留地前来帮助中山大学。那段时间，他日以继夜，紧张工作，累得眼布红丝，身躯瘦了一圈。他还常常自掏腰包，招待来帮忙的各方朋友。

有一天，他忽然找我，说是有一个节目，需要一位带有广州口音的教师，仅仅说一句台词。这节目的规定情景是：有一位校友，在海外挂念自己的老师，便打来电话问候；老师拿起电话，问道："您是哪位？"这一段表演，校友扮演者在舞台上打电话，而老师不用登台，只需在后台播放询问时的录音。李炜认为，我的声音最具岭南特色，便请我专门说这一句话。我想，就说这四个字，还不容易？便欣然答应。有一天，晚上八点，他带着我到市内录音师的工作室，略一寒暄，便开始录音。

起初，我对着麦克风，作询问状："您是哪位？"谁知讲来讲去，不是神情不到位，就是音色、音调不合适；不是录音师否定，就是李炜摇头。这一句简单的话，我讲了十多次，还是不能通过。李炜看见我有些不耐烦了，便让我休息了一会，然后对着麦克风再问。搞了半天，好容易才捕捉到合适的神态。一看手表，已是晚上十点半了。就这一句话，弄来弄去，足足折腾了我两个钟头。我真不高兴了，埋怨了他几句。李炜说："黄天老师，您也知道，舞台表演是一次过的艺术，必须恰到好处，不认真，是不行的。"经他一说，我反不好意思了。平时，我常以长辈的姿态，看到他大大咧咧的样子，总是嘱咐他要认真做事。这一回，倒是他以自己的体会和行动，教育了我！确实，我们要对万千观众负责，一定要做到最好。之后，我也觉察到，李炜似乎在生活上比较随意，其实做人做事，很认真，很负责。这一回，我看到了他心细如发、认真工作的态度。他竭尽全力，费尽心血，办好校庆晚会，这又说明他多么热爱母校，为母校无私奉献，想方设法要为母校争光！当时，人们一致对校庆晚会表示满意，都认为校庆活动办得很成功。但是，恐怕很少人知道，李炜老师日日夜夜为母校付出多少无偿的劳动。

别看李炜爱说爱唱，有时甚至嬉皮笑脸，但是，他非常注意继承传统的优良品德。作为教育工作者，他是尊师爱生的典范。在长达三十多年的工作经历中，无论是作为普通的教师还是担任系的领导，他不知替多少学生，解决了多少工作和生活的问题！到假日，他喜欢和学生畅叙；在平时，则和学生探讨学问。不算年轻的他，总是和本科生、研究生打成一片，学生们尊敬他，也把他视为兄长。所以，大家都喊他为“炜哥”。哪里出现炜哥，哪里便出现欢乐。

李炜对待老师，又是十分尊敬的。前几年，兰州大学语言学家黄伯荣教授，退休后回到家乡阳江市。黄教授曾经是李炜在兰大求学时的业师，当他知道老师回乡，便不顾交通不便，多次到阳江拜望，扶着黄老师散步，带着他品尝美食，帮着他整理家务。在黄教授的指导下，他们共同整理了《现代汉语》教材。这一部由师生两人共同主编的教科书，在语言学界产生了重大的影响。后来，黄教授生病了，李炜焦急得很，一有空余时间，便买食物，买药品，远赴阳江，连住数天，为老师端水煮药。过了几个月，黄伯荣教授不幸逝世，李炜便带了几位研究生，到阳江黄家，跑上跑下，帮助黄家子女料理后事。

由于黄伯荣教授在二十世纪五十年代曾在中大工作，也是中大的校友，李炜便拉着我和几位同事，到阳江参加黄教授的追悼会。在追悼会上，我从未见过生性乐观的李炜，如此痛楚，如此哀伤。他身披孝服，在老师灵前，泪流满面，长跪不起。他待老师如待父母。我们站在一旁，看到此情此景，不禁为之动容，为之震撼。这就是平素喜欢说段子、开玩笑的李炜吗？而从他对老师逝世的哀痛中，我看到他对老师真挚的感情，看到他尊师重道的高尚品德。

李炜在担任中山大学中文系主任以后，全心全意地做好领导全系老师树人树德的工作，培育学生的领袖气质和家国情怀。当学校提出力争早日进入全国高校第一梯队，要求各学院制订建立大团队、大平台、大项目的计划时，他闻风而动，广泛征求系里教师的意见；又反复思考，制订周详的发展计划。他把方案上交学校，得到了领导的肯定和表扬。他对我说过，写这计划，比写一篇学术论文更花时间，更费心思，但为了中大和中文系的发展，熬几个通宵，也是值得的。我很感动，人们都以为李炜坐不住，喜欢玩乐交际，谁知道他能够广泛团结师友，为母校和中文系的发展，公而忘私，耗尽心血。我仔细阅读了他制订的方案，也为中大在近几十年，能够培养出不说空话、不计个人得失的系主任，感到自豪和安慰。

在担任中文系主任的几年中，他既继承前任已经取得的经验，又注意发扬创造，以期更好地搞好培养本科学生的工作。人们都知道，中大中文系从一九八六年开始，便规定本科一年级学生，在一年内要缴交一百篇作文；二年级则要写出八篇小评论。这项措施，到李炜任期，已连续推行了近三十年。李炜一面秉承前任的做法，一面更注意把学生的写作锻炼，和社会实践结合起来。他让三位教师带领部分学生，在训练过百篇写作的基础上，在东莞市委的指导和协助下，以田野调查的方法，全面了解莞城的历史和街道建筑、人文风俗，采访退休的革命者、机关干部、企业家、教师、残疾人和普通市民，经过努力工作，终于写成并出版了《东莞人》一书，受到社会的好评。李炜推行这一项措施，让学生们得到了联系社会实际的锻炼，提高了思想认识，把德育和智育结合起来，它比过去单从写作训练着眼，更符合教书育人的方针。可见，他勇于探索，勇于改革，敢于在传承传统的基础上创新，时刻想方设法，完成母校交付的使命。

在二〇一六年春节，在万家团聚的时候，作为系主任的李炜，却给中文系全体老师写了一封动情的“家书”。在信中，他很自豪地回顾了近年来中文系取得的成果，恳切地说出希望同仁们团结一致，共同协作，取得更大的胜利。这封信，真挚地表达出他对母校和中文系师友的深情，坦诚地诉说自己对教育的理念。今天，我打开微信的朋友圈，重读了这封信，并发现仅在十几个小时之内，在一个小小的公众号，阅读量竟超过七万。可见，绝大多数的知识分子，是有良知的，李炜的在天之灵，如果知道广大人士对他的认同，他完全可以宽慰。天堂里，没有诽谤，也没有疾病的痛苦。不过，中山大学从此失去一位优秀的教师，我国学坛也从此失去一位有影响有前途的语言学家，同学们也从此失去一位难得的良师益友。

我重新阅读李炜老师这一封“家信”，不禁热泪盈眶，随手写下一副挽联：

爱母校，爱师友，遍尝苦辣甜酸，能受天磨，引吭长歌舒浩气；
精语言，精学术，兼擅唱吟念打，忽惊柱折，奠君清泪到黄泉！

书成掷笔，聊寄哀思。更期望一代又一代的学人，能和李炜教授一样，全心全意，联系广大师生，时刻兢兢业业，拒绝团团伙伙，坚持党的教育方针，让中大中文系取得更大的发展。

一位平凡而卓越的教育工作者

记百岁老资料员龙婉芸先生

在教育系统中，教职员工都是学校这个大家庭重要的组成部分。在教师而言，对学生的教育培养，固然起着重要的作用，尤其是在高等院校。教授、名师的指导，是必不可少的。但是在大学，学生要取得进步，更重要的还是要自觉地、刻苦地、创造性地学习。在二十世纪九十年代以前，电脑还未通行。大学生要到图书馆或资料室借阅图书，搜集资料。因此，图书馆员和资料员必须具有高度的责任心和业务水平。他们默默地工作，为各个学科师生的学习和教学科研作出贡献。

今年是中山大学中文系资料员龙婉芸先生的一百岁寿辰。她的子女编印了《百岁百福》图册以示庆祝，在图册中展现出龙先生在不同时期的一百帧照片。我仔细观看，龙先生在工作各个时期的身影，也陆续地涌上了我的心头。

我是在一九五二年考进中大中文系学习的。在康乐园，我看见过许多名师大家，但从读大一学生开始，接触最多的，反而是龙先生。细看“百福图”，

龙婉芸先生，一九四三年入读坪石的中山大学文学院，一九四七年毕业。从二十世纪五十年代开始，在中大中文系资料室工作，默默地为教育事业耕耘，直至退休。

那时，她应是在第三排第四行的那副模样吧！转眼间，龙先生已步入百岁老人的行列了。

我进入中大以后，常到中文系资料室借书和学习。在资料室里，龙先生是工作时间最长也是最忙碌的人。购买图书，借还图书，搜集资料，剪贴装订报刊，订阅各种杂志，报销各种费用，往往由龙先生“一脚踢”（粤语，“包办”的意思）。每天，在资料室里，上班最早的是她，下班最迟的也是她，只见她每天勤勤恳恳，等到学生教师全都离开后，才谨慎地关好窗户，锁上资料室的门。

在二十世纪五十年代初，我每次到资料室看书，就看到一位娟秀瘦小的资料员，脚步轻快，态度和蔼。如果我要借阅什么图书，却不知道它放在哪一个书架，便向她请教。她麻利得很，一下子就在几万册的图书中，替我把需要的书找出来。同学们都很佩服她。

她就是龙婉芸，大家都称她为龙老师。我知道她是广州人，便用广州人尊称对方的称谓，喊她为“龙生”。这一喊，一直喊了七十年。

我在大学毕业留校工作后，和龙先生接触的机会就更多了。在我的心目中，她就是我的老师，我的老大姐。后来又知道，原来在新中国成立之前，她便毕业于中山大学语言学系，是纯粹的语言学科方面的学术人才，而且在语言学专业方面，水平很高。语言学教研室好些老师都在私下说，据知，王力教授曾经认为，龙先生在大学攻读时的业务水平，一点都不比她的先生黄家教老师逊色。当我听到了教师们对龙先生的评价，便向系总支书记建议：“语言组教师不多，功课繁重，而语言学科又是中文系的半边天。大家都认为，该把龙婉芸调到语言组任教，最为合适。”谁知书记竟把我叱责一通，说我多管闲事，不知高低，又说人事问题，轮不到我这小辈置喙。我受到批评，满肚子不愉快，但只好讪讪地走开。后来才知道，这位总支书记其实也是想把龙先生调任到教师编制的，但语言组内却有人强烈反对，因而无法推进。对此，我想龙先生也未尝没有所了解的吧！但令我钦佩的是，她的工作情绪，丝毫不受影响，她只是全心全意做好本职工作，把整个图书资料室管理得有条不紊。

在龙老师退休以前，随着办公地点和课室的更换，中文系资料室搬了又搬，资料室工作人员，走了一位又一位，只有龙先生一个人坚持到退休的年纪。凡是刮风下雨的晚上，龙先生担心资料室的门窗没有关好，总会摸黑冒雨回到系里查看；凡是要购买大批量图书，她便以瘦小的身躯，扛着、抱着、用单车推着，大汗淋漓地把重重的书籍，带回资料室。最让人感动的是，在上个世纪，她主动和广州的新华书店建立了联系，当出版社有新书出版，而这书又对某老师或某些学生适用的，她便主动通知有关读者，或代读者购买。七九级的刘中国同学如今还记得："在求学康乐园时期，资料室龙婉芸老师推荐过巴乌斯托夫斯基的《金蔷薇》，我即从她手里买了一本，从此一发不可收地迷上了巴乌斯托夫斯基。"后来，刘中国在毕业后做出很好的成果。同样，多少年来，许多教师或备课或写论文和专著，在寻找资料时，无不得到龙先生的帮助，可以说，许多研究成果，里面都有着龙先生的劳绩。中文系师生都晓得：在中文系工作的几十年中，她一直把资料室看成自己的家。"润物细无声"，她的工作似乎很平凡，却为全系师生的成长，做出了卓越的贡献。

我在二十世纪五十年代初，已很熟悉龙先生，对她十分钦佩。因为，她一面要照顾四个从两岁至十一岁的未成年孩子，而且在物资供应非常困难的时期负担了极其繁重的家务，这才让她的丈夫黄家教教授得以全心全意地进行教学和科研工作，取得卓越的成绩，成为著名的语言学家。另一面，她又是全心全意投入中文系图书资料室的工作，配合着师生的教学科研，从各方面做出不为人知的努力。

更令人钦佩的是，她对系里的教师十分关怀。在经济困难时期，学校的农场，有时会给教工分配一些食物，如小鱼蔬果之类。在物质奇缺的年代，教工们分派得到这些东西，如获至宝，像过节一样高兴。有一回，方孝岳教授也分到了一份小鱼。但方老先生远在校外，龙先生便替他领取了应得的一份，先把小鱼清洗处理干净，并用自家凭票购买仅有的一点食油，把小鱼煎好，跟着连晚饭也顾上不吃，尽快坐公交车，把煎好的"宝贝"从康乐园送到文明路方老先生的家中。这个敬重老人、先人后己的无私举动，让大家感动不已。要知道，那时夜里坐公交车往返市区，很不方便，何况她家里还有几个孩子嗷嗷待哺。但是，为帮助方老先生，她什么也顾不上了。

我还记得，在三年经济困难时期，粮食供应紧张。一九六一年的某一天，黄家教老师约我们几位喜爱打乒乓球的青年教师，晚上到他家里，用收音机收听二十六届世乒赛中国队对日本队争夺冠军的广播。当我们听到徐寅生连续以十二大板，战胜日本的“秘密武器”星野展弥而获得世界冠军时，拍掌大叫，兴高采烈。比赛有了结果，大家正想离开。谁知黄老师叫我们留下，然后，龙先生捧出了她的“秘密武器”，那是一大盘玉米、红薯、花生等热气腾腾的食品，放在桌上，慷慨饷客。这些东西，是他们一家利用课余时间，为应付粮食供应紧张，在屋前屋后种了出来以备不时之需的。龙先生把当时“备战、备荒、为人民”的物资，作为夜宵拿来招待我们，是知道我们几个年轻教师粮票不足，顿顿半饥半饱。面对香喷喷的玉米、红薯，我们喜出望外，其诱惑力一点不逊于听到徐寅生的连击十二大板。后来，离开了龙先生的家，大家忽然发觉，怎么当晚完全不见他们家里的几个小朋友？仔细一想，肯定是龙先生夫妇，事先作了安排，免得孩子们争着和叔叔分享，只让饥肠辘辘的叔叔吃个痛快。龙先生夫妇把后辈视为亲人的情谊，一直让我们感念至今。

一九六九年，我们一起到粤北天堂山的“五七干校”参加劳动锻炼，工作十分艰苦，挑挑抬抬，把衣服都磨损了。龙先生竟把当时被认为属于自家贵重私有财产的“胜家牌”缝衣车，抬上高山，供大家使用。她还不顾疲劳，在劳动之余，经常替“五七战士”缝补衣服。许多人的衣服被担挑磨损，被树枝刮破，都请龙先生想方设法，硬是把破烂衣服修补妥帖。当大家在傍晚享受片刻闲暇，坐下聊天时，听到龙先生的缝衣车，轧轧地响个不停，就知道她正为“五七战士”们辛勤加班。

一九六九年十二月，“干校连长”指派龙先生、罗锡诗和我，负责制作“忠品”，要在元旦时向上级献礼。我们领到任务，绞尽脑汁，翻山越岭，弄来了近两米见方的木板，然后贴上毛主席像，又在板上贴上红色的“忠”字。龙先生机智地找来了类似险峻山峰的干枯树皮，钉在木板上；并且黏上立体的小茅棚、小人像，表示“五七战士炼红心”。我们还在木板后面安装上小灯泡，弄来干电池，通电后让这“忠品”闪闪发亮。制成后，“中大五七干校”的“战士”，抬着这玩意参加坪石元旦大游行，竟大受欢迎，县委高度表扬我们的创意，还专门留下这“忠品”，放在展览馆，好让群众接受教育和欣赏。这一次和龙先生的合作，让我认识到她具有很高的才华。如果让她从事教学工作，必然也绰绰有余。

几十年过去，目前，在中文系现存的教师中，我算最早认识龙先生的吧！在创办《刊授指导》时期，我请已经退休的龙先生，重新参加工作，并请她负责抄录学员名册，制成卡片。当年学员人数众多，工作难度极大，龙先生又率领一批人员，很好地完成了任务，推进了大学普及教育的开展。

几十年过去，龙先生为中大中文系的发展，做出了很大的贡献。中山先生嘱咐我们，“要立志做大事，不要做大官”。按我的理解，由于每人处境不同，机遇不同，不可能每人都能做出轰轰烈烈、惊天动地的大事。但是，只要在不同的工作岗位上，踏踏实实地工作，为群众谋利益，受群众所欢迎，这就是做了大事，是做了实实在在的大事。龙先生在工作期间，默默地为教育事业耕耘，时间最长，做得最好，被评为中山大学“三八红旗手”。我们的资料室，在她退休前没有主任，她也没有名位，但人人都知道，她就是资料室的负责人。我在中大学习和工作，整整七十年，从来没听到有人对龙先生的工作有任何意见，无论是学生，还是教师，都记得龙先生，说到她时，无一不表示赞扬和敬仰。这就是比什么都要贵重的口碑！是在中文系师生心中建立的丰碑！

谨在龙婉芸先生百岁大寿的时候，向她致以诚挚的祝福！也在教师节来临之际，向在平凡岗位上努力从事教育工作的员工，致以敬意。

附录

附录一

碑记

改革开放后，社会各界热心教育人士和许多校友，为帮助中山大学发展，历年慷慨捐资，兴建楼馆，大大改善了教学和科研的环境。每当楼宇建成，历届学校领导，嘱我撰文，镌刻于墙，作为纪念。概说兴建缘由，略叙筹划过程，抒发师生感受，对捐建者表达谢意。

经搜集，从一九八四年开始，由我撰写的碑记，计有二十三面。由于写在不同的时期，把它们排列起来，应可以反映出我校发展途程的一个侧面，也可以作为记录中大往事的一个部分。兹录于后，以供参考。

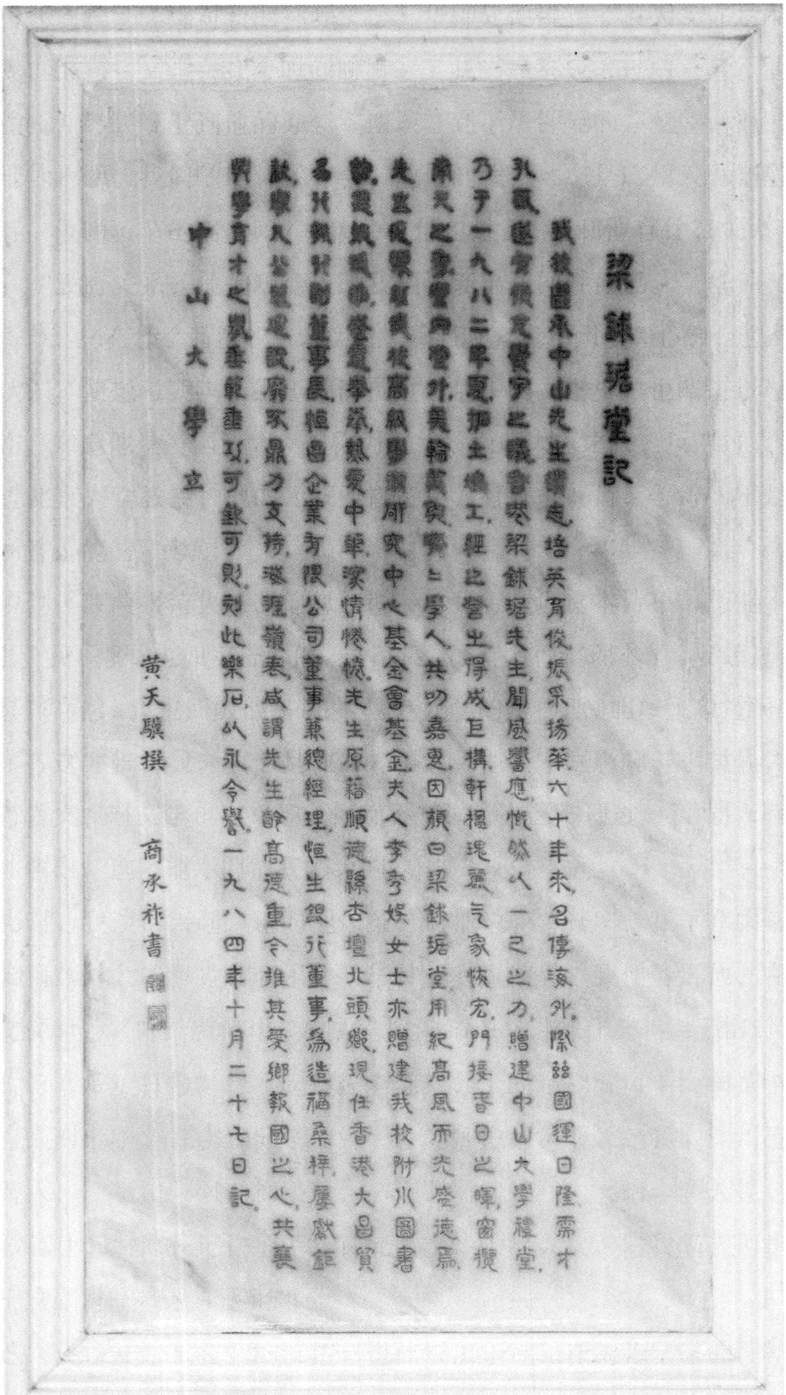

梁銶琚堂記

我校遵承中山先生遺志，培英育俊，振采揚華，六十年來，名傳海外。際茲國運日隆，需才孔殷，適值倡定資助之議，香港梁銶琚先生聞風響應，慨然以一己之力，贈建中山大學禮堂，乃于一九八二年夏加土興工，經之營之，得成巨構，軒楹瑰麗，氣象恢宏，門接旭日之暉，窗攬南天之景，譽內譽外，美輪美奐，濟濟學人，共叨嘉惠，因顏曰梁銶琚堂，用紀高風而光盛德焉。先生復慨贈我校高級學術研究中心基金會基金，夫人李秀娛女士亦贈建我校附小圖書館。豪氣誠摯，譽遍學林，熱愛中華，深情惓惓。先生原籍順德縣杏壇北頭鄉，現任香港大昌貿易行與行關董事長，恒昌企業有限公司董事兼總經理，恒生銀行董事，為造福桑梓，屢獻鉅款，興人公益建設，廣家鼎力支持，遐邇嶺表，咸謂先生齡高德重。今推其愛鄉報國之心，共襄興學育才之舉，垂範千秋，可欽可則。刻此樂石，以永令譽。一九八四年十月二十七日記。

中山大學立

黃天驥撰　商承祚書

梁銶琚堂记

我校继承中山先生遗志，培英育俊，振采扬华，六十年来，名传海外。际兹国运日隆，需才孔亟，遂有扩充黉宇之议。香港梁銶琚先生，闻风响应，慨然以一己之力，赠建中山大学礼堂。乃于一九八二年夏，拓土鸠工，经之营之，得成巨构。轩楹瑰丽，气象恢宏。门接春日之晖，窗揽南天之秀。堂内堂外，美轮美奂，济济学人，共叨嘉惠。因颜曰梁銶琚堂，用纪高风，而光盛德焉。先生复乐助我校高级学术研究中心基金会基金；夫人李秀娱女士，亦赠建我校附小图书馆。奖掖后进，盛意拳拳；热爱中华，深情惓惓。先生原籍顺德县杏坛北头乡，现任香港大昌贸易行执行副董事长，恒昌企业有限公司董事兼总经理，恒生银行董事。为造福桑梓，屡献巨款，举凡公益建设，靡不鼎力支持。海涯岭表，咸谓先生龄高德重。今推其爱乡报国之心，共襄兴学育才之举。垂范垂式，可钦可则。刻此乐石，以永令誉。一九八四年十月二十七日记。

中山大学　立

黄天骥　撰　　商承祚　书

英東體育館

英东体育中心落成记

一九八八年秋杪，英东体育中心落成。我校名誉博士霍英东先生，商界巨擘，爱国名流，为振我体育，翼我雄风，赠我巨资，起我宏图。于是拓广袤，垒广厦，以体育馆为主体工程，辖游泳池、网球场、田径运动场诸项。茂林环抱，崇馆峥嵘，绿草芊芊，碧波淼淼。整体构筑，蔚为大观。况器械臻善，设施先进。从此康乐显豪俊之姿，英雄添用武之地。溯自中心奠基以还，英东博士，育才心切，爱校如家，亲临敦督，以达于成。其行可则，其情可感。凡我健儿，莅斯锻炼，或鱼翔于沼底，或虎跳于毯中，或鹰扬于网前，或龙腾于场内，增强体质，允武允文。共期寰宇扬威，相与切磋拼搏。十年磨剑，毋负神州父老厚望；一飞冲天，常记英东博士盛意。

中山大学　立　一九八八年十一月十二日

黄天骥　撰　张振林　书

憲梓堂記
生命學科日新月異其初破核分美近
勢蔽日凌霄而十年樹木百年樹人窮
研物種化育衍繁培養又紅又專俊彥
誠四化建設之需學府當急之務香港
中華總商會副會長校友曾憲梓先生
愛國愛校為弘揚學術拓展生物研究
教學領域贈鉅資興建崇館維我校生
物學系創辦以還成就斐然群賢會萃
英才輩出一九六一年憲梓先生即畢
業於動物學專業先生廣東梅縣扶大
卿人忠耿誠信博學多才常苦讀於哲
生堂中馳騁於綠茵場上校中諸友今
尚津津樂道後定居海外挈婦將雛胼
手胝足有膽有識克儉克勤創建金利
來及銀利來有限公司任董事長經營
十載蜚聲宇內獲亞洲領帶大王之譽
春雲舒展鴻業有成先生飲水追源復
思霈澤桑梓於康樂園一草一木尤繫
深情斯堂之建先生殫思竭慮求實求
精樓高六層風來八面朱甍碧瓦雄踞
南陬張健翼以挹珠江啟宏軒而迎學
子愛我校騰飛之際先生匡之扶之鼓
之舞之善莫大焉德亦莫大焉一九九
零之秋館廈落成友儕感奮乃恭請葉
選平省長題額葉省長欣然命筆顏之
曰曾憲梓堂用紀高風以彰偉德云
黄天驥撰　孫稚雛書
中山大學立石

曾宪梓堂记

生命学科，日新月异，其初破核分荚，近势蔽日凌霄。而十年树木，百年树人，穷研物种，化育衍繁，培养又红又专俊彦，诚四化建设之需，学府当急之务。香港中华总商会副会长校友曾宪梓先生，爱国爱校，为弘扬学术，拓展生物研究教学领域，赠巨资兴建崇馆。维我校生物学系，创办以还，成就斐然，群贤荟萃，英才辈出。一九六一年，宪梓先生即毕业于动物学专业。先生即广东梅县扶大乡人，忠耿诚信，博学多才。常苦读于哲生堂中，驰骋于绿茵场上。校中诸友，今尚津津乐道。后定居海外，挈妇将雏，胼手胝足，有胆有识，克俭克勤，创建金利来及银利来有限公司，任董事长。经营十载，蜚声宇内，获亚洲领带大王之誉。春云舒展，鸿业有成，先生饮水追源，复思霈泽桑梓；于康乐园一草一木，尤系深情。斯堂之建，先生殚思竭虑，求实求精。楼高六层，风来八面；朱甍碧瓦，雄踞南陬。张健翼以挹珠江，启宏轩而迎学子。爰我校腾飞之际，先生匡之掖之，鼓之舞之，善莫大焉，德亦莫大焉。一九九〇之秋，馆厦落成，友侪感奋，乃恭请叶选平省长题额，叶省长欣然命笔，颜之曰曾宪梓堂，用纪高风，以彰伟德云。

黄天骥　撰　孙稚雏　书

中山大学　立石　一九九〇年八月二十二日

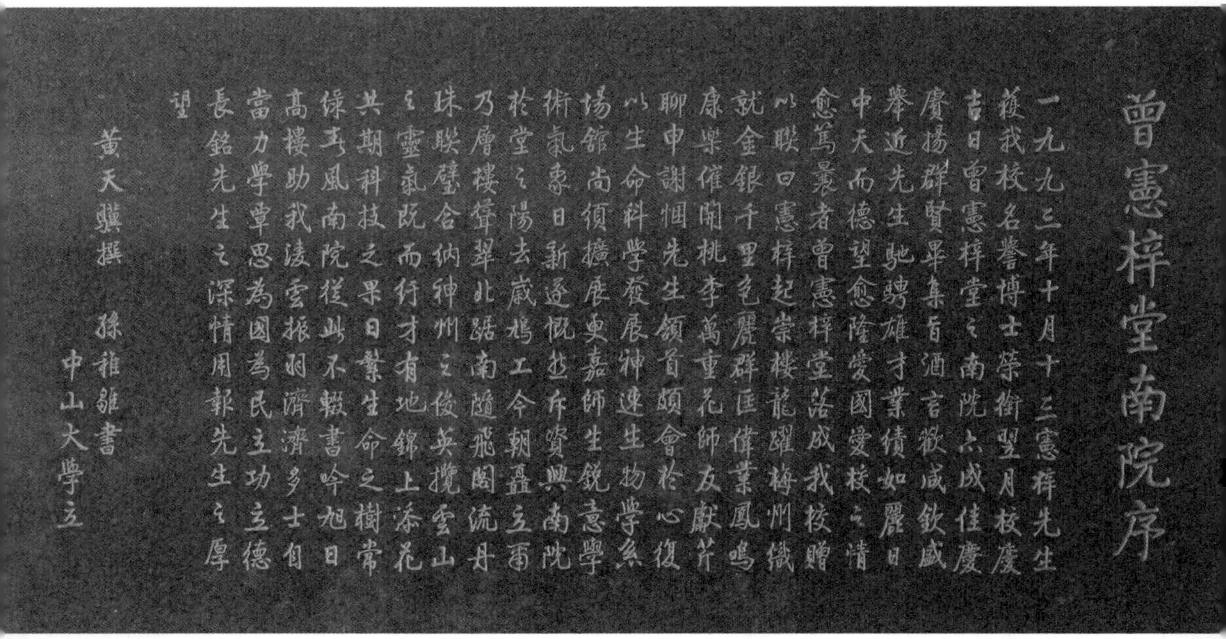
曾憲梓堂南院序
一九九三年十月十三憲梓先生
蒞我校名譽博士榮銜翌月校慶
吉日曾憲梓堂之南院亦成佳慶
賡揚群賢畢集旨酒言歡咸欽盛
舉近先生馳騁雄才業績如麗日
中天而德望愈隆愛國愛校之情
愈篤曩者曾憲梓堂落成我校贈
以聯曰憲梓起崇樓龍躍梅州織
就金銀千里色麗群匡偉業鳳鳴
康樂催開桃李萬重花師友獻芹
聊申謝悃先生頷首頗會於心復
以生命科學發展神速生物學系
場館尚須擴展更嘉師生銳意學
術氣象日新遂慨然斥資興南院
於堂之陽去歲鳩工今朝矗立爾
乃層樓聳翠北踞南隨飛閣流丹
珠聯璧合納神州之俊英攬雲山
之靈氣既而行才有地錦上添花
共期科技之果日繁生命之樹常
綠茲風南院從此不輟書吟旭日
高樓助我凌雲振羽濟濟多士自
當力學覃思為國為民立功立德
長銘先生之深情用報先生之厚
望
黃天驥撰　孫稚雛書
中山大學立

曾宪梓堂南院序

一九九三年十月十三，宪梓先生获我校名誉博士荣衔，翌月校庆吉日，曾宪梓堂之南院亦成。佳庆赓扬，群贤毕集；旨酒言欢，咸钦盛举。近先生驰骋雄才，业绩如丽日中天，而德望愈隆，爱国爱校之情愈笃。曩者曾宪梓堂落成，我校赠以联曰：『宪梓起崇楼，龙跃梅州，织就金银千里色；丽群匡伟业，凤鸣康乐，催开桃李万重花。』师友献芹，聊申谢悃，先生颔首，颇会于心。复以生命科学发展神速，生物学系场馆尚须扩展，更嘉师生锐意学术，气象日新，遂慨然斥资，兴南院于堂之阳。去岁鸠工，今朝矗立。尔乃层楼耸翠，北踞南随；飞阁流丹，珠联璧合。纳神州之俊英，揽云山之灵气。既而纡才有地，锦上添花，共期科技之果日繁，生命之树常绿。春风南院，从此不辍书吟；旭日高楼，助我凌云振羽。济济多士，自当力学覃思，为国为民，立功立德。长铭先生之深情，用报先生之厚望。

黄天骥 撰 孙稚雏 书

中山大学 立 一九九三年十一月十二日

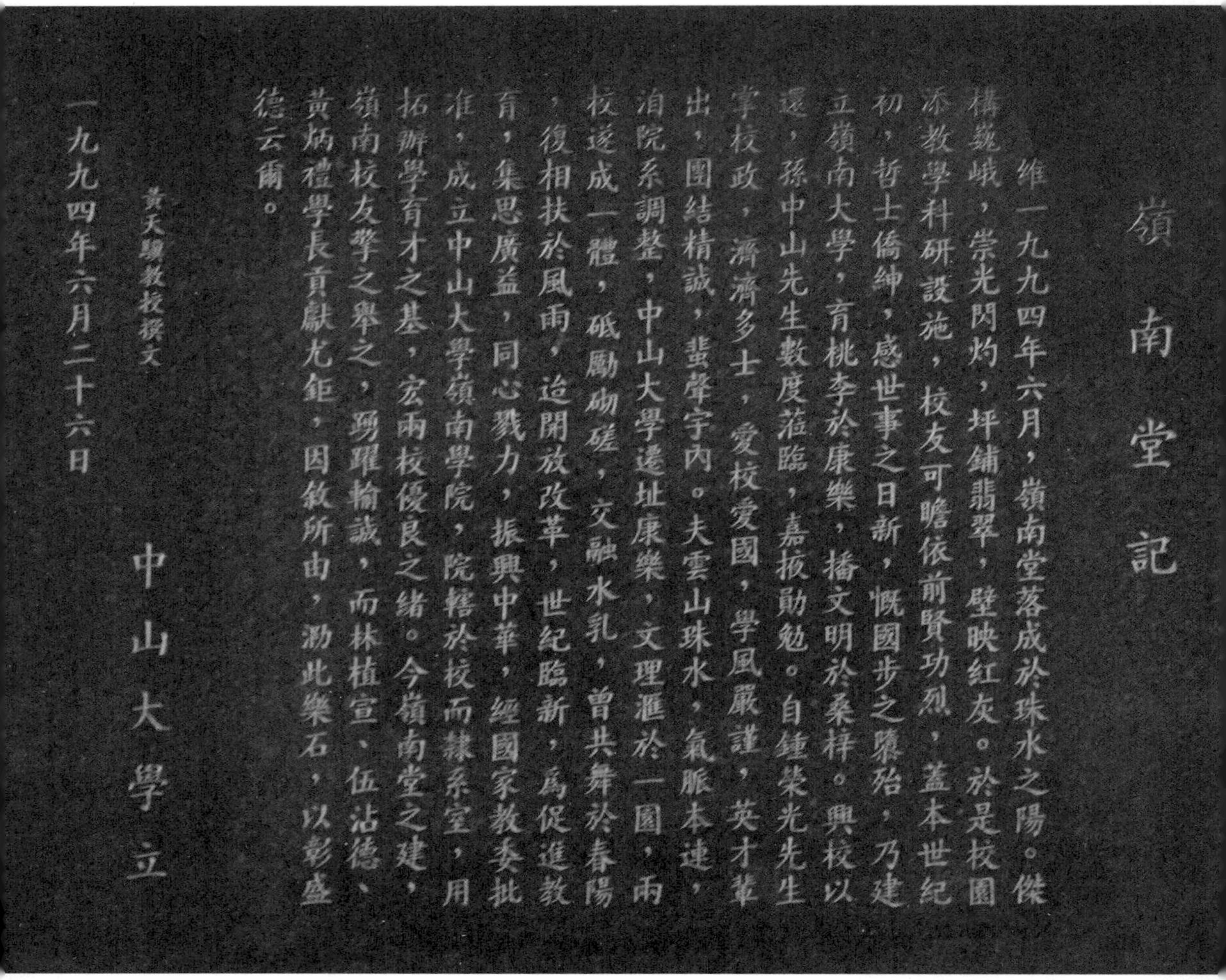
嶺南堂記

維一九九四年六月，嶺南堂落成於珠水之陽。傑構巍峨，崇光閃灼，坪鋪翡翠，壁映紅灰。於是校園添教學科研設施，校友可瞻依前賢功烈，蓋本世紀初，哲士僑紳，感世事之日新，慨國步之艱殆，乃建立嶺南大學，育桃李於康樂，播文明於桑梓。興校以還，孫中山先生數度蒞臨，嘉掖勖勉。自鍾榮光先生掌校政，濟濟多士，愛校愛國，學風嚴謹，英才輩出，團結精誠，蜚聲宇內。夫雲山珠水，氣脈本連，洎院系調整，中山大學遷址康樂，文理滙於一園，兩校遂成一體，砥勵砌磋，交融水乳，曾共舞於春陽，復相扶於風雨，迨開放改革，世紀臨新，爲促進教育，集思廣益，同心戮力，振興中華，經國家教委批准，成立中山大學嶺南學院，院轄於校而隸系室，用拓辦學育才之基，宏兩校優良之緒。今嶺南堂之建，嶺南校友擎之舉之，踴躍輸誠，而林植宣、伍沾德、黃炳禮學長貢獻尤鉅，因敘所由，泐此樂石，以彰盛德云爾。

黃天驥教授撰文

中山大學立

一九九四年六月二十六日

岭南堂记

维一九九四年六月，岭南堂落成于珠水之阳。杰构巍峨，崇光闪灼，坪铺翡翠，壁映红灰。于是校园添教学科研设施，校友可瞻依前贤功烈。盖今世纪初，哲士侨绅，感世事之日新，慨国步之艰殆，乃建立岭南大学，育桃李于康乐，播文明于桑梓。兴校以还，孙中山先生数度莅临，嘉掖勖勉。自钟荣光先生掌校政，济济多士，爱校爱国，学风严谨，英才辈出，团结精诚，蜚声宇内。夫云山珠水，气脉本连，洎院系调整，中山大学迁址康乐，文理汇于一园，两校遂成一体，砥砺切磋，交融水乳，曾共舞于春阳，复相扶于风雨，迨开放改革，世纪临新，为促进教育，集思广益，同心戮力，振兴中华，经国家教委批准，成立中山大学岭南学院，院辖于校而隶系室，用拓办学育才之基，宏两校优良之绪。今岭南堂之建，岭南校友挚之举之，踊跃输诚，而林植宣、伍沾德、黄炳礼学长贡献尤巨。因叙所由，泐此乐石，以彰盛德云尔。

黄天骥教授　撰文

中山大学　立

一九九四年六月二十六日

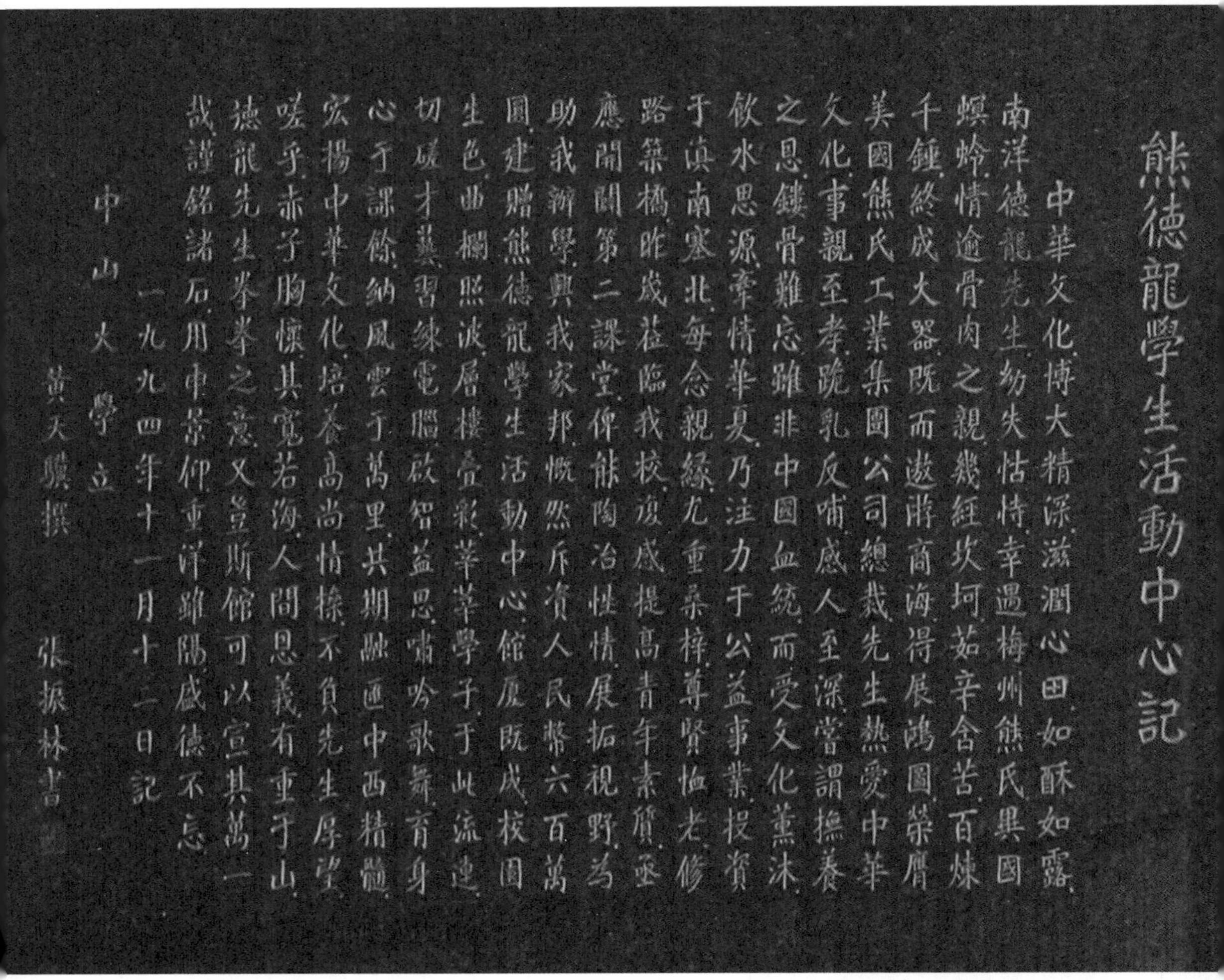

熊德龍學生活動中心記

中華文化博大精深滋潤心田如酥如露南洋德龍先生幼失怙恃幸遇梅州熊氏興國螟蛉情逾骨肉之親幾經坎坷茹辛含苦百煉千錘終成大器既而遨游商海得展鴻圖榮膺美國熊氏工業集團公司總裁先生熱愛中華文化事親至孝跪乳反哺感人至深嘗謂撫養之恩鏤骨難忘雖非中國血統而受文化薰沐飲水思源牽情華夏乃注力于公益事業投資于滇南塞北每念親緣尤重桑梓尊賢恤老修路築橋昨歲莅臨我校復感提高青年素質亟應開闢第二課堂俾能陶冶性情展拓視野爲助我辦學興我家邦慨然斥資人民幣六百萬圓建贈熊德龍學生活動中心館厦既成校園生色曲欄照波層樓疊彩莘莘學子于此流連切磋才藝習練電腦啓智益思嘯吟歌舞育身心于課餘納風雲于萬里共期融匯中西精髓宏揚中華文化培養高尚情操不負先生厚望嗟乎赤子胸懷其寬若海人間恩義有重于山德龍先生拳拳之意又豈斯館可以宣其萬一哉謹銘諸石用申景仰重洋雖隔盛德不忘

一九九四年十一月十二日記

中山大學立

黃天驥撰　張振林書

熊德龙学生活动中心记

中华文化，博大精深，滋润心田，如酥如露。南洋德龙先生，幼失怙恃，幸遇梅州熊氏；异国螟蛉，情逾骨肉之亲。几经坎坷，茹辛含苦；百炼千锤，终成大器。既而遨游商海，得展鸿图，荣膺美国熊氏工业集团公司总裁。先生热爱中华文化，事亲至孝，跪乳反哺，感人至深。尝谓抚养之恩，镂骨难忘。虽非中国血统，而受文化熏沐，饮水思源，牵情华夏。乃注力于公益事业，投资于滇南塞北。每念亲缘，尤重桑梓，尊贤恤老，修路筑桥。昨岁莅临我校，复感提高青年素质，亟应开辟第二课堂，俾能陶冶性情，展拓视野。为助我办学，兴我家邦，慨然斥资人民币六百万圆，建赠熊德龙学生活动中心。馆厦既成，校园生色，曲栏照波，层楼叠彩。莘莘学子，于此流连，切磋才艺，习练电脑，启智益思，啸吟歌舞。育身心于课余，纳风云于万里。共期融汇中西精髓，宏扬中华文化，培养高尚情操。不负先生厚望。嗟乎！赤子胸怀，其宽若海；人间恩义，有重于山。德龙先生拳拳之意，又岂斯馆可以宣其万一哉！谨铭诸石，用申景仰；重洋虽隔，盛德不忘。

一九九四年十一月十二日记

中山大学　立

黄天骥　撰　张振林　书

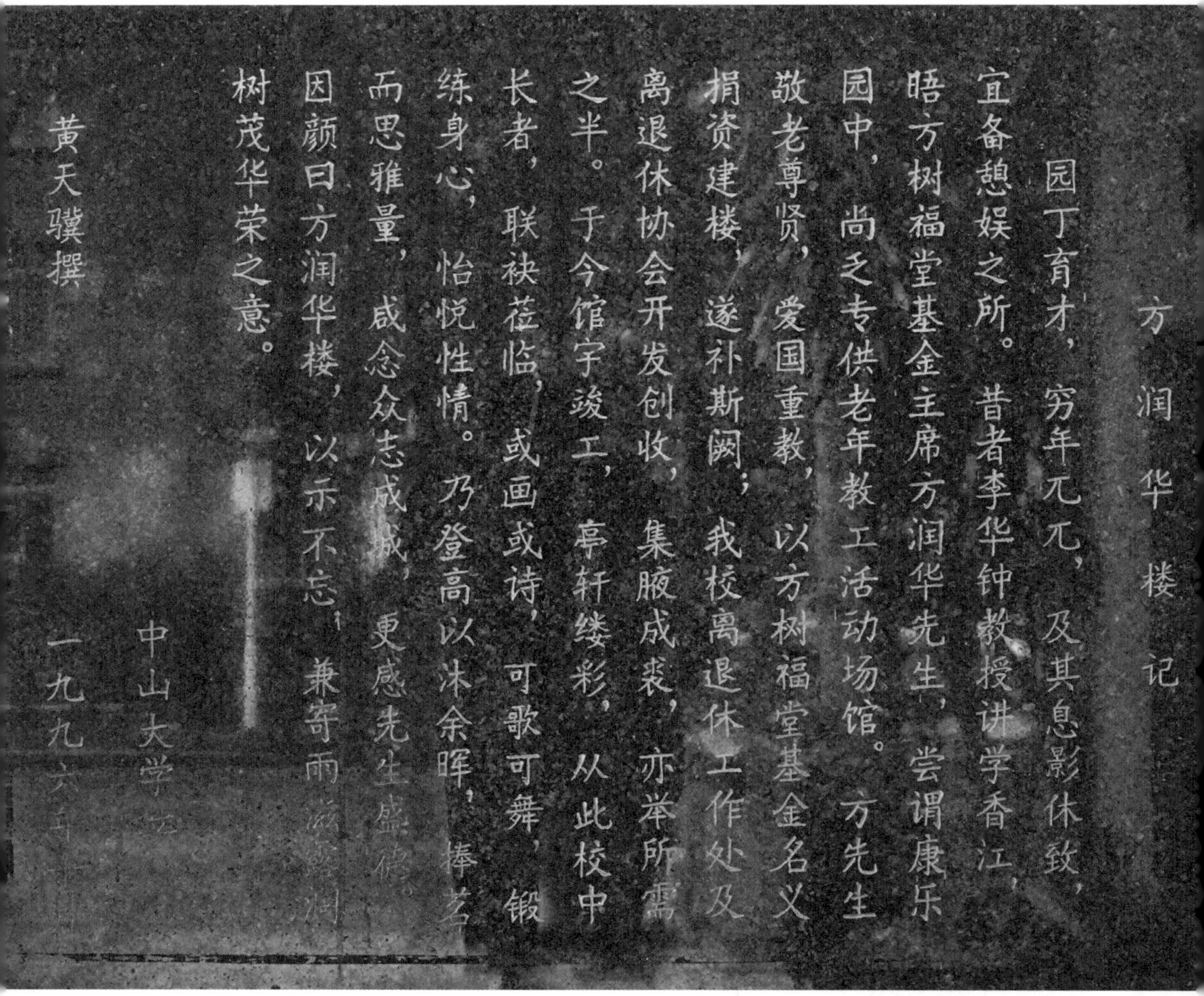
方润华楼记
园丁育才，穷年兀兀，及其息影休致，
宜备憩娱之所。昔者李华钟教授讲学香江，
晤方树福堂基金主席方润华先生，尝谓康乐
园中，尚乏专供老年教工活动场馆。方先生
敬老尊贤，爱国重教，以方树福堂基金名义
捐资建楼，遂补斯阙；我校离退休工作处及
离退休协会开发创收，集腋成裘，亦举所需
之半。于今馆宇竣工，亭轩缕彩，从此校中
长者，联袂莅临，或画或诗，可歌可舞，锻
练身心，怡悦性情。乃登高以沐余晖，捧茗
而思雅量，咸念众志成城，更感先生盛德。
因颜曰方润华楼，以示不忘，兼寄雨滋露润
树茂华荣之意。
黄天骥撰
中山大学
一九九六

方润华楼记

园丁育才，穷年兀兀，及其息影休致，宜备憩娱之所。昔者李华钟教授讲学香江，晤方树福堂基金主席方润华先生，尝谓康乐园中，尚乏专供老年教工活动场馆。方先生敬老尊贤，爱国重教，以方树福堂基金名义捐资建楼，遂补斯阙；我校离退休工作处及离退休协会开发创收，集腋成裘，亦举所需之半。于今馆宇竣工，亭轩缕彩，从此校中长者，联袂莅临，或画或诗，可歌可舞，锻炼身心，怡悦性情。乃登高以沐余晖，捧茗而思雅量，咸念众志成城，更感先生盛德。因颜曰方润华楼，以示不忘；兼寄雨滋露润树茂华荣之意。

中山大学　立　一九九六年十月

黄天骥　撰

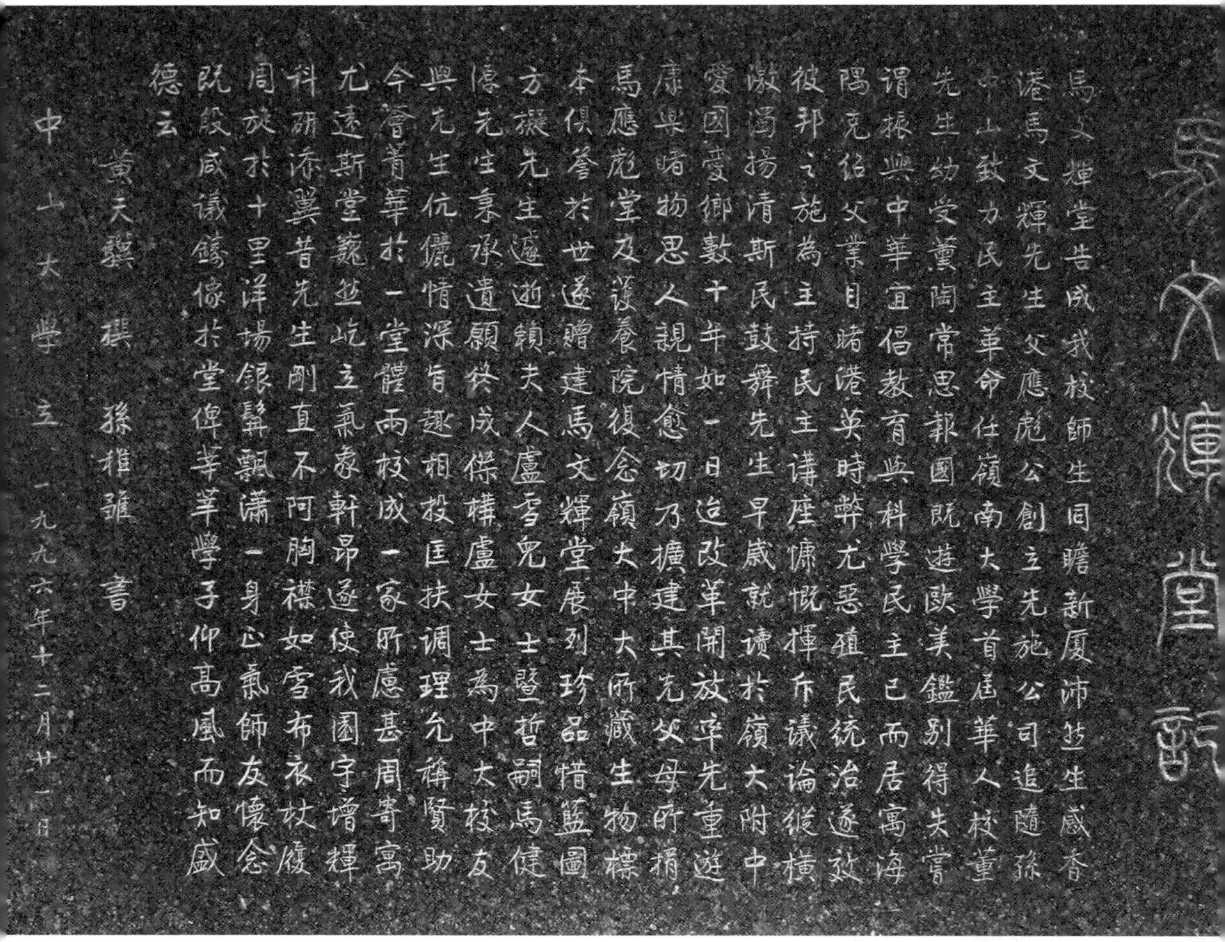

馬文輝堂記

馬文輝堂告成我校師生同瞻新廈沛然生感香港馬文輝先生父應彪公創立先施公司追隨孫中山致力民主革命任嶺南大學首屆華人校董先生幼受薰陶常思報國既遊歐美鑑別得失嘗謂振興中華宜倡教育興科學民主已而居寓海隅克紹父業目睹港英時弊尤惡殖民統治遂效彼邦之施為主持民主講座慷慨揮斥議論縱橫激濁揚清斯民鼓舞先生早歲就讀於嶺大附中愛國愛鄉數十年如一日迨改革開放卒先董遊康樂睹物思人覩情愈切乃擴建其先父母所捐馬應彪堂及護養院復念嶺大中大所藏生物標本俱譽於世遂贈建馬文輝堂展列珍品惜藍圖方擬先生遽逝賴夫人盧雪兒女士暨哲嗣馬健儒先生秉承遺願終成傑構盧女士為中大校友與先生伉儷情深旨趣相投匡扶調理允稱賢助今會菁華於一堂體兩校成一家所慮甚周寄寓尤遠斯堂巍然屹立氣象軒昂遂使我園宇增輝科研添翼昔先生剛直不阿胸襟如雪布衣杖履周旋於十里洋場銀髯飄灑一身正氣師友懷念既殷咸議鑄像於堂俾莘莘學子仰高風而知盛德云

黄天驥撰 孫稚雛書

中山大學立 一九九六年十二月廿一日

马文辉堂记

马文辉堂告成，我校师生，同瞻新厦，沛然生感。香港马文辉先生，父应彪公，创立先施公司，追随孙中山致力民主革命，任岭南大学首届华人校董。先生幼受熏陶，常思报国，既游欧美，鉴别得失。尝谓振兴中华，宜倡教育与科学民主。已而居寓海隅，克绍父业，目睹港英时弊，尤恶殖民统治。遂效彼邦之施，为主持民主讲座。慷慨挥斥，议论纵横，激浊扬清，斯民鼓舞。先生早岁就读于岭大附中，爱国爱乡，数十年如一日。迨改革开放，率先重游康乐。睹物思人，亲情愈切，乃扩建其先父母所捐马应彪堂及护养院。复念岭大、中大所藏生物标本，俱誉于世，遂赠建马文辉堂，展列珍品。惜蓝图方拟，先生遽逝，赖夫人卢雪儿女士，暨哲嗣马健源先生，秉承遗愿，终成杰构。卢女士为中大校友，与先生伉俪情深，旨趣相投，匡扶调理，允称贤助。今荟菁华于一堂，体两校成一家，所虑甚周，寄寓尤远。斯堂巍然屹立，气象轩昂，遂使我园宇增辉，科研添翼。昔先生刚直不阿，胸襟如雪，布衣杖履，周旋于十里洋场；银髯飘潇，一身正气。师友怀念既殷，咸议铸像于堂，俾莘莘学子，仰高风而知盛德云。

黄天骥　撰　孙稚雒　书

中山大学　立　一九九六年十二月廿一日

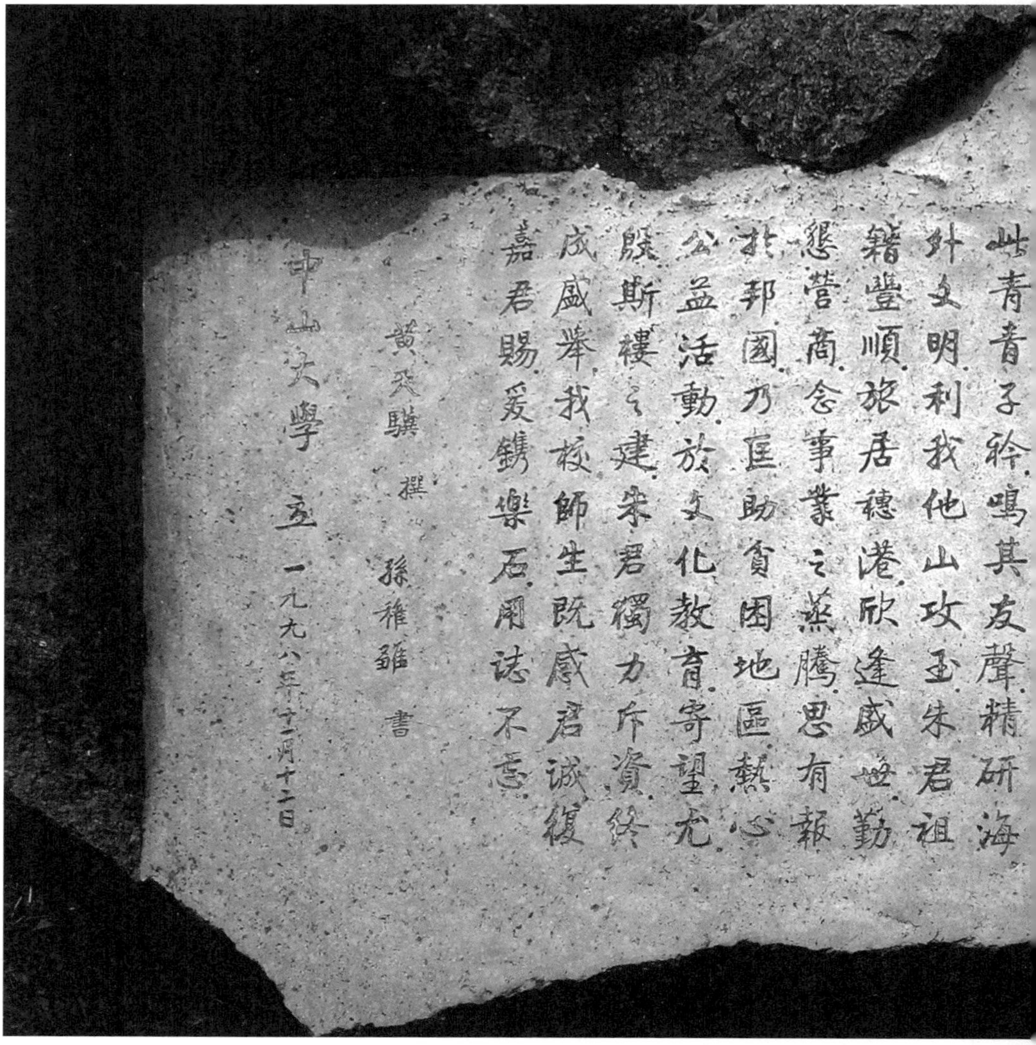

商。念事业之蒸腾，思有报于邦国。乃匡助贫困地区，热心公益活动，于文化教育，寄望尤殷。斯楼之建，朱君独力斥资，终成盛举。我校师生，既感君诚，复嘉君赐，爰镌乐石，用志不忘。

黄天骥　撰　孙稚雏　书

中山大学　立

一九九八年十一月十二日

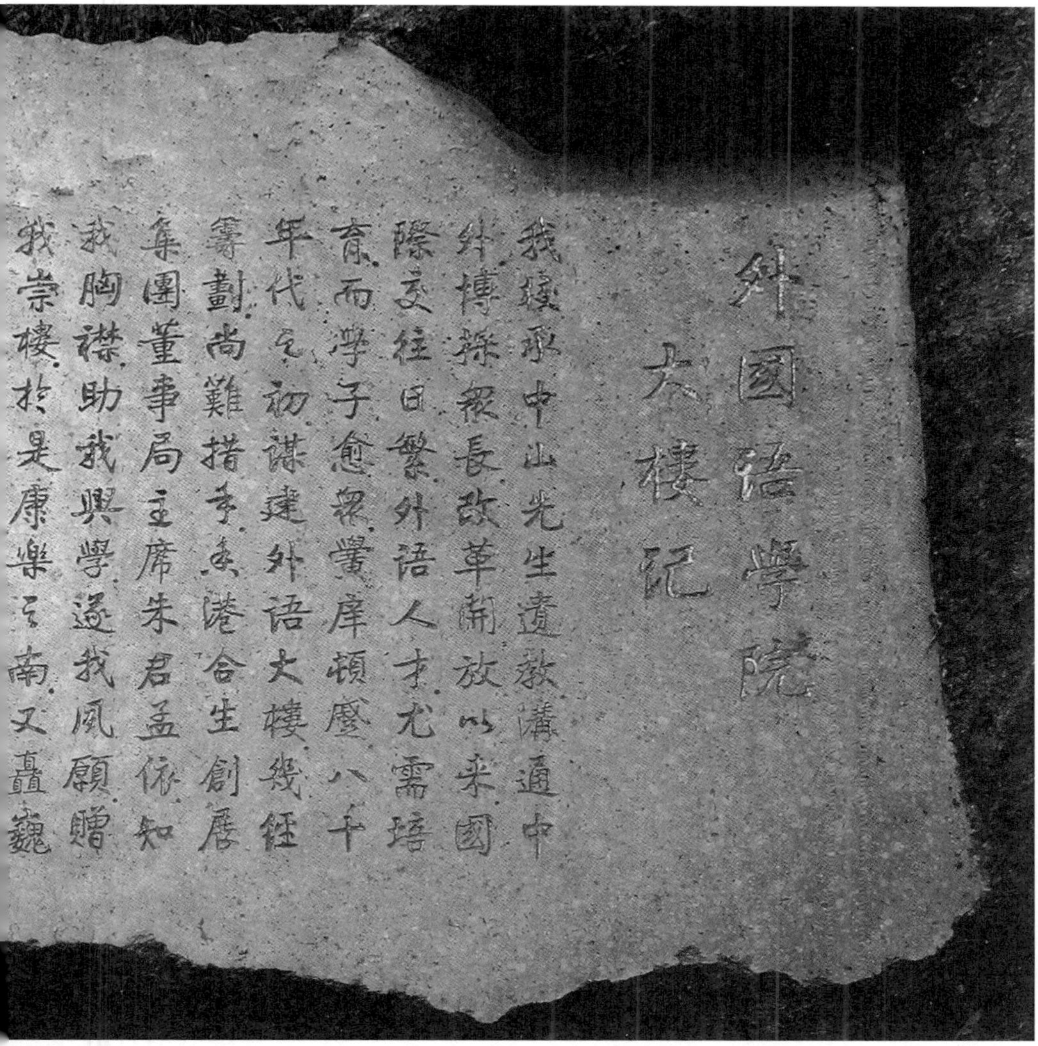

外国语学院大楼记

我校承中山先生遗教，沟通中外，博采众长。改革开放以来，国际交往日繁，外语人才，尤需培育。而学子愈众，黉庠顿蹙，八十年代之初，谋建外语大楼。几经筹划，尚难措手。香港合生创展集团董事局主席朱君孟依，知我胸襟，助我兴学，遂我夙愿，赠我崇楼。于是康乐之南，又矗巍峨之厦。庭笼旭影，瞻气象之光宏，壁染赪霞，照苑林以绚丽。从此青青子衿，鸣其友声，精研海外文明，利我他山攻玉。

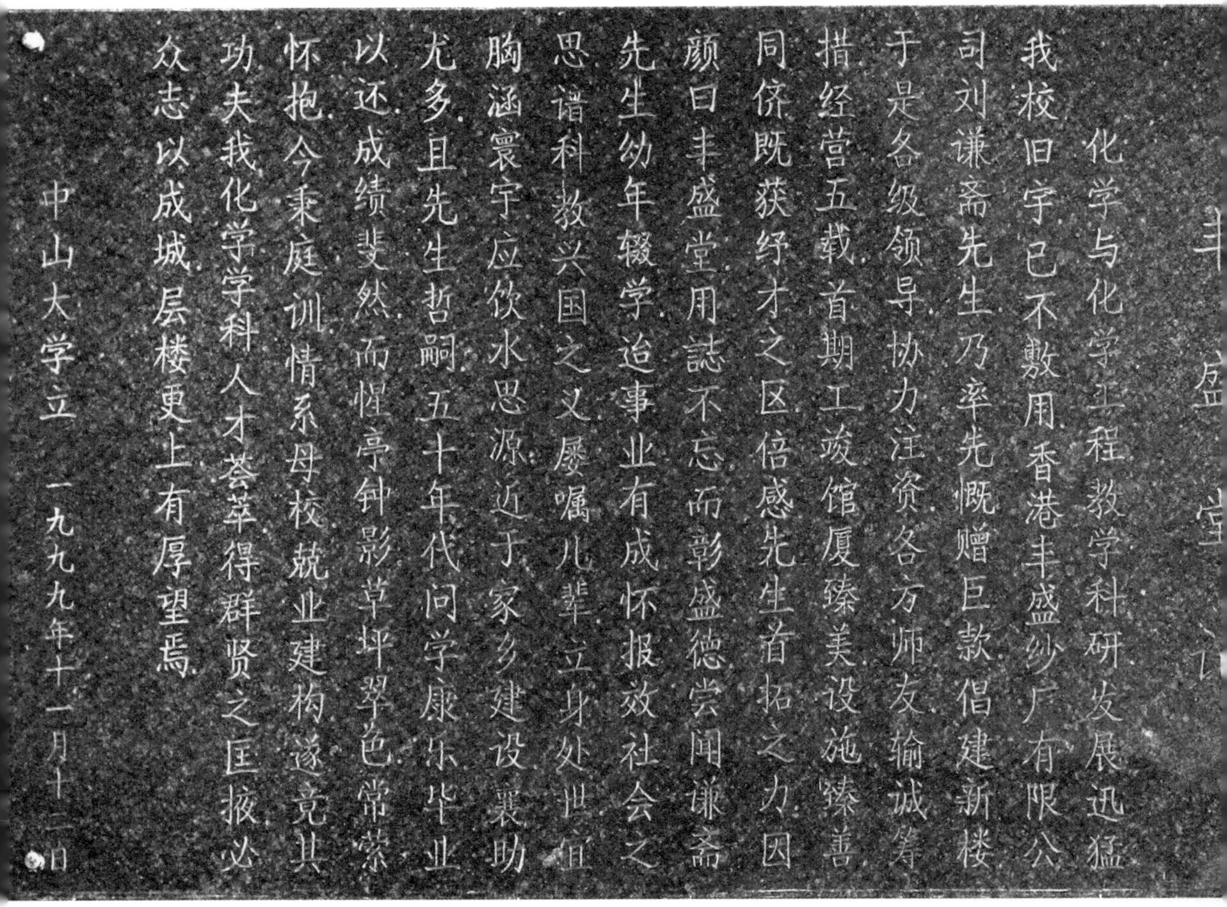
丰盛堂记
化学与化学工程教学科研发展迅猛
我校旧宇已不敷用香港丰盛纱厂有限公
司刘谦斋先生乃率先慨赠巨款倡建新楼
于是各级领导协力注资各方师友输诚筹
措经营五载首期工竣馆厦臻美设施臻善
同侪既获纾才之区倍感先生首拓之力因
颜曰丰盛堂用誌不忘而彰盛德尝闻谦斋
先生幼年辍学迨事业有成怀报效社会之
思谙科教兴国之义屡嘱儿辈立身处世宜
胸涵寰宇应饮水思源近于家乡建设襄助
尤多且先生哲嗣五十年代问学康乐毕业
以还成绩斐然而惺亭钟影草坪翠色常萦
怀抱今秉庭训情系母校兢业建构遂竟其
功夫我化学学科人才荟萃得群贤之匡掖必
众志以成城层楼更上有厚望焉
中山大学立 一九九九年十一月十二日

丰盛堂记

化学与化学工程，教学科研，发展迅猛，我校旧宇，已不敷用。香港丰盛纱厂有限公司刘谦斋先生，乃率先慨赠巨款，倡建新楼。于是各级领导，协力注资，各方师友，输诚筹措。经营五载，首期工竣，馆厦臻美，设施臻善。同侪既获纾才之区，倍感先生首拓之力，因颜曰丰盛堂，用志不忘，而彰盛德。尝闻谦斋先生，幼年辍学，迨事业有成，怀报效社会之思，谙科教兴国之义。屡嘱儿辈，立身处世，宜胸涵寰宇，应饮水思源。近于家乡建设，襄助尤多。且先生哲嗣，五十年代，问学康乐，毕业以还，成绩斐然。而惺亭钟影，草坪翠色，常萦怀抱。今秉庭训，情系母校，兢业建构，遂竟其功。夫我化学学科，人才荟萃。得群贤之匡掖，必众志以成城，层楼更上，有厚望焉。

中山大学　立　一九九九年十一月十二日

重修
乙丑進士牌坊記

重修乙丑进士牌坊记

明天启乙丑，粤梁士济等七员，举进士，乃建乙丑进士牌坊以彰之。原置市廛，与另三坊并，俗称四牌楼。乃交通日繁，反碍车马。四十年代，岭南大学请迁进士坊于康乐园，用标学术，兼励来者。于是重垒石梁，黉庠生色。后世事沧桑，牌坊委废。去岁，我校为恢复康乐人文景观，弘扬岭南学术传统，乃议重修。蒙岭南（大学）学院董事会慷助所需。今进士牌坊，榕阴再矗，虽历风雨，础柱庄雄。洵证两校一家，情重如磐云。

黄天骥 撰

中山大学 立 一九九九年十一月十二日

中山樓記
新世纪伊始中山樓落成仰視雲
天鐘樓聳矗緣我校始建址文明
路廣東舊貢院其上鐘樓巍立是
為政教中樞兼成校區標誌中山
先生蒞臨嘗屬教育為神聖事業
人才為立國大本雖歷遷徙言猶
在耳我師生緬懷中山偉績擬於
康樂園内重現鐘樓姿采蓋欲承
革命之傳统顯學術之根基展嶺
海之風華聚神州之才俊學長曾
憲梓博士屢贈崇館愛校之情日
篤偶歷陰晴報國之心愈切既而
知我校夙願慨然復斥巨資助我
興建斯樓此證中山先生遺澤餘
芳校友情誼金堅玉潔今日莘莘
學子濟濟一堂聞鐘惕勵登樓鼓
舞遥望白雲山高珠江水長共期
為國棟樑不負中山殷望
黄天驥撰　孫稚雛書
中山大學立
二〇〇一年夏

中山楼记

新世纪伊始，中山楼落成。仰视云天，钟楼耸矗。缘我校始建，址文明路广东旧贡院，其上钟楼巍立，是为政教中枢，兼成校区标志。中山先生莅临，尝嘱『教育为神圣事业，人才为立国大本』。虽历迁徙，言犹在耳。我师生缅怀中山伟绩，拟于康乐园内，重现钟楼姿采。盖欲承革命之传统，显学术之根基，展岭海之风华，聚神州之才俊。学长曾宪梓博士，屡赠崇馆，爱校之情日笃，偶历阴晴，报国之心愈切。既而知我校夙愿，慨然复斥巨资，助我兴建斯楼。此证中山先生遗泽余芳，校友情谊金坚玉洁。今日莘莘学子，济济一堂，闻钟惕励，登楼鼓舞。遥望白云山高，珠江水长，共期为国栋梁，不负中山殷望。

黄天骥 撰 孙稚雏 书

中山大学 立 二〇〇一年夏

中山大学北门广场记
二〇〇一年秋北门广场建成门揽云山岸临珠水南天毓秀于此挹聚溯一九二四年孙中山先生手创我校原名广东大学址在广州市区文明路段翌年先生逝世一九二六年校易名中山大学其后学科发展市廛狭蹙乃迁址于市东石牌村涵文理法工农医师范诸学院及研究院日寇侵华时内迁澄江坪石等地抗战胜利复返石牌迨一九五二年全国高校院系调整我与岭南大学等合并遂迁现址尔乃康乐园中芳草榕荫英才毕集今广州市人民政府兴资助建广场支持教育造福群众营此佳胜添我风采回首近百年大江流日夜我校发展与时俱进又广场之端牌坊屹然此按石牌原校门仿制盖欲承传统之恢宏并显新姿之斐焕云
中山大学立
二〇〇一年十月

中山大学北门广场记

二〇〇一年秋，北门广场建成，门揽云山，岸临洙水，南天毓秀，于此挹聚。溯一九二四年，孙中山先生手创我校，原名广东大学，址在广州市区文明路段。翌年，先生逝世。一九二六年，校易名中山大学，其后学科发展，市廛狭蹙，乃迁址于市东石牌村，涵文理法工农医师范诸学院及研究院。日寇侵华时，内迁澄江、坪石等地。抗战胜利，复返石牌。迨一九五二年，全国高校院系调整，我与岭南大学等合并，遂迁现址。尔乃康乐园中，芳草榕荫，英才毕集。今广州市人民政府兴资助建广场，支持教育，造福群众，营此佳胜，添我风采。回首近百年，大江流日夜，我校发展，与时俱进，又广场之端，牌坊屹然，此按石牌原校门仿制，盖欲承传统之恢宏，并显新姿之斐焕云。

中山大学　立　二〇〇一年十月

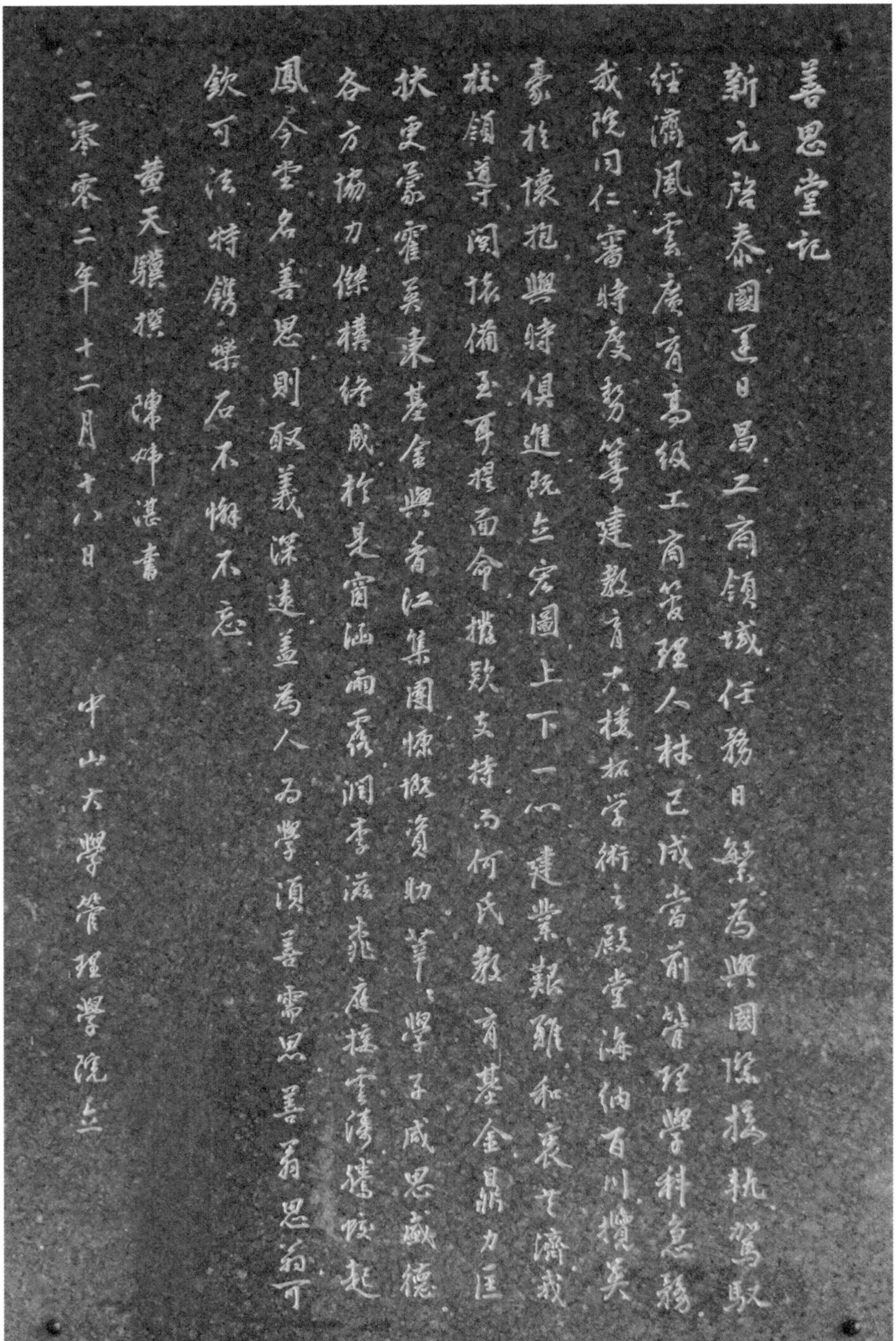
善思堂記
新元啟泰國運日昌工商領域任務日繁為與國際接軌駕馭
經濟風雲廣育高級工商管理人材已成當前管理學科急務
我院同仁審時度勢籌建教育大樓拓學術之殿堂海納百川攬英
豪於懷抱與時俱進既立宏圖上下一心建業艱難和衷共濟我
校領導關懷備至耳提面命攜致支持而何氏教育基金鼎力匡
扶更蒙霍英東基金與香江集團慷慨資助莘莘學子咸思感德
各方協力傑構終成於是寓涵雨露潤李滋桃庭接雲濤樓峻起
鳳今堂名善思則取義深遠蓋為人而學須善需思善莫思前可
欽可法特鐫樂石不懈不忘
黃天驥撰 陳煒湛書
二零零二年十二月十八日
中山大學管理學院立

善思堂记

新元启泰，国运日昌，工商领域任务日繁。为与国际接轨，驾驭经济风云，广育高级工商管理人材，已成当前管理学科急务。我院同仁审时度势，筹建教育大楼。拓学术之殿堂，海纳百川；揽英豪于怀抱，与时俱进。既立宏图，上下一心，建业艰难，和衷共济。我校领导，关怀备至，耳提面命，拨款支持。而何氏教育基金鼎力匡扶，更蒙霍英东基金与香江集团慷慨资助。莘莘学子，咸思盛德，各方协力，杰构终成。于是窗涵雨露，润李滋桃，庭接云涛，腾蛟起凤。今堂名善思，则取义深远，盖为人为学，须善需思，善翁思翁，可钦可法，特镌乐石，不懈不忘。

黄天骥 撰 陈炜湛 书

二〇〇二年十二月十八日 中山大学管理学院 立

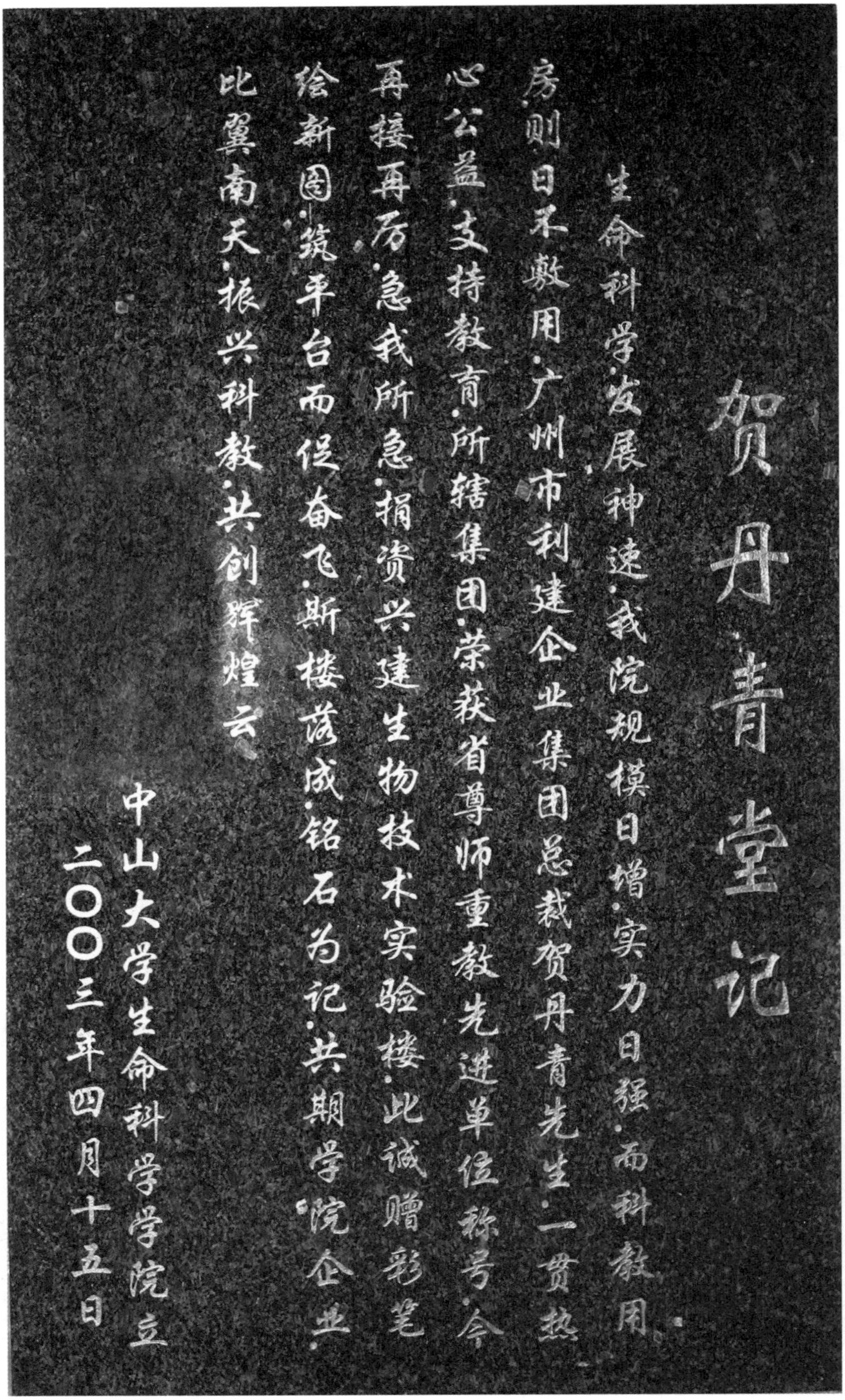
贺丹青堂记
生命科学·发展神速·我院规模日增·实力日强·而科教用
房则日不敷用·广州市利建企业集团总裁贺丹青先生·一贯热
心公益·支持教育·所辖集团·荣获省尊师重教先进单位称号·今
再接再厉·急我所急·捐资兴建生物技术实验楼·此诚赠彩笔
绘新图·筑平台而促奋飞·斯楼落成·铭石为记·共期学院企业
比翼南天·振兴科教·共创辉煌云
中山大学生命科学学院立
二〇〇三年四月十五日

贺丹青堂记

生命科学，发展神速，我院规模日增，实力日强，而科教用房，则日不敷用。广州市利建企业集团总裁贺丹青先生，一贯热心公益，支持教育，所辖集团，荣获省尊师重教先进单位称号。今再接再厉，急我所急，捐资兴建生物技术实验楼。此诚赠彩笔绘新图，筑平台而促奋飞。斯楼落成，铭石为记，共期学院企业，比翼南天，振兴科教，共创辉煌云。

中山大学生命科学学院　立

二〇〇三年四月十五日

中山大学澄江办学纪念馆记

七十四年前，九一八事变，日寇侵华，东北沦陷。华北华中华南，相继遭敌蹂躏，国民政府，西迁重庆。国难当头，匹夫奋起，广州中山大学，遂于一九三八年十月，由南海之滨，远迁抚仙湖畔。四千师生，涉山跋水，终抵澄江，披荆斩棘，继续上课。校本部设于澄江县城普福寺，各院系则分设孔庙、小李村、香溪、旧城东岳庙、层青阁、兜底寺、极乐寺等地。穷乡僻壤，条件艰苦，土坯茅舍，板桌绳床。而师生秉承孙中山先生革命传统，发扬严谨开拓学风，开展救亡活动，坚持教学科研。焚膏继晷，成绩斐然。诸如帽天山动物化石群之发现，东山磷矿蕴藏量之清查，均由当时师生，排除万难，率先创获。于是寂静湖山，热气蒸腾，边鄙小城，弦歌四起。澄江民众，与师生日夕相处，熏沐文明气息；而中大学人，获群众亲切关怀，感受异乡温暖。危急存亡，锻炼神州儿女；同舟共济，更成患难之交。其后一九四〇年八月，中山大学奉命离滇，然厚谊深情依旧，办学故址犹存。今中华崛起，任重道远，匹夫位卑，未敢忘忧。遂建中山大学澄江办学纪念馆，俾能激励后人，与时俱进。凤山苍苍，抚湖荡荡，爱国精神，万古流芳，澄江中大，共志不忘。

澄江县人民政府
中　山　大　学　　立

二〇〇五年九月十八日

黄天骥　撰

岭南MBA中心大楼落成记

己丑夏月，岭南MBA中心大楼落成于珠水之滨。楼高十层，巍然杰构。听涛声之汩汩，连江海之波澜；望云山之苍苍，接岭南之灵秀。从此雏鹰振羽，添此平台，师生论剑，又开新境。爰院系调整以来，中大岭大，浑成一体。岭南校友，爱校如家，历年捐输办学，事迹感人肺腑。斯楼之建，赖老学长鼎力撑持，新校友接踵响应。宏基共拓，众志成城，名校风姿传统，遂见发扬光大。溯我校岭院成立，至今廿载，岁月如梭，进展如箭。科研教学，成就斐然；管理设施，日臻完备。学界许列前茅，海外贤能推重。尤嘉师生学风严谨，视野开阔。此岭南之精神，亦我校之血脉。今日康乐园中，新楼初显，红灰弘毅，青黛鲜新，江风万里，助我飞翔。共期百尺竿头，振兴教育，群策群力，振兴中华。以报海内外校友，并昭千百年来者。是为记。

黄天骥教授 撰文

中山大学 立

二〇〇九年六月二十六日

岭南MBA中心大楼落成记

己丑夏月，岭南MBA中心大楼落成于珠水之滨。楼高十层，巍然杰构。听涛声之汩汩，连江海之波澜；望云山之苍苍，接岭南之灵秀。从此雏鹰振羽，添此平台，师生论剑，又开新境。爰院系调整以来，中大岭大，浑成一体。岭南校友，爱校如家，历年捐输办学，事迹感人肺腑。斯楼之建，赖老学长鼎力撑持，新校友接踵响应。宏基共拓，众志成城，名校风姿传统，遂见发扬光大。溯我校岭院成立，至今廿载，岁月如梭，进展如箭。科研教学，成就斐然；管理设施，日臻完备。学界许列前茅，海外贤能推重。尤嘉师生学风严谨，视野开阔。此岭南之精神，亦我校之血脉。今日康乐园中，新楼初显，红灰弘毅，青黛鲜新，江风万里，助我飞翔。共期百尺竿头，振兴教育，群策群力，振兴中华。以报海内外校友，并昭千百年来者。是为记。

黄天骥教授　撰文

中山大学　立

二〇〇九年六月二十六日

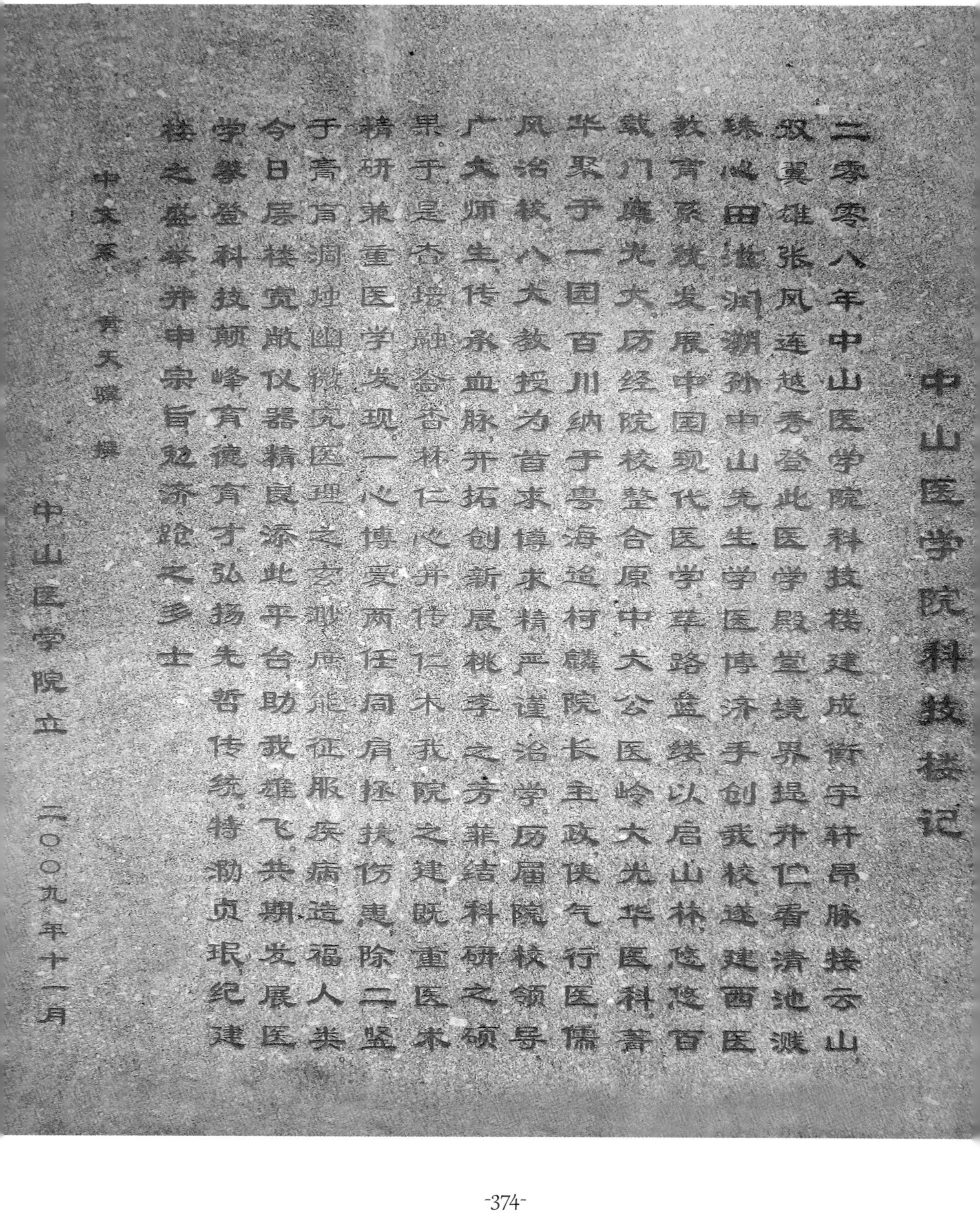
中山医学院科技楼记
二零零八年中山医学院科技楼建成衔宇轩昂脉接云山
双翼雄张凤连越秀登此医学殿堂境界提升仁看清池濺
珠心田滋润溯孙中山先生学医博济手创我校遂建西医
教育系栽发展中国现代医学筚路蓝缕以启山林悠悠百
载门庭光大历经院校整合原中大公医岭大光华医科菁
华聚于一园百川纳于粤海迨柯麟院长主政使气行医儒
风治校八大教授为首求博求精严谨治学历届院校领导
广大师生传承血脉开拓创新展桃李之芳菲结科研之硕
果于是杏坛融合杏林仁心并传仁术我院之建既重医术
精研兼重医学发现一心博爱两任同肩拯扶伤患除二竖
于膏肓洞烛幽微究医理之玄妙庶能征服疾病造福人类
今日层楼宽敞仪器精良添此平台助我雄飞共期发展医
学攀登科技颠峰育德育才弘扬先哲传统特泐贞珉纪建
楼之盛举并申宗旨勉济跄之多士
中文系 黄天骥 撰
中山医学院立 二〇〇九年十一月

中山医学院科技楼记

二〇〇八年，中山医学院科技楼建成。衡宇轩昂，脉接云山；双翼雄张，风连越秀。登此医学殿堂，境界提升；伫看清池溅珠，心田滋润。溯孙中山先生学医博济，手创我校，遂建西医教育系统，发展中国现代医学。筚路蓝缕，以启山林，悠悠百载，门庭光大。历经院校整合，原中大公医岭大光华医科，菁华聚于一园，百川纳于粤海。迨柯麟院长主政，侠气行医，儒风治校。八大教授为首，求博求精，严谨治学。历届院校领导，广大师生，传承血脉，开拓创新。展桃李之芳菲，结科研之硕果。于是杏坛融合杏林，仁心并传仁术。我院之建，既重医术精研，兼重医学发现。一心博爱，两任同肩。拯扶伤患，除二竖于膏肓；洞烛幽微，究医理之玄渺。庶能征服疾病，造福人类。今日层楼宽敞，仪器精良，添此平台，助我雄飞。共期发展医学，攀登科技巅峰；育德育才，弘扬先哲传统。特泐贞珉，纪建楼之盛举；并申宗旨，勉济跄之多士。

中文系　黄天骥　撰

中山医学院　立　二〇〇九年十一月

安陵书院序

郴州永兴，古号安陵。连湘粤于胸襟，聚五岭之毓秀。清初邑人，曾建书院，而日居月诸，旧基毁废。校友曹君明慧，情系桑梓，感文化之恢弘，以承传为己任。遂发宏愿，精心筹划。承党政之嘉掖，历三载之辛劳。括地七十余亩，重建安陵书院。今日登临，启重门而楼阁参差，视设施则完善典雅。凭栏四望，碧水摇波，苍山 野，杂花生树。若夫缘石阶而上下，曲径通幽；抚青松以盘桓， 廓绕翠。则俯仰古今，浮想联翩；采撷芳菲，志存高远。而或明轩静读，对座玄谈，切磋砥砺，议论风生，则清茗消其俗虑，书香添其雅兴。至若晨鸡初唱，纵目江干，晓雾笼烟，空蒙一棹，则眼底顿觉清凉，心灵如经洗涤。又或月明在天，疏星数点，晚风拂柳，暗香盈袖；展腰肢而舞剑，扪山石以啸歌。则海宇入我胸怀，豪情射于南斗。如斯佳境，古色古香，可憩可游，可诗可酒，恍入姑苏园林，兼肖岭南烟雨。尝闻寸草春晖，饮水思源，曹君热心公益，爱校情深。又于此设『中山大学文化研究院』，俾中外学人，研讨交流，修心养性。嗟乎！弘扬优秀传统，文运关乎国运。衣冠之士，岂可息肩，一夫奋臂，百家争鸣。倡励沉潜创新，远离喧嚣浮躁，学术遂得繁荣，神州会当崛起。辛卯之秋，我校组团赴郴，参与揭牌盛典。同侪既嘉曹君之志，复感其诚，嘱余命笔，爰为之序。

二〇一一年十一月十二日

中山大学　黄天骥　撰

二〇一二年四月　周国城　书

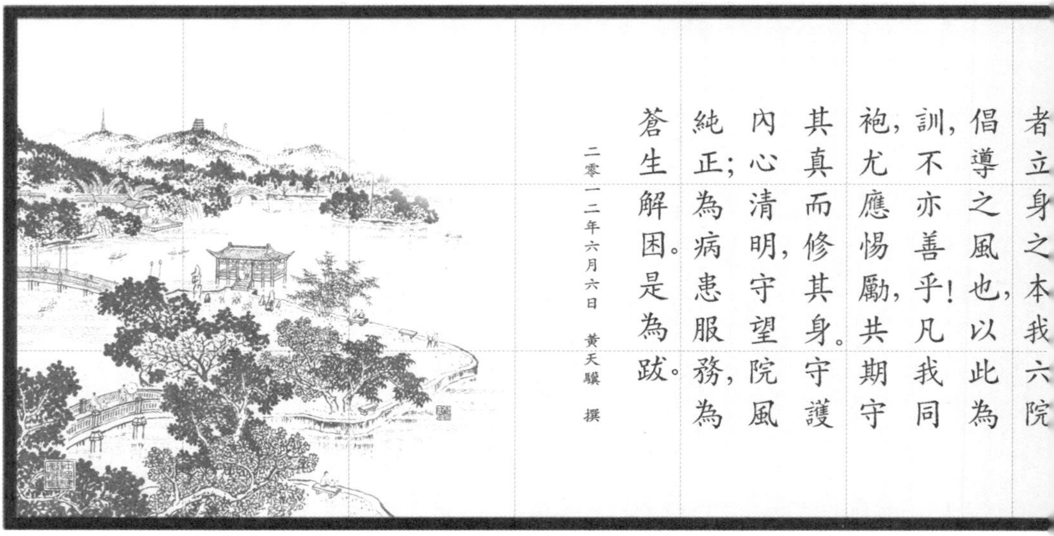

者立身之本我六院倡導之風也，以此為訓，不亦善乎！凡我同袍，尤應惕勵，共期守其真而修其身。守護內心清明，守望院風純正；為病患服務，為蒼生解困。是為跋。

二零一二年六月六日　黃天驥　撰

守真

江建平題
壬辰夏

守真，語出莊子。曰：謹修而身，慎守其真。又曰：真者，精誠之至也，不精不誠，不能動人。信哉斯言！守真者，常懷赤子之心，保持純真本性之謂也。能守真，則不作假，不虛偽，言行統一；能守真，則不違科學規律，實事求是，追求真理；能守真，則忠以任事，誠以

中山大学附属第六医院院训跋

守真，语出庄子。曰：谨修而身，慎守其真。又曰：真者，精诚之至也，不精不诚，不能动人。信哉斯言！守真者，常怀赤子之心，保持纯真本性之谓也。能守真，则不作假，不虚伪，言行统一；能守真，则不违科学规律，实事求是，追求真理；能守真，则忠以任事，诚以待人，互挹清芬，体恤病患。故曰，守真乃医者立身之本，我六院倡导之风也，以此为训，不亦善乎！凡我同袍，尤应惕励，共期守其真而修其身。守护内心清明，守望院风纯正；为病患服务，为苍生解困。是为跋。

二〇一二年六月六日　黄天骥　撰

SYSUCC
中山大學
肿瘤防治中心
SUN YAT-SEN UNIVERSITY CANCER CENTER

中山大学肿瘤防治中心历史陈列馆记

光阴如驶，岁月留痕。肿瘤防治中心，创建欣逢五秩。忆昔医术未昌，闻癌色变。医学泰斗谢志光、梁伯强教授，哀病患之多艰，拯生民于水火，振臂一呼，倡立防治肿瘤院所。省委领导，鼎力匡扶；柯麟校长，运筹帷幄。遂筚路蓝缕以启山林，初奠规模而肩重任。开展咽鼻普查，致力诊疗痼疾。横天展羽，已露峥嵘；文革十年，竟罹浩劫。幸逢开放改革，凤凰浴火重生。建院元勋，同心戮力，引领才俊，再造辉煌。更广揽海归英彦，攀登抗癌科学之巅峰；拓展国际交流，汇聚医教研防于一体。经年折桂，成果丰硕，嘉誉渐满寰中；培聚人才，研发尖端，雄心敢追硅谷。尔乃综合实力，稳居全国前列；奋发图强，世界一流可望。况同侪秉承宗旨，诚实友爱，敬业创新。设施精进，医艺精良。拯厄扶危，驱膏肓之二竖；问暖嘘寒，显人间之大爱。近日尤重管理，以人为本。营造文化氛围，关注苍生凉热。院区则玉宇连云，庭苑则花枝挹露，澄病榻之浊虑，添生命之绿意。瑶琴敷设，助尔舒怀，明窗掩映，恁君静养。今中心蓝图已具，鲲鹏正举，乃设历史陈列馆。广罗史迹，记录征程，彰显前贤，激励后昆。共期接踵天南，雄关再越；服务人民健康，不负神州厚望。

中山大学肿瘤防治中心　立

黄天骥　撰

十友堂記
上世紀初，嶺南大學校友林護諸君，知
母校亟需擴充館宇，乃于康樂園西北，興建
崇樓。一九二九年落成，灰瓦紅墻，雄樸典雅
初爲嶺南大學農學院，後改作博物館。一九
五二年院系調整，中山大學與嶺南大學合
并，兩校一家，物理系建立于此。而日居月諸，
教育科研，不斷發展，遂擴爲理工學院。斯樓之
建，賴愛國僑胞嶺大校友合力斥資。（香港）
林護、蔡昌、李煜堂、李星衢、馬應彪，（美國）
梅彩迺，（秘魯）黃世煦、黎拾義，（廣州）
鄒敏初、鄒殿邦十位，捐額尤鉅。多名校友，亦
紛紛樂助。集腋成裘，終成盛舉。爲彰顯十友
愛校熱忱，嶺大名斯樓曰十友堂，沿用
至今，以存風範，并由容庚教授題額。二〇〇七
年廣東省人民政府核定爲省文物保護單
位。現物理學子，濟濟一堂，辛勤學習，創新科
技，承傳十友愛校之誠，同圓振興中華之夢
是爲記。
黃天驥 撰
中山大學物理科學與工程技術學院立
二〇一五年夏

十友堂记

上世纪初，岭南大学校友林护诸君，知母校亟需扩充馆宇，乃于康乐园西北，兴建崇楼。一九二九年落成，灰瓦红墙，雄朴典雅。初为岭南大学农学院，后改作博物馆。一九五二年院系调整，中山大学与岭南大学合并，两校一家，物理系建立于此。而日居月诸，教育科研，不断发展，遂扩为理工学院。斯楼之建，赖爱国侨胞，岭大校友，合力斥资。（香港）林护、蔡昌、李煜堂、李星衢、马应彪，（美国）梅彩乃，（秘鲁）黄世煦、黎拾义，（广州）邹敏初、邹殿邦十位，捐额尤巨。多名校友，亦纷纷乐助。集腋成裘，终成盛举。为彰显十友爱校热忱，大名斯楼曰十友堂，沿用至今，以存风范，并由容庚教授题额。二〇〇七年，广东省人民政府核定为省文物保护单位。现物理学子，济济一堂，辛勤学习，创新科技，承传十友爱校之诚，同圆振兴中华之梦。是为记。

黄天骥　撰

中山大学物理科学与工程技术学院　立

二〇一五年夏

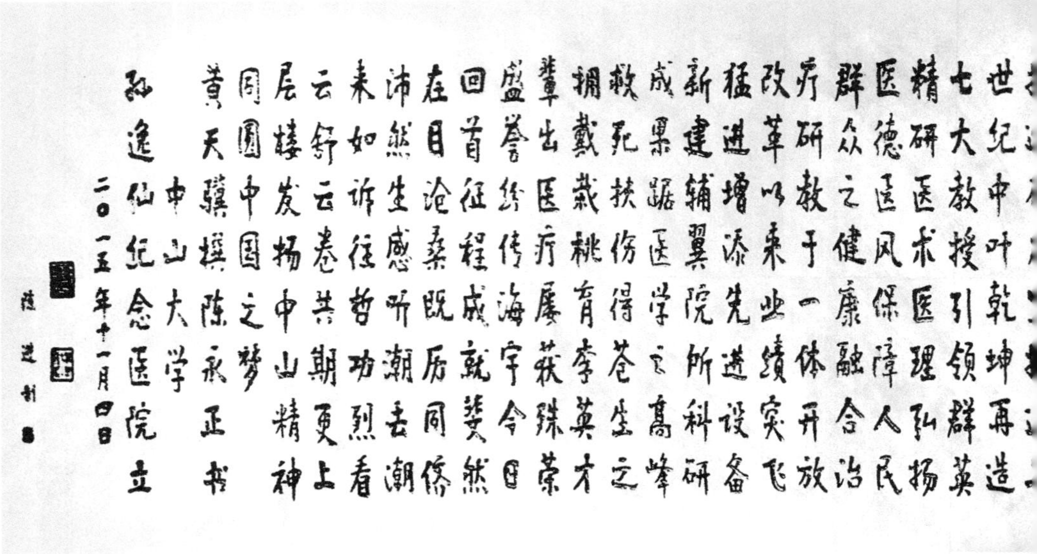

突飞猛进，增添先进设备，新建辅翼院所。科研成果，踞医学之高峰；救死扶伤，得苍生之拥戴。栽桃育李，英才辈出；医疗屡获殊荣，盛誉纷传海宇。今日回首征程，成就斐然在目，沧桑既历，同侪沛然生感。听潮去潮来，如诉往哲功烈；看云舒云卷，共期更上层楼。发扬中山精神，同圆中国之梦。

黄天骥　撰　陈永正　书

中山大学

孙逸仙纪念医院　立

二〇一五年十一月四日

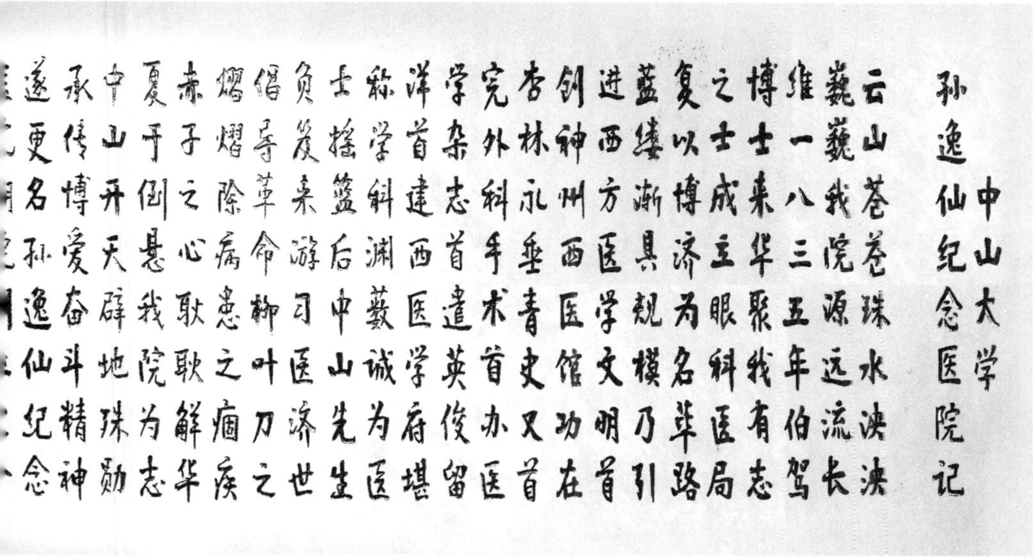

中山大学孙逸仙纪念医院记

云山苍苍，珠水泱泱，巍巍我院，源远流长。维一八三五年，伯驾博士来华，聚我有志之士，成立眼科医局，复以博济为名。荜路蓝缕，渐具规模。乃引进西方医学文明，首创神州西医馆，功在杏林，永垂青史。又首完外科手术，首办医学杂志，首遣英俊留洋，首建西医学府，堪称学科渊薮，诚为医士摇篮。后中山先生负笈来游，习医济世，倡导革命。柳叶刀之熠熠，除病患之痼疾；赤子心之耿耿，解华夏于倒悬。我院为志中山开天辟地殊勋，承传博爱奋斗精神，遂更名孙逸仙纪念医院。溯院创立至今，迄一百八十载。岁月如流，风雨如晦，虽经播迁，奋力坚持。迨上世纪中叶，乾坤再造。七大教授，引领群英，精研医术医理，弘扬医

攬九天星斗寫千古文章
中山大學中
1924
DEPARTMENT OF CHINESE

中文堂对联

领百粤·风骚开一园桃李

揽九天星斗写千古文章

乙酉年秋　黄天骥　联

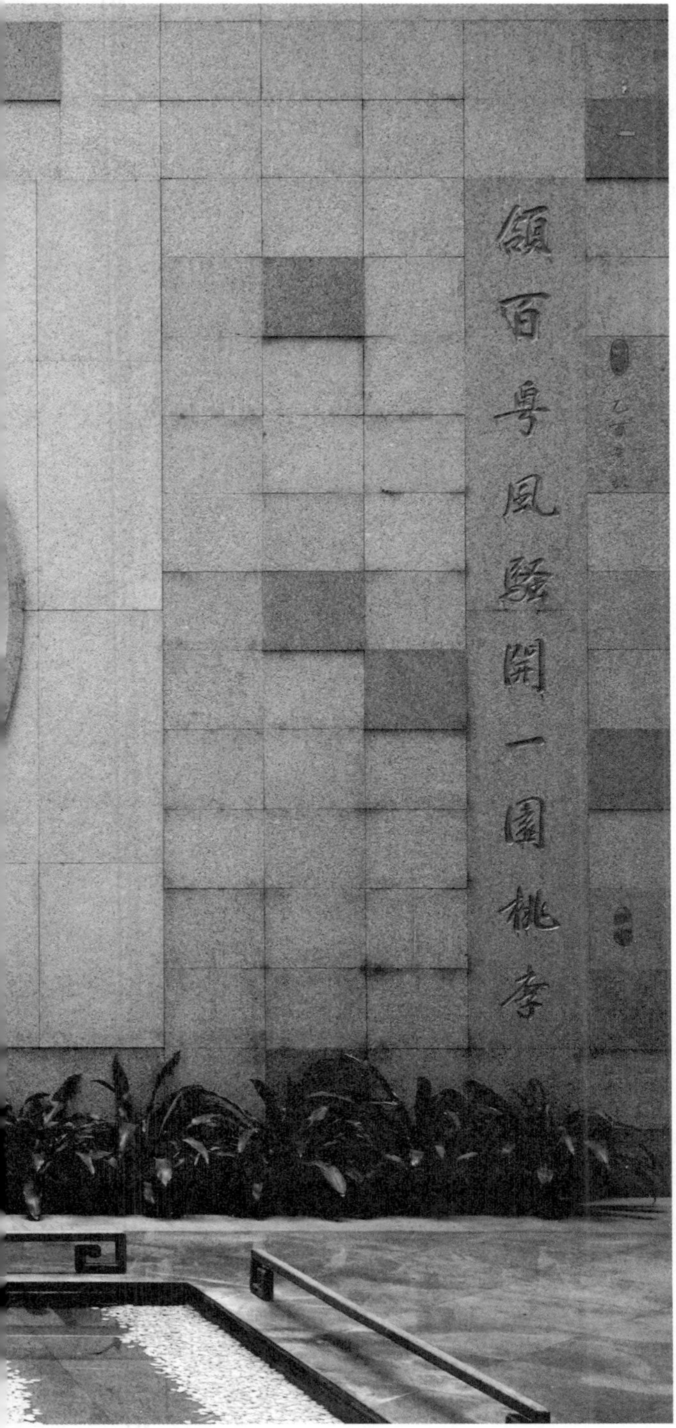

附录二

『一百篇作文』是真正的教书育人

访著名学者黄天骥

中华读书报记者　舒晋瑜

在中山大学，博士生导师黄天骥教授是个有争议的人物。

一九八六年，黄天骥在广州中山大学中文系尝试实行“一百篇作文”，要求大学生一进中文系，要交一百篇文章，纳入学分。这个做法一直坚持了三十六年。所有老师，包括系主任、行政人员也要参加指导一至两个学生。

这是他试验了很多办法后确定的。因为他做了调查，发现中文系毕业的学生从事的职业多与笔杆子有关，但当时学生一旦考上大学，立刻松了“弦”，有的甚至连个检查都写不好。

通过实践，写作文的办法被固定下来。电影《唐吉可德》的出品人张全欣是那一届的学生。他回忆那段在宿舍光着膀子写作的日子，宿舍里六个人，几乎人人都被这个硬性任务“逼出了创作才华”。

而通过师生之间的指导和交流，增进了感情，也使老师们对学生的思想变化了解更为全面。一九九八级有个女孩，一开学就在作文里写，大学期间要好好学习，“拒绝爱情”。这自律精神让老师也看不下去，在文末用红笔写道：“爱情是很美妙的……会使一个人全面地成长。处理好了，恋爱学习两不误。”有个学生，在作文里热情洋溢地写他崇拜海子卧轨自杀。老师读后觉得“思想倾向不对”，就写了一篇长文劝导。

在教育工作上，黄天骥做了很多有益的创新和探索，而在做学问上，这位著名的古典文学专家在半个多世纪专研古典文学，博考经籍，比较群言，覃思神会，多有独见。

北京大学中文系教授陈平原是黄天骥的学生，对老师的作品非常熟悉。他评价道：先生可谓“庾信文章老更成”，耄耋之年细读唐诗，写下的文字自是大半个世纪的研磨之功——从诗人胸臆到言语笔锋，从字词典故到寓意寄托，爬梳剔抉，参互考训，都是极为细致的功夫。

给王力先生画漫画

中华读书报：您喜欢诗词是受祖父影响？当时是什么情景？

黄天骥：我父亲是中山大学中文系毕业的，家里藏书也算不少。父亲去世早，我跟着祖父生活，他要求我背《唐诗三百首》《古文观止》《成语考》《三字经》等等，背了之后就对诗词发生了兴趣。我中学在广州市南海中学就读，那时老师对我的语文水平就很肯定。小的时候我也喜欢音乐，周围的人都怂恿我考音乐学院，最后还是选择了中文。一九四九年初，中山大学师资力量很强，有王力等很多名师。我当时想在广州读书还可以照顾祖父，第一志愿就报了中山大学中文系，第二志愿才是北大中文系。一九五二年参加高考，我记得当时的高考题目很简单：《一件小事》，就看学生能不能写出有意思的故事。

中华读书报：当时您和王力先生有交集？

黄天骥：在中文系的开学典礼上，王力先生和王起先生站在门口迎接我们，两人都是秃头，都戴着黑框眼镜，个子都很高大，当时就给我留下很深的印象。大学一年级，王力先生给我们上现代汉语，他很有趣，讲话的速度非常慢，上课不是站在讲台上，而是一边讲，一边在教室里走来走去。因为事先预习过，王力先生讲上一句，我就知道他的下一句，有一次我记完笔记没事，就在笔记本上给他画漫画：圆圆的脑袋，再画上眼镜两个小圈，他从后面走过来，正好看到，说：这不是我吗？然后笑一笑，拍拍我的肩膀走了，也没有处罚我。三十年后，王力先生来到中大，我和他聊起这件事，他笑了笑，似乎多少记得。

王力先生留学法国，很洋派，传闻每周末都会和师母夏蔚霞去郊外野餐。当时中山大学和岭南大学合并，教授的房子是两层的红楼，他住在东北区五号，是中山大学最好的有三层的楼房。同学去拜访，他从二楼的书房下来解答我们的问题，比如语法的规律，应该怎么理解音韵……五分钟以后他看看手表，把书桌上的报纸递给我们，然后问："你不是很忙吗？"

中华读书报：很有趣，他其实是含蓄地送客。

黄天骥：对，要么你自己看报纸，要么你走吧。

一九五四年，他就和几位语言学的名家一起调到北京大学了。后来，在八十年代中期我担任中文系主任时，请王力先生来给中山大学的年轻教师和刊授学员讲语言学知识，会场安排在广州中山纪念堂。面对五千多名学生，王力先生很激动。他说："这辈子听我讲语言学的学生加起来都没有今天多。要看漂亮面孔肯定看红线女，我不是红线女，这么多青年来听我这个老头子讲课，学习热情这么高，如果都能像广州这么多的干部和青年自觉学习，我们国家大有希望。"

念教材很难培养学生的创造精神

中华读书报：您说王力先生讲课慢，这种教学方式会不会影响学生的专注度？

黄天骥：大学老师各有各的风采和做法。王力先生是搞语言学的，语言学是文科中的理科，数学是理科中的文科。这是我的概括。他很喜欢用语法和画图的办法，主谓宾用线条划出来。语言学对逻辑性要求严格，必须准确，音准需要记录，他讲得慢，是希望学生能清楚地一字一句、一个音一个音记下来。当时还要求检查笔记、课堂讨论。新中国成立初期的教育，跟老欧洲的教育做法，没有很大的区别，比如中大中文系就有逻辑学和教育学学科的安排。那时没有教材，在一九五六年左右，教育部在各个学校邀请一些高水平的老师，在北京集中开会确定出版《文学史教学大纲》。到六十年代初，王起先生才参与主编高校文科教材《中国文学史》（编者注：《中国文学史》一九六四年版，全四册，游国恩、王起、萧涤非、季镇淮、费振刚主编）。一九九五年，教育部请袁行霈先生主编面向二十一世纪教材《中国文学史》，袁先生邀请十九所高校的二十九位学者参与，我是第三卷的分卷主编。当时，我们就提出文学史撰写要守正出新，要根据大纲要求的主要精神，同时可有自己的理解。

我记得，一九四九年前有人说，根本没有屈原这个人。这个说法是很荒谬的。在一九五六年教育部编写的《教学大纲》中，就规定必须讲屈原，而且必须讲爱国主义，至于讲《九歌》多些还是《离骚》多些，随便。不要离开大纲的精神就可以了。我觉得这个做法比较合适。后来有了教材，即使我编的部分，我上课也不会照着教材念，而是根据教材精神，力求提出自己更新更深的理解。如果依样画葫芦，学生会说："我自己看教材不就行了？何必听你的。"现在的大学，有的年轻教师不太懂，上课跟着教材念，这很难培养学生的创造精神。

中华读书报：您给本科生讲诗词，给研究生讲古代戏曲，兴趣广泛，著述丰厚，还出版了《周易辨原》等等，一般人很难做到。

黄天骥：兴趣是一方面，老师们对我影响也很大。詹安泰先生的专长是研究宋词，但他给我们讲《诗经》和《楚辞》，让我非常入迷。我是古代文学课代表，自然和任课老师接触较多，每两个礼拜组织讨论，课代表要把同学们的发言提纲收齐，交给老师，会给老师提不同意见，交流比较多。三年级要写课程论文，我写了《陶潜作品的人民性特征》，寄给《文学遗产》编辑部。过了两个月收到编辑部的来信，信上写着："来稿字迹非常潦草，简直就像天书，排字工人一边排一边骂娘，以后读书写字，都要认真。"信末只署"编者"两字，后来我才知道，信是当时《文学遗产》主编陈翔鹤先生写的。不久，论文发表，给了我很大的鼓励和教育。

董每戡先生令我受益终生

中华读书报：那您是怎么对戏曲感兴趣的？

黄天骥：大学三年级下学期，戏剧史家董每戡先生给我们上课。他研究中外戏曲史，同时也是导演和剧作家，曾经和田汉等一起推动左翼抗战文艺活动，中国的第一本外国戏剧史，就是董先生撰写的。赵丹的第一部戏《C 夫人肖像》也是董先生编写的。和王国维不一样，他力图用唯物主义思想研究中国戏曲史。董先生上课讲得非常好，生动活泼，听他一堂课像看了一场戏。有一天下大雨，董先生上课，同学们等了两三分钟他还没到，我就走上讲台，驼着背、弯着腰，擦擦鼻下的胡子，学他上课的样子，学生们大笑。突然笑声停住，我扭头一看，发现董先生站在门口，也不作声。我心中忐忑，以为一定挨批，因为这个举动对老师很不尊重，很不对。下课后，董先生说："黄天骥你留下来。"我以为让我写检讨了，很后悔，谁知董先生说："你的模仿能力很强，不如跟我学戏剧学吧。"董先生爱护和教育学生的态度，让我受益和十分感动。所以后来我的毕业论文就写了有关《桃花扇》的论题。论文答辩时，老师们一致认为优秀，就让我留下来当了助教。

中华读书报：能否具体谈谈董先生对您有哪些指导？

黄天骥：从学习诗词转到学习戏曲，戏曲是董先生训练的。他说："不要光听我讲课，你要到舞台上去，要参与他们的事，兰花指怎么翘，话剧怎么导，你要学，可以参与编导，也可以提出意见。”所以那段时间我跑粤剧院、话剧团、京剧团，和编导、演员讨论很自如。一九五七年，董先生不幸被错划为“右派分子”去了长沙（他太太胡蒂子是长沙人），生活很潦倒。最让我感动的是，当年红卫兵抄家，董先生把《五大名剧论》书稿藏在灶膛里，用柴灰盖起来，躲过了红卫兵的搜查，后来稿子找出来，发现被老鼠啃了一半。那时候他的右手已经抖得不能写字，就用左手写，左手写不动，就把钢笔横过来，右手拿着，用左手推着笔尖来写。他的意志力、坚强地做学问的精神对我影响很大。后来我写《〈西厢记〉创作论》，写了十多万字，存在电脑里全丢了，我一想到董先生做学问的坚毅精神，就充满动力，后来又重新思考，重头再写了一遍。

真理越探索越明晰

中华读书报：几十年间，您对戏曲史上许多重要的作家作品，也写过多篇论文。比如《长生殿》，您在不同时期都发表过论文，而且各有侧重？

黄天骥：研究戏曲作品的题旨、内涵，是从事教学和研究中不可缺少的环节，对作品能否正确理解、分析，和自己的审美能力、理论修养、资料掌握有直接关系。一个时期的风气和舆论导向，又往往左右着认识和判断。五十年代后期，我研究洪昇的《长生殿》，写了《弛了朝纲，占了情场》的论文，肯定洪昇揭露了杨、李的误国殃民，否定剧本对杨、李爱情的描写。在“左”风影响下，我用了许多笔墨批判洪昇对统治阶级的美化。

当时的研究，不可谓不认真，但无法解释何以长期以来群众对杨、李婚姻多抱同情的态度，也没有触及洪昇的内心世界。到八十年代初，我又写了《论洪昇与〈长生殿〉》的论文，比较注意研究杨李之间的矛盾，从杨玉环的“专宠”“情深妒亦真”，看到封建时代妇女对爱情专一的追求。

我认为从人类社会婚姻关系发展的轨迹看，夫妇爱情专一是历史的必然要求，是社会发展到男女平等这一阶段的果实。然而，杨玉环处在一个不可能实现这种要求的时代，历史的必然要求与这种要求不可能实现之间，产生了悲剧性的冲突。这样的分析比五十年代就有所进步。不过，我在充分肯定了《长生殿》上半部的民主性内容的同时，又认为它的下半部写李、杨忏悔，有凿空不实之嫌；而且戏剧冲突的主线没有发展，剧本给人以冗长拖沓之感。

到了九十年代初，我再一次审视《长生殿》，发现过去的认识不妥，因为研究戏曲，应该注意这一体裁的审美特性。一九四九年以后，我们接受了苏、欧话剧理论的影响，注意捕捉戏剧冲突和研究人物性格，成效是明显的，但未能解决戏曲研究的全部问题。我国古代戏曲与诗歌创作联系密切，而诗歌最重意境，戏曲作家也不可能不接受诗歌创作思维模式的影响。经过考虑，我又发表了《〈长生殿〉的意境》一文，注意从文化特色审视戏曲作品，发现《长生殿》的后半部原来别有真谛，认识到作者写杨、李的悔恨，是要使观众由此及彼，捉摸到世道浮沉、社会兴替的轨迹，从更宽广的角度领悟人生境界。到二十世纪初，我又发表了《〈长生殿〉艺术构思的道教内涵》，力图从艺术和文化的角度研究《长生殿》。对它的评价又和自己以前的看法，有所不同。

真理是越探索越明晰的，我没有一锤定音的本事，但是我能够修正自己对学术研究的错失。每一次修正对《长生殿》的看法，都感到经过不断地追求探索，自己的水平也不断有所提高。只有认真学习辩证唯物主义和历史唯物主义，坚持实事求是的原则，才有可能避免犯主观武断的毛病。

得益于在“玩”中学知识

中华读书报：师从这么多名师，也是人生的一大幸运。那您最崇拜谁呢?

黄天骥:我最崇拜的，是古文研究专家容庚老师，尤其是他的人格。大学刚入学，注册后，我就和同学一起慕名访问容庚先生，他拿出一大盆荔枝请我们吃。中山大学的古文字研究就是容庚、商承祚等几位老师开拓出来的。容庚先生是大专家，著作很了不起，能认得出古董、出土文物里的字,我们问他怎么研究出来的,他说是猜的——他肯定不是乱猜,有原典，包括对《礼记》《周易》古代版本的对比都有其规律。他给我们上古文字学课，可是我听不出所以然，根本掌握不了什么。青、中年时期，容先生喜欢我，问我怎么不学古文字学，我说不好玩，学不来。但是，我倒常跟他一起运动。每天五六点钟，我和容先生一起打羽毛球——这和古文字本来没有什么关系，但容先生去打球时，总是带着些书，我看多了，歇息时会问问这些书用处或用法的问题，这就多少知道考察上古文字问题时，大致要看哪些书了。这是我“偷师”的过程。后来在九十年代，我写了一本五十万字的《周易辨原》,对六十四卦中某些文字的理解,就得益于在“玩”中学到的知识。

中华读书报:这本书和您的专业似乎有些不沾边?

黄天骥:人家说黄天骥怎么破门而出，搞出来这样一本书?我觉得并不奇怪。本来文史哲不分家，我只是把门开大了一点。我主要从古文字的考证，从音韵的规范，用唯物辩证法的思想方法辨析其源，易经的爻辞，在我看来，本是民谣，谣辞多数是押韵的，六十四卦爻辞的内容，涵盖了上古时期人们生活、爱情、历史、战争等方面状况。

我认为，在中学，老师给我们的是知识，在大学，给我们的是智慧，智慧是极需创造的，并非只强调课堂教育的问题。至于老一辈的老师给我们上课，讲文学史，往往能从头讲到尾，从《诗经》讲到近代文学，不是你讲一段，我讲一段。詹安泰先生是研究宋词的专家，但为什么《诗经》也能讲得这么好，因为他的路子是对的。后来我在中大任课时也学着这样做了，几十年教学生涯，我在讲台上古代文学史每阶段都讲过。在我看来，不存在分阶段的问题。

对传统的学习古为今用最重要

中华读书报：《唐诗三百年——诗人及其诗歌创作》（东方出版中心）从初唐四杰王勃的《送杜少府之任蜀州》起，到晚唐秦韬玉的《贫女》止，选取了三十二位诗人的三十五首诗歌，呈现了唐代诗歌的基本风貌。选择哪些唐诗，有什么标准或原则吗？

黄天骥：开始没有标准，只是一篇篇写下去，写到一半，出版公司邀请我出书。书名原来叫《唐诗创作论》，我非常佩服东方出版中心，帮我改了题目，整部书质量提高了。开始写的时候，我没有按照年代给诗人排序，后来成书的时候才发现按作家的年代排下来，可以看出唐诗三百年走过的历程，其实这也跟我研究诗词一向的思想有关：对任何一篇诗词或者一个诗人的评价，都不能脱离其所在的时代背景。因为一个时代有一个时代的精神面貌，个人情感的抒发，跟时代有着密切的联系。所以我总要求自己做古典文学研究的时候，不能只看树木不看森林，也不能离开森林去看一棵树木。

现在赏析唐诗，很多人都会把诗歌中的某种精神抽象出来，停留在“如何如何好”，缺乏文学理论层面的分析。我认为研究唐诗应该从不同文化的角度，一定要根据作者所处的社会环境、本人的经历，不仅要讲清楚内容，还要研究写法、技巧，用自己的眼光加想象再创造。大学一年级学文艺理论，我对高尔基的提法不以为然。他认为评论一部作品应该像解剖刀解剖。我心里说，文学作品本身是有血有肉的，是活生生的，是讲灵魂、讲人性的，不能用解剖刀来解决，不能把评论文章写成理科论文。而且，研究数学的人，觉得数学是很美的。我不明白数学有什么美呢？一加一不就是二吗？后来和理科老师交流，发现他们对数据怎么出来是有不同途径的，有是否巧妙的问题，确实是讲究美与不美的。这和文学是一样。文学研究批评文章就是再创造。钱锺书先生讲通感，宗白华先生也是这样做的。老一辈老师都知道通感，我们为什么不能运用呢?

教学改革曾引起争议

中华读书报：您在中山大学提倡了一些观点，做出很多创举，比如让学生在一年级完成一百篇作文等，当时是有争议的?

黄天骥：我调查过百分之九十以上的中文系毕业生，都离不开笔杆子，大都从事教师、秘书等职业。经过思考和实践，我提出笔头必须练，打好基本功，这是我的教育思想。二十世纪八十年代中期，中学生面临的考试越来越多，书面知识比较多，动手能力则不行。一九八二年，我想了很多办法，让他们读一百本书，每天写简短的读书笔记；从八三级开始，我实行另外一种做法，和部队战士联合组织了“同龄人两地书”的活动，让他们参与生活，互相结对子写信，一方面向解放军学习，一方面通过写作练文笔。后来“两地书”结集出版，有很大的社会影响。总之经过多种试验，都是在很多思考和实践的基础上。最后实行写一百篇作文，从一九八六年开始，我要求大学生一进中文系，一年级本科生，要交一百篇文章，要计学分。这个做法一直坚持，三十六年来，从没中断过。所有老师，包括王起先生等六十岁以上的教师都参加，都要指导一至两个学生，包括系主任、行政人员也要参加指导。起初，同学们骂得很厉害，但是毕业分配的时候就知道有效果。我们当时的毕业工作分配是全校最好的。广东都知道的，中山大学中文系的学生能写；每一届校友回来，都一定会谈到一百篇作文写作的甘苦，而且通过写作交流，对老师的感情都加深了。

当时确定这个思路时，我还没有意识到这是真正的教书育人的问题。一百篇写作教学是有规律的，让学生写作文，一开始有的写母校，写家庭，逐渐没东西写，就开始进步了，他们就要观察社会了。而且学生有错误思想，老师批改作文也会及时发现，学生们在思想上、业务上通过写作文同时都会有进步。

我对学生提供帮助，反过来学生也会帮助我，教与学相长。二〇一三年，我给本科生三年级学生讲了一学期的诗词课，每周上课，共讲十讲，直到学期结束。我讲的时候没有讲稿，当时有一些学生在我面前放了录音机，后来他们把我的录音整理成文字，打印出来，作为新年礼物送给我。我愣了。这本书就叫《黄天骥诗词曲十讲》，后来在花城出版社出版，在四川人民出版社再版，这也是师生间的互相勉励。

（刊于二〇二三年二月十七日《中华读书报》）

附录三

康乐情结　笔墨襟期

二〇〇四年编者与作者的对话

周山丹（以下简称“周”）：今年是中山大学建校八十周年，您的“中大故事”也有五十多年了。您一九五二年开始进入中大中文系念书，毕业后一直在中大教书育人；要是再往前追溯，您受中大的影响应该还要早得多。据我们所知，令尊大人也是毕业于中大中文系的，您的夫人、儿子，也毕业于中大中文系。因此，寻找中大这八十年间的个人叙事，您绝对是一个不可多得的人选。这也是我们非常荣幸出版您这本大著的原因。您还记得，第一次知道中大大概是什么时候吗？您上大学之前，有没有到过中大？要是有，您对中大的第一印象是怎么样的？

黄天骥（以下简称“黄”）：转眼在中大已经五十多年了，我总是笑称自己是“半个世纪的中大人”。我祖籍广东新会，几代世居广州西关，当然很早就知道中大。中大在广东人心目中的地位很高，很神圣。当时的中大名师云集，人才荟萃，聚集了陈寅恪、姜立夫、陈心陶、容庚、商承祚、王力等一流的学者，在全国的影响力非常之大。我记得一九五二年报考大学时填的志愿是：第一志愿中大，第二志愿北大。我在上大学之前没有到过中大。中学时，学校组织到石榴岗旅游，倒经过中大校门。报到时才第一次真正走进中大，她的美丽、优雅、开阔，令我惊讶、骄傲与自豪。

周：令尊作为中大中文系毕业生，对您有哪些影响？您选择中大，有没有受父亲的影响？

黄：我的父亲黄朝国，抗战期间，大概是一九三四年吧，就在中大中文系求学。他爱好中国古代文学，常跟随当时的词学大师陈洵先生，乘车到石牌上课，当时我家里有很多线装书。不过，父亲对我没有直接的影响，因为他在我很小的时候就过世了。倒是我的祖父对我的影响比较大，他非常希望我能继承父志，常常对我说："你的父亲是学中文的！"当然，父亲留下的线装书也对我产生了潜移默化的影响。另外，我还受到外祖梁家的影响。我的曾外祖父是和詹天佑一起，被容闳带到美国留学的一百二十个幼童之一，而外祖父则是詹天佑的学生。他虽然是铁路工程师，但文学、文艺的修养很高。在祖辈的引导下，我在中学时代就很喜欢文学，在南海中学（当时的南海中学在广州西华路，新中国成立后改称为市十一中）读书的时候，曾获得过专门奖励文科优秀学生的"镜芙"学额奖学金。中学时还在《广州日报》发表过小说，很好笑，用了一个笔名——"黄花瘦"，后来发表的时候被编辑改为"黄花"。

周：您在中大还找到了另一半。师母和您是同学吧？你们两位中大学子，在中大相识、恋爱、结婚，生活了半个多世纪，成就了一段典型的"中大恋情"。这在书中已略见鳞爪，您方便向我们透露多一些"个中私密"吗？

黄：我太太是我的师妹，比我低一个年级，她是执信女中毕业的，一九五三年考入中大中文系。她是舞蹈队队员，我是合唱团的指挥，我们当时都是系里面的文娱骨干，接触的机会就比较多。说来也巧，年轻时我们的字迹也特别相似，连我们自己也常搞不清系里黑板报上的字，是谁写的。这也许是因为在中小学时，临摹的是同一种字体吧！我们是在读大学时开始恋爱的，那时我大三，她大二，当时的老师对我们的态度，也是我现在对大学生恋爱的态度：不提倡，也不反对，顺其自然，处理得好，对学习会有一定的促进作用，处理得不好，当然会影响学习。记得我和她一起到过系主任王季思教授的家。王老师心领神会，对我说："你调皮捣蛋，她娇小玲珑。"我也弄不清王老师对我们"拍拖"是反对还是支持。

周：听说您的儿女都于二十世纪八十年代中期考入了中大，你们的"中大故事"至今得以延续三代。"重复"上面的第二个问题：您作为中大毕业生，对您儿女产生过什么样的影响？他们选择中大，有没有受您和师母的影响？

黄：我的儿子、女儿都求学于中大，儿子读了中文系，女儿读的是图书馆学系。除了他俩，我的几个外甥、外甥女，都毕业于中大。我对孩子们的选择一直抱着民主的态度，儿子、女儿当年报考中大，都是他们自己的选择。不过我想他们从小在中大长大，对中大一草一木有很深的感情，中大又是名校，选择中大，是十分自然的。

周：您在书中追忆了您的"中大往事"，或事件，或人物；或片段，或细节。那么，从总体上，您又如何描述您在中大的这大半生？中大给了您什么？

黄：我想用四个字来概括：甜酸苦辣。"甜"是第一位的，最主要的。中大培养了我，造就了我，我在中大实现了从事文学研究的理想。我非常幸运，我的老师们、同事们、学生们，还有历届领导对我都很爱护、支持。记得刚刚留校时，主管年轻教师培养的马副校长常常问我："你现在在读些什么书啊？"过一段时间，又让我汇报读书情况。我当然不敢懈怠，只能努力学习和工作。"酸"，主要是指自己曾在工作中遇到各种各样的难题，经历过各种各样的坎坷，得不到应有的理解而心酸、委屈。记得在二十多年前，那时我是中文系的系主任，创办了"中文刊授"。有一次，学校收到了一封来自茂名地区自考学员的告状信，说一直没有收到《刊授指导》，认为中文系骗钱。当时我急得流泪，"男儿有泪不轻弹"，那一日，真心酸得很，因为刊物明明寄出，反说我们骗钱，让中大声誉受损，我如何担待得起！后来才知道是遇到了意外，邮船沉了，杂志被海水淹了。第三是

“苦”字，“大跃进”时期带着学生下乡，非常劳累，还第一次知道了什么是饥饿的滋味。虽然得到了意志的锻炼，也真苦。“文革”时，眼见广大知识分子受到不公平的对待，沦为“臭老九”，感到是非颠倒，前路茫茫，心里更是苦不堪言。最后是“辣”字，“辣”对我来说，意味着挑战。我在中大经历了许多挑战，人只有勇于面对挑战，才能不断进步。“甜酸苦辣”，互相渗透，也互相转化，伴随着我在中大走过半个世纪。我很幸运，非常感谢母校，如果没有经历过这么多起起落落、甜酸苦辣，我的人生也许会很苍白。

周：我在您的书中发现，“春风、秋雨、芳草”三个意象反复出现，这与“甜酸苦辣”是否相呼应？

黄：是啊，“甜酸苦辣”是概括的说法，“春风、秋雨、芳草”是形象的说法，意思是一样的。“芳草”是指中大人。中大的草地可是全国高校校园中最漂亮的！“春风秋雨”是我在中大半个多世纪的感受。春风暖人，秋雨愁人，但总归是芳草年年绿嘛！

周：您在书中写了好多位学术大师。清华校长梅贻琦说过，“大学者，非大楼也，大师之谓也”。文化与学术的传承，说到底，是人和人之间的接力与传递。中大的这些大师，对您的学术与人格，产生了哪些深远影响？

黄：我在书中回忆了一些老中大的著名教授，像陈寅恪先生、容庚先生、王季思先生等，他们的道德文章、人格魅力，令人高山仰止。我是几辈子都学不到的，但我深深知道了什么叫榜样。王季思老师的广阔胸怀，董每戡老师的正直勤奋，詹安泰老师的风华绝代，容庚老师的刚正不阿，卢叔度老师的旷达，黄海章老师的狷介……他们的一举一动、一言一行，至今历历在目，令我终身受益。在学术上对我影响最大的是王季思老师、董每戡老师、詹安泰老师。王、董老师教我治中国古代戏曲，詹老师教我治诗词，是他们引领我进入学术的殿堂。其实，同一辈的师友，像李华钟、胡景钊、姜伯勤、汤明燧等教授的为人与为学，都给过我许多教益，有些影响无迹可寻，却是实实在在的存在。

周：中大的学术，比如就文科而言，依您看，有没有形成自己的特色与风格？中大地处岭南，岭南的文化有没有对中大的学术风格产生影响？您个人的学术生活，有没有受惠于此？

黄：我觉得中大的学术风格最能体现岭南文化的特色——既是务实的、创新的，又是包容的、严谨的。以中文系为例，我认为詹安泰先生开创了创作与学术并重，周密严谨考证与理论概括创新并重的风格。换句话说，既重视“我注六经”，又重视“六经注我”，二者矛盾统一。我个人的学术生活也受惠于此，也希望这一学术传统能一代代传承下去。

周：一所大学在成长和发展的过程中，会逐渐形成一条精神脉络，一条或隐或现的“文脉”，或者说是一种大学精神。您觉得，80年来，存在一种叫作“中大精神”的东西吗？这种“中大精神”包括哪些内涵？

黄：我曾经在一篇文章中将“中大精神”概括为八个字：严谨、务实、包容、进取。这八个字还不够，最关键的是将这八个字融会贯通。中文系的一位老教授吴宏聪先生认为这个概括比较到位。我觉得几代中大人形成的“中大精神”，实际上是“岭南文化”在学术领域中的体现。

周：怎样才能做到“融会贯通”？

黄：无论是做学问也好，搞行政工作也好，融会贯通很重要。我做不到，但知道要向这方面努力。我的研究领域以中国古代戏曲为主，但兼学别样。我经常是带着诗词的眼光去研究戏曲，又带有戏曲的眼光去研究诗词的。如果说诗词是人内心的抒发，那么戏曲就是人物性格和人内心矛盾的具体表现。一些诗词有情节性的冲突；一些戏曲的情节，经常也有诗词般的意境。因此，诗词与戏曲其实有着相通的一面。同时，学术研究与行政工作也可以有相通之处。行政工作像做学问一样，都需要调查研究。行政管理要抓“活思想”，实质是处理“人”的工作，而文学是“人学”，也要研究“人”。所以，熟识对人的管理，有时候能帮助学术研究。比如我在担任了行政工作之后研究清代诗人吴梅村，觉得自己能更加深刻地理解古人思想感情的复杂性，从而能更加深入地分析吴梅村的诗歌。我还常给中文系学生题赠陆游的两句诗："上马击狂胡，下马草军书。"我把它理解为文武双全的意思。在今天，所谓"文武双全"，是指既能从事学术研究，又能从事行政管理，要把两者贯通起来。

周：您刚才提到融会贯通的重要性，我记得您在书中叙写了著名的生物学家江静波教授邀请您给理科学生讲授古代诗词的故事。沟通文理，是江先生一贯的教学主张。关于大学教育的通专之争、文实之辩，一直是教育界关注的热点问题。您怎样看待这个问题？

黄：我觉得大学本科教育应该是素质教育，沟通文理非常重要，有必要打破教育中的实用主义、功利主义。我个人认为，本科生应该实行通才教育，硕士研究生应该是有一定专业知识的通才，博士应该是有广泛知识的专才。

周：据我所知，您从教已经快五十年了，可谓桃李满天下，您对自己门下的弟子又会有什么样的要求？您心目中的好学生是什么样的？

黄：我对自己的学生没有统一的要求，经常采取因材施教的方法。要问我心目中的好学生是什么样子的？"能提出和我不同的学术观点的学生，就是好学生"。也就是说我希望我的学生爱祖国、爱人民、爱母校，刻苦地、自觉地、创造性地学习，在学术上有独立思考的能力。不要一味地同意老师的观点，能够超过老师的学生才是好学生。我希望中大芳草年年绿，代有人才出。

（二〇〇四年九月）

二〇〇四年初版后记

我在中大学习、工作，超过了半个世纪。这里发生的事情，许多已不复记。但有些印象，不知怎的，却牢牢地沉积在脑海里。近几年，每天黄昏，我总会邀董上德、康保成同学一起在校园里散步。一边走，一边侃，自然会对他们谈起许多有关中大的往事。于是，脑海又泛起波澜，在谈笑中少不了感慨唏嘘。

前几年，我曾在《人物》《随笔》等刊物上发表过回忆容庚、王季思等老师的文章，好些热心的朋友看到了，都鼓励我继续写下去，我也跃跃欲试。但后来教学、科研工作紧张，只好作罢。今年春天，南方日报出版社约我把记得的中大的往事，随意拾掇，编成一书。

我想，作为过来人，留下雪泥鸿爪，也未尝不是好事，遂欣然应约。

这半年，老是无事忙，也特别地忙。我只好利用每周周末，把记忆的匣子打开，随想随写。好在写论文和写散文的思维方式不同，换换脑筋，调节心境，实际上也是一种休息的方法。写着写着，不知不觉写了廿多篇文字。我又把曾收在《俯仰集》中有关中大的文章加在一起，便成了这本小书。

我没有记日记的习惯。现在，要写回忆性的文章，可碰到了麻烦。好在这本小书，只属“随忆”“漫记”性质，不是作为历史资料的“回忆录”。细节上容或疏误，希望读者理解。

这本小书的出版，得到谭庭浩、周山丹诸君的帮助。山丹作为责编，敬业诚挚，送稿取稿，大热天往来奔跑，使我感动。又蒙校友陈初生教授赐字，光我篇幅。书之末，特向诸君致谢意。

二〇〇四年九月二十六日于康乐园

二〇一四年增订本补记

这本书，是我在二〇〇四年中山大学八十周年校庆前写成的，如今，过了十年，中山大学又迎来九十周年的校庆了，我便趁它再版的机会，重新修订，补充了几篇文章，还附录了我为学校撰写的碑记。

书成后，我请中山大学中文系金钦俊教授赐序，广州市书法协会副会长、著名书法家林雅杰校友题写书名，蒙他们慨然允诺，特此致谢。

还要说明的是，本书的出版得到中山大学宣传部部长丘国新鼎力支持，特别是在书中附录我所撰的碑文，乃出自他的创意。但有些碑文，当初我没有留下底稿，幸有他和宣传部诸位设法辑眷，得成全豹。此外，蒙出版社谭庭浩君、周山丹君和陈盈璐君，为本书的增订出版，精心策划；编辑部还多次到康乐园拍摄精美图片，光我篇幅。在此一并致谢。

二〇一四年九月三日于中文堂

二〇二四年百年校庆典藏版后记

这本小书，曾在二〇〇四年，亦即中山大学八十周年校庆那一年出版。有一回，我到北京中华书局访问，有两位朋友对我说："我们俩都买了您写的《中大往事》。"我笑着说："两位不是中大校友，为什么对拙作竟感兴趣？"他俩回答："这对研究我国的教育史，提供不少资料，所以一睹为快。"我愕然，想不到这本记叙性的散文，竟也为校外读者重视。

到二〇一四年，亦即过了十年，在中山大学九十周年校庆的时候，南方日报出版社又出版了《中大往事》增订本。此次再版，增加了几篇文章，修订了个别文字，还附上我为学校各种新旧建筑物所写的二十一篇碑记。

今年是二〇二四年，亦即又过了十年，欣逢中山大学一百周年校庆。南方日报出版社决定出版《中大往事》百年校庆典藏版。世纪中大，山高水长，这庆典百年一遇，非同小可。因此，我在原书的基础上，又增加了不少对中大往事回忆的篇章。换言之，这本书的初版和增订本，都只有三百多页，而这本"典藏版"，却增加到四百多页，成为篇幅稍为厚重的文集了。

我在一九五二年，考进中大中文系学习，毕业后留校任教，到八十五岁时退休，在康乐园生活、学习和工作，差不多近七十年。可以说，我这一辈子，是在母校领导和老师的培育下得到成长的。从进入康乐园的第一天起，到移居校外的第一天止，除了在市外省外和境外，参加为数不多的学术访问或工作会议，我的身心，一天也没有离开过中大。对我来说，往事并不如烟，许多师友的音容笑貌，母校的前进发展，生活的风风雨雨，经历的酸甜苦辣，全在心里留下不可磨灭的痕迹。这本小书，也算是我在母校生活、学习和工作了大半个世纪的回忆。对读者来说，或者可以从中看到一所高校变化发展的缩影，看到许多老一辈学者和革命家的性格和品德。

我一家三代，其中四个都毕业于中大中文系。而我，因为工作和性格的关系，又和理科师友有许多交往。其实，在中大，凡是老一辈以及我这一辈的学人，大家的经历和志趣，都有许多共同点。如果年轻人想知道中大人是如何走过来的，或者想知道我国高等院校发展的轮廓，从这本小书，或许可以得到点滴的了解。

从二〇〇四年开始，到今年二〇二四年中大百年校庆，从初版到增添了许多内容的“典藏版”，《中大往事》已经走过二十年。在这漫长的岁月，我从七十岁升级为九十老翁，也在这二十年中看到中大发展的几个阶段。不过，有些人和事，现在来不及写了。如果再过十年，即二〇三四年，我需要活到一百岁，这有可能吗？有必要吗？看来，这一本“典藏版”之后，也难以再出增加更多内容的第四版了。

《中大往事》从初版开始，二十年来，一直得周山丹君、谭庭浩君的大力支持。“典藏版”的出版，责编陈焱先生付出了辛勤的劳动。本书的题名和扉页，也请著名书法家林雅杰校友书写。在此一一致以深切的谢意。

二〇二四年九月二十七日于中山大学

*本书各文撰写时间不一，跨度颇长，为保持原貌，文中所涉时间未作统一处理，请读者留意。